M

Impossible attraction

Une revanche irrésistible

REESE RYAN

Impossible attraction

Traduction française de
ROSELINE AULIAC

PASSIONS

HARLEQUIN

Collection : PASSIONS

Titre original :
A VALENTINE FOR CHRISTMAS

HARPERCOLLINS FRANCE
83-85, boulevard Vincent-Auriol, 75646 PARIS CEDEX 13
Service Lectrices — Tél. : 01 45 82 47 47 - www.harlequin.fr
ISBN 978-2-2804-8809-9 — ISSN 1950-2761

Composé et édité par HarperCollins France.
Imprimé en décembre 2023 par CPI Black Print (Barcelone)
en utilisant 100% d'électricité renouvelable.
Dépôt légal : janvier 2024.

FSC www.fsc.org MIXTE Papier issu de sources responsables FSC® C159065

Pour limiter l'empreinte environnementale de ses livres, HarperCollins France s'engage à n'utiliser que du papier fabriqué à partir de bois provenant de forêts gérées durablement et de manière responsable.

1

Chandra Valentine agrippa la poignée de sa valise à roulettes en observant avec angoisse le minuscule avion régional qui avançait sur la piste en direction de sa porte d'embarquement à l'aéroport international de Charlotte-Douglas (Charlotte, Caroline du Nord). Franchement, elle aurait préféré ne pas l'avoir vu. Elle aurait alors pu prétendre qu'il s'agissait d'un avion plus gros. Plus stable. Le genre d'appareils qu'elle avait eu l'habitude de prendre au cours de ses trente-neuf années d'existence, et non un de ces coucous qu'elle avait évités soigneusement jusqu'à aujourd'hui.

Chandra relâcha sa valise en se rendant compte qu'elle avait enfoncé les ongles dans la chair de sa paume. Étirant sa main meurtrie, elle examina la rangée de demi-cercles disgracieux sur sa peau. Elle prit une profonde inspiration et ferma les yeux un bref instant. Quand elle les rouvrit, elle fut accueillie par un regard sombre et pénétrant.

L'homme incroyablement beau qui la fixait leva le menton en guise de salut tout en caressant sa barbe complète. Normalement, elle n'appréciait pas ce style de barbes. Comment savoir ce qu'elle dissimulait ? Mais s'agissant de cet homme, afro-américain comme elle, elle était prête à faire une exception.

Il portait une chemise écossaise vert et noir sur un T-shirt Henley noir, un jean délavé et des boots Timberland marron. La vue de son sourire en coin accéléra les battements du cœur de Chandra – le genre d'émotions qu'elle n'avait pas ressenties depuis plus longtemps qu'elle ne voulait l'admettre.

Elle lui répondit par un bref signe de tête avant de s'éloigner.

L'inconnu était *très* séduisant, songea-t-elle avec nostalgie. Mais elle n'était pas en route pour un voyage d'agrément à Las Vegas. Elle devait embarquer dans une boîte à sardines dotée d'ailes pour retrouver son père à Magnolia Lake, une petite ville dans les montagnes du Tennessee.

Si elle n'avait pas été aussi pressée de savoir pourquoi son père l'avait convoquée ainsi que ses quatre frères et sa sœur sans la moindre explication, elle se serait rendue dans le grand aéroport le plus proche et aurait terminé le reste du trajet en voiture. Mais elle se faisait du souci pour son père.

Abbott Raymond Valentine avait fêté son soixante-neuvième anniversaire – auquel elle n'avait pas pu assister, car elle participait à un séminaire d'entreprise dans l'Utah. Son père paraissait étrangement tourmenté depuis la mort de sa mère quelques années auparavant. Il ne s'agissait pas seulement de la tristesse propre au deuil, mais d'un malaise plus profond. Elle n'avait pas réussi à savoir ce qui le préoccupait, parce qu'il refusait d'en parler. Il se montrait bourru et évasif chaque fois qu'elle tentait d'aborder le sujet lors de leurs coups de fil hebdomadaires. Aussi avait-elle cessé de l'interroger, espérant qu'il finirait par se confier à elle.

Mais une quinzaine plus tôt, il avait contacté ses enfants par téléconférence, précisant qu'il souhaitait les voir tous ensemble, en personne. Malgré leurs supplications et leurs menaces, il avait refusé de leur fournir la moindre explication. Et Chandra se demandait avec effroi pourquoi il avait soudain éprouvé le besoin de les réunir pour la première fois depuis les funérailles de leur mère.

Trois jours et un agenda en ligne avaient été nécessaires pour que les six frères et sœurs déterminent la période à laquelle leurs emplois du temps leur permettraient de s'absenter et de se retrouver pendant une semaine, voire deux, comme exigé par leur père. Voilà pourquoi Chandra était en route pour une petite ville nichée au cœur des Smoky Mountains, priant le ciel afin qu'il y ait Internet, un réseau de téléphonie mobile et l'eau courante, car elle n'était pas une fervente adepte de la vie au grand air, tant s'en fallait.

Chandra prit un siège aussi éloigné que possible de l'homme

aux superbes yeux sombres, qui l'incitait à changer d'avis au sujet des barbes complètes. Car, malgré son envie de faire intimement connaissance avec lui, elle n'aurait pas le temps de s'adonner à des activités annexes durant son séjour.

Elle devrait apporter une solution aux difficultés de son père, quelles qu'elles soient. C'était son rôle de régler les problèmes familiaux. Elle le faisait depuis le jour où, à huit ans, elle avait trouvé à son retour de l'école la lettre de départ que sa mère avait laissée sur la table de la cuisine.

Le coup avait été rude. Abbott Raymond avait été écœuré. Nolan, Sebastian, Alonzo et elle avaient été anéantis. C'était ainsi qu'elle était devenue l'adulte de la maisonnée tandis que son père s'efforçait de faire face à l'abandon de leur mère. Curieusement, aujourd'hui encore, elle avait l'impression d'être la seule grande personne de la famille.

Chandra frissonna autant de froid que de chagrin en se remémorant cet épisode douloureux.

Sentant peser sur elle le regard de l'homme splendide à travers le vaste espace, elle sortit de son sac un livre traitant du développement de l'esprit d'équipe et l'ouvrit. Elle ne pouvait pas se permettre d'être déconcentrée par cet homme. Elle devait découvrir les intentions de son père, l'aider de son mieux et retourner à San Diego, Californie.

Julian Brandon se dirigea vers sa porte d'embarquement, tenant un carton graisseux contenant un panini chaud et des frites d'une main, et tirant sa valise de l'autre.

Apparemment, les passagers étaient déjà à bord.

L'hôtesse chargée de vérifier les billets lui fit signe de se dépêcher.

— Je pensais que l'embarquement ne commençait que dans cinq minutes, dit-il, lui présentant son téléphone afin qu'elle scanne sa carte d'embarquement.

— Les passagers sont déjà à bord, et le commandant désire décoller dès que possible. Je vous souhaite un bon vol.

Julian emprunta le tunnel puis gagna sa place. Quand on mesurait comme lui un mètre quatre-vingt-dix, être coincé dans un de ces sièges exigus propres aux petits avions régionaux n'était pas une partie de plaisir. Aussi, malgré sa préférence pour les places près du hublot, avait-il réservé du côté du couloir pour pouvoir allonger les jambes. Par chance, le siège à côté du sien était vide. Il aurait la rangée pour lui.

Il déposa sa valise dans le casier au-dessus de sa tête et s'installa confortablement, prêt à regarder un ou deux épisodes d'une série de science-fiction, ce qui lui éviterait de penser à son retour forcé dans la petite ville où il avait grandi. Cette même ville où il demeurerait durant les quatre prochaines années – et pas un jour de plus. Il y revenait non par plaisir, mais à cause d'un engagement qu'il avait pris à quatorze ans envers un philanthrope local qui avait financé ses études au lycée puis à l'école de médecine.

Une fois la porte de l'avion verrouillée, le commandant annonça l'imminence du décollage et invita les passagers à regagner leurs places. Julian poussa un soupir de soulagement et se carra dans le siège près du hublot.

— Excusez-moi, vous êtes assis à ma place.

Julian leva les yeux et intercepta le regard de la femme superbe qu'il avait remarquée dans le terminal de l'aéroport. Elle portait un T-shirt noir avec la mention Wake-up, Kick Ass, Repeat inscrite en lettres blanches ainsi qu'un pantalon noir ajusté qui moulait ses courbes à la perfection. Ses cheveux brun foncé étaient retenus en arrière par une paire de lunettes de soleil onéreuse. Sa peau sombre paraissait sans défauts, et sa bouche pincée était mise en valeur par un rouge à lèvres violet.

Julian demeurait immobile, littéralement fasciné, comme s'il n'avait encore jamais vu une femme aussi splendide.

D'habitude il se montrait affable et disert, mais quelque chose à propos de cette inconnue le troublait au point qu'il était à court de mots.

— Madame, veuillez vous asseoir, s'il vous plaît, déclara l'hôtesse dont le sourire masquait difficilement son irritation.

— Je ne demande pas mieux, répondit la superbe femme, une main sur la hanche. Mais ce monsieur est assis à ma place.

— Désolé. Je pensais pouvoir disposer de la rangée.

Reprenant ses esprits, Julian détacha sa ceinture et se leva pour permettre à sa voisine de s'installer.

— Je vous renouvelle mes excuses, dit Julian. Une fois la porte verrouillée, comme personne n'occupait ce siège, j'ai supposé...

— Que vous pourriez prendre vos aises ?

Sa voisine esquissa, de ses lèvres charnues, un soupçon de sourire.

— À votre place, j'aurais fait la même supposition. Mais j'étais à bord..., aux toilettes.

Elle baissa les yeux, un peu gênée, et il se demanda si ses joues s'empourpraient sous sa peau sombre et soyeuse.

— Quand je voyage, je n'aime pas laisser mes affaires à ma place sans surveillance.

— Je comprends, dit-il.

Après un moment de silence embarrassant, il lui tendit la main.

— À propos, je suis JB et je n'ai pas pour habitude d'accaparer la place des autres.

Elle lui serra la main avec un grand sourire.

— Chandra.

— Je suis ravi de faire votre connaissance, Chandra.

Il se rendit compte qu'il souriait comme un idiot et qu'il lui retenait la main alors qu'elle essayait de la retirer.

Il s'éclaircit la gorge, embarrassé, et entreprit de ranger son téléphone et sa tablette dans la pochette accrochée au dossier du siège de devant.

Pendant ce temps, Chandra prit dans son sac des écouteurs haut de gamme, signe évident qu'elle n'avait aucune intention d'engager la conversation.

Message reçu.

Il s'en tiendrait à son plan initial : rattraper les épisodes de la série télévisée qu'il n'avait jamais pu regarder. Jusqu'à aujourd'hui, il avait été trop épuisé par son travail d'urgentiste dans un hôpital de Philadelphie et celui de bénévole dans des dispensaires, en centre-ville et dans la périphérie, pour assouvir sa passion de la science-fiction. Mais, désormais, sa vie allait changer de façon radicale.

Hier soir, pendant son pot de départ à la cafétéria de l'hôpital, ses amis, un peu envieux, lui avaient dit qu'il avait de la chance de mener à l'avenir une existence paisible de médecin généraliste dans une petite ville, avec un planning normal et des loisirs.

Il avait fait semblant d'acquiescer mais, en vérité, il savait qu'il regretterait l'époque où il avait été tellement occupé qu'il n'avait presque pas eu le temps de songer à ses erreurs passées et à sa relation compliquée avec sa mère. Maintenant qu'il retournait dans sa ville natale où sa mère résidait toujours, il ne pourrait pas éviter d'être confronté à des sentiments pénibles, comme la culpabilité. Ce trajet en avion était sans doute sa dernière occasion de ne pas s'appesantir sur le fait qu'il était un fils indigne.

Tandis que l'appareil s'élançait sur la piste en vue de son décollage, sa voisine agrippa avec force l'accoudoir entre eux, les yeux clos, les talons hauts de ses bottines élégantes rivés au plancher.

Julian avait envie de lui demander si elle allait bien. Mais ce serait une question stupide. À l'évidence, elle n'était pas à son aise. Et elle ne souhaitait pas être dérangée. Aussi respecterait-il son intimité en espérant qu'elle ne serait pas malade durant le vol.

Bientôt, le commandant de bord autorisa les passagers à allumer leurs équipements électriques, mais les prévint que l'avion allait traverser des zones de turbulences, et qu'ils devaient rester assis avec leurs ceintures attachées.

Aucun voyageur n'aimait les turbulences, mais elles ne dérangeaient pas particulièrement Julian..., sauf quand il essayait, comme maintenant, de regarder une série télévisée sur sa tablette en mangeant son panini et ses frites désormais tièdes. Quand il ouvrit sa bouteille de soda, sa voisine sursauta.

Ses bras se raidirent et ses jointures blanchirent tandis qu'elle resserrait sa prise sur l'accoudoir. Elle désigna du menton l'écran de son iPad.

— Vous regardez *Orphan Black* ?

Julian ôta un de ses écouteurs et acquiesça.

— Oui. Des amis à moi sont passionnés de science-fiction.

Ils m'encourageaient depuis longtemps à regarder la série et ils m'ont offert récemment toutes les saisons.

— Ma sœur ne ratait aucun épisode de cette série lors de sa diffusion, mais je n'ai jamais trouvé le temps de la regarder.

La mâchoire de Chandra se crispa quand l'avion tangua.

— J'avais prévu de lire mais, avec ces turbulences, je n'arrive pas à me concentrer.

— Vous avez peur en avion ?

— Pas sur les gros appareils. Voilà pourquoi j'évite les petits avions régionaux, dans la mesure du possible.

Chandra ferma les yeux un instant et prit une profonde inspiration avant de les rouvrir.

— Disons que je serai soulagée quand nous atterrirons.

— Vous pouvez regarder la série avec moi, si vous voulez, dit-il, surpris par sa propre suggestion. Je commence seulement le premier épisode. Cela vous empêchera de penser aux turbulences.

— Je ne veux pas déranger les autres passagers.

— Il est possible de partager le contenu sonore sur deux paires d'écouteurs.

Julian se félicitait d'avoir été attentif quand son colocataire féru de technologie lui avait montré la manœuvre.

— Maintenant, appuyez sur le bouton d'alimentation de votre casque.

Elle s'exécuta et lui sourit quand elle perçut les dialogues de la série dans ses oreillettes.

— Merci, JB.

Il tendit le carton graisseux vers elle.

— Voulez-vous des frites ?

Après un instant d'hésitation, Chandra le remercia et s'empara de deux frites. Elle les grignota tout en fixant l'écran. Il avait repris au début du premier épisode, et elle semblait concentrée sur le scénario.

Vue de près, elle était encore plus belle, songea-t-il, fasciné. Son parfum subtil lui rappelait la délicieuse odeur du chèvrefeuille qui grimpait le long de la clôture dans l'arrière-cour de la maison de son enfance.

Quand il lui tendit à nouveau le carton de frites, elle l'accepta volontiers sans quitter l'écran des yeux. Manifestement, le scénario plein de rebondissements lui faisait oublier les oscillations de l'avion. Lui aussi était intéressé par le déroulement de l'action, mais il aurait préféré faire plus ample connaissance avec sa ravissante voisine.

Une foule de questions lui brûlait les lèvres : où se rendait-elle ? D'où venait-elle ? Voyageait-elle pour affaires ou pour le plaisir ? Accepterait-elle de sortir avec lui ? Que prenait-elle au petit déjeuner ?

Hélas, ces questions resteraient sans réponse. À la place, il regarda l'écran en silence, troublé par la chaleur du bras de Chandra contre le sien.

Soudain, les secousses s'accentuèrent, et l'avion plongea avant d'osciller. Le commandant de bord demanda aux passagers de débarrasser les plateaux de tout objet. Julian obtempéra. Après un violent trou d'air, Chandra, les traits crispés, s'agrippa à l'avant-bras de Julian.

Il posa une main apaisante sur celle de Chandra et se força à lui sourire, malgré un haut-le-cœur.

— Je sais que ces turbulences semblent effrayantes, Chandra, mais tout ira bien, je vous le promets.

Elle se tourna vers lui, interdite. Ses iris d'une superbe teinte chocolat, dotés d'un anneau externe d'une nuance plus soutenue, étaient mis en valeur par son ombre à paupières violette, au point qu'il ne parvenait pas à détacher son regard d'elle.

Chandra l'observait, un sourcil à l'arc parfait haussé en signe de scepticisme. Puis elle exhala un soupir et desserra sa prise sur l'avant-bras de Julian, mais sans retirer sa main. Lui non plus ne retira pas la sienne.

— Je sais que vous n'êtes pas en mesure de tenir une telle promesse, car vous n'avez aucun contrôle sur l'avion, mais vos paroles me sont néanmoins d'un grand réconfort, et je vous en remercie.

Julian lui sourit. Cette splendide femme faisait naître en lui un trouble déroutant, comme s'il se tenait au sommet d'une montagne russe et qu'il attendait fébrilement le moment où la machine infernale entamerait sa descente vertigineuse.

Qu'avait donc Chandra - il ne connaissait même pas son nom de famille - de si particulier pour qu'elle provoque en lui ce genre de réactions ?

— Je suis heureux de pouvoir vous aider.

Il retira sa main à contrecœur et se carra dans son siège.

Chandra lui lâcha le bras puis haleta quand d'autres turbulences malmenèrent l'avion, suscitant des remous inquiets parmi les passagers.

— Il faut que vous teniez cette promesse, JB, dit-elle d'une voix tremblante.

— Peut-être ceci pourrait-il vous aider...

Il mit la playlist zen qu'il utilisait en méditant le matin. C'était sa façon de se détendre avant une journée chargée. Comme ils étaient toujours connectés, la musique se diffusa dans les écouteurs de Chandra.

Il posa l'avant-bras sur l'accoudoir entre eux et ouvrit la main, paume au ciel.

— Si vous êtes trop nerveuse, n'hésitez pas à prendre ma main.

Quand un autre trou d'air se produisit, Chandra pressa la paume de Julian et entrelaça leurs doigts, enfonçant les ongles dans le dos de la main de son voisin.

Julian espérait de toutes ses forces qu'il n'avait pas menti, et qu'ils arriveraient sains et saufs.

2

Par chance, l'avion avait atterri sans encombre, songea Chandra, soulagée. Les paroles apaisantes de son voisin et sa playlist l'avaient aidée à surmonter les pires turbulences qu'elle n'avait jamais subies.

Elle relâcha la main de Julian, qu'elle avait serrée étroitement durant les quarante dernières minutes.

— Il est temps que je vous la rende, dit-elle, embarrassée. Vous en aurez besoin.

— Quand le sang y circulera à nouveau.

Le sourire malicieux de JB tandis qu'il secouait sa main engourdie dissipa un peu la gêne de Chandra.

Malgré tout, elle s'en voulait de s'être conduite comme une gamine effrayée par un orage. D'autant que cela ne lui ressemblait pas. C'était elle qui avait réconforté ses jeunes frères et sa sœur, et qui avait soutenu son père dans les épreuves que la famille avait traversées.

Qui plus est, elle était responsable logistique dans une grande entreprise spécialisée dans la vente de vêtements de sport, et son titre de gloire était sa capacité à accomplir les tâches les plus ingrates avec le sourire tout en évitant de froisser le plus de personnes possible. Elle prenait les décisions difficiles qui s'imposaient pour permettre le bon fonctionnement de la société : coupes budgétaires, fermetures de rayons, réaffectations du personnel. Même si elle en était quitte pour pleurer le soir devant un verre de vin quand elle avait dû supprimer le poste d'un salarié.

Lorsqu'elle avait été envoyée dans la filiale de San Diego avec pour mission de « remettre de l'ordre », elle avait été surnommée « la meurtrière souriante ». Mais elle avait réussi à instaurer une nouvelle culture d'entreprise et à gagner le respect des employés.

L'inconvénient de son métier, c'est qu'elle était souvent amenée à voyager alors qu'elle n'aimait pas l'avion. D'où le spectacle navrant qu'elle avait offert aujourd'hui à JB.

Quelle chance elle avait eu d'être assise à côté d'un homme aussi gentil et patient ! songea-t-elle, reconnaissante.

— Voici votre valise.

La voix profonde et apaisante de JB la tira de ses réflexions.

— Encore merci pour tout, JB. Je suis ravie d'avoir fait votre connaissance.

Elle lui tendit la main.

Il la retint dans la sienne, rassurante et chaude.

— Tout le plaisir est pour *moi*, dit-il, un grand sourire étirant ses lèvres sensuelles sous sa barbe.

Une étrange sensation s'épanouit dans le ventre de Chandra, et son pouls s'accéléra.

Elle retira sa main, non parce que l'attitude flirteuse de JB l'irritait, mais parce qu'elle appréciait un peu trop le contact de la paume masculine. L'espace d'une seconde, elle s'imagina dressée sur la pointe des pieds et pressant la bouche contre les lèvres pleines de JB dont le petit sourire suggestif semblait la défier.

— Au revoir.

Tandis qu'elle s'éloignait, Chandra sentait presque la chaleur du regard de JB sur sa peau.

Elle était venue dans cette région montagneuse pour connaître les intentions de son père et renouer avec ses frères et sa sœur. Elle n'avait pas risqué sa vie dans un minuscule avion pour avoir une relation sexuelle avec un homme hyper excitant, à la carrure de bûcheron.

Il n'empêche, elle était un peu déçue qu'il ne lui ait pas proposé de la revoir. Bien sûr, elle aurait poliment repoussé ces avances, mais elle aurait été flattée d'une telle demande.

Elle longea le tunnel puis traversa le hall de l'aéroport à la recherche d'une cafétéria. Après avoir bu un café serré, elle se dirigea vers l'agence de location de voitures afin d'effectuer le reste du trajet d'une heure environ jusqu'à Magnolia Lake où l'attendait son père.

Selon son application GPS, Chandra avait parcouru la moitié de l'itinéraire. Elle n'avait pas imaginé cette interminable route de campagne sans aucune circulation, bordée de zones boisées et d'immenses champs, sans âme qui vive à la ronde.

Que se passerait-il en cas de crevaison ou autre incident plus grave ?

Ne sois pas aussi mélodramatique !

Tout irait bien. Elle préférait laisser son cerveau concevoir ces scénarios catastrophes plutôt que de s'interroger sur les motivations de son père. En effet, chaque fois qu'elle le faisait, elle ne pouvait pas s'empêcher de penser au pire, et cela la mettait dans tous ses états.

— Ne nous annonce pas de mauvaises nouvelles, papa. *S'il te plaît !* murmura-t-elle, le cœur serré.

Bien sûr, personne n'était éternel. Mais à presque quarante ans, elle était encore très attachée à son père et le resterait jusqu'à son ultime souffle.

La sonnerie de son mobile retentit. Elle avait été tellement pressée de prendre la route qu'elle ne l'avait pas connecté à sa voiture de location. Elle le récupéra sur un des porte-gobelets. Le prénom et la photo de sa jeune sœur, Naya, s'affichèrent sur l'écran.

Nyles et Naya, les jumeaux nés du second mariage de son père, étaient les petits derniers de la famille et se comportaient comme tels. Chaque fois qu'elle appelait Nyles, il occupait un emploi différent. À vingt-sept ans, il était encore en train de se chercher. Quant à Naya, elle était influenceuse sur Instagram et gagnait très bien son existence. Elle vivait à Los Angeles, mais voyageait dans le monde entier dans le cadre de ses activités. Les deux sœurs se parlaient régulièrement et se voyaient une ou deux fois par mois.

Chandra avait appelé Naya après l'atterrissage de son avion, une heure plus tôt, et ne trouva pas utile de lui répondre dans l'immédiat.

Elle reporta son regard devant elle et sursauta à la vue d'un grand ours brun et de deux oursons qui traversaient la route. Affolée, elle lâcha son portable et agrippa le volant si fort que les jointures de ses doigts devinrent douloureuses. Elle décéléra, mais ne s'arrêta pas de peur que les trois ours ne viennent rôder autour de son véhicule.

Alors qu'elle roulait lentement dans leur direction, la mère ourse se dressa de toute sa hauteur, l'air menaçant. Chandra hurla de peur et donna un brusque coup de volant à droite tout en appuyant sur l'accélérateur, escomptant contourner le trio et fuir le danger.

Hélas, la roue avant droite s'embourba dans le bas-côté spongieux et, faute d'adhérence, la voiture commença à glisser le long du talus.

— Non ! Oh ! non !

Elle essaya désespérément de braquer vers la gauche, en direction des trois ours qui observaient ses efforts avec un intérêt mitigé. Elle voulait éviter à tout prix de tomber dans le ravin en contrebas. Mais le véhicule continuait de glisser inexorablement, jusqu'à ce qu'elle bascule, faisant voler dans l'habitacle son portable, son sac à main et son gobelet de café tiède, avant de finir sa course au fond du ravin.

Tout s'était passé si vite que Chandra n'avait pas eu le temps de réfléchir, encore moins de réagir. Elle se sentait hébétée et désorientée. Son poignet et sa tête la lançaient ; son visage et ses vêtements étaient humides et poisseux à cause du café renversé. Et la ceinture de sécurité lui cisaillait la poitrine. Elle respirait difficilement et gardait les yeux obstinément clos. Elle n'osait pas bouger, priant le ciel pour que les ours poursuivent leur chemin sans plus s'occuper d'elle.

Après un long moment, ne percevant aucun son, Chandra se risqua à ouvrir une paupière, puis l'autre.

Son univers était littéralement sens dessus dessous.

Elle se retrouvait suspendue, la tête en bas, retenue par sa ceinture de sécurité qui lui barrait douloureusement le buste. Le sang affluait dans son crâne et ses cheveux pendaient.

Au moins, je suis vivante..., enfin, je l'espère.

Son poignet lui faisait mal mais, à première vue, elle n'avait rien de cassé et ne saignait pas. Elle essaya de détacher sa ceinture, mais elle était coincée et elle n'avait pas la force de la desserrer pour soulager sa poitrine.

Ses yeux s'emplirent de larmes, et le désespoir s'empara d'elle.

Certes, elle était vivante, mais pour combien de temps ?

Était-ce ainsi que son histoire se terminerait ?

3

Julian avait choisi d'emprunter l'itinéraire touristique pour se rendre à Magnolia Lake. Il conduisait un pick-up de collection Ford F-100 1970 beige et blanc. Il lui avait fallu un moyen de transport pour regagner sa destination depuis l'aéroport de Knoxville. De son côté, son cousin Elias, propriétaire d'ateliers de carrosserie à Knoxville et à Gatlinburg, avait eu besoin de faire livrer le fameux pick-up à Magnolia Lake. Voilà pourquoi Julian se retrouvait au volant du véhicule légendaire entièrement remis à neuf.

Cela faisait trois ans qu'il n'était pas revenu à Magnolia Lake, et durant les cinq années précédentes, il avait espacé ses visites à sa mère, les jugeant trop douloureuses et embarrassantes. Aussi, la sixième année, avait-il accepté l'invitation d'amis à passer Thanksgiving à Cancún. Sa mère avait presque paru soulagée quand il l'avait prévenue qu'il ne viendrait pas pour les vacances.

Puis, quand d'autres amis l'avaient convié pour Noël à Colorado Springs, il avait de nouveau accepté. Depuis, il avait pris l'habitude de partir avec des amis. Mais le moment était venu de tenir sa promesse de travailler comme médecin généraliste pendant quatre ans à Magnolia Lake, et il ne pourrait plus faire l'impasse sur ses souvenirs douloureux.

Il supporterait la perte temporaire des plaisirs et des avantages que lui avait procurés son séjour à Philadelphie, notamment les événements sportifs, les soirées entre amis et les escapades à New York et à Broadway. En revanche, il redoutait de revenir dans la ville où son père était mort, par sa faute, et de voir le ressentiment dans les yeux de sa mère.

Julian gratta sa barbe qui avait grand besoin d'être taillée.

Il l'avait laissée pousser deux ans auparavant, à la demande d'une femme qu'il fréquentait. Sa barbe avait duré beaucoup plus longtemps que sa relation. Mais il l'avait gardée, car elle le faisait paraître plus âgé que ses trente ans, ce qui mettait ses patients en confiance. Maintenant qu'il retournait dans sa ville natale pour soigner des personnes qui le connaissaient depuis toujours, conserver sa barbe lui semblait une bonne idée. Peut-être le prendrait-on plus au sérieux.

Qui plus est, savoir que sa mère détesterait cette pilosité lui procurait un sentiment de joie un brin pervers.

Soudain, il ralentit en remarquant des traces de pneus qui bifurquaient en direction du bas-côté boueux.

Que s'était-il passé ? Quelqu'un était-il blessé ?

Il se gara sur le bord et alluma les feux de détresse de son véhicule. Puis il mit pied à terre et alla examiner les lieux.

— Bon sang !

Une voiture était renversée dans le ravin. Il avait soigné de nombreux patients victimes d'accidents de la route. Hélas, tous n'avaient pas survécu. Restait à espérer que les occupants de cette voiture portaient leur ceinture de sécurité.

Julian se laissa glisser le long du talus sans se soucier de la boue qui trempait son jean de styliste et abîmait ses boots onéreuses. Il s'approcha du véhicule et aperçut une femme immobile, la tête en bas. L'appréhension le saisit.

— Madame, vous allez bien ?

Il appuya une main sur la vitre.

— M'entendez-vous ?

La conductrice bougea très légèrement puis hocha la tête.

— Ma ceinture est bloquée, marmonna-t-elle.

Il l'entendait à peine mais, Dieu merci, elle était vivante et consciente. Il essaya d'ouvrir la portière, sans succès.

— Ne bougez pas. Je vais vous sortir de là, d'accord ?

— Je ne risque pas de m'éloigner d'ici, dit-elle.

Julian ne put pas s'empêcher de rire, impressionné par le sang-froid et l'humour de la conductrice.

Il trouva un endroit moins pentu pour remonter sur la route. Il appela Elias pour qu'il lui envoie une dépanneuse et fouilla dans ses bagages à la recherche d'un des cadeaux qu'il avait reçus à l'occasion de son départ : un marteau brise-vitre avec un coupe-ceinture intégré. Puis il se dépêcha de redescendre le long du talus, s'efforçant d'ignorer la boue glaciale qui alourdissait le bas de son jean.

— Madame, tournez la tête de l'autre côté et fermez les yeux, dit-il. Je vais briser la vitre.

Quand la conductrice eut protégé son visage avec ses bras, il détourna à son tour la tête puis frappa la vitre avec la partie pointue de l'outil. La vitre se fêla, mais demeura en place. Il la frappa à nouveau avec la partie plate du marteau, et elle s'effondra, quelques éclats retombant dans les cheveux de la femme.

— C'est bien, nous y sommes presque, dit-il, du même ton calme dont il usait pour mettre ses patients à l'aise.

— Êtes-vous blessée ? Avez-vous mal quelque part ?

— C'est mon orgueil qui est blessé, marmonna-t-elle. Et ma tête est douloureuse en raison de l'afflux de sang.

— Je vais vous redresser. Accrochez-vous à mes épaules pendant que je coupe votre ceinture. Je ne vous laisserai pas tomber, promit-il avant qu'elle puisse protester.

La conductrice, vêtue d'une veste beige, et dont les cheveux longs dissimulaient le visage, s'agrippa aux épaules de Julian, et il lui posa une main sur la taille pour la stabiliser pendant qu'il coupait la ceinture.

Elle céda enfin, et il sortit la femme par la vitre, en la tirant par les jambes – une méthode inélégante mais efficace.

Julian la redressa et la soutint tandis qu'elle vacillait.

— Madame, êtes-vous sûre d'aller bien ?

Elle se dégagea le visage.

— *Chandra* ?

Il l'observa, médusé. Avec l'adrénaline qui pulsait dans ses veines et l'odeur de café répandue dans l'habitacle, il n'avait pas reconnu le parfum envoûtant de Chandra ni sa voix.

— JB ?

Chandra se pressa une main sur le front, comme si elle se sentait étourdie. Elle contempla les vaches qui paissaient au loin dans un pâturage.

— Suis-je en train de rêver ?

— Hélas, non. Vous avez été victime d'un accident. J'empruntais cette route quand j'ai remarqué des traces de pneus en direction du talus. Je me suis arrêté pour porter assistance à d'éventuels blessés.

— En réalité, vous êtes un Superman noir, n'est-ce pas ? demanda-t-elle d'une voix amusée. Avez-vous jailli d'une cabine téléphonique pour voler à mon secours ?

— Je préfère me comparer à Falcon avec une pincée de Luke Cage, dit-il en riant, soulagé qu'elle soit suffisamment lucide pour plaisanter.

Elle inclina la tête et l'observa un bref instant.

— Oui, cette comparaison est plus appropriée. Maintenant, il faut que je récupère mon téléphone.

Quand elle pivota vers sa voiture, elle vacilla à nouveau, et il la retint par les épaules.

— Êtes-vous sûre d'aller bien ? Je ferais mieux d'appeler une ambulance. Vous pourriez avoir une commotion cérébrale ou...

— Je vais bien. Ma tête n'a subi aucun choc. Simplement, j'ignore pendant combien de temps je suis restée suspendue, la tête en bas.

Elle se passa les doigts dans ses cheveux ébouriffés, et des éclats de verre tombèrent par terre.

— Il faut vraiment que je récupère mes affaires et que je prévienne ma famille.

— Mon cousin possède deux ateliers de carrosserie, dont un à Knoxville. Je lui ai demandé de m'envoyer une dépanneuse. Le technicien ne devrait pas tarder.

Julian lui posa une main sur le bras pour la calmer. Elle semblait paniquée à l'idée de ne pas retrouver son téléphone.

— Mais, en attendant, vous pouvez utiliser mon portable.

— Merci. Je...

Elle laissa sa phrase en suspens, les sourcils froncés.

— Je…, je ne me souviens d'aucun numéro.

— Ressentez-vous des nausées ? Avez-vous une vision double ou des bourdonnements d'oreilles ?

Il sortit son portable, en proie à une sourde inquiétude.

— Je préfère appeler une ambulance. C'est plus prudent.

— Non, ne faites pas ça. Si je ne me souviens pas des numéros de ma famille, c'est parce que je n'ai jamais eu à les composer. Ils étaient enregistrés dans mes contacts.

Elle posa une main sur celle de Julian pour l'empêcher d'appeler.

— Je vous en prie, n'insistez pas. La situation est déjà suffisamment embarrassante.

— Que s'est-il passé exactement ?

Chandra observa les alentours avec inquiétude.

— Avez-vous vu cette maman ourse avec ses deux petits ?

— Non.

Julian n'était pas convaincu qu'elle ne souffre pas d'une commotion.

— Ils étaient au milieu de la route, je vous assure. La sonnerie de mon téléphone a retenti, et j'ai jeté un coup d'œil à l'écran pour voir qui m'appelait. Quand j'ai reporté mon attention sur la route, ces maudits ours étaient devant moi en train de traverser la chaussée. J'ai essayé de les contourner, mais ma voiture a dérapé sur le bas-côté et a fini sa course dans le ravin.

Elle croisa les bras, furieuse.

— Ces maudites bêtes me doivent une voiture de location.

— Ah, oui ? Je vous souhaite bonne chance pour les obliger à vous dédommager.

Julian était sale, fatigué et affamé. Pourtant, il ne pouvait pas s'empêcher d'être amusé par cette femme toujours aussi splendide malgré ses vêtements fripés et tachés.

— Je vais vous aider à remonter jusqu'à la route. Nous attendrons l'arrivée de la dépanneuse dans mon pick-up. Une fois que votre voiture sera sortie du ravin, vous pourrez récupérer vos affaires.

— Je vous prie d'excuser ma mauvaise humeur. Mais je n'en reviens pas de ce qui m'est arrivé. D'habitude, je suis très prudente au volant.

— L'important, c'est que vous alliez bien.

Julian lui tendit une main.

— Venez par ici, la pente est moins raide. Ce sera plus facile pour vous, surtout avec ces bottines.

Il contempla les élégantes bottines en cuir noir qui l'avaient émoustillé quand il avait remarqué Chandra traversant le hall de l'aéroport d'un pas décidé.

Elle lui prit la main, et ils remontèrent le talus. Puis ils firent tomber la terre de leurs chaussures, et il aida Chandra à s'installer dans le pick-up. Par chance, son cousin avait pris soin de recouvrir le plancher et les sièges de plusieurs couches d'un plastique épais. Mais les vêtements de Julian étaient tellement imbibés de boue que la protection risquait d'être insuffisante.

— Ce pick-up appartient à un client. Je dois le lui livrer à la demande de mon cousin et je ne veux surtout pas y laisser des traînées de boue, expliqua-t-il. Je vais donc récupérer des vêtements secs dans ma valise et me changer.

— Je comprends.

Chandra passa les doigts dans ses cheveux humides et éventa son T-shirt maculé de café.

— Je vous promets de ne pas regarder, ajouta-t-elle avec un sourire espiègle très sexy.

C'était la première fois qu'elle flirtait avec lui depuis leur rencontre, mais il s'efforça de ne pas tirer de conclusions hâtives. Après s'être essuyé les mains avec un chiffon, il récupéra deux T-shirts et un jogging propres.

Il ouvrit la portière de Chandra et lui tendit un T-shirt gris à manches longues, avec le dessin d'un bison bleu et le nom de son université – Howard University – en lettres rouges.

— Au cas où vous voudriez ôter votre T-shirt poisseux. Je ne regarderai pas. Promis.

— Merci, JB.

Julian se déshabilla, ne gardant que son boxer. Il plaça ses vêtements sales dans un sac en plastique puis enfila un T-shirt à manches longues bleu marine, un jogging et des baskets Adidas.

— Vous êtes prête ? demanda-t-il avant de s'approcher du siège du conducteur.

— Oui, je me suis changée.

Julian grimpa à bord et ne put retenir un sourire. Bien que trop grand pour elle, le vieux T-shirt lui seyait.

— Je me sens beaucoup mieux. Merci.

— Et vous êtes sûre que...

— Je vais bien. Vraiment, insista-t-elle. Comme je vous l'ai dit, c'est mon orgueil qui a été blessé.

— Cet accident aurait pu arriver à n'importe qui.

Il jeta un coup d'œil dans le rétroviseur.

— La dépanneuse arrive.

Ils mirent pied à terre. Une fois la voiture sortie du ravin, Chandra récupéra ses affaires et contacta le responsable de l'agence de location pour lui proposer que le conducteur de la dépanneuse ramène le véhicule accidenté à Knoxville.

— Vous êtes sûrement fatiguée et pressée de retrouver votre famille, intervint Julian pendant que Chandra était en attente avec l'agence. Je me ferai un plaisir de vous conduire à votre destination. Vous pourriez demander à l'agence de vous livrer une voiture plus tard.

Chandra esquissa une moue adorable.

— Vous m'avez déjà tellement aidée. Je ne voudrais pas m'imposer davantage.

— Je me rends à Magnolia Lake, à une demi-heure de route d'ici. Vous allez loin ?

— Je vais au même endroit que vous. Voici l'adresse, dit-elle en lui présentant son téléphone.

— Je connais l'endroit. C'est à la périphérie de la ville.

— Je ne veux pas me montrer ingrate, mais ne vous ai-je pas causé suffisamment d'ennuis pour aujourd'hui ?

— Peut-être avais-je besoin d'une petite aventure, répondit-il d'un ton léger.

Chandra esquissa un sourire réticent. Mais quand son interlocuteur la reprit en ligne, elle réclama qu'une voiture lui soit livrée à Magnolia Lake.

Julian jubila intérieurement. Il n'avait pas demandé le numéro de téléphone de Chandra quand ils s'étaient séparés dans l'avion, mais le destin venait de lui offrir une deuxième chance. Cette fois, il ne la laisserait pas passer.

4

Il y avait quelque chose de foncièrement rassurant chez JB. Il avait apaisé ses craintes dans l'avion et l'avait réconfortée tout en l'extirpant de son véhicule accidenté.

Le timbre profond de sa voix lui avait glissé sur la peau comme du miel chaud quand il lui avait gentiment précisé qu'elle ne devait pas culpabiliser d'avoir eu cet accident ; qu'il ne s'agissait que de tôle froissée.

Tandis qu'ils dépassaient un panneau leur souhaitant la bienvenue à Magnolia Lake, siège de la King's Finest Distillery, JB lui avait demandé à qui elle rendait visite. Elle lui avait expliqué la situation à contrecœur.

— Je n'arrête pas de penser à toutes les raisons qui ont pu pousser mon père à nous convoquer dans une petite ville au milieu de nulle part. Et toutes m'inspirent de l'inquiétude.

— Je comprends que vous vous fassiez du souci. Mais peut-être votre père a-t-il une bonne raison de vous avoir fait venir ici. Peut-être compte-t-il s'installer à Magnolia Lake.

— Pourquoi le ferait-il ? Je ne doute pas que ce soit une ville charmante où il fait bon vivre, se hâta-t-elle d'ajouter.

— C'est le cas, dit-il, visiblement sur la défensive.

— Pourtant, vous aviez hâte de vous en échapper, et vous n'y êtes pas revenu depuis trois ans, n'est-ce pas ?

JB se mit à rire.

— C'est vrai. Pour de nombreux adolescents, mettre autant de distance que possible entre eux et la petite ville où ils ont grandi constitue une sorte de rite de passage. Mais beaucoup finissent par éprouver de la gratitude envers le lieu de leur enfance et sont contents d'y retourner.

— Comme vous ? demanda-t-elle.

Dans l'avion, JB lui avait dit qu'il revenait chez lui après plusieurs années d'absence. Cette perspective n'avait pas semblé le réjouir. Chandra était curieuse de savoir pourquoi il avait quand même choisi d'y retourner, mais c'était trop indiscret. Elle espérait que sa question détournée l'inciterait à se montrer plus explicite.

— Mon père est mort dans un accident de la route quand j'étais gamin. Mon retour ici me rappelle ce douloureux souvenir.

Un pli soucieux s'était creusé entre ses sourcils.

— Ce n'était sans doute pas très intelligent de ma part, mais j'évitais autant que possible de revenir chez moi.

— Je suis désolée. Je ne pensais pas...

— Ne vous excusez pas, dit-il, le regard rivé sur la route. C'était il y a longtemps.

— S'agissant de la perte d'un parent, on a toujours l'impression que c'est arrivé hier, remarqua-t-elle tristement.

— Comment avez-vous perdu votre mère ?

— Elle est partie quand j'avais huit ans. Apparemment, elle n'était pas prête à élever quatre enfants de moins de dix ans pendant que son mari travaillait plus de soixante heures par semaine dans l'entreprise familiale. Je ne l'ai jamais revue.

Cela faisait trente et un ans que Mary Valentine avait quitté le domicile conjugal ; pourtant, Chandra ressentait toujours cette même colère et cette même souffrance chaque fois qu'elle évoquait ce sujet.

— Je suis désolé, Chandra.

JB lui pressa la main en signe de réconfort.

— J'ai perdu mon père quand j'avais dix ans. Mais mon retour ici ravive mes souvenirs..., un peu comme si je retournais vingt ans en arrière.

La chaleur émanant de JB se diffusait le long de son bras et déclenchait des picotements sur sa peau. Lorsqu'il lui avait tenu la main dans l'avion, elle était trop nerveuse pour ressentir autre chose que de l'apaisement. Mais, maintenant, elle avait une conscience aiguë de la force et de la chaleur qui se dégageaient de lui. Puis elle se souvint qu'elle avait été aussitôt attirée par JB quand elle l'avait remarqué pour la première fois à l'aéroport. Mais c'était une distraction qu'elle ne pouvait pas se permettre.

Elle retira discrètement sa main et se passa les doigts dans ses cheveux aussi poisseux que son T-shirt. Seigneur, elle devait être affreuse à voir ! Par chance, JB s'était abstenu de faire le moindre commentaire sur son apparence.

— Mon père possède une entreprise de textile très prospère à Nashville. Elle est dans la famille depuis plusieurs générations. Il lui a toujours consacré énormément de temps, et c'était précisément ce que lui reprochait ma mère. Nous avons aussi une grande propriété familiale à Nashville. Alors, pourquoi voudrait-il soudain en acquérir une autre ici ?

— Beaucoup de personnes possèdent des cabanes alentour pour pêcher et chasser ou pour fuir l'agitation de la ville.

Son père et ses frères aimaient pêcher. Mais même si son père avait acheté une cabane ici, cela n'expliquait pas pourquoi il était si pressé de réunir tous ses enfants.

— Je ne sais pas. Son attitude est incompréhensible.

— Vous n'aurez plus à attendre longtemps pour connaître le fin mot de l'histoire, remarqua JB, désignant un panneau annonçant Richardson Vineyards. Vous voilà arrivée.

— Êtes-vous certain que c'est la bonne adresse ?

Elle considéra avec perplexité le panneau et le vaste domaine alentour.

JB lut l'adresse, et elle la compara avec celle figurant sur le SMS de son père. C'était la même, mais peut-être y avait-il une coquille. Pourquoi son père les réunirait-il tous dans une demeure délabrée au beau milieu d'un vignoble ?

— Il doit y avoir une erreur !

Une autre voiture s'engouffra dans l'allée et les dépassa. Une décapotable noire avec le toit relevé malgré la fraîcheur automnale. Les haut-parleurs diffusaient à fond une chanson de Doja Cat, et sa petite sœur était assise derrière le volant, arborant des lunettes de soleil de styliste. Sans doute un cadeau d'une des marques luxueuses qu'elle promouvait. Une perruque rose vif au carré court encadrait son splendide minois.

Naya se gara dans la cour pavée à côté d'autres voitures que Chandra reconnut comme étant celles de son père et de ses jeunes frères.

— Apparemment, c'est la bonne adresse, admit Chandra. C'est ma sœur qui vient d'arriver.

Elle examina la grande demeure qui avait besoin d'un ravalement et d'une nouvelle toiture. Puis elle mit pied à terre avec précaution du fait de la présence de trous dans le dallage de la cour.

— Vous voudrez bien excuser ma petite sœur pour toutes les incongruités qu'elle est susceptible de dire.

— Volontiers, dit-il en riant. Je vais récupérer vos affaires.

— Salut, sœurette !

Naya agita la main en guise de salut et remonta ses lunettes sur son crâne.

— J'étais au téléphone avec Erica quand tu m'as appelée les premières fois. J'ai essayé de te rappeler, mais je m'aperçois que tu devais être... occupée.

Naya remua les sourcils, la mine espiègle, tout en examinant JB qui abaissait le hayon du pick-up et se penchait pour récupérer la valise de Chandra.

C'était la première fois qu'elle le voyait de dos. Et franchement, il possédait une paire de fesses remarquables, mises en valeur par son pantalon de jogging ajusté.

Une soudaine chaleur envahit ses joues, et des palpitations naquirent dans son bas-ventre. Elle avait toujours eu un faible pour les postérieurs des hommes. Non qu'elle soit sortie souvent depuis la rupture de ses fiançailles cinq ans plus tôt.

— Tu rougis, murmura Naya d'une voix audible, en pouffant et en donnant un coup de coude à Chandra.

— D'abord, tu ne peux pas savoir si je rougis, dit-elle, reconnaissante d'avoir une carnation foncée. Ensuite, personne ne t'a appris comment murmurer ? Parce que l'intérêt, c'est de *ne pas* être entendu par une autre personne.

JB s'esclaffa avant de détourner le regard quand elles reportèrent leur attention sur lui.

— Tu vois ce que je veux dire ? demanda Chandra.

Naya s'avança vers JB et lui tendit la main en battant des cils beaucoup trop longs et veloutés pour être naturels.

— Bonjour, je suis Naya Valentine, la petite sœur de Chandra. Et vous êtes ?

— Voici JB, intervint Chandra. Nous nous sommes rencontrés dans l'avion. Je te raconterai la suite plus tard.

Elle avait finalement renoncé à appeler sa famille après avoir récupéré son téléphone. Le dépanneur s'occupait de sa voiture, et JB la raccompagnait chez elle. À quoi bon alarmer les siens en leur parlant de l'accident ?

— Je te rejoindrai dans la maison d'ici quelques minutes. Mais, auparavant, pourrais-tu ouvrir le coffre de ta voiture ? S'il n'est pas bourré à craquer, JB y casera mes affaires jusqu'à ce que nous sachions où nous dormirons ce soir.

De fait, sa sœur voyageait avec beaucoup de bagages. Elle avait une valise rien que pour son maquillage et ses perruques colorées.

— Je suis surprise qu'Erica ne t'ait pas accompagnée, remarqua Chandra pendant que Naya ouvrait son coffre.

Naya tiqua à la mention de sa petite amie actuelle. Elles s'étaient rencontrées lors d'un salon d'influenceurs sur Instagram et vivaient ensemble depuis un peu plus d'un an.

— Nous en discuterons plus tard.

Un voile de tristesse assombrit les yeux de sa sœur, mais elle se reprit aussitôt et afficha son grand sourire habituel.

— Je suis ravie de vous avoir rencontré, JB. J'espère que nous nous reverrons bientôt.

Chandra se tourna vers l'homme splendide dont le regard chaleureux lui mettait tous les sens en émoi.

— Merci pour tout, JB. Je ne sais pas ce que j'aurais fait sans vous aujourd'hui.

— Vous vous en seriez très bien sortie, j'en suis sûr.

Il lui décocha un sourire ravageur qui déclencha une onde incandescente dans tout son corps et lui donna l'envie folle de découvrir la saveur de ses lèvres pleines.

— Je suis heureuse de ne pas avoir eu à le vérifier.

— Je vais mettre vos affaires dans le coffre de votre sœur.

Elle le regarda faire, impressionnée de voir qu'il réussissait à caser les deux bagages parmi ceux, frappés du logo Gucci, de sa sœur.

Quand Chandra referma le coffre, elle grimaça de douleur.

— Vous vous êtes *vraiment* blessée, constata JB, les sourcils froncés, en lui examinant le poignet.

Un hématome était apparu, et son articulation était plus sensible que tout à l'heure.

— C'est un gros hématome, Chandra. Pouvez-vous fléchir votre poignet ?

— Oui, bien sûr... Aïe ! s'écria-t-elle, tandis que la douleur irradiait le long de son bras. C'est sensible, mais ça ira.

— Votre poignet est mobile, mais il pourrait s'agir d'une entorse grave. Si la douleur persiste ou si ce mal de tête ne disparaît pas...

— Il a déjà disparu, et mon poignet va bien. Mais je vous promets de voir un médecin s'il est encore douloureux dans deux jours, dit-elle.

— Très bien.

JB lui lâcha la main, et elle ne put pas s'empêcher d'être déçue. *Tu n'es pas venue ici pour avoir une aventure avec un homme à la carrure de bûcheron et au derrière affriolant, mais pour voir ton père.*

— Encore merci pour tout.

Elle donna l'accolade à JB, s'efforçant d'ignorer combien c'était merveilleux d'être enveloppée dans les bras robustes et serrée contre le torse puissant de cet homme. Elle s'écarta de lui à regret.

— J'ai vraiment été ravie de faire votre connaissance.

Elle remonta les manches trop longues sur ses avant-bras avant de se souvenir que ce T-shirt appartenait à JB.

— Oh ! j'oubliais votre T-shirt ! Je file me changer à l'intérieur et je vous le ramène.

— Combien de temps resterez-vous en ville ?

— Une semaine, peut-être deux.

— Je le récupérerai la prochaine fois que nous nous verrons, dit-il, un sourire flirteur étirant ses lèvres sexy.

Cette perspective était si alléchante qu'une sensation électrisante se répandit dans tout le corps de Chandra. Oh ! non, ce n'était pas le moment !

— J'ignore quelle surprise mon père nous réserve. Je ne suis donc pas en mesure de faire des projets.

— Je comprends. Mais je parie que votre père a un excellent motif pour vous réunir. Si j'ai raison, appelez-moi. Vous me rapporterez mon T-shirt, et nous prendrons un café.

Ses prunelles sombres pétillaient de malice.

— D'accord ?

Elle repoussa ses cheveux poisseux derrière son oreille et acquiesça d'un signe de tête.

— Oui, pourquoi pas ?

Il arbora un large sourire et désigna son sac à main.

— Avez-vous un stylo ?

Elle lui en tendit un, et il inscrivit son nom et un numéro de téléphone sur l'emballage en plastique blanc contenant son T-shirt taché. Il lui rendit le stylo et retourna à son pick-up.

— JB ? Et si... je ne suis pas en mesure de vous revoir ?

— Vous garderez mon T-shirt en souvenir.

Il lui fit un clin d'œil avant de remonter en voiture.

Elle le suivit du regard pendant qu'il s'éloignait, regrettant de ne pas l'avoir rencontré dans d'autres circonstances. Puis elle fit demi-tour et examina la vieille demeure.

Avec sa façade dorée, son toit de tuiles en terre cuite et ses doubles portes cintrées, elle faisait penser à une villa toscane.

Au lieu du porche d'entrée typique des maisons du Sud des États-Unis, elle possédait une galerie couverte s'étirant sur tout un côté, dotée de colonnes en stuc soutenant des arcades. L'éclairage était dispensé par des lanternes suspendues au plafond et des appliques murales en fer forgé noir ayant grand besoin d'être restaurées.

Le crépi de la façade était taché et décoloré. Par endroits, Chandra distinguait d'importantes fissures. Pour autant, le bâtiment avait un énorme potentiel. Si les propriétaires avaient les moyens de le rénover, ils obtiendraient un magnifique espace pour des dégustations de vins et de petits événements. Mais, pour l'heure, Chandra avait l'impression de risquer sa vie rien qu'en montant les trois marches lézardées menant à l'entrée.

Elle poussa la lourde porte en bois par où sa sœur avait disparu un peu plus tôt. Elle s'avança à l'intérieur et examina le décor sombre et désuet. Une belle jeune femme était assise à un bureau. Derrière elle, un panneau indiquait Richardson Vineyards.

— Soyez la bienvenue, madame Valentine, déclara la jeune femme avec un sourire circonspect. Je suis Dejah Richardson, la responsable du vignoble. Votre famille vous attend dans la salle de jeux. Si vous voulez bien me suivre.

Chandra lui emboîta le pas. Elles traversèrent une grande pièce ensoleillée au décor désuet et superbement meublée, puis longèrent un couloir étroit qui donnait notamment sur une salle à manger. Finalement, Dejah ouvrit une autre porte, et Chandra entendit les voix de ses frères et de sa sœur.

Elle pénétra dans la fameuse salle de jeux.

— Bonjour ! lança-t-elle à la cantonade.

Le silence se fit.

Ses frères – Nolan, Sebastian, Alonzo et Nyles – arboraient des expressions réservées. Naya, tout sourire, se tenait auprès de leur père qui semblait joyeux.

Compte tenu de la solennité avec laquelle il les avait tous convoqués et de son humeur habituellement maussade durant ces dernières années, Chandra était surprise de voir leur père aussi content.

Se pourrait-il que JB ait raison ? Que leur père les ait réunis ici pour une sorte de séminaire afin de retrouver l'esprit de famille ? Après tout, ils avaient suivi des chemins séparés depuis cinq ans, et elle s'en sentait en grande partie responsable.

Après l'abandon de sa mère, Chandra s'était donné pour mission de maintenir la cohésion familiale. Mais après la rupture de ses fiançailles, elle avait éprouvé le besoin de changer d'air.

Elle en avait eu assez d'être toujours celle qui réglait les problèmes des uns et des autres. Elle avait alors pris une décision inattendue : elle avait quitté l'entreprise familiale et trouvé un emploi à San Diego chez Phillips Athletic Wear.

Leur père avait été malheureux, mais avait compris l'attitude de Chandra. Naya, qui possédait un don naturel pour surmonter l'adversité, s'était adaptée facilement. En revanche, ses quatre frères s'étaient montrés beaucoup moins indulgents.

Nolan, le directeur financier de Valentine's Textiles, lui avait reproché de leur avoir pour ainsi dire coupé l'herbe sous le pied.

Peut-être avait-il raison. Mais sa décision avait obligé ses frères et sa sœur à être moins dépendants d'elle. Alonzo, Nyles et Naya – les trois plus jeunes – avaient été forcés d'acquérir une certaine maturité et de se débrouiller par eux-mêmes.

Durant les cinq dernières années, Chandra avait été accaparée par son travail. Ses relations avec Nolan, Sebastian et Alonzo s'étaient distendues. Et, en l'absence de Chandra pour coordonner les vacances et les diverses réunions familiales, ils étaient tous devenus des satellites individuels gravitant autour de leur père, mais sans connexion entre eux.

Elle déplorait cette situation. Alors peut-être qu'un séminaire familial était exactement ce dont ils avaient besoin.

— Je suis content que tu aies pu venir, déclara Nolan en lui donnant l'accolade.

Elle l'étreignit, ignorant son allusion à toutes les fois où elle n'avait pas été en mesure d'assister à des anniversaires et autres fêtes familiales.

— Je suis heureuse de te voir, Nolan.

Il remonta ses lunettes sur son nez et lui adressa un sourire plus affectueux.

— Moi aussi, Chandra.

Elle échangea les mêmes accolades avec Sebastian, le directeur général adjoint de Valentine's Textiles, et Alonzo qui travaillait pour une agence de publicité à New York.

Puis Nyles, avec qui elle était restée en contact régulier, la serra chaleureusement dans ses bras.

— Je suis ravi de te voir, Chandra.

Naya s'avança à son tour vers elle, affichant une moue moqueuse.

— Maintenant que ton nouvel *ami* très sexy est parti, peut-être aurai-je enfin droit à une accolade.

— Tu as amené quelqu'un à notre réunion familiale ? demanda Alonzo, les sourcils froncés.

— Non !

Chandra jeta un regard noir à Naya avant de la serrer dans ses bras, humant son parfum délicat. Puis elle s'écarta et pointa un index menaçant vers sa sœur.

— *Rapporteuse !*

Tout le monde rit.

— Décidément, certaines choses ne changent jamais !

La remarque d'Alonzo lui valut un pincement de Naya.

— Ton parfum sent divinement bon. Il doit coûter une fortune, fit remarquer Chandra.

— En effet, répondit fièrement Naya. C'est un cadeau d'un de mes sponsors. Je dois faire une séance photos en France en février pour la promotion de son parfum.

— Je suis contente que tu réussisses aussi bien.

Ils avaient tous été inquiets quand Naya, une fois diplômée, avait voyagé à travers le monde pendant deux ans, puis avait décidé de devenir influenceuse sur Instagram à plein temps au lieu de rejoindre l'entreprise familiale. Mais durant les quatre dernières années, elle avait augmenté à la fois le montant de ses revenus et le nombre de ses abonnés tout en travaillant comme elle l'entendait.

Chandra enviait son indépendance d'esprit.

— Et moi ? Vas-tu continuer à m'ignorer ?

Son père la contemplait, les bras croisés, l'air faussement sévère. Mais un lent sourire s'épanouissait sur ses lèvres.

— Voyons, papa, je garde toujours le meilleur pour la fin, déclara Chandra en riant.

— Suis-je donc le seul à me sentir insulté ? protesta Sebastian, une lueur rieuse dans son regard sombre.

— Cesse de jouer les jaloux !

Chandra s'avança vers son père et lui donna l'accolade. Elle se laissa aller contre lui, respirant avec émotion sa senteur familière. Les accolades d'Abbott Raymond Valentine l'avaient toujours apaisée.

— Tu m'as beaucoup manqué, papa.

— Toi aussi, ma citrouille.

Cela faisait une éternité qu'il ne l'avait pas appelée par ce surnom affectueux.

Saisie d'appréhension, elle intercepta son regard.

— Que se passe-t-il, papa ?

— Asseyez-vous. Je vais tout vous dire, c'est promis.

Chandra s'installa dans une causeuse à côté de Naya. La tension crispait les épaules de sa sœur et assombrissait les beaux visages de ses frères.

Manifestement, elle n'était pas la seule à s'inquiéter pour leur père.

5

Ray Valentine ajusta ses lunettes tout en scrutant le visage de ses enfants. Sa convocation énigmatique les alarmait, et quand ils connaîtraient la grande nouvelle, ils penseraient sans doute qu'il avait perdu la tête. Une inquiétude légitime puisque sa propre mère avait été atteinte de démence sénile durant les dernières années de sa vie. Malgré tout, il espérait que ses enfants finiraient par se rallier à ses vues.

— Je vous remercie tous d'être venus. Je sais que cela n'a pas été facile de modifier vos emplois du temps en un laps de temps aussi court, mais j'ai jugé préférable de vous faire l'annonce à tous en même temps et en personne.

— *Quelle* annonce, papa ?

Chandra agrippait la main de sa jeune sœur, toutes deux blotties l'une contre l'autre dans la causeuse.

— Es-tu malade ?

— Non, chérie. Je vais bien.

Il éprouva une pointe de culpabilité à la vue de l'expression peinée de son aînée.

Elle estimait qu'il était de son devoir de prendre soin de tout le monde. Elle avait très mal vécu l'abandon de sa mère et de sa belle-mère. Et quand son fiancé l'avait quittée quelques jours avant leur mariage, elle n'avait pas pu le supporter.

Aussi ne l'avait-il pas retenue quand elle avait décidé de partir de l'entreprise familiale. Après avoir pratiquement élevé ses frères et sa sœur, il aurait été malvenu de sa part de lui reprocher de penser d'abord à elle.

— Quelques mois avant son décès, votre grand-mère m'a dit un jour : « Je t'aime, mon fils. Tu as toujours été un bon garçon, mais tu n'es pas... *lui*. »

— De qui parlait-elle ? demanda Sebastian, les sourcils froncés.

— Elle avait une crise de démence et ne t'avait pas reconnu, suggéra Nyles, mal à l'aise.

— Elle savait *exactement* qui j'étais.

Ray prit place sur un siège à l'assise en cuir usée.

— Elle était tout à fait lucide.

— Alors, que voulait-elle dire ? demanda Alonzo, perplexe.

— Je l'ignorais, mais je devinais que c'était important, comme si cela pouvait expliquer la distance que j'ai toujours perçue entre nous. Après son décès, j'ai fouillé dans ses papiers et j'ai trouvé mon vrai certificat de naissance ainsi que les certificats de naissance et de décès d'un fils dont j'avais toujours ignoré l'existence.

— Tu avais un frère ? demanda Sebastian. Que lui est-il arrivé ?

— Il se prénommait Charles et s'est noyé dans l'étang sur la propriété familiale quand il avait trois ans. Ce drame s'est produit cinq ans avant ma naissance.

— Et tes parents ne t'ont jamais parlé de lui ? s'étonna Alonzo. Tu n'as trouvé aucune photo de lui dans les albums de famille ?

— Il n'y avait que deux albums dans son coffre-fort, avec les actes d'état civil et quelques souvenirs. Les voici.

Ray désigna les deux albums posés sur la table basse.

— C'est fou !

Sebastian en ouvrit un et le feuilleta pour que ses frères puissent voir son contenu.

Naya prit l'autre et le partagea avec Chandra.

— Alors, quand grand-mère disait que tu n'étais pas *lui*, elle se référait à Charles, l'enfant qu'elle avait perdu avant ta naissance, remarqua Chandra, les larmes aux yeux.

— C'est exact.

— C'est horrible ! s'exclama Naya. Grand-mère te comparait à un frère dont tu ignorais l'existence ?

— Non, compléta Ray, la gorge serrée. Elle me comparait à leur fils.

Tous ses enfants, à l'exception de Nolan, échangèrent des regards confus.

— Mais si Charles était leur fils, il était forcément ton frère, ajouta Sebastian. À moins que...

— Tout à l'heure, tu as mentionné ton *vrai* certificat de naissance, intervint Chandra. Es-tu en train de dire...

— Eugene et Melba Valentine n'étaient pas mes parents biologiques. Ils m'ont adopté quand j'avais deux mois, à la mort de ma mère.

Chandra alla se poster derrière le siège de son père et lui enroula les bras autour du cou.

— Je suis vraiment désolée, papa.

— Tout va bien, chérie.

Il lui tapota gentiment la main.

— J'étais en partie soulagé d'apprendre la vérité. Je comprenais enfin son attitude réservée envers moi. Comme si ma vue lui causait de la déception et de la peine. Et c'était le cas, non parce que j'avais fait quelque chose de mal, mais parce que je lui rappelais l'enfant qu'elle avait perdu.

Ray s'écarta un peu pour permettre à Chandra de se percher sur le bord de son siège et de poser la tête sur son épaule.

— Après avoir découvert les certificats de naissance, je suis allé voir la sœur de ma mère, ma grand-tante Imogene. Quand je lui ai dit que je connaissais la vérité, elle m'a fourni les éléments manquants. Ma mère ne voulait pas adopter. Elle préférait essayer de concevoir un autre enfant. Mais mon père était fils unique et souffrait d'une affection cardiaque. Il redoutait de ne pas avoir d'héritier à qui léguer son entreprise et il tenait à ce qu'elle reste dans la famille, et soit dirigée comme il l'avait fait.

— En somme, tu étais leur enfant de substitution, déclara Naya avec tristesse.

— Oui.

Cette cruelle vérité le frappa de plein fouet.

— Voilà pourquoi mon père était si désireux de m'apprendre tout ce que je devais savoir au sujet de Valentine's Textiles. Il a commencé à m'emmener au bureau quand j'avais cinq ans. Notez bien, il n'était pas méchant, mais il voulait à tout prix m'enseigner le fonctionnement de l'entreprise familiale.

— *Son* entreprise, souligna Nyles, les sourcils froncés.

— *La nôtre*. Ils demeurent mes parents. Ils m'ont élevé de leur mieux et m'ont procuré une belle vie.

C'était l'argument que Ray se répétait chaque fois qu'il sentait la colère monter en lui, tel un volcan menaçant d'entrer en éruption.

— Mais mon père était trop focalisé sur la transmission de son entreprise pour comprendre que j'avais avant tout besoin de lui en tant que papa. Et ma mère avait du mal à surmonter la mort de son enfant et son sentiment de culpabilité. Peut-être était-ce pour cette raison qu'elle semblait incapable de s'attacher à moi. Elle ne s'est jamais montrée dure, mais simplement distante. Peut-être avait-elle aussi peur de trop s'attacher à un autre enfant qu'elle aurait pu perdre.

Chandra lui pressa la main. Elle avait toujours su lui insuffler un sentiment de paix et de réconfort chaque fois que son moral était au plus bas.

— Ce n'était pas une raison pour te traiter ainsi.

Les grands yeux de Naya étaient remplis de larmes.

— Peut-être. Mais je ne veux pas que vous pensiez du mal de vos grands-parents. Ce n'est pas pour cette raison que je vous ai fait venir ici.

— Alors, pourquoi sommes-nous ici ? s'impatienta Sebastian.

— N'as-tu pas envie de connaître ta famille biologique, papa ? demanda Alonzo.

— Si. J'ai passé les deux dernières années à tenter de les localiser. Mon certificat de naissance mentionne le nom de ma mère, mais pas celui de mon père. Aujourd'hui, je sais pourquoi. Il est mort quelques heures après ma naissance dans un accident de voiture entre l'hôpital où je suis né et son domicile. Je suppose qu'il était venu à l'hôpital pour me voir ou pour assister à ma naissance. Une chose est sûre, il est mort avant de retrouver sa famille.

— Il était marié ? demanda Chandra.

— Oui.

— Et comment s'appelait ce don Juan ?

Alonzo se servit une petite dose d'alcool avec la bouteille de King's Finest Bourbon posée sur la table.

Ray désigna le verre que tenait son fils.

— King Abbott.

Alonzo se figea, interloqué.

— Tu veux dire, le fondateur de la distillerie ?

— King n'en est pas le fondateur. C'était un *bootlegger* qui fabriquait de l'alcool de contrebande dans une vallée reculée des Smokey Mountains. C'est son fils, Joseph, qui a fondé King's Finest en toute légalité longtemps après la mort de son père.

— Joseph Abbott est ton demi-frère ?

Chandra écarquillait les yeux de surprise.

— Est-ce pour cette raison que nous sommes ici ? Tu envisages de lui annoncer la nouvelle ?

— C'est en partie la raison de votre présence ici, précisa Ray. Mais il n'y aura pas de confrontation pénible entre lui et moi. J'ai rencontré Joe et sa famille il y a deux semaines, lors de l'ouverture de leur restaurant. Il était aussi abasourdi que moi en apprenant la nouvelle. J'ai fait un test ADN pour le convaincre de ma bonne foi. Nous avons encore du mal à nous faire à l'idée d'être demi-frères, mais nous bavardons souvent ensemble.

Le silence régnait dans la pièce, chacun des enfants s'efforçant d'assimiler cette information.

— Cela veut-il dire que nous aurons du bourbon gratuitement ? interrogea Nyles, plein d'espoir. Parce qu'il est extra ! Je m'en ferais bien livrer une caisse.

— Bon sang, Nyles ! Qu'est-ce qui cloche chez toi ? demanda Sebastian, furieux. Ne t'avise pas de nous faire honte en réclamant du bourbon gratuit.

— Du calme, frangin. Je plaisantais, dit-il, vexé.

— Nous n'avons pas besoin de leur aumône, confirma Ray, décochant un regard sévère à son plus jeune fils. Mais j'aimerais que vous fassiez la connaissance de votre oncle et de vos cousins. Ce sont des personnes honorables. Malgré le caractère embarrassant de la situation, ils sont désireux de vous rencontrer. Ils organisent une réception pour toute la ville ce week-end, et nous sommes les invités d'honneur.

— Joseph Abbott organise une réception pour présenter son frère illégitime et ses six rejetons à toute la ville ?

Sebastian haussa les sourcils, sceptique.

— J'ai du mal à croire qu'il soit prêt à ternir la réputation de sa famille en rendant public l'adultère commis jadis par son père.

Le franc-parler de son fils fit tiquer Ray, mais il comprenait son raisonnement.

— Sebastian a raison, acquiesça Chandra. Ce n'est pas comme si cette nouvelle pouvait valoriser l'image de marque de la distillerie.

— Cela m'amène à l'autre raison pour laquelle je vous ai fait venir ici.

Ray se leva, récupéra son verre de bourbon et se posta à la fenêtre pour contempler les rangées de pieds de vigne. Puis il pivota vers les six visages qui le fixaient avec un mélange de curiosité et d'inquiétude.

— La découverte de ma filiation avec King Abbott m'a procuré un nouveau but à atteindre. J'étais curieux d'apprendre tout ce que je pouvais sur lui. Aussi, ai-je engagé un généalogiste reconnu qui a découvert, entre autres choses, qu'il s'était essayé à l'élaboration du vin.

— Tu as dû être surpris de découvrir que tu avais ce point commun avec lui, remarqua Chandra.

La viticulture était un passe-temps qu'il partageait avec Nolan, son fils aîné. Ils cultivaient la vigne dans une vieille serre sur leur propriété de Nashville et avaient réussi à obtenir de petites cuvées de bonne qualité.

— En effet. King fabriquait de l'alcool de contrebande parce que ce trafic était très lucratif, mais il avait une passion pour l'élaboration du vin. Il avait même envisagé de se lancer dans la viticulture à titre professionnel. Je crois que c'est ainsi qu'il a rencontré ma mère. Sa famille possédait un petit vignoble. Celui-ci.

Ray désigna les vignes alentour.

— Nous sommes aussi parents avec les Richardson ?

Nyles semblait paniqué à cette idée, sans doute parce qu'il flirtait outrageusement avec Dejah Richardson depuis son arrivée.

— Je te rassure, fiston, Dejah n'est pas une parente.

Tout le monde se mit à rire.

— Le domaine a été vendu trois fois depuis la mort de ma mère biologique. D'abord à une famille italienne qui a acheté la propriété attenante pour y bâtir cette demeure incroyable. Quand cette famille a décidé de retourner en Italie, elle a vendu le domaine aux Richardson, lesquels ont agrandi le vignoble jusqu'à sa taille actuelle. Ils étaient d'excellents vignerons, mais de piètres gestionnaires.

Il baissa la voix.

— Comme vous pouvez le constater, ils n'ont pas investi beaucoup d'argent pour entretenir la demeure.

— Tu viens de dire que le domaine a été vendu trois fois depuis la mort de ta mère, remarqua Sebastian. À qui appartient-il, aujourd'hui ?

— À nous.

— Quoi ?

La stupéfaction se peignit sur le visage de cinq de ses enfants. Après un bref instant de silence, tout le monde se mit à parler en même temps.

— Papa, je t'en prie, rassure-moi. Tu n'as pas acheté ce vignoble sur un coup de tête ! supplia Chandra.

— Quand tu dis qu'il nous appartient, qui est ce « nous » ? demanda Alonzo, l'air inquiet.

— Comment as-tu pu prendre une telle décision sans nous consulter ? protesta Sebastian, furieux.

— Manifestement, l'un d'entre nous a été consulté, intervint Naya, désignant Nolan. Parce que celui qui aide papa à cultiver son lopin de vigne demeure étrangement silencieux et ne paraît pas aussi abasourdi que nous par cette révélation.

Toutes les têtes se tournèrent vers Nolan, lequel s'agitait nerveusement sur son siège.

— Il se trouve que je suis le directeur financier de Valentine's Textiles.

— Quel est le rapport avec l'acquisition de papa ? demanda Chandra.

Cette fois, tous les regards convergèrent vers Ray.

Il vida son verre de bourbon avant de le poser sur la table puis se redressa de toute sa hauteur.

— Parce que je vends Valentine's Textiles.

Ignorant les cris de surprise, il poursuivit :

— Nous avons reçu une offre d'un conglomérat californien qui essaye de nous racheter depuis des années. J'étais sur le point de décliner à nouveau son offre quand j'ai compris que j'avais toujours détesté notre entreprise. Ce métier ne m'a jamais passionné. Mes parents m'ont *acquis* pour que je prenne la relève. Voilà pourquoi ces responsabilités pesaient si lourdement sur mes épaules. Je refuse de les assumer plus longtemps. Je veux bâtir quelque chose qui me passionne. Créer mon propre héritage familial..., à l'instar de Joseph.

— Papa, je comprends ce que tu ressens.

Les yeux de Chandra étaient remplis d'inquiétude.

— Mais racheter ce vieux vignoble sur un coup de tête en espérant le transformer en une entreprise comparable à celle des Abbott..., c'est déraisonnable. Il leur a fallu plus de cinquante ans et trois générations pour bâtir leur empire.

— C'est pourquoi j'ai dit que *nous* étions propriétaires de ce vignoble. Je veux qu'il constitue notre héritage. Nous le bâtirons ensemble en y mettant tout notre cœur et nos efforts.

Sebastian se leva, le regard chargé de colère et de douleur.

— Ainsi, tu décides tout à trac de vendre l'entreprise textile sans même nous consulter, excepté Nolan ? Tu as pris cette décision sans tenir aucun compte du fait que j'ai consacré toute ma carrière à diriger et développer l'entreprise. Peut-être que Nolan s'en moque. Mais t'es-tu demandé un seul instant ce que je ressentirais à l'annonce de ta décision ?

À l'exception des jumeaux, tous ses enfants avaient travaillé pour Valentine's Textiles, même si Alonzo et Chandra avaient ensuite tenté leur chance ailleurs. Il restait Nolan et Sebastian qui avaient fait toute leur carrière dans l'entreprise familiale, respectivement en qualité de directeur financier et de directeur général adjoint. Ray regrettait qu'ils aient suivi son exemple et consacré leur vie à Valentine's Textiles, car leur investissement personnel leur avait coûté chacun leur mariage.

Ray exhala un soupir peiné. Il savait que Sebastian serait le plus bouleversé de tous par cette vente. Mais il n'arrivait pas à se reprocher d'avoir fait un choix qui lui paraissait juste.

— Bien sûr que si, j'ai pensé à toi, mon fils. J'apprécie tous les efforts que ton frère et toi avez faits pour accroître la valeur de Valentine's Textiles. C'est pourquoi j'ai insisté auprès des nouveaux propriétaires pour qu'ils vous gardent à vos postes respectifs si vous décidez de rester. J'en ai déjà discuté avec Nolan. Il est tout disposé à participer à ma nouvelle entreprise. Mais si ce n'est pas ton cas, les nouveaux propriétaires seront ravis qu'un Valentine continue de les représenter. Ils m'ont même demandé si je pensais que tu étais apte à devenir directeur général.

Sebastian semblait abasourdi.

— Tu m'as recommandé pour ce poste ?

— Bien sûr. Tu le mérites amplement.

Ray posa une main sur l'épaule de son fils.

— Même si je préférerais t'avoir à mes côtés pour bâtir notre propre héritage sur la terre ayant jadis appartenu à la famille de ma mère et pour réaliser l'œuvre dont mon père biologique avait rêvé. J'entreprends cette nouvelle tâche non parce que j'y suis obligé, mais par passion. Je ne me suis jamais senti aussi en paix que depuis le jour où j'ai foulé le sol de ce domaine.

— Papa, je comprends pourquoi tu l'as acheté, intervint Chandra. Je peux même comprendre pourquoi tu as décidé de vendre l'entreprise familiale. Mais nous avons chacun notre vie. Je travaille à San Diego, Naya à Los Angeles, Alonzo à New York et Nyles à Atlanta. Tu ne peux pas nous demander de renoncer à notre carrière parce que tu as soudain décidé de te lancer dans la viticulture ! Que se passera-t-il si tu changes d'avis dans quelques mois ? Ou si ton projet échoue ?

— Travailler dans le secteur du textile n'est peut-être pas passionnant, mais le marché est stable, de même que les revenus générés par l'entreprise, ajouta Alonzo. Ce que tu nous demandes, papa, est extrêmement risqué.

Alonzo n'avait pas tort. Chacun de ses enfants possédait des actions dans l'entreprise textile. Il les leur avait offertes à leur naissance, puis lors de leur vingt et unième anniversaire. Les revenus de ces actions les aidaient à financer leur train de vie.

Surtout Nyles. Leur demander de renoncer à leur carrière bien rémunérée et à leurs dividendes trimestriels était un pari risqué. Mais Ray avait un plan pour que ce risque vaille la peine d'être pris.

— Je ne vous demande pas de me suivre aveuglément. Si vous décidez de rejoindre Valentine's Vineyards (son cœur se gonfla de joie en prononçant ces mots à voix haute pour la première fois devant ses enfants), vous aurez une rémunération comparable à vos salaires actuels.

J'ai enfin réussi à capter leur attention.

— Et si vous m'aidez pendant trois ans à transformer ce vignoble en l'empire viticole auquel je crois, vous recevrez un septième du prix de vente de l'entreprise textile *plus* les intérêts accumulés durant ce laps de temps.

— C'est une offre généreuse, papa, admit Chandra au bout de quelques minutes. Mais elle mérite réflexion.

Ray savait qu'il aurait du mal à convaincre ses enfants. Il s'attendait à un refus de la part de Sebastian et d'Alonzo. Peut-être même essayeraient-ils de persuader leurs frères et sœurs qu'il avait besoin d'être placé sous tutelle.

— Bien sûr, chérie.

Il s'empara de la main gauche de Chandra et sursauta quand elle hurla de douleur.

— Mon Dieu, que t'arrive-t-il ?

— En venant ici, j'ai eu un accident de voiture en voulant éviter une famille d'ours qui traversait la route, expliqua Chandra en enserrant son poignet.

Toute l'assemblée était en état de choc. Une fois remis de ses émotions, Ray enveloppa une poche de glace dans une serviette et la posa délicatement sur le poignet de Chandra pendant qu'elle racontait comment l'homme qu'elle avait rencontré dans l'avion l'avait secourue sur la route.

— Ainsi, cet homme te vole ta place dans l'avion, se montre très prévenant envers toi durant le vol, puis se porte à ta rescousse quand ta voiture finit dans le ravin ?

Sebastian secoua la tête, sceptique.

— C'est une curieuse coïncidence. Je n'aime pas ça.

Chandra le foudroya du regard.

— Qu'est-ce qui te déplaît, Sebastian ? Le fait que JB m'ait évité une crise de panique dans l'avion ? Ou une mort solitaire au fond d'un ravin ?

Nyles posa une main sur l'épaule de Sebastian.

— Crois-moi, frangin, tu ferais mieux de laisser tomber.

— Et d'être reconnaissant envers JB, ajouta Naya en croisant les bras. Sans lui, nous serions là à attendre Chandra et à nous demander ce qui lui est arrivé.

— Tu as raison, admit Sebastian. Je suis content que tu ailles bien, sœurette.

— Merci, Sebastian.

— Le fait que ce JB soit grand, brun et beau est un atout supplémentaire en sa faveur, déclara malicieusement Naya.

Cette remarque suscita des commentaires grivois de la part de ses frères et un « rapporteuse ! » de la part de Chandra. Ray ne put pas s'empêcher de rire. Comme la présence de tous ses enfants lui avait manqué !

Il passa un bras autour des épaules de Chandra et baissa la voix :

— Tu apprécies cet homme, non ?

— Il est sympathique et attentionné. Et oui, il est beau. Alors, c'est vrai, j'ai éprouvé un petit coup de cœur pour lui.

— Tu sais que plus personne ne parle de « coup de cœur » de nos jours, n'est-ce pas ?

Naya avait glissé la tête entre eux, comme quand elle était petite et qu'elle écoutait leurs conversations.

— Et toi, tu sais qu'il s'agit d'une conversation privée, n'est-ce pas ? répliqua Chandra.

Naya s'éloigna comme si de rien n'était.

Ray opina du chef en riant.

— Comme je disais, reprit Chandra, il se peut que j'aie le béguin pour lui. Mais ce n'est pas sérieux. Par ailleurs, il vit ici et moi non. Donc, fin de l'histoire.

Elle posa la poche de glace sur la table et se leva.

— J'ai faim. Je vais prendre un sandwich. Tu veux que je t'en apporte un ?

Elle désigna les assiettes garnies d'encas que Dejah venait de déposer sur le buffet, et que ses frères attaquaient.

— Non, merci.

Ray but une gorgée de bourbon. Il espérait que cette ville lui offrirait les deux choses qu'il désirait le plus au monde : bâtir son propre héritage afin de le léguer à sa famille et voir ses six enfants trouver le bonheur qui lui avait toujours échappé.

6

Julian gara le pick-up que lui avait confié Elias dans l'allée gravillonnée menant à la maison de sa mère. Il aperçut sa petite voiture rouge stationnée à l'entrée des massifs fleuris qui faisaient sa fierté. Le jardinage était la seule chose qui semblait la rendre heureuse depuis la mort de son mari, vingt ans plus tôt.

Il mit pied à terre, mais laissa ses bagages en place, car il ne dormirait pas chez sa mère. Il était convenu que, pour son retour à Magnolia Lake en tant que médecin généraliste, il bénéficierait d'un logement et d'un véhicule.

Julian se mit une main en visière pour se protéger du soleil éblouissant de l'après-midi et examina la modeste habitation. Sa façade et la clôture avaient été récemment repeintes en blanc.

Des arbustes et des vivaces à floraison automnale ajoutaient des touches de couleur à la structure d'un blanc éclatant et procuraient un certain cachet extérieur à la maison centenaire. Son père l'avait achetée en très mauvais état avant la naissance de Julian et l'avait rénovée petit à petit.

Julian se demandait parfois comment sa mère avait pu y rester durant toutes ces années, car chaque pièce conservait le souvenir de son père, un homme grand et aimable, avec des yeux pétillants, un sourire contagieux et un rire tonitruant.

— Tu comptes rester planté là ?

Le regard de Julian croisa celui de sa mère, en tout point semblable au sien. Il avait hérité de ses yeux et de son nez mais, pour le reste, il était le portrait craché de son père.

Cela expliquait peut-être la souffrance qu'il percevait dans le regard de sa mère chaque fois qu'elle le contemplait, un peu comme si elle voyait le visage fantôme de son mari sur la personne qu'elle rendait responsable de sa mort.

— Bonjour, maman, dit-il en avançant vers elle. La maison est comme neuve. Quand l'as-tu fait repeindre ?

— Au début de l'année. J'ai aussi fait rénover la cuisine et la salle de bains.

Luetta Brandon posa ses gants de jardinage et les fourra dans la poche de son tablier.

Ils échangèrent l'inévitable accolade. Sauf que, cette fois, sa mère le retint un peu plus longtemps. Cela lui rappela les tendres étreintes qu'elle lui donnait quand il était enfant.

— Tu aurais dû me dire que tu voulais effectuer ces travaux. J'aurais au moins repeint la façade et la clôture.

Il l'avait déjà fait à deux reprises durant les douze années qui avaient suivi son départ de Magnolia Lake.

— Je sais, Jules. Mais tu es un médecin occupé, maintenant. Tu as à peine le temps de passer voir ta mère.

Premier reproche.

Mais, pour être franc, il le méritait.

Julian était en contact régulier avec sa mère, mais évitait de revenir à la maison, persuadé que ni l'un ni l'autre n'avaient envie de passer des week-ends de vacances embarrassants. À moins qu'il lui ait attribué ses propres sentiments pour se sentir moins coupable de rester éloigné ?

— Je suis désolé de ne pas être venu plus souvent, maman.

— Tu te lançais dans toutes les aventures possibles avant de revenir ici, Magnolia Lake n'est pas une prison.

— Je sais. Mais je mentirais si je te disais que les avantages de la vie citadine ne vont pas me manquer.

— Les avantages ?

Elle tira sur sa barbe.

— Comme un bon barbier ? Sache qu'il y en a ici aussi, monsieur l'homme des cavernes, dit-elle en riant. J'ai failli ne pas te reconnaître. Pour un peu, je te prenais pour un rôdeur et j'allais chercher ma carabine.

Deuxième reproche. Il faisait toujours tout de travers.

— Je ne suis ici que depuis cinq minutes, maman. Pourrions-nous éviter la sempiternelle discussion sur mes choix de vie contestables ? suggéra-t-il, plaisantant à moitié.

— Rassure-toi, je n'ai qu'une heure à te consacrer, en cette fin d'après-midi.

Elle consulta sa montre, un cadeau de son époux pour leur dixième anniversaire de mariage. Elle la quittait rarement.

— Je me suis portée volontaire pour travailler dans l'équipe du soir. Mes collègues ont des enfants ou des petits-enfants dont ils doivent s'occuper.

Elle dit cela d'un ton neutre. Pourtant, il ressentit une pointe de culpabilité.

Sa mère était infirmière dans le service de néonatalogie du principal hôpital de Gatlinburg. Quand il était enfant, elle voulait qu'il devienne médecin. À l'époque, il rêvait d'être super héros ou pompier. Mais le jour où Joseph Abbott lui avait demandé ce qu'il souhaitait faire lorsqu'il serait grand, il avait répondu aussitôt qu'il aimerait être médecin.

Comme s'il espérait que sa mère lui pardonne d'avoir détruit leur vie.

— Désolé. J'avais prévu d'arriver ici plus tôt, mais…

Il se remémora le beau visage de Chandra, et sa bouche s'incurva en un sourire involontaire.

— J'ai dû m'arrêter pour secourir une personne qui a eu un accident. Il s'avère que c'était ma voisine dans l'avion.

— Ton père aurait fait la même chose, dit-elle avec fierté. Je suppose qu'elle était belle.

— Comment le sais-tu ?

— Je suis encore ta mère, Julius Aurelius Brandon. L'étincelle dans ton regard et ce petit sourire rêveur t'ont trahi. Vit-elle ici ?

— Non. Elle est en ville pour retrouver son père ainsi que ses frères et sa sœur au domaine des Richardson. Elle était inquiète parce que son père s'était montré mystérieux sur la raison de leur présence ici.

— Le vignoble s'appelle désormais Valentine's Vineyards. Les Richardson l'ont vendu il y a quelques semaines. La femme que tu as aidée fait-elle partie de cette famille ?

— C'est possible.

Elle consulta à nouveau sa montre.

— As-tu faim ? Il reste du rôti braisé et de la purée de pommes de terre d'hier soir, si tu as le temps de prendre un déjeuner tardif.

— Volontiers.

Pendant que sa mère faisait réchauffer les restes, il examina les aménagements apportés à la maison. Puis ils prirent place à table et mangèrent tout en échangeant des informations sommaires sur leur vie – le genre de conversation superficielle que l'on avait avec un inconnu.

— Je sais que tu as droit à un logement très confortable, intervint sa mère. Mais ici, tu es toujours chez toi, et il y a suffisamment de place pour nous deux.

Lui faisait-elle cette offre parce qu'elle s'y sentait obligée ou parce qu'elle avait vraiment envie qu'il emménage chez elle ?

— Je te remercie, mais mon retour ici représente un changement de vie important pour moi. Il est préférable que nous ayons chacun notre propre espace.

— Tu as sans doute raison, dit-elle en débarrassant la table.

La tristesse qu'il perçut dans la voix de sa mère lui transperça le cœur. Peut-être essayait-elle de se faire pardonner la rancœur qu'elle lui avait témoignée par le passé. Si elle avait fait amende honorable quelques années auparavant, il aurait pu oublier. Mais le petit garçon au cœur brisé qui recherchait désespérément l'approbation de sa mère était devenu un homme qui éprouvait des ressentiments à son égard. Il n'était pas disposé à lui pardonner facilement.

Julian se leva.

— Je ferais mieux de partir. Je dois voir Joe et Duke Abbott à mon nouveau cabinet dans une quinzaine de minutes. Mais je reviendrai te voir bientôt.

Sa mère lui tendit une boîte alimentaire remplie de restes.

— Au cas où ton réfrigérateur serait vide.

Julian remercia sa mère puis remonta en voiture pour rejoindre Joseph Abbott, fondateur de la King's Finest Distillery et son fils Duke, directeur général de l'entreprise. Il fut surpris de trouver un bâtiment flambant neuf et ultramoderne, cadeau de la famille Abbott à la commune.

Le cabinet de Julian était situé au premier étage du nouveau centre médical Abbott. L'immeuble était destiné à héberger aussi un cabinet dentaire et une pharmacie. Dr J. Brandon était indiqué sur le tableau d'affichage dans le hall et sur la porte de son cabinet.

Il avait redouté son retour dans sa ville natale, mais la vue de la plaque à son nom sur cette porte le remplit de fierté. Il avait atteint son objectif, et les Abbott l'accueillaient à bras ouverts... Ce qui rendait plus compliquée la demande qu'il s'apprêtait à faire à Joseph.

Après un rapide tour des lieux, Duke s'éclipsa, expliquant qu'il devait garder ses petits-enfants. Dès qu'il fut parti, Joseph contempla Julian avec méfiance. Les années et une attaque cérébrale l'avaient beaucoup vieilli. Il semblait presque frêle.

— À l'évidence, quelque chose te tracasse, dit-il. De quoi s'agit-il ?

Il avait beau être âgé, il avait l'esprit toujours aussi affûté, songea Julian. Il s'éclaircit la gorge, mal à l'aise.

— Monsieur Abbott, je vous suis très reconnaissant de tout ce que vous avez fait pour moi. Et je suis prêt à remplir ma part de notre accord.

— Mais ?

Joseph prit place sur une chaise, les bras croisés.

Julian s'assit à côté de lui.

— Vous avez investi beaucoup d'argent pour financer mes études. Je souhaiterais vous rembourser cette dette... majorée des intérêts.

Il sortit de son portefeuille un chèque mentionnant un montant à six chiffres et le lui tendit.

Joseph Abbott l'examina attentivement.

— Tu préfères me rembourser au lieu d'exercer comme médecin de la ville pendant quatre ans ?

— Oui, monsieur.

— Non, mon garçon, répondit Joseph en lui rendant le chèque. Je n'ai pas besoin de ton argent, mais cette ville a besoin de toi. Et peut-être as-tu besoin d'elle, aussi.

Julian avait espéré que Joe Abbott serait tenté par son offre. Mais, le connaissant, il n'était pas surpris par son refus.

— Dois-je m'inquiéter de l'origine de cet argent ? demanda Joseph.

— Non, monsieur. Je l'ai gagné honnêtement. Avec quelques amis, j'ai commencé par acheter, rénover et revendre des bâtiments pour en tirer une plus-value. Puis j'ai réalisé des investissements immobiliers et en Bourse.

— Je vois. Si tu t'es efforcé de gagner autant d'argent, c'est que la sortie de notre accord était importante pour toi.

— En effet.

— Peux-tu m'expliquer pourquoi ?

— Je me suis construit une vie agréable à Philadelphie.

— Et ta mère ? demanda Joseph.

Julian soupira, en proie à un sentiment de culpabilité.

— J'aime ma mère. Mais vous savez combien nos relations sont difficiles. Mon retour réveille de douloureux souvenirs pour nous deux.

— Ta mère t'aime beaucoup, et les habitants de cette ville sont ravis de ton retour. Quant à ces souvenirs... les affronter sera bien plus efficace qu'essayer de les fuir.

Les paroles du vieil homme le frappèrent en plein cœur. Fuir ses souvenirs était précisément ce qu'il essayait de faire depuis des années. Pourtant, ils ne cessaient de le hanter. Tout compte fait, peut-être Joseph avait-il raison.

— J'ai respecté mes engagements et j'attends de toi que tu fasses de même.

Joe se leva et sortit une enveloppe de la poche de sa veste.

— À l'intérieur, tu trouveras l'adresse de ta cabane et trois clés : pour la cabane, le cabinet et la voiture garée dans l'allée. Ton logement est entièrement aménagé, et ton équipe a hâte de travailler avec toi. N'hésite pas à m'appeler si tu as besoin de quoi que ce soit.

Julian accepta l'enveloppe.

— Merci pour tout, monsieur Abbott.

Joseph lui tapota le bras en souriant, puis s'éclipsa.

Julian examina son cabinet luxueux, souhaitant de tout son cœur avoir pris la bonne décision en revenant ici.

Il sortit de l'immeuble et se rendit à la ferme du vieux Simpson pour lui livrer le pick-up. En cours de route, il ne put pas s'empêcher de penser à Chandra, la jeune femme fascinante qu'il avait rencontrée dans l'avion.

Il espérait que son entrevue avec sa famille s'était bien passée. Mais il avait surtout très envie de la revoir avant qu'elle quitte la ville avec son T-shirt préféré.

S'il était chanceux, il la reverrait, affublée de son seul T-shirt.

7

Cela faisait deux jours que son père l'avait stupéfiée, ainsi que ses frères et sa sœur, en leur apprenant qu'il était un enfant adopté, le demi-frère de Joseph Abbott – fondateur de la très renommée King's Finest Distillery – et le nouveau propriétaire du domaine viticole délabré des Richardson.

Chandra fléchit son poignet toujours aussi douloureux. Elle aurait préféré attendre qu'il guérisse tout seul, mais son père avait demandé à Dejah de lui prendre un rendez-vous avec le médecin local. Chandra jeta un coup d'œil à la jeune femme qui la conduisait au cabinet médical dans sa vieille jeep déglinguée.

Dejah Richardson, la benjamine des précédents propriétaires, avait accepté de travailler pour le père de Chandra. Elle adoptait une attitude circonspecte vis-à-vis des Valentine. Sans doute souffrait-elle de voir quelqu'un d'autre tenir les rênes du vignoble de sa famille.

Selon son père, Dejah lui serait d'une aide inestimable, mais Chandra ne pouvait pas s'empêcher de s'interroger sur les vraies raisons qui la poussaient à demeurer sur le domaine.

— Qu'est-ce qui vous a décidée à rester ici quand votre famille a choisi de vendre le vignoble ? demanda Chandra.

Les narines de Dejah frémirent, et elle ne quitta pas la route des yeux.

— Je participe aux vendanges et j'apprends tout ce qui a trait à l'élaboration du vin depuis que j'ai quatre ans. Ce vignoble est toute ma vie. Où pourrais-je aller ?

N'importe où.

Les opportunités ne devraient pas manquer à une jeune femme aussi intelligente et pleine de ressources que Dejah. Mais Chandra ne la connaissait pas suffisamment pour savoir ce qu'elle attendait de la vie. Peut-être y avait-il quelque chose ou quelqu'un qui la retenait dans cette ville.

Elle lui aurait volontiers posé la question, mais Dejah n'avait pas envie de poursuivre la discussion.

— Je vous remercie d'être restée. Mon père est animé de bonnes intentions, mais je ne suis pas sûre qu'il se rende compte de l'ampleur de la tâche.

Chandra regarda par la vitre de sa portière tandis que la jeep empruntait un pont à une voie enjambant une rivière. Puis elles longèrent une rue bordée de bâtiments et de magasins aux façades colorées et pittoresques.

— Nous y sommes.

Dejah s'arrêta devant un édifice résolument moderne.

— Le cabinet médical se trouve au premier étage. Le docteur Jules s'occupera bien de vous. Je serai de retour dans une heure et demie environ. Je vous attendrai devant le Magnolia Lake Bakery, de l'autre côté de la rue. En cas de besoin, appelez-moi.

Après avoir remercié Dejah, Chandra pénétra dans le cabinet du Dr J. Brandon.

— Bonjour, j'ai rendez-vous avec le Dr Brandon au sujet de mon poignet.

— Oui, l'accident de voiture, acquiesça une jolie brunette arborant des lunettes à la monture colorée. Vous avez eu de la chance de ne pas avoir été blessée plus gravement.

— J'en suis consciente.

Chandra se sentait stupide chaque fois qu'elle devait raconter son accident. Elle balaya du regard la salle d'attente occupée par plusieurs jeunes femmes portant des paniers ou des paquets joliment emballés.

— Le docteur est-il en retard ?

— Non, pas du tout, répondit la réceptionniste, visiblement offensée. Ne vous inquiétez pas, le Dr Jules s'occupera de vous *après* que vous aurez rempli ce document.

Elle lui tendit un dossier et un stylo. De fait, quand elle eut fini de remplir la fiche, elle fut appelée par une infirmière qui lui prit ses constantes et lui posa quelques questions complémentaires. Puis elle la laissa dans la salle d'examen.

En attendant l'arrivée du praticien, Chandra consulta ses mails. Un coup frappé à la porte la fit sursauter.

— Entrez, dit-elle.

Mais quand elle leva les yeux de son téléphone, l'homme qui la fixait, vêtu d'une blouse blanche, un stéthoscope autour du cou, ne ressemblait pas au médecin d'âge mûr qu'elle s'imaginait voir.

Le visage rasé de ce tout jeune médecin était incroyablement beau et étrangement familier. La barbe sexy qu'elle avait admirée dans l'avion avait disparu. Mais elle aurait reconnu entre mille ces yeux sombres et ce sourire ravageur.

— Madame Valentine. Je vois que ce poignet vous fait toujours souffrir.

— JB ? s'exclama-t-elle, interloquée. Vous êtes le docteur Jules ?

— Désolé. Je ne suis pas la femme blanche d'âge moyen que vous vous attendiez à voir.

Il rit, le regard pétillant de malice.

— Jules est un surnom qui date de mon enfance et qui me colle à la peau. Cela fait partie des risques que l'on prend quand on retourne dans sa ville natale. Je me suis absenté pendant dix ans, je suis devenu un médecin dûment diplômé, mais la plupart des habitants me voient toujours comme le petit Jules poursuivi par un chevreau dans Main Street.

Chandra rit de bon cœur en se rendant compte qu'elle s'était languie du tout jeune médecin de la ville.

— Vous êtes... *différent* sans votre barbe.

— Je sais, soupira-t-il en frottant son menton. Je l'ai rasée pour faire plaisir à ma mère. Mais je le regrette. J'aimais bien mon apparence d'homme des cavernes. Elle rappelait aux habitants que je n'étais plus un gamin espiègle.

— Non, en effet. Vous êtes devenu un adulte espiègle.

— Je plaide coupable.

JB rit en se lavant les mains.

Chandra ne put pas s'empêcher de l'observer. Même vu de

dos, courbé au-dessus du lavabo, cet homme était d'une beauté frappante.

Elle sentit ses joues s'enflammer. Durant ces deux derniers jours, elle avait imaginé son mystérieux prince charmant barbu penché sur elle et la prenant par-derrière. À cet instant, elle se trouvait stupide et honteuse. Certes, il était adulte et médecin, mais il paraissait... jeune. Beaucoup trop pour une femme de presque quarante ans.

Dieu merci, elle n'avait pas donné suite à sa proposition de le contacter si elle avait eu besoin de... *quoi que ce soit*. Et malgré les pensées érotiques qu'elle avait eues au sujet de Julian, il ne s'était rien passé entre eux. Elle n'avait donc aucune raison de culpabiliser.

— Et maintenant, madame Valentine, voyons ce poignet.

Le reste de la consultation se déroula normalement. Il l'appela Mme Valentine. Elle l'appela Dr Brandon. Elle s'efforça d'ignorer l'onde de chaleur qui se diffusait sur sa peau tandis qu'il s'emparait délicatement de son poignet pour l'examiner. Et elle se retint sagement de descendre de la table d'auscultation pour s'installer à califourchon sur les genoux de Julian alors qu'il était assis à côté d'elle sur un tabouret à roulettes.

Après tout, elle n'était pas une séductrice en manque de sexe, prête à tout pour emmener cet homme splendide dans son lit.

Bon, d'accord. Elle était en manque de sexe... et brûlait d'envie de coucher avec lui, mais elle n'était pas une séductrice.

— Madame Valentine ?

JB la fixait d'un air amusé, et elle devina qu'il avait dû l'interpeller plus d'une fois.

Un flot de chaleur lui monta au visage.

— Oui, docteur ?

— Je vous demandais si votre voiture de location avait été remplacée, dit-il, retournant se laver les mains.

— Non. Mon père, mes frères et ma sœur ont chacun une voiture. Par ailleurs, mon poignet est encore douloureux, et je préfère ne pas prendre le volant.

— Comment êtes-vous venue en ville ?

— Dejah Richardson m'a déposée en allant faire des courses.

Elle m'attendra devant la cafétéria de l'autre côté de la rue dans environ une heure.

— Vous êtes entre de bonnes mains. Vous voudrez bien saluer Dejah de ma part.

Tandis que le regard intense de JB s'attardait sur elle, une étrange sensation naquit au creux de ses cuisses.

Pourquoi cet homme lui donnait-il le sentiment d'être une adolescente ayant le béguin pour le plus beau garçon du lycée ?

— Nous ferons une radio pour nous assurer qu'aucun des petits os de votre poignet n'a été endommagé.

Il s'adossa au comptoir, les bras croisés.

— S'il s'agit d'une entorse bénigne, comme je le pense, les ligaments ont dû s'étirer pendant que vous agrippiez le volant lors de l'accident. Nous suivrons le protocole habituel : mise au repos, application de froid sur la zone, compression par un bandage et élévation à l'aide d'une écharpe d'immobilisation. Avec la prise d'un antalgique en cas de besoin. Suivez ces recommandations et vous serez très vite guérie.

— Merci, docteur.

Il fit un bref signe de tête et sortit de la salle.

Chandra ne souhaitait pas que JB flirte avec elle maintenant qu'elle savait qu'il était beaucoup plus jeune qu'elle. Pourtant, elle se sentait un peu offensée par son attitude professionnelle et son soudain manque d'intérêt qui s'expliquait, elle en était presque sûre, par l'inscription de son âge sur sa fiche.

Après la radio, il lui banda le poignet, puis lui dit au revoir. L'infirmière prit le relais et appliqua le protocole de soin avant de rediriger Chandra vers l'accueil.

Une jolie rousse s'avança vers la réceptionniste pendant que Chandra sortait sa carte de crédit.

— Je suis là depuis *une éternité*, se plaignit-elle, agrippant son panier en osier. Comment se fait-il que d'autres personnes passent avant moi ?

Elle décocha un regard furieux à Chandra.

— Parce qu'elles ont pris rendez-vous en raison d'un véritable problème médical et non pour faire une visite de courtoisie non programmée au docteur. Comme je vous l'ai dit, je comprends que vous n'ayez pas le temps d'attendre qu'il se libère et je lui remettrai volontiers le...

— Non.

La rousse retira vivement le panier des bras tendus de la réceptionniste - Lindee, d'après son badge.

— Je le donnerai moi-même à Jules.

— Comme vous voudrez. Mais vous devrez attendre qu'il ait vu ses vrais patients.

La rousse s'éloigna en exhalant un soupir rageur.

— Désolée, s'excusa Lindee. Depuis son retour, le docteur Jules est devenu le plus beau parti de Magnolia Lake.

Elle désigna les jeunes femmes qui patientaient avec des cadeaux.

— Qui a-t-il supplanté ?

— Cole Abbott. Il a surpris tout le monde en se fiançant quelques mois plus tôt.

Évidemment.

Chandra jeta un coup d'œil à la porte menant au bureau du docteur. Hélas, elle en était quitte pour cesser de fantasmer sur son beau prince charmant.

Julian pénétra dans son bureau pour traiter ses messages. Il regarda par la fenêtre au moment où Chandra traversait la rue. Il avait eu envie de lui donner l'accolade, comme quand ils s'étaient séparés au domaine. Mais elle était venue ici pour le consulter en tant que médecin local, et une telle familiarité lui avait semblé inappropriée.

Il sursauta en entendant un coup léger à sa porte. Lindee, sa réceptionniste et amie d'enfance, s'avança vers lui, un grand sourire aux lèvres.

— Jules, nous avons deux annulations de dernière minute. Ton prochain rendez-vous est programmé après le déjeuner. Veux-tu voir les dames qui t'attendent dans la salle d'attente ?

Oh ! non. Il préférerait siroter un café en compagnie de la fascinante Mme Valentine.

Il jeta un nouveau coup d'œil par la fenêtre.

— En fait, je dois sortir. Je serai de retour dans une heure. S'il te plaît, propose-leur à nouveau de récupérer les paniers de ma part. Si elles préfèrent attendre, je les verrai à mon retour.

— Mais je...

— Je te rapporterai une boîte de ces pattes d'ours dont tu raffoles.

Sans délai, il ôta sa blouse blanche et sortit par la porte de derrière au lieu de traverser la salle d'attente.

Il se dirigea en courant vers le Magnolia Lake Bakery. Après avoir repris son souffle, il s'approcha du comptoir au moment où Chandra passait sa commande.

Elle portait une jupe noire à la coupe courte et évasée, un chemisier blanc et un manteau en laine gris. Sa chevelure brune retombait en boucles souples et soyeuses sur l'une de ses épaules. La peau sombre de ses jambes fuselées évoquait la douceur du satin. Et son parfum subtil de chèvrefeuille semblait flotter dans l'air, lui rappelant ces jours lointains où il jouait dans l'arrière-cour avec son père.

— Vous ajouterez l'addition à ma commande, dit-il à la caissière alors que Chandra cherchait son portefeuille.

La caissière regarda Chandra, attendant son approbation. Elle acquiesça d'un signe de tête réticent avant de se tourner vers lui, les bras croisés et la mine perplexe.

— Je crois qu'il vaut mieux que nous reprenions tout depuis le début, dit-il, lui tendant la main. Je suis le docteur Julian Brandon, de retour dans ma ville natale, à l'instar du fils prodigue. JB est le diminutif dont on m'a affublé depuis mes années d'études à Philadelphie.

— Chandra Valentine.

Elle lui serra la main sans se départir de sa méfiance.

— Invitez-vous toutes vos patientes à déjeuner, docteur Jules ?

Quelle poisse ! Il aurait préféré qu'elle n'ait jamais eu vent de ce surnom ridicule. Il tentait de s'en débarrasser depuis l'âge de dix ans. L'ajout de son titre de docteur ne contribuait pas à le rendre plus acceptable.

— Uniquement les très jolies patientes qui se sont blessées au poignet en essayant d'éviter un ours.

Et, soudain, sa moue réticente se métamorphosa en un adorable sourire.

Fou de joie, il commanda un sandwich et un café, puis ils s'installèrent dans une alcôve.

Chandra croisa les mains sur la table.

— Merci pour le déjeuner.

— Merci d'avoir accepté mon invitation.

— Parce que c'était une invitation ? demanda-t-elle, les yeux rieurs.

— Bon, d'accord. *Implicitement*, c'en était une.

Il se pencha vers elle, l'enveloppant d'un regard chaleureux. Il la trouvait plus splendide à chacune de leurs rencontres.

Elle baissa les yeux, visiblement embarrassée.

— N'y a-t-il pas une règle de déontologie au sujet des médecins et de leurs patientes...

— Qui déjeunent ensemble ?

Julian ne put se retenir de sourire.

— Non, pas à ma connaissance.

— Vous savez très bien ce que je veux dire, *Docteur Doogie Howser*.

Elle pointa un index accusateur vers lui.

— Comme le héros de la série télévisée, vous avez dû être un ado surdoué. Et, aujourd'hui, vous avez... vingt-cinq ans ?

— J'en ai trente. Bientôt trente et un.

— J'ai presque l'âge d'être votre mère, marmonna-t-elle.

Julian fit de son mieux pour dissimuler son amusement.

— Non, vous en êtes très loin. Par ailleurs, je suis sorti avec des femmes plus âgées que vous. Concernant votre question sur la relation entre médecin et patiente... si nous nous étions rencontrés dans ma salle d'examen, je ne serais pas assis ici. Mais notre relation personnelle est antérieure à ce nouveau lien entre médecin et patiente.

— Je n'avais pas pris conscience que nous avions une *relation personnelle*.

Chandra posa un coude sur la table et cala le menton sur sa paume indemne, scrutant attentivement Julian de ses yeux d'une belle couleur chocolat.

— Eh bien, vous m'avez tenu la main dans l'avion, lui rappela-t-il. Dans certaines cultures, il s'agit presque d'une demande en mariage.

— Peut-être. Mais ni vous ni moi n'appartenons à ces cultures.

Un sourire réticent étira ses lèvres pulpeuses.

Julian réprima le besoin urgent d'enserrer la nuque de Chandra et de la rapprocher de lui pour pouvoir tester la saveur de son gloss d'une appétissante couleur cassis.

— Puis vous m'avez donné une accolade, poursuivit-il, ignorant son objection.

— C'était pour vous témoigner ma gratitude de m'avoir sauvé la vie.

Quelqu'un d'autre l'aurait extraite de son véhicule, et elle n'avait pas été en danger de mort. Mais ce n'était sans doute pas le moment de le lui dire alors qu'il essayait de la convaincre de sortir avec lui.

— Je comprends. Mais quand cette accolade dure plus de trente secondes, elle exprime *davantage* que de la gratitude.

Julian rit devant la mine indignée de Chandra.

— Quoi ? Est-ce si terrible d'admettre que vous êtes attirée par moi ?

— Non. Je veux dire... si.

Elle était troublée, et il trouvait cela adorable.

— Il se peut que je sois attirée par vous, mais...

— C'est parfait, car cette attirance est réciproque.

Julian se pencha légèrement vers elle et baissa la voix :

— C'est le destin qui nous a rapprochés, Chandra. Il faut l'accepter.

— Ainsi, notre rencontre était prédestinée ?

Elle le fixait, les sourcils froncés.

— J'en suis convaincu, acquiesça-t-il avec un grand sourire.

Le serveur apporta un club sandwich au poulet pour Chandra et un pastrami chaud pour Julian.

— Ce sandwich est délicieux, remarqua Chandra après quelques minutes d'un silence embarrassant.

— La nourriture est toujours excellente, ici.

— Qu'en est-il du King's Finest Family Restaurant ? demanda Chandra.

— L'établissement a ouvert quelques semaines auparavant. J'y ai dîné hier soir pour la première fois. Le steak est succulent. Ce n'est pas surprenant. Les Abbott ne font jamais les choses à moitié.

— Vous les connaissez ?

Quelque chose avait changé dans l'attitude de Chandra quand elle avait mentionné le nom de la plus importante famille de la ville.

— Ici, ils font un peu figure de famille princière, expliqua Julian en riant.

— En vous écoutant, j'ai l'impression que vous ne les connaissez pas seulement de réputation.

— En effet.

Il posa le reste de son sandwich et s'essuya les mains.

— Il se trouve que Joseph Abbott a financé mes études.

— C'était généreux de sa part. S'agissait-il d'une bourse ?

— Plutôt d'un pacte personnel avec le diable.

Il rit en voyant Chandra ouvrir des yeux ronds.

— Ne vous méprenez pas. Joseph Abbott est un homme honorable, mais il a l'habitude de parvenir à ses fins. S'il a aussi bien réussi dans la vie, c'est parce qu'il a su parfois forcer des personnes à faire exactement ce qu'il voulait.

— Et qu'attendait-il de vous ? questionna Chandra.

Ses beaux yeux brillaient de curiosité. Il était content qu'elle s'intéresse à lui, mais il ne pouvait pas s'empêcher de se demander d'où lui venait ce soudain intérêt.

— Il voulait que je revienne ici pour remplacer le Dr Johnson quand celui-ci partirait à la retraite.

— Pour le restant de votre vie ?

— Non, il n'est pas *aussi* persuasif. Il m'a demandé de m'engager pour huit ans. Nous nous sommes mis d'accord pour quatre ans.

— Est-ce vous qui lui avez proposé cet arrangement ?

— Non. Disons qu'il m'a fait une offre que je ne pouvais pas refuser, et j'en ai tiré le meilleur parti.

Chandra se pencha vers lui.

— Vous a-t-il menacé ?

— Oui. Il m'a menacé de m'envoyer en prison pour avoir fait une virée dans sa Mercedes que j'avais volée.

— Vous avez volé sa voiture ? Quel âge aviez-vous ?

Julian soupira et abandonna à nouveau son sandwich. Il lécha un peu de moutarde de Dijon sur son pouce, et le regard de Chandra s'assombrit de désir. Le corps de Julian réagit aussitôt, et il fut soulagé d'être assis à une table.

— J'avais quatorze ans et j'étais mal dans ma peau.

Il songea avec tristesse à cette époque de sa vie.

— Pourquoi ?

Chandra lui couvrit la main avec la sienne.

— Pourquoi j'ai volé la voiture ? Ou pourquoi j'étais mal dans ma peau ?

— Les deux, répondit-elle sans hésiter.

Il avait confié davantage d'éléments de son histoire personnelle à Chandra qu'aux autres femmes qu'il avait fréquentées. En temps normal, il coupait court ou changeait de sujet quand la conversation prenait un tour qui ne lui convenait pas. Certaines de ses liaisons avaient pris fin à cause de son refus d'évoquer son passé.

Alors, pourquoi racontait-il sa jeunesse pitoyable à Chandra Valentine qu'il connaissait à peine ?

Peut-être parce qu'elle était de notoriété publique. Chandra finirait par la découvrir si elle interrogeait les bonnes personnes, et il préférait qu'elle l'apprenne par lui. Ou peut-être parce qu'il avait très envie qu'elle reste avec lui, sa main sur la sienne ?

— Je vous ai dit que mon père était mort dans un accident de la route quand j'étais enfant.

Sous l'effet de l'émotion, sa bouche s'assécha, et les mots se bloquèrent dans sa gorge. Cela faisait des années qu'il n'avait pas évoqué ce drame. Depuis qu'il avait arrêté de suivre une thérapie.

Ses mains se crispèrent. Mais au lieu de retirer la sienne, Chandra glissa les doigts sous la paume de Julian pour le réconforter, comme il l'avait fait pour elle dans l'avion.

Il avait toujours honte de raconter cette histoire, mais il y avait quelque chose chez Chandra qui le mettait à l'aise.

— Ma mère et moi avons très mal vécu la mort de mon père.

Elle s'est renfermée sur elle-même, et je n'ai rien trouvé de mieux que d'accumuler les bêtises pour attirer son attention.

Chandra lui caressa le dos de la main avec le pouce, et il se détendit un peu.

— Cela a dû être très dur pour vous deux.

Elle baissa les yeux vers leurs doigts enlacés.

— Ma mère a quitté le domicile conjugal quand j'avais huit ans. Puis ma belle-mère nous a abandonnés quand j'en avais treize. Les deux fois, j'ai sombré dans la déprime, persuadée qu'elles étaient parties à cause de moi. J'étais perdue et je ne prenais pas toujours les bonnes décisions. Cela ne signifie pas pour autant que j'étais quelqu'un de mauvais.

Elle capta le regard de Julian qui lui sourit doucement.

— Joseph Abbott a compris qu'il y avait du bon en vous.

— Sans doute, admit-il en soupirant. Il m'a laissé le choix : soit je continuais sur la mauvaise pente, et il s'arrangerait pour m'envoyer dans un centre de détention pour mineurs délinquants. Soit j'étais prêt à travailler dur, et il financerait les études que j'avais envie de faire. Alors je lui ai dit que je voulais être médecin.

Julian rit en se remémorant l'expression de Joe Abbott.

Tu mets la barre très haut, fiston.

— Vous preniez un sacré engagement.

Chandra retira sa main et saisit son sandwich, le regard amusé.

— Je parie qu'il ne s'y attendait pas.

— Non. Mais il a tenu parole. Il a financé toutes mes études. En contrepartie, j'ai accepté de devenir le médecin local pendant au moins quatre ans quand le Dr Johnson prendrait sa retraite. Il l'a prise il y a une semaine. Voilà pourquoi je suis ici.

— Donc, selon vous, Joe Abbott est digne de confiance ? demanda Chandra.

— Oui.

Julian croisa les mains sur la table.

— Et maintenant, si vous me disiez pourquoi vous vous intéressez tant aux Abbott ?

Chandra reposa son sandwich.

— Il s'avère que mon père traverse une crise d'identité. Après la mort de sa mère, quelques années auparavant, il a découvert qu'il avait été adopté. Il ne nous en a jamais parlé, mais il a contacté un laboratoire de généalogie génétique pour essayer de retrouver ses parents biologiques.

— Il est apparenté aux Abbott ? demanda Julian.

— Oui. Il est le demi-frère de Joe Abbott. King Abbott était leur père, mais ils avaient des mères différentes. Joe n'a appris que tout récemment l'existence de mon père. Ma grand-mère biologique est morte deux mois après avoir donné naissance à mon père. Elle savait qu'elle allait mourir et a demandé que la famille qui adopterait son enfant conserve son prénom… Abbott.

Julian émit un sifflement de surprise.

— Son prénom a pris tout son sens quand il a découvert sa filiation. Cette découverte a dû vous faire l'effet d'une bombe, ainsi qu'à vos frères et à votre sœur.

— Oui. Mais ce n'est pas tout. Mon père a lâché une seconde bombe en nous annonçant qu'il vendait l'entreprise textile familiale et qu'il avait acheté le vignoble des Richardson. Il envisage de bâtir un empire viticole qui rivalisera avec l'empire du bourbon de son frère.

— Un projet très ambitieux ! Joe s'y attelle depuis un demi-siècle, remarqua Julian, s'efforçant de se montrer diplomate.

— Mon père jure qu'il ne s'agit pas de compétition. Mais il a découvert que King Abbott avait envisagé de se lancer aussi dans l'élaboration du vin. Mon père et Nolan, mon frère, cultivent un petit vignoble en amateurs depuis des années. C'est nous qui consommons la majorité de la production. Mon père doit considérer que c'est une raison suffisante pour fonder un établissement viticole familial.

— Aucun de vous ne savait qu'il avait acheté le vignoble ?

— Si, mon frère, Nolan. Et maintenant, mon père nous demande de tout laisser tomber pour nous installer dans cette petite ville au milieu de nulle part. Une sorte de *Green Acres*…, sans vouloir vous offenser, se hâta-t-elle d'ajouter.

— Il n'y a pas de mal. Mais, pour votre gouverne, *Green Acres* était le titre de la sitcom, et le nom de la petite ville était Hooterville.

— Comment diable le savez-vous ?

Elle paraissait impressionnée.

— Je n'étais même pas née quand cette série a été diffusée ! À plus forte raison, vous non plus.

— Grâce à des rediffusions, comme vous, dit-il en riant. Ma mère avait coutume de dire que j'étais vieux dans l'âme.

— Je comprends mieux pourquoi vous m'invitez à déjeuner alors qu'une douzaine de jolies femmes de votre âge, chargées de cadeaux, doivent encore vous attendre à votre cabinet.

— Aucune ne m'intéresse. Je suis irrésistiblement attiré par vous depuis que vous m'avez fait un petit signe à l'aéroport.

Pourquoi ressentait-il un étrange émoi chaque fois qu'il se remémorait ce moment ?

L'expression de Chandra s'adoucit. Puis la sonnerie de son portable retentit, rompant le charme de l'instant.

— Désolée, je dois répondre. C'est Dejah.

Entre-temps, il finit de manger son sandwich.

— Dejah a terminé ses courses plus vite qu'elle ne le pensait, l'informa Chandra. Elle sera là dans cinq minutes. Je dois partir.

Elle se leva, et il l'imita.

— Je sais que vous ne resterez pas longtemps en ville, Chandra, mais j'aimerais vous revoir.

— Pourquoi ? Comme vous l'avez dit, je repartirai bientôt.

— Je ne peux pas me défaire du sentiment que vous et moi étions destinés à nous rencontrer. Je sais que cela paraît...

— Mièvre, avec un petit côté fleur bleue ? dit-elle en riant.

— Oui, quelque chose comme ça, admit-il, dépité.

— C'est aussi très gentil de votre part. Évidemment, votre physique de rêve est un atout, surtout quand vous jouez à fond la carte du charme.

Il sourit, ragaillardi.

— Alors, vous acceptez ?

— J'aimerais bien. Malheureusement, je suis très occupée. Mon père traverse une crise d'identité. Mes frères et ma sœur traversent eux aussi une crise personnelle. Et je suis sur le point d'obtenir une grosse promotion à San Diego.

Elle se mordilla la lèvre inférieure, l'air soucieux.

— Je ne peux pas me permettre la moindre distraction pour le moment, Julian. Malgré votre beauté et votre charme.

Il était intéressé. Elle ne l'était pas. Tant pis. Il n'insistait pas lourdement quand une femme lui disait non.

— Prenez soin de votre poignet, madame Valentine. Et appelez-moi si vous avez besoin de… *quoi que ce soit*.

— Merci, docteur Brandon. J'ai été ravie de vous connaître.

— Moi aussi.

Julian se rassit, déçu, pour finir son repas, mais il avait perdu l'appétit.

Peut-être devrait-il faire comme Chandra et rester concentré sur son objectif.

Il respecterait son engagement de demeurer à Magnolia Lake pendant quatre ans puis serait libre d'aller où il voulait.

Il n'empêche. Quel dommage que Chandra soit obligée de partir. Elle aurait été une distraction bienvenue. Grâce à elle, son séjour ici serait passé plus vite.

8

Chandra se tenait dans la grange où les Abbott s'apprêtaient à recevoir quelque deux cents habitants de Magnolia Lake. Hier soir, elle, ses frères et sa sœur avaient fait la connaissance du clan Abbott autour d'un dîner : Joseph, le patriarche et demi-frère de son père ; Duke et Iris, son fils et sa belle-fille ; ses cinq petits-enfants, à savoir Blake, Parker, Max, Cole et Zora avec leurs conjoints respectifs, leurs enfants et leurs belles-familles.

Ignorant quel traitement leur serait réservé, Chandra et ses frères étaient restés sur la réserve, mais Naya s'était avancée et avait enlacé chaque membre de la famille Abbott comme si elle les côtoyait depuis toujours. Son attitude enjouée ainsi que l'accueil chaleureux d'Iris et de Zora avaient aussitôt détendu l'atmosphère.

Ils avaient lié connaissance autour d'un repas succulent préparé par le King's Finest Family Restaurant, sur fond de bonne musique soul. À la fin de la soirée, les Abbott leur avaient donné le sentiment d'être de vieux amis en attendant d'être vraiment des cousins. Même le trop sérieux Sebastian s'était un peu décontracté. Chandra se demandait si c'était à cause de la bonne chère ou de la présence de la charmante Evelisse, la belle-sœur de Parker.

Quoi qu'il en soit, elle était émue et ravie de voir les membres de sa famille réunis et heureux, ce qui n'était pas arrivé depuis des années.

— On dirait que la décoration de notre grange te laisse rêveuse.

Elle fut tirée de ses pensées par Savannah, l'épouse de Blake, qui portait Remi, leur adorable fillette d'un an.

— Nous en avons un peu trop fait, ajouta-t-elle en riant.

— Non, pas du tout.

Chandra chatouilla le nez de l'enfant qui gloussa.

— Je trouve la décoration élégante et féerique. On se croirait dans un conte de Noël.

— Si nous avons déjà installé les décorations de Noël à la mi-octobre, c'est parce que Dade Willis, la star de la musique country, a tourné ici un grand show musical qui sera diffusé lors des fêtes de fin d'année. Son équipe nous a laissé les décorations, et nous avons décidé de les garder en place.

— Vos invités vont adorer, surtout les enfants.

— Merci, Chandra. Nous sommes ravis que vous soyez tous présents. C'est bon de voir grand-père Joe si heureux.

Savannah désigna les demi-frères qui discutaient avec animation et s'appréciaient visiblement.

— Cela fait longtemps que je n'ai pas vu mon père aussi radieux. Peut-être même jamais, admit Chandra.

Soudain, les portes de la grange s'ouvrirent, et les invités commencèrent à pénétrer dans la vaste salle.

— Te sens-tu prête à rencontrer les habitants de notre ville ? demanda Savannah.

Chandra eut un sourire crispé.

— La perspective de devenir un objet de curiosité pour eux ne m'enchante guère, avoua-t-elle.

— Je comprends. Nos concitoyens peuvent se montrer très curieux, voire indiscrets, mais ce sont de braves gens, chaleureux et ouverts. Je vis à Magnolia Lake depuis cinq ans et je m'y sens maintenant comme chez moi. C'est un endroit où il fait bon vivre et fonder une famille.

L'espace d'un instant, Chandra songea à son rêve de mariage et de famille, qui s'était écroulé cinq ans auparavant. Edward, son ex-fiancé, ne lui manquait pas. Mais lors de moments comme celui-ci, ce qui la rendait nostalgique était davantage *l'image idéale* du mariage et de la maternité que la réalité d'un époux et d'enfants.

— Mes frères, ma sœur et moi préférons vivre dans une grande ville, expliqua Chandra. Mais je reconnais que Magnolia Lake a beaucoup de charme. Cela fait une éternité que je ne me suis pas sentie aussi détendue.

— Moi non plus je n'étais pas venue ici avec l'intention d'y rester. Mais, contre toute attente, je suis tombée éperdument amoureuse de cet homme incroyable.

Savannah décocha un sourire aguicheur à son mari, Blake, qui s'avançait vers elles.

Il y avait tellement d'amour dans leurs expressions que Chandra avait presque l'impression d'être une intruse.

Blake embrassa sa femme et prit sa fille qui se penchait vers lui en riant avant d'enlacer Savannah de son bras libre.

— Chérie, ta venue ici a métamorphosé ma vie et a déclenché une réaction en chaîne qui a transformé notre famille et l'entreprise pour le meilleur.

Iris leur avait raconté comment le mariage de Blake et de Savannah avait suscité un effet domino, chacun de ses autres enfants ayant trouvé leur âme sœur à tour de rôle. Le père de Chandra avait alors déclaré sur le ton de la plaisanterie que ses propres enfants semblaient *déterminés* à ne lui donner aucun petit-enfant à gâter. Mais Chandra savait qu'il ne plaisantait qu'à moitié.

Blake sourit.

— Déjà quatre mariages réalisés, et un à venir.

Il désigna Cole et sa fiancée, Renee, avec son jeune fils, Mercer, autiste et atteint d'un mutisme sélectif.

Chandra avait été frappée de constater à quel point Cole et le garçonnet s'adoraient.

— S'il te plaît, Blake, évite de donner des idées à mon père, déclara Chandra en riant.

Soudain, le son d'une voix familière la fit se retourner.

Le Dr Julian Brandon.

Elle l'avait vu en jean dans l'avion, puis en jogging – dont le souvenir l'émoustillait encore – et en blouse blanche. Mais la tenue qui avait sa préférence était de loin celle de ce soir : un costume qui mettait en valeur sa silhouette athlétique, et dont la teinte lie-de-vin plutôt inattendue se mariait parfaitement avec sa chemise bleu marine et rehaussait sa carnation d'un brun chaud.

Chandra se força à reporter son attention sur Blake et Savannah qui échangeaient un sourire entendu.

— Puis-je vous aider en quoi que ce soit ? demanda-t-elle.

— Non, merci. Mêle-toi aux invités et amuse-toi.

Savannah désigna Julian.

— Ton auditoire t'attend.

Puis Savannah et Blake s'éclipsèrent, et elle demeura là, comme aimantée par Julian. Quand il l'aperçut, un sourire s'épanouit sur ses lèvres et il laissa glisser un regard intense le long de son corps, telle une caresse.

Un flot de chaleur embrasa les joues de Chandra. Elle avait espéré que leur différence d'âge neutraliserait la profonde attirance qu'elle ressentait pour lui, mais il n'en était rien. Julian était devenu un objet de désir interdit auquel elle ne cessait de penser.

Alors qu'il s'avançait vers elle, il fut stoppé dans son élan par trois jeunes femmes, dont la rousse de l'autre jour.

Chandra exhala un soupir de déception.

— On dirait que l'arrivée de ton ami constitue le plus grand événement qui se soit produit ici depuis un bon moment.

Naya l'avait rejointe, un verre de cidre chaud à la main. Elle arborait une jolie perruque rouge vif formant un carré court et un maquillage spectaculaire, mais de bon goût.

— C'est vrai.

Elle détourna à regret le regard de Julian, puis désigna la boisson de Naya.

— Ce cidre sent bon.

— Et il est délicieux. Tiens, goûte.

Naya lui tendit son verre.

Chandra but une gorgée du breuvage chaud. Sa douceur épicée et piquante envahit son palais, puis une onde de chaleur s'épanouit dans son ventre. Elle toussa un peu.

— Il contient de l'alcool !

Elle rendit son verre à Naya qui rit.

— Une bonne dose ! La cousine Zora a eu la main lourde avec le bourbon. Mais je ne m'en plains pas.

— Je m'abstiendrai d'en prendre.

Elle s'éventa le visage. Ce soudain flot de chaleur qui montait en elle était-il dû au bourbon ou à l'apparition de Julian dans son costume gainant à merveille son corps musclé ?

— Ton ami a une cour d'admiratrices, remarqua Naya.

Outre les trois jeunes femmes, Chandra aperçut une dame d'un certain âge accompagnée d'une plus jeune, sans doute sa fille. Même à cette distance, il était évident qu'elle voyait en Julian le gendre idéal.

— Je le plains, dit-elle. Passer la soirée à repousser les avances des chasseuses de mari n'a rien d'amusant.

— Comment vas-tu le tirer d'embarras ? demanda Naya.

— Moi ? Pourquoi interviendrais-je ? Ce n'est pas comme si nous étions ensemble.

— Elles l'ignorent. Cet homme t'a secourue à *deux* reprises. C'est l'occasion de lui rendre la pareille.

— Que voudrais-tu que je fasse ?

— Fonce vers le groupe et revendique tes prérogatives sur ton homme. Enfin..., ton *soi-disant* homme, expliqua Naya avec un sourire espiègle.

Chandra la dévisagea, interloquée. Combien de verres de cidre alcoolisé sa sœur avait-elle bus ?

— Tu me suggères d'intervenir en faisant semblant d'être sa petite amie alors qu'il ne m'a rien demandé ? C'est risqué.

— Regarde comme il est malheureux. Ses yeux te supplient de l'aider, insista Naya. Nous ne pouvons pas laisser ces femmes lui gâcher la soirée !

Comme Chandra ne répondait pas, Naya lui tendit son verre. Puis elle se redressa, propulsant sa poitrine avantageuse en avant et faisant gonfler ses cheveux.

— Puisque tu ne veux pas intervenir, je m'en charge. Je vais marcher droit sur lui et passer lascivement ma langue le long de sa gorge. Ces femmes devraient comprendre le message.

— Non !

Chandra rendit son verre à Naya.

— C'est moi qui ai une dette envers lui. Je m'en occupe.

Elle se lissa les cheveux et carra les épaules.

Naya lui décocha un sourire machiavélique.

Chandra la foudroya du regard.

— Petite peste manipulatrice ! Parfois, je te déteste.

— Moi aussi, je t'aime, gloussa Naya. Et maintenant, montre à ces femmes de quoi tu es capable.

Elle lui donna une tape sur les fesses, qui la fit sursauter.

Prenant une profonde inspiration, Chandra fendit le groupe de femmes et toucha la main de Julian.

— Te voilà, chéri. Je ne t'avais pas vu arriver.

Elle lui sourit gentiment, espérant qu'il ne la repousserait pas en la traitant de cinglée.

Un éclair de surprise traversa les prunelles sombres de Julian, puis un sourire appréciateur fleurit sur ses lèvres. Il lui glissa un bras autour de la taille et l'embrassa sur la joue.

— Merci, murmura-t-il. Je te dois une fière chandelle.

Puis il ajouta à voix haute à l'intention des femmes alentour dont les visages reflétaient une vive déception :

— En fait, je viens d'arriver et je reprenais contact avec des amies de longue date.

— Vous sortez ensemble ? s'étonna la dame plus âgée.

— Je n'ai jamais entendu dire que tu avais une petite amie, intervint la rousse d'un ton accusateur.

— Nous nous sommes rencontrés récemment, expliqua Julian. Mais dès l'instant où j'ai posé les yeux sur Chandra, j'ai su qu'elle m'était destinée et je me suis fixé pour mission de la faire mienne.

Il l'embrassa sur la tempe, et des picotements de plaisir parcoururent la peau de Chandra.

— Je suis toujours nerveuse à bord des petits avions régionaux, ajouta-t-elle. Quand le nôtre a traversé une zone de turbulences sévères, j'ai paniqué. Julian s'est montré tellement attentionné.

Leurs regards se soudèrent, et un trouble délicieux s'empara de Chandra.

— Il m'a tenu la main pendant le plus gros de la tempête.

— Ça, je n'en doute pas, marmonna la rousse.

Une jeune femme s'avança puis se présenta à Chandra :

— Je suis Olivia Henderson, mais tout le monde m'appelle

Livvy. Mon oncle et ma tante dirigent l'épicerie. Je suis la nounou de Benji et Sloane Bennett. Soyez la bienvenue.

— Chandra Valentine. Ravie de faire votre connaissance.

Les autres femmes du groupe se présentèrent à leur tour, y compris la rousse réticente, Deanna Jasper.

Puis elles finirent par se disperser.

— Je ne te remercierai jamais assez. Tu m'as sauvé la vie, murmura Julian en souriant.

— C'est ma sœur qu'il faut remercier.

Elle désigna Naya, tout sourire, qui tenait, elle en était sûre, un nouveau verre de cidre corsé.

— Selon elle, t'arracher à ces piranhas était le moins que je puisse faire pour toi. Voyant que j'hésitais, elle a menacé de te sauter au cou et de t'embrasser sur la bouche. J'ai préféré nous éviter une situation encore plus embarrassante.

— Je ne manquerai pas de la remercier, dit-il en riant.

Son rire profond déclencha de petits frissons le long du dos de Chandra et des palpitations au creux de ses cuisses. Oh ! non. Elle avait intérêt à se ressaisir.

— Espérons que tu ne seras plus harcelé durant le reste de la soirée, dit-elle. Mais si tu rencontres une jeune femme qui t'intéresse, n'hésite pas à proclamer que nous avons rompu.

Julian frotta l'ombre de barbe qui se dessinait sur sa mâchoire virile et sourit, amusé.

— Chérie, je crois que tu ne te rends pas vraiment compte de ce que tu viens de faire.

— Que veux-tu dire ?

— Mme Adelaide, la dame plus âgée qui essayait de me caser sa fille, est la gazette ambulante de cette ville. Elle va se charger de répandre la nouvelle. Nous serons le point de mire de tous les invités, ce soir.

Chandra balaya la salle du regard. De fait, plusieurs personnes les observaient en murmurant entre elles.

Qu'est-ce qui lui avait pris de suivre le conseil de Naya ?

— Puisque j'ai commencé cette petite comédie, je la poursuivrai jusqu'à mon départ, dans une dizaine de jours. Puis tu prétendras que nous avons une relation à distance aussi longtemps que ça t'arrangera.

— Merci, chérie, dit-il. Mais en attendant, courage ! La dame en colère qui s'avance vers nous est ma mère.

Dans quel pétrin me suis-je fourrée ?

9

Julian entrelaça ses doigts à ceux de Chandra et passa le pouce sur le dos de sa main soyeuse dans l'espoir d'apaiser la soudaine tension qu'il percevait chez elle.

— Tout se passera bien, lui murmura-t-il.

Ses lèvres pulpeuses, d'une teinte bordeaux très seyante, s'étirèrent en un sourire timide.

— Puisses-tu dire vrai.

— Bonjour, maman. J'ignorais que tu étais arrivée.

Il embrassa sa mère sur la joue sans lâcher la main de Chandra.

— Je tiens absolument à te présenter...

— Vous devez être Chandra Valentine, le coupa sa mère.

Elle lui tendit une main, un sourire crispé aux lèvres.

— J'ai beaucoup entendu parler de vous... *durant ces cinq dernières minutes.*

— Je suis ravie de vous rencontrer, madame Brandon, déclara Chandra. Julian m'a tellement parlé de vous.

— En bien, j'espère.

Sa mère décocha un coup d'œil acerbe à Julian.

— Absolument, mentit Chandra. Il m'a expliqué que vous étiez infirmière dans le service de néonatalogie d'un hôpital de Gatlinburg.

— En effet.

Sa mère les regarda tour à tour, visiblement perplexe.

— Il admire votre courage et votre ténacité, surtout en tant que maman seule. J'ai été très touchée d'apprendre que c'est votre travail d'infirmière qui a donné envie à Julian de devenir médecin.

Sa mère écarquilla les yeux, stupéfaite.

Chandra avait réussi à désamorcer la colère de sa mère et même à l'attendrir. Il faudrait qu'elle lui apprenne comment elle s'y prenait.

— Tu ne m'as jamais dit que c'était à cause de moi que tu avais choisi de devenir médecin, lui dit sa mère, émue.

— Je pensais que tu le savais.

Julian était soulagé qu'elle ne l'accable pas de reproches, d'autant qu'il les méritait. De fait, elle avait dû se sentir blessée d'apprendre sa « relation » avec Chandra par Mme Adelaide. Mais cette conversation concernant les raisons de sa vocation de médecin le mettait mal à l'aise, car elle réveillait des souvenirs amers auxquels il n'avait aucune envie de penser, surtout en présence de sa soi-disant petite amie à qui il s'intéressait *sérieusement*.

— Non, je l'ignorais, dit-elle, une pointe de tristesse dans la voix. Voilà encore un sujet dont nous devrions discuter.

Elle reporta son attention sur Chandra.

— Je suis heureuse d'avoir enfin l'occasion de vous rencontrer, Chandra.

— Moi aussi je suis ravie de faire votre connaissance, madame Brandon.

Chandra avait visiblement repris de l'assurance.

— Je regrette de ne pas avoir eu ce plaisir plus tôt, mais il s'est passé tellement de choses ces derniers jours, notamment l'installation de mon père au domaine des Richardson et la rencontre avec nos nouveaux cousins.

— Je comprends. Mais, je vous en prie, appelez-moi Lue.

Puis elle se tourna vers Julian.

— Je sais que vous êtes tous les deux occupés, mais j'espère que mon fils trouvera le temps de vous inviter chez moi à déjeuner. Combien de temps resterez-vous en ville ?

— Une dizaine de jours. Puis je retournerai à San Diego.

— Quel dommage. Nous espérons tous que votre famille s'installera ici et fera partie intégrante de notre communauté, à l'instar des Richardson.

— Nous reviendrons régulièrement voir notre père, assura Chandra.

— Tant mieux. Et maintenant, il est temps que je salue nos hôtes. Je vous verrai plus tard.

Julian la suivit des yeux pendant qu'elle s'éloignait.

— Tu es consciente que tu viens de désamorcer une bombe vivante, n'est-ce pas ? demanda-t-il, passant un bras autour de la taille de Chandra. Quel métier exerces-tu ? Parce que si tu n'as pas l'occasion de te servir de ce don, c'est du gâchis.

Chandra s'appuya contre lui en riant.

— Pour l'essentiel, je m'occupe d'adultes qui se comportent comme des enfants et je m'arrange pour qu'ils fassent leur travail ou qu'ils aillent voir ailleurs.

— En somme, tu es une coupeuse de têtes. Je comprends mieux pourquoi tu es aussi stressée.

Il la fit pivoter et lui massa les épaules.

Elle ronronna de plaisir, et ce son ô combien érotique déclencha en lui une onde de désir qui se propagea dans son bas-ventre. Il ne cessait pas d'imaginer cette splendide créature allongée sous lui, reproduisant ce même son tandis qu'il lui maintenait les mains au-dessus de la tête.

— Vous feriez mieux de prendre une chambre, tous les deux, suggéra Naya, un large sourire aux lèvres.

— C'est à cause de *toi* si nous sommes dans cette situation.

Tandis que Chandra pointait un index accusateur vers sa sœur, Julian articula un « merci » à son intention, accompagné d'un clin d'œil complice.

Naya éclata de rire.

— En attendant, Savannah te fait dire qu'il y a deux places à notre table pour ton ami et sa mère.

— De mieux en mieux, soupira Chandra, dépitée.

— Arrête de faire grise mine. Je suis ravi de cette invitation.

— Te rends-tu compte de ce qui nous attend ? lui demanda Chandra après le départ de Naya. Nous allons subir un feu roulant de questions au sujet de notre relation qui n'en est pas une !

— Et aussi, nous tenir la main, nous enlacer et nous embrasser. Quelle chance ! dit-il en riant.

Chandra le contempla avec un mélange d'agacement et d'amusement.

— Tu trouves cette situation cocasse, n'est-ce pas ?

— C'est vrai.

Il l'enlaça et plongea le regard dans le sien.

— Pas toi ?

— Vous vous trouvez tous les deux sous le gui.

Nannette Henderson, propriétaire de l'épicerie, désigna les branches au-dessus de leurs têtes.

— En effet, convint Julian en souriant à Chandra.

— Mais nous ne sommes qu'à la mi-octobre, objecta Chandra.

— Peu importe la saison. C'est la tradition de s'embrasser sous le gui.

En souriant, Julian se pencha lentement vers Chandra, lui laissant le temps de lui opposer un refus. Pour son plus grand bonheur, elle se dressa sur la pointe des pieds et pressa la bouche sur la sienne.

Ses lèvres, souples et soyeuses, avaient la saveur des pommes et du bourbon. Et ses courbes voluptueuses étaient plaquées contre lui.

Julian se força à détacher la bouche de celle de Chandra, déplorant qu'ils ne soient pas dans un endroit plus intime.

— Oh là là ! Quel baiser !

Mme Henderson s'éventait avec la main.

— Vous êtes bel et bien ensemble… Non que je n'en aie jamais douté.

Puis elle s'empressa de rejoindre Mme Adelaide, laquelle était sans doute l'instigatrice de ce coup monté.

— Tu crois que ce baiser suffira à les tenir à distance ? demanda Chandra, décochant un sourire effronté aux deux femmes.

— Peut-être pendant une heure.

Il prit la main de Chandra en riant.

— Viens. Les invités ont hâte de te rencontrer.

Accoté à un poteau, un verre de cidre chaud à la main, Julian s'efforçait de ne pas dévorer Chandra du regard, mais chaque fois qu'elle n'était pas à ses côtés, leurs doigts enlacés, il ne pouvait pas s'empêcher de la chercher des yeux et d'admirer sa silhouette de rêve aux courbes voluptueuses.

Qui aurait cru qu'une simple robe-pull rouge soit aussi sexy ? Le col en V laissait deviner le décolleté de Chandra, la ceinture soulignait sa taille fine, et une fente latérale dévoilait la peau soyeuse de sa cuisse d'une belle couleur chocolat. Ses créoles en argent étaient assorties à ses accessoires, et ses escarpins vernis gris à talons hauts mettaient ses longues jambes en valeur. Que ne donnerait-il pas pour voir Chandra allongée, nue, ses escarpins se balançant sur ses larges épaules pendant qu'il lui tracerait un chemin de baisers le long de la cuisse ?

Ressaisis-toi !

Certes, Chandra avait accepté de l'embrasser pour le protéger contre ces femmes qui semblaient fascinées par lui depuis son retour, mais elle avait aussi décliné son invitation à sortir avec lui. Il n'était pas près de l'attirer dans son lit.

Cela étant, il appréciait beaucoup leur petite mascarade. Un peu trop, d'ailleurs. Le contact de la main de Chandra dans la sienne, la chaleur de son corps contre lui, la douceur et la saveur de ses lèvres quand il l'avait embrassée sous le gui… Oh ! oui, Chandra Valentine avait le don de le rendre fou de désir.

Même à table, pendant que leurs parents leur faisaient subir un interrogatoire en règle, il avait été enchanté d'être avec elle et de faire connaissance avec sa famille.

Les jumeaux, Naya et Nyles, étaient excentriques et amusants. Nolan, d'un naturel posé, semblait constamment à l'affût de tout ce qui se passait autour de lui. Sebastian l'avait observé d'un air réprobateur presque toute la soirée, et Alonzo était à coup sûr un séducteur. Quant au père de Chandra, sous des dehors amicaux, il réservait visiblement son jugement sur Julian en attendant de savoir s'il était digne de sa fille.

— Ma cousine te plaît beaucoup, n'est-ce pas ?

Cole l'avait rejoint, une bouteille de bière à la main.

— Ne t'avise pas de le nier, dit-il en riant. Ton sourire idiot te trahit. Tu sembles flotter sur un petit nuage.

— Toi aussi.

Julian désigna Renee, la fiancée de Cole, qui faisait virevolter son fils sur la piste de danse, à la grande joie du garçonnet.

— C'est vrai. Je suis très heureux.

— Je m'étonne que Milo Lockwood n'ait pas trouvé à redire sur le fait que sa fille sorte avec le tristement célèbre play-boy de Magnolia Lake, plaisanta Julian.

Cole rit.

— Au contraire. Je suis sûr que ce vieux renard s'est arrangé pour nous pousser dans les bras l'un de l'autre. Mais je lui en suis très reconnaissant.

Cole Abbott avait quelques années de plus que Julian, mais c'était le membre du clan qu'il connaissait le mieux. Il l'avait rencontré alors qu'il travaillait pendant l'été comme manœuvre pour l'entreprise de construction de Milo. Qui aurait cru, à l'époque, que Cole fonderait avec succès sa propre société de promotion immobilière ? Chaque fois que Julian retournait à Magnolia Lake, il s'arrangeait pour prendre une bière avec Cole, et tous deux s'étaient retrouvés à deux ou trois reprises à Philadelphie quand Cole y venait pour affaires.

— Je n'en reviens pas que tu sois sur le point de devenir chef de famille, remarqua Julian. J'ai l'impression d'être dans *The Twilight Zone* ! Tu me préviendrais si nous étions dans un univers parallèle, n'est-ce pas ?

— La ferme, *Jules* !

Cole lui donna un coup de coude en riant.

— Les temps changent, et les gens mûrissent. Renee et moi nous sommes retrouvés au bon moment. Et j'en suis très heureux.

— Je suis content pour toi, Cole. Toutes mes félicitations.

Julian leva son verre de cidre, et Cole trinqua avec lui.

— Quand aura lieu le grand jour ?

— L'été prochain. Mais assez parlé de moi. Que se passe-t-il entre ma cousine et toi ? J'espère que je ne vais pas être obligé de te botter les fesses !

— Ce serait un comble ! Vous vous êtes découvert un lien de parenté depuis quelques jours seulement alors que nous sommes amis depuis plus de dix ans.

— La famille, c'est sacré. Alors, ne fais pas l'idiot avec Chandra, le prévint Cole.

Comme faire semblant de sortir avec elle ?

— J'apprécie sincèrement Chandra, dit-il, jetant un coup d'œil nostalgique dans la direction de cette dernière. Rassure-toi. C'est sûrement moi qui aurai le cœur brisé, à la fin.

— Si c'est sérieux entre vous, j'espère que vous trouverez le bonheur.

Cole entrechoqua son poing contre celui de Julian avant de rejoindre sa fiancée et son fils sur la piste de danse.

Soudain, les premiers accords de *Ain't No Stopping Us Now*, la chanson phare du duo McFadden & Whitehead, résonnèrent, et le DJ encouragea tous les invités à former une *Soul Train Line*.

Julian s'avança vers Chandra, en grande conversation avec Max Abbott et son épouse Quinn. Après s'être excusé de les interrompre, il passa un bras autour de la taille de Chandra et lui proposa d'aller danser.

— Cela fait une éternité que je n'ai pas participé à une *Soul Train Line*, dit-elle, contemplant la piste avec envie.

— Excellente idée ! approuva Quinn. Allons-y aussi, Max.

Julian et Chandra improvisèrent à deux reprises des chorégraphies funky. La joie sincère de Chandra et son rire mélodieux suscitaient en lui une profonde émotion, et le balancement de ses hanches moulées dans sa robe-pull déclenchait des sensations excitantes dans une certaine partie de son anatomie.

Quand le DJ diffusa un slow, Julian saisit la main de Chandra.

— Tu danses avec moi ?

Les beaux yeux de Chandra brillaient à la lumière des guirlandes électriques accrochées aux poutres. Elle s'avança dans les bras de Julian, et ils évoluèrent ensemble sur la piste.

— T'ai-je dit que je te trouvais incroyable ? demanda-t-il.

— Oui, une ou deux fois. Mais je suis contente de te l'entendre répéter.

Le sourire espiègle de Chandra accéléra les battements du cœur de Julian.

— Je te remercie encore de m'avoir sauvé la mise tout à l'heure. Ce fut une surprise très agréable.

— C'était la moindre des choses. Par ailleurs, il y a pire que de passer les sept prochains jours au bras d'un beau médecin qui vole au secours des passagères nerveuses et des victimes d'accident.

Son adorable sourire illuminait la salle.

Comment se faisait-il que sa poitrine se dilate et que son pouls s'emballe chaque fois qu'elle le regardait ainsi ?

— Le ciel nocturne est splendide, ici.

Chandra indiqua la porte de la grange.

— Je regrette de ne plus avoir l'occasion de contempler les étoiles comme quand j'étais petite. En ville, la pollution lumineuse atténue leur éclat.

— À moi aussi, la contemplation des étoiles me manque, acquiesça Julian. Quand j'étais gamin, mon père m'avait acheté un télescope et il me désignait les constellations. C'était notre passion commune.

Il n'avait pas pensé à ces nuits à la belle étoile avec son père depuis une éternité.

Quand la chanson se termina, il ne relâcha pas Chandra, et elle ne s'écarta pas de lui. Il la contempla, songeur.

— Je souhaiterais te montrer quelque chose. Tu veux bien ?

Après une seconde d'hésitation, elle glissa la main dans celle de Julian.

10

— Que veux-tu me montrer ? demanda Chandra quand ils furent installés dans le SUV haut de gamme de Julian.

— C'est une surprise, mais elle te plaira, c'est promis.

Chandra avait passé la soirée à danser avec Julian, à lui tenir la main et même à l'embrasser. Elle s'était souvenue de temps à autre qu'il s'agissait d'une mascarade, et qu'il était trop jeune pour elle, mais cela n'avait pas empêché son corps de réagir par le biais de délicieux frissons et autres crépitements électriques chaque fois que leurs peaux entraient en contact.

— Est-ce que tu t'habitues à l'idée d'avoir une nouvelle famille et d'être copropriétaire d'un vignoble ? demanda Julian. Tu as de quoi être perturbée.

L'inquiétude qu'elle percevait dans sa voix lui rappelait à quel point il était attentionné – une autre raison qui expliquait son attirance pour lui.

— Oh ! oui. Je suis passée par toute la gamme des émotions ! Je crains que mon père n'ait pris une décision impulsive et imprudente en achetant ce vignoble. Mais je dois admettre que je ne l'ai jamais vu aussi heureux, comme s'il avait enfin trouvé sa place dans le monde.

— Je comprends tes craintes concernant le vignoble, mais si quelqu'un peut aider ton père à développer son potentiel, ce sont les Abbott. Même Cole, qui ne travaille pas à la distillerie, a prouvé qu'il était un homme d'affaires prospère.

Julian rit avant de poursuivre :

— Cole a causé un choc à sa famille et à la ville quand il a décidé de faire bande à part. Tous pensaient qu'il échouerait et qu'il serait trop heureux de revenir dans le giron familial. Mais sa stratégie a été payante, tous s'accordent à le reconnaître aujourd'hui.

Chandra ne put pas s'empêcher de plaindre son père qui s'était senti prisonnier de l'entreprise de ses parents adoptifs durant toutes ces années. Elle aussi s'était sentie oppressée chez Valentine's Textiles. La rupture soudaine de ses fiançailles lui avait donné le courage de partir. Elle en avait eu besoin, à l'époque. Mais elle s'était également éloignée de la plupart des membres de sa famille et elle le déplorait aujourd'hui.

— Regrettes-tu d'être devenu médecin ? demanda-t-elle.

— Non, répondit-il sans hésiter. C'est vrai, j'ai pris cette décision en espérant qu'elle résoudrait les problèmes entre ma mère et moi. Et l'accord passé avec Joe Abbott m'a obligé à revenir à Magnolia Lake alors que j'aurais préféré rester à Philadelphie. Mais j'aime aider les gens. J'ai envie de transformer leur existence pour le meilleur.

Il lui jeta un coup d'œil embarrassé.

— Ça paraît un peu idiot, non ?

— Je dirais, mièvre, avec un petit côté fleur bleue ?

Ils éclatèrent de rire.

— Mais j'apprécie ton engagement et je t'apprécie aussi. Tu es quelqu'un de bien, Docteur Julian Brandon. Tu t'es montré digne de la confiance de Joe Abbott, et les habitants de Magnolia Lake ont de la chance de t'avoir pendant les quatre prochaines années.

— Merci, Chandra. Je te suis reconnaissant d'avoir pansé la blessure d'amour-propre de ma mère. Elle s'est sentie blessée d'apprendre notre soi-disant relation par la rumeur. Tu as brillamment géré la situation. Ce n'est pas étonnant que ton père veuille te confier les rênes de son domaine.

Son père avait indiqué au cours du dîner qu'il lui offrait le poste de directrice générale. Elle était flattée, mais ne pouvait pas accepter sa proposition.

Certes, l'emploi qu'elle occupait actuellement n'était pas parfait, mais elle travaillait dur pour atteindre son objectif : faire partie de l'équipe de direction. Elle était trop proche du but pour partir maintenant. Si elle le faisait, à quoi auraient servi ces cinq dernières années ? Elle avait besoin de se prouver qu'elle était capable de réussir par ses propres moyens.

— J'apprécie la confiance que mon père place en moi, mais je suis sur le point d'atteindre l'objectif que je me suis fixé en termes de carrière. Je ne peux pas y renoncer maintenant.

— Mais es-tu heureuse ? Je te pose cette question parce que d'après le peu que tu m'en as dit..., ton rôle est plutôt ingrat.

— Il n'est pas donné à tout le monde d'être un héros, plaisanta-t-elle, un peu sur la défensive. Je ne connais pas beaucoup de personnes qui disent aimer leur métier.

— C'est vrai. Mais nous passons tellement de temps au travail. C'est dommage de faire quelque chose qui ne nous satisfait pas vraiment. Mais tu sais sûrement ce qui est le mieux pour toi.

Le savait-elle ?

Ignorant comment répondre, Chandra regarda par la vitre de sa portière. Elle avait envie de lui dire de se mêler de ses affaires. Après tout, il était revenu ici forcé et contraint pour rembourser sa dette envers Joe Abbott. Mais une partie d'elle reconnaissait qu'il avait raison.

Julian bifurqua sur une route qui traversait une zone boisée. Puis il s'engagea sur une autre route menant à un lac dont les eaux reflétaient le clair de lune magnifique.

— Oh ! quel spectacle fabuleux ! s'exclama Chandra. La lune et les étoiles sont si brillantes.

Julian gara son SUV.

— C'est un de mes endroits préférés. Quand j'étais enfant, mon père m'amenait ici pour pêcher. Parfois, nous installions une tente près du lac et nous passions la nuit à observer les constellations avec le télescope qu'il m'avait acheté pour mon huitième anniversaire. Alors, je me suis dit que tu aimerais...

Elle l'embrassa sur la joue.

— C'est parfait, Julian. Pouvons-nous nous promener un peu autour du lac ?

Son baiser semblait avoir pris Julian de court, mais il se ressaisit et désigna ses escarpins.

— Tu penses pouvoir marcher avec ces talons hauts ?

Elle les enleva et sortit de son sac une paire de ballerines pliables en cuir noir.

— Elles m'ont sauvé la mise plus d'une fois.

Ils mirent pied à terre, et Julian récupéra un loden qu'il lui tendit.

— La température a chuté. Enfile ce manteau.

Elle ôta son châle rouge qui ne la protégeait guère contre la fraîcheur nocturne et revêtit le manteau qui conservait la senteur masculine et boisée de Julian.

— Merci. Mais, et toi ? Tu vas avoir froid.

— Non, ça ira, dit-il, boutonnant la veste de son costume.

Il verrouilla son SUV et lui tendit la main. Elle la prit, et ils se dirigèrent vers le sentier éclairé par des réverbères, qui faisait le tour du lac.

— À quoi ressemblait ta vie à Philadelphie ?

— J'étais très occupé, mais ça me plaisait. Je travaillais comme urgentiste dans un hôpital de banlieue. J'étais aussi médecin bénévole dans un dispensaire de quartier défavorisé. Et j'ai investi dans l'immobilier avec des copains pour arrondir mes fins de mois.

— En réalité, tu n'avais pas un moment à toi ! dit-elle en riant. Dans quelle partie de la ville vivais-tu ?

— À Phoenixville, un quartier un peu bohème très agréable, avec de nombreux restaurants. Je m'y sentais bien.

— Gourmande comme je suis, j'aurais été tentée d'essayer un restaurant différent chaque soir.

— Mon premier appartement en colocation dans ce quartier était situé au-dessus d'un restaurant italien. Les effluves de la cuisine montaient jusqu'à nous. La tentation était trop grande, mon colocataire et moi avons pris dix kilos chacun, dit-il en riant.

Elle aussi avait pris onze kilos durant sa première année à l'université et elle ne les avait pas tous perdus.

— Comment se passe ton retour ici ? Tu apprécies ton rythme de vie plus paisible ? demanda-t-elle.

— Je m'y habitue peu à peu et je constitue ma propre patientèle, admit-il. Ma rencontre avec toi a été une belle surprise. Mais assez parlé de moi. Pourquoi as-tu quitté l'entreprise familiale pour t'installer à San Diego ?

— À cause de la rupture de mes fiançailles peu avant le jour du mariage, répondit-elle, embarrassée. J'avais besoin de changer d'air et de me prouver que je pouvais réussir par mes propres moyens. J'ai donc accepté ce poste à San Diego.

— La séparation d'avec ta famille a dû être difficile.

— Oh ! oui. J'ai pleuré presque tous les jours durant les premiers mois. Mais j'avais quelque chose à prouver. Après cet échec personnel, il était hors de question que j'échoue aussi sur le plan professionnel.

— Tu te mettais une énorme pression sur les épaules, remarqua-t-il, entrelaçant leurs doigts.

— C'est vrai. Je me suis jetée à corps perdu dans le travail pour ne plus avoir le mal du pays et pour éviter de me demander pourquoi je n'avais pas suffi à mon fiancé qui avait renoué avec son ex.

Encore aujourd'hui, cette pensée la faisait souffrir.

— Plus je progressais dans ma carrière, moins je consacrais de temps aux membres de ma famille. Auparavant, c'était toujours moi qui faisais le lien entre eux en organisant les repas de fête et les retrouvailles pour les vacances. Quand j'ai arrêté, nous nous sommes éloignés les uns des autres.

Elle n'avait jamais parlé de cela à quiconque, pas même à sa famille, mais il y avait quelque chose de rassurant chez Julian, qui l'incitait à la confidence.

Ils s'assirent sur un banc surplombant le lac.

— C'est l'endroit idéal pour admirer le ciel, expliqua Julian.

Il lui avait désigné plusieurs constellations durant leur promenade, mais ce poste d'observation leur permettait d'avoir une vue plus dégagée sur la lune et les étoiles.

— La lune est magnifique, ce soir, constata Chandra, émerveillée.

— C'est la lune gibbeuse décroissante, celle qui suit la pleine lune. Elle est visible aux trois quarts et amputée sur son côté droit. Les taches sombres qu'on voit sont de grandes plaines basaltiques provoquées par l'activité volcanique il y a quatre milliards d'années. Et les cratères...

Il laissa sa phrase en suspens et contempla Chandra, l'air contrit.

— Désolé. Je dois t'ennuyer à mourir.

— Pas du tout, assura Chandra en souriant. Ce spectacle est

fascinant. Et toi aussi, Julian. À l'évidence, cet endroit est très spécial pour toi, et je suis heureuse que tu me l'aies montré. C'est le point final parfait pour notre soirée.

Julian l'observa, les prunelles chargées d'intensité.

— Et si cette soirée ne touchait pas encore à sa fin ?

— Qu'as-tu en tête, Docteur Brandon ? Je te préviens, je ne suis pas le genre de femme qui batifole en pleine nature, surtout lors du premier rendez-vous.

Julian se pencha vers elle en riant. Son souffle formant un petit halo de vapeur dans l'air froid lui réchauffait le visage.

— En réalité, c'est notre cinquième rendez-vous.

— Se tenir la main ne compte pas !

— Bien sûr que si ! assura Julian, le regard amusé. Notre déjeuner au café constituait notre troisième rendez-vous. Notre baiser sous le gui, le quatrième. Et maintenant, c'est le cinquième.

La règle des six rendez-vous que Chandra se fixait n'était pas respectée, mais... il s'en manquait de peu.

— Et donc ? demanda-t-elle, se retenant de sourire.

— Rassure-toi, je n'ai pas l'intention de batifoler en pleine nature, mais...

Il lui releva le menton et riva le regard au sien.

— J'ai très envie de t'embrasser sous la lune gibbeuse.

Enserrant la joue de Chandra dans la paume, il lui captura les lèvres.

Chandra ferma les yeux tandis qu'elle se perdait dans la sensualité de ce baiser.

Le précédent avait été délicieux, mais sage comparé à celui-ci. Ici, sous la splendide voûte étoilée, à l'abri des regards indiscrets, le baiser de Julian était ardent et avide. Et la réponse de Chandra, affamée et désespérée.

Julian dessina de la langue le contour des lèvres de Chandra avant de les laisser se mêler dans une chorégraphie passionnée. Chandra se délectait de la saveur de la bouche de Julian fleurant bon la tarte aux pommes et un soupçon de zinfandel. Puis il lui enserra la nuque pour approfondir leur baiser en lui caressant les joues avec les pouces.

Elle exhala un soupir extasié et se lova contre le corps robuste de Julian qui l'avait émoustillée un peu plus tôt quand elle avait dansé un slow avec lui.

Les assauts de Julian éveillaient des sensations exquises dans tout son être. Ses mamelons durcissaient et le cœur de son intimité devenait moite et douloureux dans l'attente des caresses masculines.

— M'as-tu amenée ici pour jouer au docteur avec moi ? le taquina-t-elle après qu'il eut rompu leur baiser.

Il rit, ses yeux pénétrants luisant au clair de lune.

— Je voulais vraiment te montrer combien le ciel étoilé était splendide à cet endroit. Mais je l'avoue bien volontiers, j'espérais aussi avoir une autre occasion de t'embrasser pour de vrai, cette fois.

Chandra se mordilla la lèvre inférieure, se remémorant toutes les raisons pour lesquelles elle ne devait pas entamer une liaison avec Julian.

Il était trop jeune pour elle. Même s'il ne l'avait pas été, elle partirait bientôt, ce qui excluait toute possibilité de relation sérieuse entre eux. Par ailleurs, une aventure d'un soir n'était pas une bonne solution. Ils risquaient de se croiser chaque fois qu'elle viendrait voir son père, et ce serait embarrassant.

Elle s'écarta lentement de Julian et perçut la déception dans le regard du jeune homme. Il savait qu'elle allait dire non. Parce qu'elle était raisonnable.

Mais es-tu heureuse ?

La question de Julian ne cessait de la poursuivre. Son père n'avait pas fait preuve de prudence en achetant le vignoble ayant jadis appartenu à la famille de sa mère biologique. Pourtant, cette acquisition le rendait très heureux.

Elle n'attendait rien de Julian. Mais pourquoi ne s'accorderait-elle pas ce bonheur euphorique qu'elle ressentait chaque fois qu'elle était avec lui ? Après tout, cela faisait plus de cinq ans qu'un homme ne lui avait pas procuré de telles sensations.

Ne méritait-elle pas de connaître la félicité, ne serait-ce que temporairement ?

Chandra déglutit avec peine, le cœur battant à tout rompre.

— Nous pourrions aller chez toi. Parce que chez moi, c'est impossible.

Les yeux de Julian s'écarquillèrent de surprise.

— Je connais l'endroit idéal.

Il lui donna un baiser rapide et l'entraîna vers son SUV. Puis il fit une petite partie du trajet en sens inverse avant de s'engager dans une allée menant à une charmante cabane dotée d'un grand porche.

— C'est chez toi ? demanda Chandra, étonnée.

— Joe Abbott m'en laisse la jouissance durant les quatre années que je passerai ici.

— Ainsi, tu m'as emmenée voir les étoiles dans un endroit situé, comme par hasard, à une courte distance de ta chambre ? C'est très astucieux, docteur Jules. Tu as de la chance que j'adore quand tu m'embrasses.

— J'en prends bonne note, dit-il en faisant un clin d'œil.

L'intérieur de la cabane était beaucoup plus luxueux que ne le suggérait son apparence rustique. Le décor moderne était chaleureux grâce à la présence de mobilier en cuir sombre et en bois. Des portes vitrées coulissantes donnaient accès à un patio à l'arrière de la maison.

— Cette cabane… est très agréable.

Maintenant qu'elle se trouvait chez Julian, elle était nerveuse. Son estomac faisait des soubresauts, et les battements de son cœur étaient assourdissants.

Voilà pourquoi elle avait presque renoncé à sortir avec un homme. Ne pas connaître les désirs, les attentes ou les préférences d'un amant potentiel la perturbait.

Serait-il épouvantable au lit ? Lui demanderait-il de faire des choses qui la mettraient mal à l'aise ? À quand remontait la dernière fois où il avait changé les draps ?

Elle ferma les yeux en soupirant.

— Chandra, tout va bien.

Il se tenait devant elle, un sourire sincère aux lèvres.

— Nous ferons les choses à ton rythme. Si tu préfères que nous regardions ensemble des épisodes d'*Orphan Black*, ça ne me pose aucun problème.

Il lui déposa un baiser léger sur les lèvres.

— Je ne te mets aucune pression, d'accord ?

Elle hocha la tête, et son appréhension diminua un peu.

— Es-tu toujours aussi gentil et prévenant ? questionna-t-elle. Je commence à me demander si tu es bien réel.

— Je me suis souvent conduit comme un sale égoïste. Avec un peu de chance, je me suis amélioré avec l'âge.

Elle lissa les revers du costume de Julian, qui mettait si bien son corps athlétique en valeur.

— Puis-je t'offrir un verre ou quelque chose à grignoter ? interrogea-t-il.

Chandra se remémora le mantra de Naya : « Je sais ce que je veux et je n'ai pas peur de le demander. »

— Tout ce que je veux, ce soir, c'est toi.

Elle rit en voyant les prunelles de Julian s'assombrir de désir.

— Mais, d'abord, puis-je utiliser ta salle de bains ?

— Bien sûr. Accorde-moi un petit instant.

Julian disparut dans le couloir avant de réapparaître au bout d'une ou deux minutes. Puis il lui indiqua la salle de bains attenante à sa chambre.

Chandra ferma la porte et s'adossa contre le mur.

C'est ta dernière occasion de te dégonfler.

11

Julian déboucha une bouteille de moscato rouge et remplit deux verres à moitié. Quand il retourna dans la chambre, Chandra émergeait de la salle de bains. Elle se figea, comme pétrifiée.

— Veux-tu du vin ? demanda-t-il.

— Volontiers.

Après avoir posé son sac sur la commode, elle but une gorgée, puis exhala un soupir. Elle était pour le moins hésitante, voire terrifiée dans le pire des cas.

Julian rêvait de l'attirer dans son lit depuis le jour de leur rencontre. Mais la nuit de plaisir qu'il avait imaginée tant de fois n'aurait pas lieu si Chandra était aussi apeurée qu'un animal acculé. Il tenait à ce qu'ils se souviennent tous deux de cette nuit d'amour avec bonheur.

Ils en seraient quittes pour regarder une série télévisée.

— Veux-tu que je te fasse faire le tour du propriétaire ? demanda-t-il, histoire de les éloigner de la chambre pour que Chandra se sente plus à l'aise.

Contre toute attente, elle posa son verre et s'avança vers lui, le regard brûlant. Puis elle glissa les paumes le long de la chemise bleu marine de Julian.

— Plus tard.

— Tu es sûre ? J'ai très envie de toi, c'est vrai, mais je ne veux surtout pas te mettre la pression…

Chandra lui captura les lèvres, le faisant taire.

Il se hâta de poser son verre et l'embrassa avec passion, avide de goûter à nouveau la bouche délectable de Chandra. Il glissa les mains sur les fesses fermes et rondes de sa partenaire pour la plaquer contre son érection.

Chandra souleva la chemise de Julian et la déboutonna à tâtons. Tout en approfondissant leur baiser, ils se déshabillèrent l'un l'autre avec une fébrilité grandissante. Finalement, leurs corps nus pressés l'un contre l'autre, ils basculèrent sur le lit. Consumé de désir, Julian traça un chemin de baisers le long du cou et de la poitrine de Chandra avant d'encercler un téton durci du bout de la langue.

Chandra se cambra sous la caresse de Julian, exhalant un léger soupir de plaisir. Il avait rêvé de goûter chaque centimètre de la peau soyeuse de Chandra et d'entendre les petits bruits qu'elle émettrait quand il lui taquinerait les mamelons qui étaient, par ailleurs, d'une belle couleur brun foncé. Il s'était demandé comment elle réagirait lorsqu'il ferait un festin de son corps, et maintenant que l'occasion lui était offerte, il avait hâte de le découvrir.

Il lui traça un sillon brûlant de baisers le long du ventre et la sentit se raidir quand il atteignit les boucles brunes moussant au creux de ses cuisses fuselées qui l'avaient fait fantasmer toute la soirée.

Il déposa un baiser sur la chair moite et enflée de l'intimité de Chandra. Puis un autre et un autre encore, se délectant de la saveur enivrante de sa partenaire. Il écarta les replis soyeux avec les pouces ; et exulta d'entendre les halètements et les murmures de plus en plus désespérés que chacun de ses coups de langue avides déclenchait chez elle.

Exhalant un long gémissement, elle s'agrippa aux cheveux de Julian et ondula le bassin frénétiquement pour accompagner ses caresses jusqu'à ce qu'elle atteigne l'orgasme. Son corps se convulsa, et ses talons s'enfoncèrent dans le matelas tandis qu'elle chuchotait le prénom de son partenaire.

Il la contempla, émerveillé de constater qu'elle était encore plus belle une fois repue et comblée. Sa peau moite luisait, et sa poitrine montait et descendait au rythme de sa respiration entrecoupée.

S'il avait la chance de voir Chandra jouir ainsi chaque jour du reste de sa vie, il ne se lasserait jamais de ce fabuleux spectacle, songea-t-il, lui déposant un baiser dans le cou.

Le sourire extasié de Chandra le fit chavirer.

— J'adore ce sourire, dit-il.

— Si tu continues à me donner autant de plaisir, je te garantis que tu le reverras, déclara-t-elle en riant et en lui caressant la joue, couverte d'une ombre de barbe.

Il lécha sa lèvre inférieure qui conservait la saveur intime de Chandra et lui fit un clin d'œil.

— Est-ce un défi ? Parce que dès l'instant où je t'ai aperçue ce soir dans ces escarpins sexy, je les ai imaginés dansant sur mes épaules pendant que je plaquais ma bouche sur…

— Voyons, docteur Brandon, tu as l'esprit mal tourné et une bouche délicieusement coquine.

Elle lui caressa langoureusement le torse.

— Et cela me convient très bien.

Fou de joie, il s'empara de la bouche de Chandra avec fougue tandis que cette dernière lui faisait courir les mains le long du dos, déclenchant de petits frissons sur sa peau. Il ouvrit le tiroir de sa table de chevet et récupéra un préservatif qu'il enfila prestement.

Puis il la pénétra lentement, savourant la façon dont le corps de sa partenaire gainait le sien, comme s'ils avaient été conçus pour aller ensemble.

Chandra émit un léger halètement quand il s'enfonça en elle, et il lui captura la bouche pour un baiser passionné. Il adopta une cadence régulière, déterminé à profiter de chaque instant de cette union de leurs deux corps. Mais chaque sensation de plaisir qui lui montait au creux des reins lui donnait l'envie folle de sensations encore plus intenses.

Quand il souleva l'une des jambes de Chandra pour la poser sur son épaule et qu'il accéléra ses va-et-vient, les murmures de Chandra se muèrent en doux gémissements, puis en suppliques insistantes. Finalement, elle cria le prénom de son amant, le dos cambré, les muscles tendus, son intimité convulsée autour de sa chair palpitante, tandis qu'elle se laissait emporter par une vague de jouissance.

Il l'embrassa passionnément, recueillant ses hurlements de

plaisir. Chandra enfonçait les ongles dans la chair de Julian, comme si elle voulait imprimer sa marque sur lui. Il redoubla ses assauts jusqu'à ce que lui aussi bascule dans un abîme de volupté, le prénom de Chandra au bord des lèvres. Il exhala un soupir de bien-être et s'effondra sur le lit à côté d'elle. Puis il l'attira dans ses bras, leurs respirations hachées formant un son unique dans la pièce.

Il embrassa Chandra sur la tempe.

— Notre rencontre est la meilleure chose qui me soit arrivée depuis mon retour ici.

— Nous sommes censés dire que la meilleure chose qui nous soit arrivée, ce sont les retrouvailles avec nos familles.

Elle taquina du pouce un des mamelons de Julian avant de lui déposer un baiser sur le torse.

— Mais, entre nous, il en est de même pour moi !

Chandra était amusante, intelligente et belle. Il avait adoré chaque moment passé en sa compagnie. Mais il avait envie de mieux la connaître - de tout connaître d'elle : son histoire, ses espoirs pour l'avenir, ses préférences en termes de petit déjeuner et toutes les façons de lui donner du plaisir.

Elle retournerait à San Diego dans une semaine. Il ne pourrait jamais se contenter d'un laps de temps aussi court avec cette femme merveilleuse. Mais, faute de mieux, il savourerait chaque instant passé avec cette déesse qui déclenchait des picotements le long de son épine dorsale et faisait s'accélérer les battements de son cœur.

Julian ouvrit les paupières en entendant l'eau couler dans la salle de bains. Peu après, Chandra pénétra entièrement habillée dans la chambre plongée dans la pénombre.

Il se redressa et frotta ses yeux lourds de sommeil.

— Tu t'en vas ? Moi qui espérais t'impressionner avec mes petits déjeuners savoureux !

— Tu sais cuisiner ?

— Mon répertoire est limité, mais les plats que je fais sont délicieux, notamment mes différentes recettes de pain perdu.

— Ah, oui ? Lesquelles ?

Maintenant que sa curiosité était éveillée, il espérait qu'elle le rejoindrait au lit.

— Du pain perdu façon crème brûlée, façon churro, à la banane…

Chandra, les lèvres gonflées par les baisers et mises en valeur par un soupçon de gloss, esquissa une moue taquine qui déclencha une émotion inattendue dans la poitrine de Julian.

— C'est curieux. J'aurais cru que tu étais adepte du bacon.

Elle n'avait pas tort. Il en avait trois kilos dans son congélateur. Mais elle n'avait pas besoin de savoir qu'elle avait vu juste à son sujet. *Encore une fois.*

— Si tu restes, je pourrai te surprendre d'autres façons.

Un sourire enjôleur aux lèvres, il l'attira près de lui.

— Je ne pensais pas que tu voudrais que je reste. Je supposais que c'était simplement…

— Une aventure d'un soir ?

— Oui. Après tout, dans une semaine, je serai partie.

— D'où la nécessité de tirer le meilleur parti de ces sept jours, dit-il, l'installant sur ses genoux et lui semant des baisers sur le cou et les épaules.

Chandra émit un ronronnement, et ce son ô combien sensuel vibra dans la poitrine de Julian. Il lutta contre l'envie impérieuse de la déshabiller et de la prendre à nouveau. De lui rappeler qu'il lui avait procuré plusieurs orgasmes grâce à ses caresses expertes et ses baisers torrides.

— Ta proposition est très tentante, mais je dois rentrer chez moi. Si je suis venue à Magnolia Lake, c'est avant tout pour renouer avec ma famille et non pour prendre du bon temps avec le jeune et séduisant médecin de la ville.

Elle lui adressa un sourire espiègle, suivi d'un petit baiser. Puis elle s'assit au bord du lit pour enfiler ses ballerines.

— C'est bon, soupira Julian. Je te reconduis au vignoble.

— Inutile. J'appelle un taxi.

— Chérie, nous ne sommes pas à San Diego. Il n'y a aucun taxi disponible à – il consulta sa montre – 1 h 40 du matin.

— C'est vrai. Dans ce cas, j'appelle ma…

— Chandra, c'est moi qui t'ai amenée ici et je te reconduirai chez toi saine et sauve.

Il se leva et enfila son boxer.

— Merci.

Le sourire presque timide de Chandra le remplit d'émotion. Pour un peu, il aurait juré que son cœur avait tressauté dans sa poitrine.

Comment se fait-il que cette femme exerce un tel attrait magnétique sur moi ?

S'il avait un peu de bon sens, il la déposerait chez elle, la remercierait pour cette merveilleuse soirée et lui souhaiterait un bon retour à San Diego, sans intention de la revoir. Elle ne désirait pas s'engager dans une relation sérieuse, et il ne voulait pas d'une liaison qui le retiendrait à Magnolia Lake.

Mais, apparemment, l'instinct de conservation lui faisait défaut. De fait, quand il s'arrêta dans l'allée menant à la villa, il embrassa Chandra et lui murmura contre la bouche :

— Je sais que tu es ici pour voir ta famille et que tu ne resteras pas longtemps, mais j'aimerais vraiment te revoir avant ton départ.

Après une brève hésitation, elle hocha la tête et déposa un dernier baiser sur les lèvres de Julian.

— J'essayerai de me libérer.

Il mit pied à terre et ouvrit la portière à Chandra. Ses escarpins sexy étaient suspendus à la lanière de son sac.

— Je te raccompagne jusqu'à la porte.

— Ce n'est pas nécessaire. J'ai envoyé un SMS à Naya pour lui demander de laisser la lumière allumée dans l'arrière-cour et la porte déverrouillée.

Julian se força à sourire pour masquer sa déception à l'idée que la soirée était bel et bien terminée.

— Alors, envoie-moi un message pour me dire que tu es à l'intérieur, saine et sauve. Si tu veux bien me donner ton portable pour que j'entre mes coordonnées…

Elle le lui tendit. Après avoir ouvert ses contacts, il inscrivit son numéro de portable et son nom, et le lui rendit.

— Envoie-moi un message, Chandra, sinon je tambourinerai à la porte pour m'assurer que tu vas bien.

— Tu en es capable ! dit-elle en riant.

— J'ai hâte de te revoir, chérie, murmura-t-il en l'embrassant.

— Bonne nuit, docteur Brandon.

— Bonne nuit, madame Valentine.

Il soupira et suivit Chandra des yeux jusqu'à ce qu'elle ait disparu, puis il remonta en voiture et attendit qu'un message s'affiche sur son portable.

Je suis à l'intérieur. Merci pour cette merveilleuse soirée sous la lune gibbeuse décroissante.

Il ajouta les coordonnées de Chandra à ses contacts puis prit le chemin du retour.

Même s'ils n'avaient pas eu l'intention d'entamer une liaison, ils étaient bel et bien en train de le faire.

12

Chandra ne put pas s'empêcher de rire en vérifiant les coordonnées que Julian avait entrées dans ses contacts :

Julian Brandon, jeune et séduisant médecin.

Son sens de l'humour le rendait encore plus irrésistible. Cela la changeait agréablement de certains de ses collègues pompeux et imbus d'eux-mêmes.

Elle gagnait sa chambre sur la pointe des pieds quand un gloussement et des voix provenant de la salle de jeux attirèrent son attention. Elle décida d'aller voir ce qui se passait.

— Alors, sœurette, comment s'est passée ta soirée ?

Naya agita ses sourcils à la façon de Groucho Marx.

— Surtout, ne réponds pas, intervint Sebastian. Personne ici n'a envie de connaître tes agissements nocturnes.

Son père et ses frères approuvèrent.

— Parlez pour vous. Moi, je veux les connaître, surtout les plus croustillants, déclara Naya en riant. Allez, Chandra, raconte-moi comment se comporte le Dr Brandon quand il *ausculte* une patiente.

— Tu es impossible ! protesta Chandra, donnant une tape sur le bras de sa sœur.

Tandis qu'un silence embarrassant flottait dans la pièce, elle se fit l'effet d'une adolescente prise en flagrant délit de s'envoyer en l'air avec son petit ami à l'arrière d'une voiture.

— Que faites-vous tous ici à cette heure tardive ? J'espère que vous ne m'attendiez pas, demanda-t-elle, gênée.

— Non, répondit Nyles. Nous jouons au Bid Whist, et Alonzo

et moi mettons une déculottée à ces deux crétins de Sebastian et Nolan.

— Ton jeune frère n'arrête pas de plastronner et de débiter des sottises, expliqua Ray. J'espère que l'autre équipe va enfin gagner, ne serait-ce que pour le faire taire.

Son père lui passa un bras autour des épaules en souriant.

— Il ne parlait pas aussi mal quand nous nous occupions tous les deux de son éducation, il y a quelques années.

Ce souvenir la fit sourire également. Elle posa la tête sur l'épaule de son père. Il ne semblait plus aussi grand qu'auparavant, et cette pensée lui serra le cœur.

Ils observèrent la partie tandis que Nyles et Nolan étaient en bonne voie pour faire le grand chelem.

— Tout va bien, fillette ?

Son père la contemplait, la mine soucieuse.

— Oui, papa.

Elle se lissa les cheveux, se demandant si elle avait l'air de sortir du lit du séduisant médecin.

— Je suis une adulte, et il m'arrive de faire certaines choses propres aux adultes.

— Je comprends. Je veux simplement m'assurer que tu vas bien. Je me fais du souci pour toi depuis que tu as rompu tes fiançailles et que tu es partie à San Diego.

— Tu as une façon très diplomate de présenter les choses.

De fait, son père savait pertinemment que c'était Edward qui avait rompu, la prenant de court. Elle avait été stupide de croire qu'ils étaient heureux ensemble alors que certains signes indiquaient le contraire.

— Par ailleurs, j'ai trente-neuf ans. Il serait temps que tu cesses de t'inquiéter pour moi.

— Détrompe-toi. Tu seras *toujours* ma petite fille. Je me souviens encore de la première fois que je t'ai tenue dans mes bras. Et aussi combien tu aimais que je te hisse sur mes épaules et que je coure dans le jardin. Ces souvenirs sont gravés à jamais dans ma mémoire. Et les parents se font du souci pour leurs enfants jusqu'à la fin de leur vie.

— Du moins, les *bons* parents, remarqua Chandra, émue.

Sa mère était partie depuis plus de trente ans. Sa belle-mère – la mère des jumeaux – était partie quand ils avaient trois ans. Chandra devrait avoir surmonté le chagrin et la colère provoqués par ce double abandon. Alors pourquoi l'évocation de leur départ était-elle toujours aussi douloureuse ?

— Tout le monde n'a pas les qualités requises pour être parent, chérie. Le problème, c'est que beaucoup de personnes s'en aperçoivent quand elles ont des enfants. Je me rends compte que je n'ai pas été un père très présent, mais je vous aimais, vous et vos mères.

— Tu n'étais pas parfait, mais qui peut se targuer de l'être ? demanda Chandra. Du moins, tu étais là pour nous et tu l'es encore aujourd'hui. Nous apprécions tout ce que tu as fait et ce que tu essayes de faire.

Le visage de son père s'éclaira, et il la serra dans ses bras.

— J'ai simplement besoin de savoir que tu vas bien et que tu es heureuse. Et c'est valable pour tous mes enfants.

— C'est aussi ce que nous voulons pour toi, papa. Alors, si l'achat de ce domaine et le développement de ce vignoble te rendent heureux, je ferai de mon mieux pour t'aider à réaliser ton rêve. Mais je ne peux pas…

— Je comprends, dit-il avec un sourire triste. Sauf que mon rêve ne consiste pas simplement à bâtir un empire, mais à le bâtir *avec vous*. Je sais que tu ne partages pas ma vision des choses, mais je ne renonce pas, ajouta-t-il avec un clin d'œil.

— Bon. Il est tard, et je suis épuisée.

— On s'en doute ! remarqua Naya avec un sourire espiègle.

Chandra lui fit les gros yeux comme quand elle était petite et qu'elle se comportait mal.

Nullement intimidée, Naya gloussa et grignota une chips.

— Je vais me coucher. Nous avons beaucoup de choses à faire ici avant mon départ pour San Diego.

Elle embrassa son père sur la joue et souhaita bonne nuit à ses frères et à sa sœur. Puis elle se prépara à aller au lit. Mais, une fois allongée, elle ne parvint pas à trouver le sommeil. Elle n'arrêtait pas de penser à la soirée fabuleuse qu'elle avait passée avec Julian et à l'attirance qu'elle ressentait pour lui.

Sa peau la picotait délicieusement tandis qu'elle se remémorait les baisers brûlants de Julian sur sa chair en feu.

Il était un merveilleux amant, mais pas seulement.

Prévenant et perspicace, il avait su la rassurer ce soir, de la même manière qu'il l'avait fait dans l'avion et lors de son accident. Elle le considérait comme une sorte de chevalier des temps modernes. Et elle n'arrêtait pas de penser à lui depuis le jour où elle avait croisé son regard dans le hall de l'aéroport.

Mais bien qu'il lui plaise *énormément*, il était un luxe qu'elle ne pouvait pas se permettre.

Il n'avait pas sa place dans son rêve de grosse promotion et de bureau d'angle directorial chez Phillips Athletic Wear. Qui plus est, ces derniers jours passés auprès de sa famille lui avaient rappelé qu'elle devait se montrer plus présente et attentionnée parce que, malgré leurs protestations, ses frères et sa sœur n'allaient *pas* bien. Et elle se souciait trop d'eux pour laisser les choses en l'état. Elle ne devait donc pas s'attacher à son séduisant médecin qui résidait à trois mille kilomètres de chez elle.

Cela ne l'empêchait pas de sourire tendrement chaque fois qu'elle songeait à Julian. Car il savait aussi la faire rire.

Alors, à défaut d'une liaison, peut-être pourrait-elle suivre la prescription du Dr Brandon et envisager une aventure délassante dans ses bras, sans engagement de part et d'autre, avant de reprendre le cours stressant de sa vie en Californie.

13

Julian sortit du King's Finest Family Restaurant en tenant fermement la main de Chandra. Il souriait aux anges, comme un idiot, mais il s'en fichait. Il était très heureux.

Chandra et lui avaient passé du temps ensemble presque tous les jours durant la semaine écoulée. Il avait été surpris et ravi quand elle l'avait appelé le lendemain de la réception des Abbott pour lui dire qu'elle aimerait revoir le lac à la lumière du soleil.

Ils avaient fait une balade autour du lac pendant l'heure du repas, puis ils avaient passé l'après-midi au lit et étaient allés dîner avec leurs familles respectives. Depuis, ils déjeunaient quotidiennement ensemble à la cafétéria. Les mardis et les jeudis soir, Chandra délaissait les siens pour rejoindre Julian à la cabane avant de retourner à la villa.

Plus ils passaient du temps tous les deux, plus Julian se rendait compte qu'il pourrait envisager un avenir avec Chandra. Mais ses vacances se terminaient. Demain, elle prendrait l'avion pour San Diego – une réalité cruelle qu'il s'efforçait de chasser de son esprit.

En arrivant devant le parking du centre médical où il avait garé son SUV, il se souvint que Mme Donaldson lui avait téléphoné durant le dîner parce qu'elle supportait mal le traitement contre l'hypertension artérielle que lui avait indiqué son prédécesseur, le Dr Johnson. Mais avant de lui proposer une nouvelle médication, Julian voulait vérifier la liste des médicaments qui lui avaient déjà été prescrits.

— Désolé, Chandra. Avant de rentrer, je voudrais faire un détour par le cabinet pour vérifier un renseignement concernant la patiente qui m'a appelé lors de notre dîner. Après quoi, je serai tout à toi, dit-il en l'embrassant.

Ils se rendirent dans son bureau, et il alluma son ordinateur pendant que Chandra déambulait dans la salle d'attente. Une fois ses vérifications terminées, il la rejoignit. Elle se tourna vers lui, le regard espiègle.

— Imagine que je suis allongée sur ta table d'examen, les pieds dans les étriers, et que tu es assis sur ton tabouret.

Elle rit devant sa mine ébahie.

— Tu m'as parlé de fantasmes sexuels. C'est celui qui m'est venu à l'esprit.

— Je ne vais jamais réussir à chasser de mon esprit cette image de toi allongée sur ma table d'examen pendant que je ferai un festin de ton corps ! Pourtant, je dois procéder à des examens parfois rebutants dans cette même salle.

— Quel dommage. Tu viens de briser mon fantasme, remarqua Chandra, déçue.

Il la saisit par son poignet indemne et l'attira près de lui.

— Essayons plutôt de le modifier. Par exemple, tu es assise sur le rebord de mon bureau. Ou...

Il ferma les yeux, émoustillé par la pensée qui lui traversait l'esprit.

— Ou quoi ? demanda Chandra qui l'observait avec intérêt.

— Je te renverse sur mon bureau et je te prends par-derrière.

Une perspective tellement excitante qu'un flot de chaleur envahit tout son être.

Le sourire de Chandra s'élargit.

— Ce fantasme me plaît. Assouvissons-le, veux-tu ?

Elle l'entraîna en riant vers son bureau et verrouilla la porte. Il l'enlaça, émerveillé de constater une nouvelle fois à quel point elle était belle et désirable.

Il lui captura les lèvres dans un baiser ardent et pressa les courbes voluptueuses de Chandra contre son corps en feu. Tout chez cette femme nourrissait sa soif insatiable de la posséder.

Demain, elle retournerait à San Diego, et ils se sépareraient bons amis. Il l'avait accepté parce que Chandra le voulait ainsi.

Mais, en vérité, il brûlait d'envie de passer davantage de temps en sa compagnie pour lui faire l'amour, discuter et rire avec elle.

Le corps tendu de désir, il promena une main le long de la cuisse de Chandra, sous sa jupe noire à volants, tout en se délectant de la saveur de sa bouche.

— Je t'en prie, dis-moi que tu as un préservatif, murmura-t-elle contre les lèvres de Julian.

Il n'en avait pas dans son portefeuille, mais il en conservait dans une coupelle près de la porte à l'intention des patients trop gênés pour en demander. C'était une tradition établie par le Dr Johnson, vingt ans auparavant, et controversée à l'époque. Mais les Abbott avaient soutenu le médecin, et la plupart des détracteurs avaient fini par admettre à contrecœur la sagesse d'une telle décision.

— Dans la coupelle, à côté de la porte, dit-il, semant une pluie de baisers le long du cou de Chandra.

Ce n'était pas sa marque ni sa taille habituelle, mais cela ferait l'affaire, faute de mieux.

Chandra choisit un préservatif violet et revint vers lui, un sourire mutin aux lèvres.

Il l'embrassa à nouveau, leurs langues se mêlant tandis qu'il cueillait un des seins généreux de Chandra au creux de la paume et en taquinait la pointe durcie avec le pouce.

Elle déboutonna fébrilement le jean de Julian et inséra une main sous l'élastique de son boxer, laissant glisser la paume délicatement le long de sa chair palpitante. Puis elle referma les doigts autour du membre viril de Julian pour lui prodiguer des caresses exquises qui allumèrent un brasier au creux de ses reins.

Oh ! ciel, elle le conduisait tout droit au bord du précipice ! Le souffle de Julian était erratique. Son pouls s'affolait. Et son cerveau était si embrouillé qu'il n'alignait que deux pensées : s'enfouir profondément dans Chandra pour ne faire plus qu'un avec elle et passer davantage de moments comme celui-ci en sa compagnie.

Il se concentra sur sa première idée, la plus facile à réaliser.

— Mets-moi le préservatif, dit-il d'une voix enrouée.

Chandra peina à l'ajuster tant il était étroit pour sa taille.

— Il me paraît… *inconfortable*, remarqua-t-elle, perplexe. Nous ferions mieux d'attendre d'être de retour chez toi.

En proie à un désir aigu et douloureux, il glissa une main entre les cuisses de Chandra et écarta sa culotte en dentelle déjà moite. Elle haleta quand il promena les doigts d'avant en arrière sur son intimité brûlante.

— J'ai trop envie de toi pour patienter plus longtemps. Qu'en dis-tu ?

Il exulta quand elle ondula contre sa main en répétant « *Oh ! oui* », encore et encore.

Il plongea deux doigts en elle, le pouce massant le bouquet de nerfs si sensible de Chandra, puis il l'embrassa avec ferveur tout en poursuivant ses caresses érotiques. Agrippée aux épaules de Julian, Chandra serpentait lascivement contre la main de son amant jusqu'à ce que son corps convulse, et qu'elle crie son prénom si fort qu'il fut soulagé que personne ne soit présent dans le bâtiment en ce samedi soir.

Puis il se posta derrière Chandra et souleva sa jupe. Écartant sa culotte humide, il la pénétra d'un mouvement souple, et une sensation électrisante se répandit dans tout son être.

— C'est si bon d'être en toi, Chandra.

Tout en égrenant des baisers sur le cou et les omoplates de Chandra, il lui prit un sein en coupe et en titilla le mamelon enflé. De l'autre main, il agrippa Chandra par une hanche et entama ses va-et-vient galvanisants.

Les sons de leurs respirations entrecoupées, de leurs soupirs et de leurs râles, et ceux émanant de l'union de leurs deux corps emplissaient le bureau telle une symphonie érotique. La senteur de chèvrefeuille de Chandra se mêlait à celle de son excitation sexuelle – un mélange terriblement enivrant.

Libérant le sein de Chandra, il lui fit tourner son beau visage vers lui, se délectant de son expression intense, et lui captura les lèvres pour un baiser passionné.

D'une main, il caressa le bouquet de nerfs de Chandra tout en poursuivant ses assauts puissants, la rapprochant ainsi du vertige suprême. L'instant d'après, elle lâchait prise, le corps secoué par les spasmes de la jouissance. Il accéléra la cadence, stimulé par le resserrement des muscles internes de Chandra autour de son érection douloureuse. Puis son corps se contracta et le vide se fit dans son esprit tandis qu'une vague de plaisir déferlait sur lui, le laissant à bout de souffle.

Malgré l'euphorie du moment, Julian ne put pas s'empêcher d'éprouver un cruel sentiment de perte.

Il était tombé amoureux de Chandra, mais elle partait demain.

Il enfouit le visage dans le cou de son amante, inhalant sa senteur exquise.

— Ne pars pas, Chandra, murmura-t-il. Pas tout de suite.

Elle tourna la tête vers lui, ses yeux brillant de larmes contenues, et esquissa un sourire empreint de tristesse.

— J'aimerais passer plus de temps avec toi, Julian. Mais nous ne ferions que retarder l'inévitable.

Il avait deviné sa réponse avant même que sa supplique franchisse ses lèvres, mais il ne pouvait pas la laisser s'en aller sans essayer de la convaincre de rester.

Leurs corps toujours soudés, il lui embrassa l'épaule.

— Je comprends. Nous allons faire un brin de toilette avant de sortir d'ici.

Chandra enroula un bras autour de lui pour le retenir.

— Je peux travailler à distance cette semaine et ne retourner en Californie que la semaine d'après. Ensuite, si tu as l'occasion de venir à San Diego, et si nous sommes libres…

— Ça me plairait beaucoup.

Il ignorait ce qui se passerait pour eux au-delà de la semaine prochaine, mais il était soulagé de ne pas être le seul à ne pas vouloir mettre un terme à leur relation.

14

Un mois plus tard

Chandra se gara dans le parking souterrain de Phillips Athletic Wear. En attendant l'ascenseur, elle envoya un SMS groupé à Naya et Alonzo. Lors des derniers jours, ils avaient échangé une série de messages, chacun partageant ses idées concernant l'organisation d'animations autour du vignoble.

Seuls Naya et Nolan avaient accepté la proposition de leur père de travailler à ses côtés. Naya était responsable des relations publiques de Valentine's Vineyards et coordonnatrice d'événements. Nolan assumerait officiellement le rôle de directeur financier dès qu'il aurait conclu la vente de l'entreprise textile familiale.

Mais bien que Chandra, Sebastian, Alonzo et Nyles aient repris leurs activités professionnelles, ils étaient régulièrement consultés au sujet du lancement public de l'exploitation. Deux mois auparavant, quand ils s'étaient tous retrouvés à Magnolia Lake, ils avaient travaillé avec une graphiste que Quinn Abbott leur avait recommandée. La jeune femme s'était appuyée sur leurs suggestions pour créer une nouvelle image de marque du vignoble, incluant un logo, des étiquettes et une signalétique.

Chandra avait trouvé excitant de participer à la stratégie de marque du domaine. D'une certaine façon, elle enviait Naya et Nolan d'être au cœur de cette aventure familiale. Mais, depuis cinq ans, elle s'était fixé une mission, et rien ne l'en détournerait, ni la crise d'identité de son père, ni la découverte de mystérieux cousins, ni même son béguin pour un séduisant médecin bien trop jeune pour elle.

Elle pénétra dans l'ascenseur et appuya sur le bouton de son étage. Puis elle consulta le dernier SMS de Julian.

Bonjour, ma beauté. J'espère que tout se passe bien. Ma vie ici n'est plus la même sans toi. Tu me manques cruellement.

Le cœur de Chandra se serra. Elle se remémorait la voix grave et profonde de Julian, et son sourire sexy qui la faisait chavirer.

Il lui manquait aussi. Plus qu'elle ne l'aurait cru.

Tellement de choses avaient changé depuis qu'elle était montée à bord de cet avion pour Magnolia Lake, plusieurs semaines auparavant. Elle avait renoué avec son père, ses frères et sa sœur, fait la connaissance de cousins qu'elle appréciait beaucoup, découvert la beauté des Smoky Mountains et la qualité de vie dans une petite ville.

Et surtout, elle avait rencontré un séduisant médecin qui avait chamboulé son univers.

Hélas, avec son manque de chance habituel dans le domaine sentimental, il avait près de dix ans de moins qu'elle et résidait à trois mille kilomètres de là.

Leur différence d'âge ne dérangeait pas Julian, mais Chandra s'inquiétait du qu'en-dira-t-on. Et elle n'avait pas vraiment envie d'entamer une relation à distance avec un homme qu'elle ne verrait peut-être qu'un week-end par mois durant les quatre prochaines années.

— Bonjour, madame Valentine.

L'expression gênée d'Evelyn Santos, l'assistante d'Ethan, le patron de Chandra, suscita une pointe d'appréhension en elle.

Ethan et Evelyn travaillaient à Nashville. Que signifiait leur venue inopinée à San Diego ?

— Bonjour, Evelyn. J'ignorais qu'Ethan était en ville.

— Il s'est passé un événement particulier. Ethan et Elliot vous attendent dans la salle de conférences, précisa la secrétaire en évitant le regard de Chandra.

Son malaise s'accrut, et une nausée lui souleva l'estomac.

Les frères Phillips étaient copropriétaires à parts égales de l'entreprise. Ethan, le directeur général, avait engagé Chandra cinq ans auparavant. Il l'avait envoyée à San Diego pour redresser la situation de la société et assister Elliot dont le titre de directeur d'exploitation tenait plus du vœu pieux que de la réalité.

De fait, durant les cinq années écoulées, c'était elle qui avait véritablement géré l'entreprise avec succès. Elliot en voulait à son frère de lui avoir imposé la présence de Chandra, mais il la laissait volontiers faire tout le travail pour pouvoir s'attribuer le mérite de ses bons résultats auprès du conseil d'administration et des médias. Chandra avait supporté cette situation parce que Elliot prendrait sa retraite l'année prochaine, et qu'elle semblait toute désignée pour lui succéder.

Mais depuis son retour à San Diego, un mois plus tôt, le comportement d'Elliot à son égard suscitait une sourde inquiétude en elle. Son habituel sourire fielleux avait laissé place à un sourire narquois, comme s'il savait quelque chose qu'elle ignorait.

— Je fais une halte à mon bureau et...

— À vrai dire, Ethan m'a demandé de vous conduire *directement* à la salle de conférences, l'interrompit Evelyn, l'air désolé et le regard fuyant.

Chandra faillit lui demander ce qui se passait, mais Evelyn ne faisait qu'obéir à son patron.

En arrivant à la hauteur de la salle de conférences vitrée, elle vit que les deux frères étaient engagés dans une discussion orageuse dont elle était sans doute l'objet.

Elle ouvrit la porte, et les deux hommes se turent.

— Bonjour, Chandra. Comment s'est passé votre voyage à Seattle ? questionna Ethan, la mine lasse.

— Productif, comme toujours, dit-elle en s'installant. Mais je doute que vous soyez ici pour discuter de mon voyage.

Elle jeta un coup d'œil à Elliot qui la gratifia de son sourire narquois.

— Non, en effet, admit Ethan.

— En fait, Ethan et moi avons une grande nouvelle à vous annoncer, intervint Elliot sans se départir de son sourire.

— Et quelle est-elle ?

— Mon fils a finalement décidé de rejoindre l'entreprise.

Elliot rayonnait littéralement.

— C'est merveilleux, mentit Chandra, le cœur au bord des lèvres.

Le peu qu'elle connaissait d'Elliot Phillips Jr ne l'incitait pas à penser qu'il serait un atout pour l'entreprise. Mais en sa qualité de fils du copropriétaire, on n'exigerait pas de lui des compétences particulières.

— Quelles seront ses fonctions dans l'entreprise ?

Le sourire d'Elliot s'élargit.

— Il me remplacera une fois que j'aurai pris ma retraite. Mais, en attendant, il occupera le tout nouveau poste de directeur général adjoint de l'exploitation.

Chandra était atterrée. Saisie d'une nouvelle nausée, elle déglutit péniblement.

— Vous me virez ?

— Bien sûr que non ! intervint Ethan dont la mine sombre contrastait avec l'expression réjouie de son frère. Vous faites un travail fantastique. Nous ne voulons pas nous priver d'une collaboratrice aussi brillante que vous.

— Alors, vous me rétrogradez ?

— Voyons, Chandra, ne soyez pas aussi mélodramatique, protesta Elliot, agacé. Vous êtes directrice de la logistique. Vos attributions demeurent inchangées. Simplement, vous serez placée sous l'autorité d'Elliot junior au lieu de la mienne. Voilà tout.

Elliot se leva et boutonna la veste de son costume.

— Si vous voulez bien m'excuser. J'ai une réunion.

Parvenu à la porte, il se tourna vers elle en souriant.

— À propos, il y a un autre changement. Comme Elliot junior est désormais le numéro deux à la tête de l'entreprise, son bureau doit refléter ses fonctions.

— Vous lui donnez... *mon* bureau ?

Chandra peinait à masquer sa colère et sa déception.

— En effet. Les déménageurs ont procédé au changement durant le week-end. Mme Santos vous montrera votre nouveau bureau. Belle journée, madame Valentine.

Elle bouillait de rage. Le visage en feu et le sang battant à ses tempes, elle distinguait à peine les paroles d'Ethan :

— Je ne peux qu'imaginer votre immense déception, Chandra. Sachez que j'ai fait tout mon possible pour dissuader mon frère de prendre cette décision.

— Alors, comment se fait-il que junior récupère mon bureau et obtienne la promotion que vous *m*'aviez quasiment promise ?

Ethan tressaillit, mais ne céda pas.

— Parce qu'il s'agit au final d'une entreprise familiale. Les membres de ma famille ont entériné cette décision. Même si elle n'est pas forcément dans l'intérêt de l'entreprise. Je suis désolé, Chandra. Je n'ai rien vu venir. Je ne vous aurais jamais laissé croire que vous deviendriez notre prochaine directrice d'exploitation si je n'avais pas cru cela possible.

— Que se passe-t-il, maintenant ? Suis-je censée veiller sur Elliot senior *et* Elliot junior durant le reste de ma carrière ?

— Vous êtes le pilier de cette entreprise. C'est à vous que nous devons la hausse de la rentabilité que nous avons enregistrée ces dernières années. Voilà pourquoi je vous demande de continuer à rendre cette entreprise encore plus performante et prospère. Comme Elliot l'a précisé, vos attributions demeurent inchangées.

— J'ai accepté de venir travailler à San Diego parce que vous m'aviez dit lors de mon embauche que, si je faisais mes preuves, vous me recommanderiez pour le poste de directrice d'exploitation dans cinq ans. Cette promotion a toujours été mon objectif prioritaire. Une sorte de consécration. La raison pour laquelle j'ai supporté votre frère…

— Je sais, la coupa Ethan d'un ton las. Je suis désolé de ne pas pouvoir vous donner satisfaction sur ce point. Mais je vous propose une importante augmentation de salaire en guise de compensation.

— Ce ne sera pas nécessaire, répliqua-t-elle froidement, se délectant de voir la mine affolée d'Ethan.

— Que voulez-vous dire ? Vous refusez l'augmentation ou…

— Je démissionne. Avec effet immédiat.

Elle se leva, le regard fièrement planté dans celui d'Ethan.

Il se passa une main sur le visage, l'air défait.

— Vous n'êtes pas obligée d'en arriver à cette extrémité. Je doute que mon neveu reste en poste une année entière. Cela me laissera le temps de convaincre ma famille que vous êtes précieuse pour notre entreprise et que vous méritez d'être nommée directrice d'exploitation.

— Cela ne changera rien au fait que je ne suis pas une Phillips. Et si votre famille n'a pas encore pris conscience de mon mérite, je doute qu'elle le fasse un jour.

Elle prit son sac à main et sa sacoche contenant son ordinateur.

— Dois-je appeler un agent de la sécurité pour qu'il m'accompagne à mon bureau ? Je souhaite récupérer mes photos de famille et quelques objets personnels.

— Non, je vous fais confiance, Chandra.

Elle fit quelques pas puis se tourna vers son ex-patron.

— Merci pour tout ce que vous avez fait, Ethan. Je vous souhaite un bon retour à Nashville.

Elle retrouva Evelyn qui lui adressa un sourire approbateur et la conduisit jusqu'à un bureau plus petit et plus sombre. Elle la laissa après lui avoir souhaité bonne chance.

Chandra récupéra un carton pour y caser ses affaires personnelles. Puis elle réinitialisa son portable aux paramètres d'usine et le déposa, avec son ordinateur de travail, sur la table.

La tête haute, elle se dirigea vers l'ascenseur et pénétra dans la cabine, regardant les portes se refermer sur Phillips Athletic Wear pour la dernière fois.

Arrivée au rez-de-chaussée, elle se précipita aux toilettes pour vomir. Après s'être lavé les mains, elle suça un bonbon en espérant calmer son estomac irritable. Puis elle s'en alla au parking.

Les mots « *je démissionne* » avaient franchi ses lèvres avant qu'elle réfléchisse aux conséquences. Mais elle savait qu'elle avait pris la bonne décision.

Si elle devait consacrer son temps et son énergie à s'occuper des intérêts d'une famille, autant que ce soit la sienne. Par conséquent, si son père acceptait ses conditions, elle retournerait à Magnolia Lake auprès des siens et du séduisant médecin qu'elle ne parvenait pas à oublier.

Quand Julian lui avait demandé de rester, elle avait eu très envie de dire oui. Mais elle avait laissé sa crainte des engagements émotionnels, son complexe au sujet de leur différence d'âge et son besoin de réussite professionnelle prendre le dessus. Une erreur qu'elle ne ferait plus.

15

Trois semaines plus tard

Au sortir du cabinet médical, Julian remonta la fermeture Eclair de son blouson pour se protéger du vent froid de décembre qui s'engouffrait dans Main Street.

Des couronnes de Noël ornées de nœuds de velours rouge décoraient les réverbères à l'ancienne, et des guirlandes électriques s'enroulaient autour de leurs mâts. Les vitrines des boutiques de Main Street étaient parées de houx et de flocons de neige. Et un sapin imposant trônait sur la grande place, scintillant de mille feux à la tombée de la nuit.

Julian était content d'avoir accompagné sa mère à l'illumination de l'arbre de Noël pour la première fois depuis la mort de son père. Celui-ci adorait Noël et, après sa disparition, Julian et sa mère avaient trouvé injuste d'assister aux différentes festivités sans lui.

Ainsi avait-il été surpris quand sa mère lui avait proposé d'assister avec elle à l'illumination du sapin. Il avait eu envie de refuser, mais cette sortie semblait importante pour sa mère et, finalement, elle l'avait été aussi pour lui. Contre toute attente, sa présence à cet événement que son père adorait avait eu un effet cathartique sur lui.

Sa mère avait glissé le bras sous le sien, et ils avaient enfin pleuré son père *ensemble*. Une étape incontournable s'ils voulaient mettre un terme à leur mésentente. Ni l'un ni l'autre n'avaient évoqué le passé ou leur relation tendue, mais chacun avait fait un effort.

Julian traversa la rue en direction de la cafétéria qui conservait encore le souvenir de Chandra.

Il ne pouvait pas s'empêcher de penser à son sourire éblouissant, à son rire contagieux et au profond sentiment de bonheur qu'il ressentait quand il était avec elle. Malgré leur éloignement géographique, il était convaincu qu'un lien authentique s'était tissé entre eux.

Il était rempli d'espoir quand elle avait accepté qu'il l'appelle à San Diego. Ils avaient bavardé au téléphone et échangé de nombreux messages durant le mois qui avait suivi son départ. Mais trois semaines plus tôt, elle lui avait envoyé un texto sibyllin lui indiquant qu'elle était très occupée du fait d'un événement inattendu. Depuis, sa ligne était désactivée, et il se faisait l'effet d'un imbécile.

Avait-elle changé de numéro pour se débarrasser de lui ? Avait-elle rencontré un autre homme ?

Il aurait suffi que Chandra le lui dise, et il aurait respecté sa volonté. Fallait-il qu'elle ait une piètre opinion de lui pour avoir éprouvé le besoin de prendre une mesure aussi radicale ! Cela n'empêchait pas Julian de l'adorer et de continuer à la vouloir dans sa vie.

Il pénétra dans la cafétéria et salua quelques habitués avant de regagner la file d'attente.

— Hello, Julian !

Stupéfait, il reporta son attention sur les deux femmes qui se tenaient devant le comptoir.

— Chandra ? Naya ?

— Je suis ravie de te revoir, Julian, déclara Chandra en souriant et en lui faisant signe d'avancer. Je viens d'ajouter ton pastrami à notre commande.

Il les rejoignit à la caisse mais, quand il voulut payer, Chandra l'en empêcha.

— J'aimerais que nous parlions, si tu veux bien.

— Bien sûr.

Il n'en revenait pas. C'était tellement surréaliste qu'elle souhaite lui parler alors qu'un instant auparavant il se demandait s'il la reverrait un jour.

— Tout compte fait, je ne peux pas rester, expliqua Naya à la caissière. Pourriez-vous mettre ma salade de côté avec l'assaisonnement à part ? Je reviendrai dans une heure.

Puis elle se tourna vers Chandra et Julian.

— À ce moment-là, vous devriez avoir fini de déjeuner, non ? questionna-t-elle avec un sourire espiègle.

Ils acquiescèrent, et elle se dirigea vers la sortie, les laissant en tête à tête.

Ils s'écartèrent pour attendre leur commande, et un silence embarrassant s'établit entre eux.

— Comment vas-tu ? demandèrent-ils en même temps.

Ils rirent, et leur gêne se dissipa un peu.

— Toi d'abord, dit-il.

— Ça se passe... bien.

Elle détourna le regard avant de le reporter sur lui.

— Et toi ?

— Je prends peu à peu mes marques. Mais tu me manques beaucoup.

Un sourire timide fleurit sur les lèvres pleines de Chandra.

— Toi aussi, tu me manques.

— Vraiment ? Je t'ai envoyé un message pour te dire que j'aimerais te rendre visite à San Diego après les fêtes de fin d'année, mais tu as subitement changé de numéro de téléphone. J'ai supposé...

— Je n'ai pas changé de numéro à cause de toi, Julian. Et je regrette de t'avoir donné l'impression que je voulais rompre avec toi en catimini. Ce n'était pas le cas.

— Alors, pourquoi as-tu changé de numéro ?

Il scruta le beau visage de Chandra, dont il avait pratiquement mémorisé les traits durant les trois semaines qu'ils avaient passées ensemble.

— Ce n'était pas mon téléphone personnel, mais celui de mon entreprise. Je l'ai restitué quand j'ai démissionné.

— Tu as démissionné ? Quand ? Pourquoi ? Depuis quand es-tu à Magnolia Lake ? Et combien de temps restes-tu ?

Il posait ces questions à mesure qu'elles lui venaient à l'esprit.

— J'ai démissionné il y a trois semaines parce que j'ai compris que ma hiérarchie ne m'appréciait pas à ma juste valeur et qu'elle ne le ferait jamais, dit-elle. Puis il m'a fallu deux semaines pour faire mes cartons et mettre ma maison en vente. Je suis ici depuis une semaine et j'y resterai indéfiniment puisque j'ai accepté l'offre de mon père de devenir directrice générale de Valentine's Vineyards.

— C'est merveilleux ! Toutes mes félicitations, dit-il, lui donnant l'accolade. Mais ça n'explique pas pourquoi tu ne m'as pas appelé.

— Ma décision de démissionner a été si soudaine et impulsive... Je n'ai pas pensé à noter ton numéro ni ceux de mes proches avant de restituer mon téléphone professionnel.

Elle contempla ses mains jointes.

— Par chance, après mon accident, j'ai eu le réflexe de mémoriser le numéro de mon père et celui de ma sœur.

— Même si tu n'avais pas noté mon numéro personnel, tu aurais pu chercher celui du cabinet sur Internet. Ou bien venir chez moi une fois de retour à Magnolia Lake.

— En fait, c'est la troisième fois cette semaine que je déjeune ici à 13 heures. Je ne voulais pas débarquer à ton cabinet ou chez toi à l'improviste. Et, pour être honnête...

Chandra jeta un coup d'œil alentour, puis laissa son regard s'attarder sur Deanna Jasper et ses amies qui les observaient tout en déjeunant.

— Lors de mon séjour ici, nous avions convenu d'avoir une simple aventure. Mais maintenant que je m'installe à Magnolia Lake de façon permanente..., je ne voulais pas que tu te sentes obligé de transformer cette aventure en relation sérieuse. Après tout, tu es le plus beau parti de cette ville. Toutes les femmes disponibles te poursuivent de leurs assiduités. Tu as l'embarras du choix.

— Toi seule occupes mes pensées depuis que nous nous sommes rencontrés, assura Julian, passant un bras autour de la taille de Chandra et l'embrassant langoureusement.

— Il n'y a pas d'autre homme que toi dans ma vie, déclara Chandra quand il interrompit leur baiser à regret.

Il perçut le malaise de Chandra tandis que des clients, notamment le couple Donaldson, les contemplaient en souriant.

— Pourtant, une autre chose te tracasse, n'est-ce pas ?

— Oui. Je sais bien que je ne devrais pas me soucier du qu'en-dira-t-on, mais je n'ai pas envie que les gens me dévisagent, comme maintenant, et me prennent pour une cougar qui a jeté son dévolu sur le fils prodigue de leur ville.

— Je déteste ce terme de *cougar*, trop sexiste à mon goût. Des hommes fréquentent des femmes plus jeunes depuis la nuit des temps. Quant à eux...

Il désigna discrètement les Donaldson et baissa la voix :

— Ils sont très curieux. Ils nous considèrent un peu comme les héros d'une série romantique. Mais ils sont aussi bien intentionnés à notre égard et souhaitent sincèrement que ta famille remporte un franc succès avec son vignoble.

Julian se sentit soulagé en voyant Chandra sourire.

— Quand je suis avec toi, chérie, je ne pense jamais à notre différence d'âge. Je me dis que j'ai de la chance de sortir avec une femme aussi belle, intelligente et amusante.

Il lui prit une joue en coupe et la caressa du pouce.

— Et j'envie toutes les personnes que tu as aimées.

Les yeux de Chandra pétillèrent, et son sourire s'élargit.

— Tu es très persuasif. Te l'a-t-on déjà dit ?

— Oui. Et aussi, irrésistible.

— Et modeste, ajouta Chandra en riant.

Il l'embrassa sur le front.

— Je me moque de l'opinion d'autrui. Tout ce qui m'importe, c'est être avec toi.

— Je ne suis pas aussi exclusive que toi. D'autres choses m'importent aussi, dit-elle avec un sourire espiègle. La paix dans le monde, le réchauffement climatique, l'égalité entre les races, ce fameux empire que mon père veut bâtir...

— Et moi ? Suis-je sur ta liste ?

— Bien sûr. Tu y figures en bonne place.

Elle se dressa sur la pointe des pieds pour embrasser Julian.

— Votre commande est prête, les tourtereaux.

Amina Lassiter, propriétaire de la cafétéria, poussa en souriant un plateau vers eux.

Julian la remercia, récupéra le plateau et choisit une alcôve au fond de la salle.

— Qu'est-ce qui t'a décidée à accepter l'offre de ton père ?

Chandra reposa son sandwich après la première bouchée, comme si elle avait soudain perdu l'appétit.

— J'ai compris que malgré mes compétences et mes excellents résultats, je n'obtiendrai jamais une place au sein de l'équipe dirigeante de Phillips Athletic Wear.

Elle but une gorgée de soda, l'air pensif.

— J'ai été stupide de vouloir réussir par mes propres moyens et de m'épuiser à consolider l'héritage d'une autre famille que la mienne. Si je dois suer sang et eau, autant que ce soit pour les personnes qui comptent le plus pour *moi*, et qui me soutiendront quoi qu'il arrive. Ma famille.

— Tu as raison, approuva Julian en souriant. Qui plus est, tu sembles vraiment heureuse d'aider ton père et ta sœur à fonder une nouvelle entreprise familiale.

— C'est vrai.

Le visage de Chandra s'illumina, et le cœur de Julian manqua un battement.

— Espérons que je serai toujours aussi ravie quand j'assumerai officiellement mes fonctions de directrice générale au début de l'année prochaine.

— Aimais-tu travailler avec ta famille dans votre entreprise textile ? demanda-t-il, mordant à belles dents dans son sandwich.

— Je m'entendais bien avec mon père et mes frères. C'était plus compliqué avec ma grand-mère. Elle était brillante et rigoureuse, mais aussi de la vieille école. Elle pensait que si nous apprécions notre travail, c'est que nous le faisions mal.

Chandra reposa son sandwich après une autre bouchée et se pressa une main sur le front.

— Ça ne va pas ? demanda-t-il.

— Je me sens fatiguée depuis quelques jours. Sans doute le stress lié à ma démission et à mon changement de vie. En outre, ce week-end, c'est l'anniversaire de mon père, et tous mes frères viennent nous rejoindre.

— Quels *autres* signes ressens-tu ? questionna-t-il, les rouages de son cerveau moulinant à toute vitesse.

— Maux de tête, nausées, insomnie, changements d'humeur...

— Chérie, tu ne serais pas... ?

Chandra écarquilla les yeux, stupéfaite. Puis elle articula « enceinte ? » Il acquiesça d'un signe de tête.

— C'est impossible ! chuchota-t-elle. Nous avons été prudents. Tu as mis un préservatif à chaque fois.

— Oui, mais ils ne sont pas infaillibles.

— Tu dois te tromper. Peu après mon retour à San Diego, j'ai eu mes règles, murmura-t-elle. Elles étaient moins abondantes, mais bel et bien présentes.

— Et depuis ?

Julian avait du mal à ne pas s'exprimer comme un médecin interrogeant une patiente.

— Je ne les ai pas eues, admit-elle. Mais j'ai trente-neuf ans. Elles étaient irrégulières les mois précédents. Je suppose que c'est...

— La préménopause, suggéra-t-il.

Chandra se couvrit le visage, visiblement gênée.

— Ce n'est pas une conversation qu'une femme souhaite avoir avec son amant plus jeune qu'elle, maugréa-t-elle.

— En l'occurrence, je suis ton petit ami. Et aussi un médecin capable de comprendre qu'il s'agit d'une période naturelle de la vie d'une femme.

Il lui pressa doucement la main, et elle parut soulagée.

— Ta théorie est possible, poursuivit-il. Mais compte tenu des autres symptômes que tu me décris...

— Non, tu te trompes forcément ! Je n'ai fréquenté aucun autre homme. Et j'ai eu une fois mes règles entre-temps.

— Les saignements ne sont pas rares, surtout lors du premier tri...

— Arrête de me parler comme si j'étais...

Elle semblait incapable de prononcer le mot fatidique.

— Je le saurais si c'était le cas, ajouta-t-elle.

— Tu n'imagines pas le nombre de femmes qui ne s'en doutent pas.

En apparence, Julian était calme et objectif. Il posait des questions pertinentes, comme il le ferait avec une autre patiente. Mais, intérieurement, il était bouleversé. Son cœur tambourinait contre sa poitrine tandis qu'il envisageait la possibilité très réelle que Chandra et lui aient créé davantage que des étincelles durant leurs nuits torrides.

— Dans mon cas, il s'agit d'un gros coup de fatigue, dit-elle résolument.

Récupérant son sandwich, elle mordit dedans. Soudain, elle blêmit, et il crut qu'elle allait être prise de nausées. Mais elle continua à mâcher lentement, comme pour prouver qu'elle avait raison.

Peut-être était-ce le cas. Elle se connaissait mieux que lui, même s'il avait gravé dans sa mémoire chaque centimètre carré de son corps voluptueux.

Il était ravi qu'elle soit revenue à Magnolia Lake et qu'elle veuille donner une chance à leur couple. Aussi s'abstiendrait-il d'insister au risque de tout gâcher.

— Raconte-moi comment ça se passe entre ta mère et toi, dit-elle, reposant son sandwich.

— Nous passons davantage de temps ensemble. Ainsi, le week-end dernier, nous avons assisté à l'illumination du sapin de Noël sur la grande place. Mon père adorait cet événement ; il était excité comme un gamin quand les lumières s'allumaient.

Il eut un sourire triste.

— C'était la première fois que ma mère et moi assistions à la cérémonie depuis la mort de mon père.

— C'est formidable !

Elle lui enserra les deux mains.

— Je suis heureuse que vous vous rapprochiez.

— Merci, dit-il, lui embrassant le dos de la main. Et je suis *très* heureux que tu sois revenue.

— Moi aussi, assura-t-elle, le visage rayonnant. Et maintenant, raconte-moi comment les choses se passent avec ta nouvelle patientèle.

Il lui expliqua qu'il commençait à convaincre quelques irréductibles. À son tour, Chandra lui parla de son entrevue avec les frères Phillips à San Diego, puis elle l'informa des projets de sa famille pour le vignoble.

— Mais je ne veux pas te retarder. Tes patients doivent t'attendre, remarqua Chandra en consultant sa montre et en étouffant un bâillement.

— Tu es épuisée, répliqua-t-il, soucieux.

— Je suis habituée à vivre seule. Mais, depuis mon retour, je me suis installée à la villa. Entre mon père et Nolan qui sont des lève-tôt, Naya bavarde comme une pie, les bruits du chai et les travaux de rénovation, il m'est impossible de dormir pendant la journée. Et je dors mal la nuit. Mes frères vont arriver pour l'anniversaire de papa, et Nyles restera jusqu'à Noël. Ma qualité de sommeil ne risque pas de s'améliorer.

— Va chez moi. Tu auras la cabane pour toi toute seule durant les quatre prochaines heures. Je t'envoie le code de la porte d'entrée.

Après quelques secondes d'hésitation, elle acquiesça.

— Merci, Julian.

La femme dont il était tombé éperdument amoureux dormirait dans son lit pendant qu'il verrait ses patients.

Tu as intérêt à te concentrer !

Chandra soupira et lui pressa la main.

— Julian, ça fait longtemps que je n'ai pas partagé la vie d'un homme. Et, franchement, je suis encore un peu réticente.

— Je comprends. Comme je te l'ai dit, nous ferons les choses à ton rythme. D'accord ?

— Oui. Merci de ta compréhension.

Il lui donna un baiser léger avant de retourner au cabinet, émerveillé d'être aussi chanceux.

16

Chandra arpentait nerveusement la pièce de vie dans la cabane de Julian, le cœur tambourinant dans la poitrine.

Quand la porte d'entrée s'ouvrit à la volée, elle sursauta.

Elle aurait dû entendre le SUV de Julian ou le bruit du verrou mais, apparemment, le seul son qu'elle était capable de percevoir était le rugissement de son sang dans ses oreilles.

— Je suis désolé de t'avoir fait peur, chérie, dit-il, posant un sac sur le comptoir.

La bonne odeur du repas provenant du King's Finest Family Restaurant aurait dû lui mettre l'eau à la bouche. À la place, elle se sentait nauséeuse. Et maintenant, elle connaissait la raison de ses malaises.

— Eh, tu es sûre que tu vas bien ?

Il appuya le dos de la main sur le front de Chandra, puis lui releva le menton pour scruter son visage.

— J'espérais que tu te serais reposée, mais tu me parais…

— *Enceinte*, le coupa-t-elle. Tu avais vu juste. J'ai demandé à Naya de m'arrêter au drugstore avant de me déposer chez toi. J'ai acheté deux tests de grossesse de marque différente. Les deux sont positifs.

Elle n'en revenait pas que sa vie, déjà en phase de transition, ait basculé en l'espace de quelques heures.

— Comment… ?

— Je sais que ce n'est pas ce que nous attendions de cette relation, mais je veux garder ce bébé, le coupa-t-elle, se posant une main protectrice sur le ventre. Je sais aussi que tu as l'intention de retourner à Philadelphie dans quatre ans et je comprendrai que tu ne veuilles pas de responsabilités parentales. Sache que je suis prête à élever ce bébé seule.

Julian cilla comme s'il sortait d'un état de sidération. Puis il attira Chandra dans ses bras et l'embrassa sur le front.

— Je m'apprêtais à te demander comment tu allais.

— Oh. Je suis encore sous le choc, mais je vais bien. Nous avons toujours été tellement prudents. Je ne pensais pas du tout être enceinte. Il a fallu que je fasse le test pour me rendre à l'évidence.

— Je te crois, chérie. Et c'est normal que tu sois un peu effrayée ou dépassée par cette nouvelle.

— Pourquoi me sentirais-je dépassée ? J'ai encadré du personnel durant presque toute ma carrière et j'ai pour ainsi dire élevé mes frères et ma sœur. Je suis tout à fait capable de prendre soin de ce bébé.

Elle avait conscience d'être sur la défensive, mais elle ne voulait surtout pas paraître vulnérable aux yeux de Julian.

Cinq ans après, le rejet d'Edward et l'humiliation de sa trahison formaient toujours une plaie à vif dans son cœur.

— J'ai mis au monde de nombreux bébés quand je travaillais à l'hôpital, expliqua Julian. Cela ne m'empêche pas d'être terrifié à l'idée d'avoir un enfant à moi. Mais nous surmonterons nos peurs ensemble. Parce que j'ai la ferme intention d'être un père très présent.

Cette promesse remplit Chandra d'émotions. Elle avait beau afficher son courage, elle était paniquée. Julian l'avait compris et avait su, encore une fois, trouver les mots justes pour la rassurer.

Mais… lui faisait-il cette promesse uniquement par sens du devoir ? Si c'était le cas, cette obligation finirait par lui peser. Il en voudrait à Chandra, voire à leur bébé. Et cette pensée lui était insupportable.

Elle se libéra de l'étreinte de Julian. Aussitôt, un frisson glacé la parcourut malgré le feu qui flambait dans l'âtre.

— Julian, si tu es à Magnolia Lake, c'est pour honorer ta promesse envers les Abbott. Nous savons tous les deux que tu comptes les jours qui te séparent de ton retour à Philadelphie. Tu n'as aucune envie d'être retenu ici par un bébé. Alors, ne te sens pas obligé d'assumer des responsabilités qui risquent de te peser. Je suis capable d'élever seule cet enfant.

— Je n'en doute pas, assura Julian en serrant Chandra dans ses bras. C'est vrai, les responsabilités parentales n'entraient pas dans nos projets immédiats, mais je suis aussi déterminé que toi à m'occuper de cet enfant. Si tu es partante, je le suis aussi. D'accord ?

Elle acquiesça, le visage baigné de larmes. Elle les sécha, embarrassée. Elle était une future maman depuis moins de vingt-quatre heures et elle pleurait déjà !

— Tout se passera bien, chérie, je te le promets.

Quand Julian posa les lèvres sur celles de Chandra, elle se lova contre lui.

Ce baiser censé être une source de réconfort se transforma rapidement en une étreinte passionnée qui embrasa ses sens.

Julian se débarrassa de son manteau, et ils se déshabillèrent mutuellement tout en continuant à s'embrasser fiévreusement. Il la souleva de terre, et elle enroula les jambes autour de la taille de Julian tandis qu'il l'emmenait dans sa chambre. L'endroit où ils avaient peut-être conçu leur bébé.

Cette pensée aviva le feu de son désir pour cet homme qui avait pris une si grande importance dans sa vie.

Elle n'aurait jamais imaginé qu'ils deviendraient parents. Mais tandis que Julian la posait délicatement sur le lit, elle ne regrettait aucun des moments qui avaient transformé leur existence à jamais.

Leurs caresses et leurs baisers s'approfondirent, exacerbant la passion qui brûlait entre eux jusqu'à ce que Chandra soit proche de la combustion.

Quand Julian tendit le bras vers sa table de chevet, elle le retint par le poignet.

— Si tu n'as fréquenté personne d'autre entre-temps...

— C'est le cas, affirma-t-il.

— Alors, nous n'aurons pas besoin de préservatif pendant un bon moment.

Elle caressa la joue de Julian, couverte d'une ombre de barbe, et lui déposa un baiser léger sur les lèvres.

Les prunelles de Julian s'assombrirent de désir et sa bouche s'incurva en un sourire coquin.

— Tu as raison.

Il lui fit l'amour, vouant un culte à son corps qui s'arrondirait et se distendrait à mesure que leur futur bébé se développerait.

Elle ignorait ce que l'avenir leur réservait. Il se pouvait que Julian ne la regarde plus jamais avec la même passion et la même faim qu'à cet instant, mais elle dégusterait pleinement ces merveilleux moments et les graverait dans sa mémoire : la saveur de Julian, le poids de son corps sur le sien, la façon dont il l'emplissait corps et âme, sa tendresse après l'amour et ses paroles de réconfort.

17

Julian enlaçait Chandra endormie, sa joue soyeuse pressée contre son torse, sa chevelure brune drapant son bras. Faire l'amour avec elle était toujours incroyable. Mais, ce soir, leur rapport passionné, sans aucune barrière entre eux dans la mesure où ils avaient créé une vie ensemble, avait été différent de tout ce qu'il connaissait. Enivrant. Addictif. Exceptionnel. Chaque baiser, chaque caresse, qu'ils avaient échangé avait acquis une importance nouvelle.

Après l'amour, il avait fait réchauffer le repas provenant du restaurant : un steak succulent accompagné de pommes de terre cuites au four pour lui, et un burger au chou rouge avec des frites pour Chandra. Ils avaient mangé au lit en regardant la télévision, puis elle s'était endormie, visiblement épuisée.

Pendant qu'elle se reposait, il s'était douché, avait mis en route le lave-vaisselle et le lave-linge, puis était retourné au lit, le corps lové contre celui de Chandra, l'esprit obnubilé par cette nouvelle réalité :

Je vais être papa.

Toutes ses craintes inexprimées tournaient en boucle dans sa tête. Tout se passerait-il bien pour Chandra et le bébé ? Leur arrangement fonctionnerait-il ? Serait-il un aussi bon père que le sien ?

— Julian, ça va ?

Chandra leva vers lui ses yeux lourds de sommeil.

— Ton cœur bat très fort.

— Oui, tout va bien. Je réfléchissais.

— À quoi ?

Elle croisa les bras sur le torse de Julian, appuya le menton sur le dos de la main et le fixa, plus séduisante que jamais.

Les mots éloquents qu'il avait prévu de prononcer se figèrent dans sa gorge, et son esprit se vida de toute pensée.

La déception se peignit sur le visage de Chandra, mais elle se força à sourire et lui caressa la joue.

— Julian, je sais que tu tiens à faire ce qu'il faut pour le bébé, mais tu n'y es pas obligé. C'est mon choix de le garder. Si tu préfères ne pas participer à...

— Épouse-moi, Chandra.

Il prononça ces mots, son pouls battant frénétiquement à ses tempes.

— Tu me demandes de *t'épouser* ?

Chandra le contempla, stupéfaite, avant de se redresser et de ramener le drap sur sa poitrine nue.

Le moins qu'il puisse dire, c'est que sa demande ne l'enchantait pas, songea-t-il tristement.

— Oui.

— Voyons, Julian. Tu me connais à peine, dit-elle, se levant et récupérant ses vêtements. Si nous sommes ici ce soir, c'est à cause de notre incompétence en matière de contraception.

Julian se leva à son tour et enlaça Chandra, la stoppant dans ses tentatives fébriles de s'habiller.

— Je tiens à mettre les choses au point, dit-il. C'est vrai, je n'envisageais pas d'entamer une liaison avec toi quand nous nous sommes rencontrés dans l'avion. J'ai accepté l'idée d'une aventure parce que tu ne voulais aucun engagement de part et d'autre. Mais si tu m'avais dit que tu étais uniquement intéressée par une relation sérieuse avec un mariage et des enfants à la clé..., j'aurais aussi accepté, parce que j'étais déjà éperdument amoureux de toi.

L'expression de Chandra s'adoucit, mais les muscles de son dos demeuraient crispés.

— Tu es merveilleux, Julian. Et je t'apprécie énormément. Mais se marier serait une décision trop précipitée.

— Je sais. Mais avec la prochaine venue du bébé, il est trop tard pour faire les choses lentement, tu ne crois pas ? demanda-t-il avec un sourire enjôleur.

Il la sentit enfin se détendre dans ses bras.

— Le mariage est un engagement sérieux, argua-t-elle.

— C'est vrai. Et, dans le meilleur des cas, il n'a que cinquante pour cent de chance de réussite. Mais je veux faire partie intégrante de la vie de notre enfant et de la tienne. Je veux être un père *toujours* présent, à l'instar du mien. Je suis prêt à te le prouver, ici et maintenant.

— Je ne t'empêcherai jamais de faire partie de la vie de notre enfant, dit-elle, lui caressant la joue. Mais de là à nous marier dans l'intérêt du bébé..., ce n'est pas nécessaire, Julian. Les deux mariages brisés de mon père prouvent qu'avoir un enfant n'est pas le gage d'une union durable.

— Je comprends.

Le chagrin qu'il percevait dans le regard de Chandra lui brisait le cœur. Il n'aurait su dire si c'était lui qui avait connu le plus grand drame avec la mort tragique de son père, ou si c'était elle avec les abandons de sa mère et de sa belle-mère.

— Nous avons souffert tous les deux de l'absence d'un de nos parents, Chandra. Je ne veux pas que ce soit le cas pour notre enfant.

— Moi non plus. Mais nous marier parce que je suis enceinte ne me paraît pas une bonne idée.

— Je le reconnais, c'est la nouvelle de ta grossesse qui m'incite à te demander en mariage. Mais je ne le ferais pas si je n'avais pas *vraiment* envie de vivre avec toi.

— Julian, tu n'as pas besoin de prétendre que...

— ... je ne suis pas parvenu à te chasser de mon esprit depuis le jour de notre rencontre ? Que je me suis senti merveilleusement bien auprès de toi durant ces quelques mois ? Et que tu es la seule femme avec qui j'ai jamais envisagé de bâtir un avenir ? Il se trouve que je pense chacun des mots que je viens de prononcer.

Chandra le contempla, stupéfaite.

— Mais nous ne nous connaissons que depuis peu, protesta-t-elle faiblement.

— Je sais. Mais à l'instant où tu as glissé ta main dans la mienne dans cet avion, j'ai été comme envoûté. J'avais l'impression de t'avoir attendue depuis toujours.

Les yeux de Chandra se remplirent de larmes d'émotion.

— Tu es très persuasif, docteur Brandon.

— Et irrésistible.

— Et toujours aussi modeste, dit-elle en riant.

Julian rit aussi, soulagé que la tension diminue entre eux.

— Cela signifie-t-il que tu acceptes ma demande en mariage sincère, bien que peu conventionnelle ?

— Cela signifie que je vais y songer sérieusement. Et que j'éprouve les mêmes sentiments à ton égard.

Sa réponse le remplit d'espoir. Certes, ce n'était pas un consentement, mais ce n'était pas non plus un refus. Qui plus est, elle admettait avoir de l'attachement pour lui.

— C'est tout ce que je te demande.

— Et maintenant, j'ai une question à te poser, dit Chandra.

— Je t'écoute.

— Ce sera notre premier Noël ensemble, et j'aimerais te faire un cadeau spécial. Pourrais-tu me fournir un indice ?

Un grand sourire s'épanouit sur les lèvres de Julian.

— Chandra Valentine, je ne désire que toi pour Noël.

— Tiens, tiens, ça me rappelle la chanson de Mariah Carey.

Le sourire sexy de Chandra le fit chavirer. Elle promena langoureusement les doigts le long du flanc de Julian, réveillant chaque terminaison nerveuse de son corps.

— Et toi, que souhaites-tu pour Noël ? demanda-t-il.

Elle se posa une main sur le ventre, très touchée.

— Tu m'as déjà donné tellement plus que ce que j'aurais pu espérer. Je n'aurais jamais cru... Merci pour tout, Julian.

Il captura les lèvres soyeuses de Chandra et se perdit dans leur baiser, et dans le flot d'émotions qui le submergeait chaque fois qu'il se trouvait auprès de cette femme incroyable. Il l'attira à nouveau dans son lit et lui refit l'amour avec passion.

Quelle que soit la réponse de Chandra à sa demande en mariage, sa vie ne serait plus jamais la même grâce à elle. Et il lui en était infiniment reconnaissant.

18

Le lendemain matin, Chandra descendit du SUV de Julian garé dans l'allée menant à la villa tandis qu'il lui tenait la portière ouverte. Puis il l'enlaça et lui donna un baiser grisant qui lui rappela la façon délicieuse et orgasmique dont il l'avait réveillée un peu plus tôt.

Elle pressa les cuisses pour tenter de maîtriser les pulsations de désir au cœur de son intimité.

— Tu déjeuneras avec moi ? demanda Julian, frottant une joue râpeuse contre celle de Chandra.

— Hélas, non. J'ai rendez-vous avec Maria, notre vigneronne, à 13 heures. Mais je préparerai le dîner chez toi, ce soir. Après tout, il vaut mieux que tu saches à quoi t'en tenir sur mes talents culinaires.

Elle sourit puis gémit de plaisir quand il lui embrassa l'espace sensible derrière l'oreille.

— Entendu. Et, cette fois, apporte de quoi te changer.

Elle se mordilla la lèvre, embarrassée. Elle n'avait pas prévu de passer la nuit chez Julian, mais elle avait adoré se réveiller dans ses bras, leurs membres emmêlés, tandis qu'il la couvrait de baisers avant de glisser la tête sous la couette.

— D'accord, dit-elle, troublée par ce souvenir érotique.

— Tu ne veux vraiment pas que je t'accompagne quand tu annonceras la nouvelle à ta famille ? Ce serait la moindre des choses.

Elle sourit et lui caressa la joue avec sa main gantée.

— J'apprécie ton offre, mais je suis une grande fille capable de gérer la situation. Par ailleurs, ton premier patient t'attend.

— Comme tu veux.

Il l'accompagna jusqu'à la porte de derrière puis, après un dernier baiser, retourna à son véhicule.

Quel homme adorable, songea-t-elle en pénétrant dans la maison.

— Regardez qui se décide à nous rejoindre pour le petit déjeuner ! s'exclama Nyles, se levant de table pour lui donner l'accolade.

Nolan, Sebastian et Alonzo étaient aussi attablés.

— Je ne vous attendais pas avant vendredi.

Chandra posa son manteau sur une chaise disponible.

— Nous voulions te faire la surprise en arrivant deux jours plus tôt, expliqua Sebastian.

C'est le moment ou jamais.

— En parlant de surprises..., commença Chandra, balayant la tablée du regard, je suis contente que vous soyez tous là, car j'ai quelque chose à vous annoncer.

Son père fronça les sourcils, perplexe.

— Alors, assieds-toi et dis-nous de quoi il s'agit.

— Je préfère rester debout.

Elle agrippa le dossier de sa chaise, soudain mal à l'aise.

— Eh bien voilà. Je suis enceinte.

Tous la fixaient en silence, visiblement incrédules.

— Tu parles sérieusement ? finit par demander Alonzo. Tu es la personne *la plus* responsable que je connais. Sans vouloir t'offenser, papa. Comment as-tu fait pour...

— C'est bon, Alonzo, le coupa Nolan. Je suis sûr que papa a expliqué à tout le monde comment on fait les bébés.

— Non, pas à moi, intervint Naya. S'il n'avait tenu qu'à papa, je croirais encore que c'est la cigogne qui les apporte. Mais, en l'occurrence, je dis : *Yes !* Je vais être tata ! Toutes mes félicitations, Chandra.

Les autres membres de sa famille semblaient moins enthousiastes.

— Et tu es décidée à le..., commença Alonzo.

— Garder ? Oui, dit Chandra, se posant une main protectrice

sur le ventre. À mon âge, c'est peut-être ma seule chance d'avoir un enfant.

— Je ne savais pas que tu en voulais, intervint Nolan dont l'expression s'était adoucie. Tu ne nous en as jamais parlé.

— Je ne m'étais pas rendu compte à quel point je désirais être mère jusqu'à ce que je découvre que j'étais enceinte.

Elle songea à l'avalanche d'émotions qui l'avait submergée quand chaque test s'était révélé positif. Elle était passée de la peur abjecte à la confusion, avant de comprendre qu'elle voulait être mère. Un désir qu'elle avait soigneusement refoulé après la rupture de ses fiançailles.

— Je me suis beaucoup focalisée sur ma carrière, ces dernières années. Et, avant mes fiançailles, je n'étais même pas sûre...

— ... de vouloir des enfants après nous avoir pratiquement élevés, acheva Alonzo, une pointe de culpabilité dans la voix.

Chandra parcourut la tablée du regard. Les sentiments d'Alonzo se reflétaient dans les expressions de ses autres frères et de sa sœur, comme s'ils se sentaient responsables de lui avoir gâché la vie, d'une certaine façon. Mais ils étaient loin de la vérité, songea-t-elle. Ils lui avaient tellement appris : l'amour, la patience, l'empathie, la gentillesse. Il fallait qu'elle les rassure.

— Je suis contente d'avoir été là pour vous tous. Et je suis fière de ce que vous êtes devenus. J'ai beaucoup appris en m'occupant de vous. C'est ce qui a fait de moi la femme que je suis aujourd'hui.

Elle leur adressa un sourire chaleureux.

— C'est vrai. J'hésitais à avoir des enfants, car j'avais un peu le sentiment de vous avoir élevés. Avec papa, bien sûr.

— C'est gentil, Chandra, remarqua son père. Mais nous savons tous que je n'ai pas été aussi présent que j'aurais dû. Mon engagement aveugle auprès de Valentine's Textile m'a coûté mes deux mariages et m'a empêché de profiter pleinement de vous. Je voulais rendre mes parents fiers de moi. Mais ce n'est pas une excuse. Vous méritiez mieux que le peu de temps que je vous ai consacré.

Puis il s'adressa à Chandra, très ému :

— Je tiens à te remercier pour les sacrifices auxquels tu as consenti pour le bonheur de notre famille. À notre tour, chacun de nous te soutiendra de notre mieux.

— Merci, papa.

Les larmes aux yeux, elle se pencha pour serrer son père dans ses bras.

— Papa a raison, intervint Alonzo en souriant. Tu peux compter sur nous, quoi qu'il arrive.

Ses autres frères et sa sœur acquiescèrent, et elle ressentit un profond soulagement.

— Mais qu'en est-il de ton médecin si *prévenant* ? demanda Sebastian, un soupçon de dérision dans la voix. Comment réagit-il à l'idée de devenir père ?

— Je lui ai expliqué que j'avais décidé de garder cet enfant et qu'il ne devait pas se sentir obligé de faire partie intégrante de sa vie ou de la mienne s'il n'en avait pas envie. Après tout, notre aventure était censée être sans lendemain.

— Mais lui, qu'a-t-il décidé ? insista Sebastian. Sera-t-il un père pour ce bébé ou va-t-il se défiler comme tu le lui as si obligeamment proposé ?

Chandra ne leur devait aucune explication, mais elle ne supportait pas qu'ils aient une piètre opinion de Julian alors qu'il se montrait loyal et solidaire envers elle.

— Il veut faire partie intégrante de notre vie. Il m'a même...

Elle hésita, mais les mots s'échappèrent de ses lèvres :

— Julian m'a demandée en mariage.

— Vraiment ? C'est merveilleux !

Naya se leva en riant et prit Chandra dans ses bras.

— Ça a dû te faire un choc !

— En effet. Je n'en reviens toujours pas. J'ai l'impression de vivre un rêve éveillée.

Son père hocha la tête, apparemment satisfait.

En revanche, Alonzo paraissait plus sceptique.

— Vous vous connaissez à peine, dit-il. Certes, tu es une femme merveilleuse, et il a beaucoup de chance de t'avoir, mais je suis surpris qu'il t'ait tout de suite demandée en mariage.

— Moi aussi, j'ai été surprise, admit-elle. Je l'ai assuré que je ne l'empêcherais jamais de voir notre enfant s'il ne voulait pas s'impliquer dans son éducation. Mais il tient à être un père à temps complet. Et… il a vraiment envie que nous vivions ensemble, ajouta-t-elle, les joues en feu.

— Julian aurait-il intérêt à vouloir t'épouser, en dehors des deux raisons que tu viens de mentionner ? insista Sebastian.

Un sentiment de colère s'empara de Chandra. Sebastian croyait-il vraiment que Julian était animé d'une arrière-pensée en la demandant en mariage ?

Elle se força à se calmer. Après tout, ses frères cherchaient à la protéger.

— Non. Je ne le pense pas. Nous savons tous combien l'absence d'un parent est douloureuse. L'expérience de Julian, bien que différente de la nôtre, est tout aussi cruelle puisqu'il a perdu son père alors qu'il était très jeune.

Elle souffrait encore du traumatisme lié à l'abandon de sa mère et de sa belle-mère. Et il en était de même pour ses frères et sa sœur, notamment Sebastian qui avait tendance à voir le monde comme un verre à moitié vide, et Nyles qui faisait comme si rien n'avait d'importance.

— En ville, on s'accorde à dire que ce jeune médecin est quelqu'un de bien, intervint son père. Et n'oublions pas qu'il semble sincèrement attaché à votre sœur.

— C'est vrai, approuva Nolan. Il me demande de tes nouvelles chaque fois que je le croise en ville.

— À moi aussi, dit son père en riant.

— C'est normal, il est amoureux de notre sœur, précisa Naya avec un grand sourire. On dirait qu'il est sur le point de défaillir de bonheur chaque fois qu'il la regarde.

— Il m'a dit qu'il avait été comme envoûté lors de notre rencontre dans l'avion et qu'il avait l'impression de m'avoir attendue depuis toujours, expliqua Chandra, un sourire rêveur aux lèvres. Vous devez trouver que je suis stupide de croire à ce genre de sottises…

— Il sait y faire, c'est sûr, marmonna Sebastian.

Naya lui décocha un regard noir.

— Ce ne sont pas des sottises, Chandra. Je le crois sincère. Il a les yeux qui brillent comme des étoiles chaque fois qu'il me parle de toi. Maintenant, la question qui nous brûle les lèvres est celle-ci : as-tu accepté sa demande en mariage ?

— Non. Mais je lui ai promis d'y réfléchir. Bon. Je suis un peu fatiguée. Si vous le permettez, je vais me reposer. Je vous verrai tous dans quelques heures.

Chandra sortit de la pièce, et le silence se fit jusqu'à ce qu'elle ait refermé la porte. Puis tous se mirent à parler à la fois. Elle fut tentée de coller son oreille contre le battant pour écouter les différentes réactions à sa déclaration fracassante, mais ce qu'ils pensaient de son choix était leur affaire, pas la sienne.

Elle avait décidé d'avoir ce bébé, avec ou sans Julian, avec ou sans le soutien de sa famille. Mais elle était heureuse et soulagée d'avoir les deux.

Cela lui suffisait pour le moment.

19

Il était presque 17 h 30 quand Julian se gara dans l'allée menant au cottage de sa mère. Avant de descendre, il envoya un SMS à Chandra :

Je fais une halte rapide chez ma mère. Je serai bientôt à la maison.

Une bouffée de joie le saisit à la pensée que tous deux considéraient sa cabane comme leur chez-soi.

Il n'avait pas encore suggéré à Chandra de venir vivre avec lui. Ce serait le plan de rechange qu'il lui proposerait si elle refusait sa demande en mariage. Il avait été tellement heureux ce matin quand il s'était réveillé dans ses bras ! Et savoir qu'elle lui concoctait un dîner et qu'elle envisageait de passer une nouvelle nuit dans son lit remplissait son cœur, d'habitude prudent, d'un bonheur immense.

Il avait délibérément évité de nouer des relations sérieuses au cours de sa vie, car il avait appris très tôt que les personnes qu'il aimait pouvaient brusquement lui être enlevées sans qu'il ne puisse rien y faire. Mais il avait été aussitôt attiré par Chandra. Petit à petit, il lui avait ouvert son cœur et il ne le regrettait pas. Car être avec elle le rendait plus heureux qu'il ne l'avait jamais été.

Sa mère parut agréablement surprise de le voir.

— Je ne t'attendais pas ce soir. Je viens de manger un sandwich chaud au fromage fondu, mais je peux t'en préparer un autre.

— Non, merci, maman. Je ne reste que quelques minutes. Chandra prépare le dîner.

Il la suivit dans la cuisine, repérant son infime temps d'arrêt à la mention de Chandra.

— Ainsi, elle est de retour en ville.

Elle sortit deux bouteilles d'eau du réfrigérateur et lui en tendit une.

— Son père doit être content.

Elle marqua une pause avant d'ajouter :

— Je suppose que vous êtes de nouveau ensemble.

— Il ne s'agissait pas d'une rupture entre nous, mais d'un simple malentendu, dit-il.

— Se parler fréquemment est très important dans une relation, quelle que soit sa nature.

— Notamment la nôtre ?

Ignorant sa pique, sa mère s'adossa au comptoir.

— Je suis sérieuse, Jules. C'est déjà difficile de communiquer dans une relation classique, mais dans une relation à distance…

— Chandra a accepté l'offre de son père. Elle sera directrice générale de Valentine's Vineyards. Elle a mis en vente sa maison de San Diego et s'est installée à la villa avec son père et sa sœur.

— Pour l'instant.

— Tu n'aimes pas Chandra, dit-il, posant sa bouteille d'eau. Tu la tolères parce que tu penses qu'elle retournera en Californie, et que je passerai à autre chose.

— Non, tu te trompes. J'apprécie beaucoup Chandra. Elle est gentille, sérieuse et compétente. Et j'éprouve de la compassion pour elle, car elle a beaucoup souffert de l'abandon de sa mère, de sa belle-mère et de son fiancé. J'admire aussi le courage qu'il lui a fallu pour s'occuper de ses frères et de sa sœur alors qu'elle n'était qu'une gamine.

— Mais ?

— Elle est beaucoup plus âgée que toi. Bien sûr, ce n'est pas un crime…

Elle leva une main pour stopper l'objection de son fils.

— Mais vous avez des objectifs différents dans la vie. En tant que nouveau médecin, tu dois te constituer une patientèle. Et tu voudras un jour fonder une famille. Chandra a presque quarante ans, n'est-ce pas ? Elle n'envisage sans doute pas d'avoir des enfants...

— Chandra est enceinte, maman.

Il s'affaissa contre le comptoir après avoir révélé le secret qu'il avait conservé précieusement toute la journée. Il n'avait pas eu l'intention d'annoncer la nouvelle aussi brutalement à sa mère, mais il avait voulu la stopper avant qu'elle parachève sa critique par une formule assassine : *Chandra est trop vieille pour me donner des petits-enfants.*

— Je vais être père, dit-il, très ému. Je n'en reviens toujours pas.

— Est-ce pour cette raison que Chandra est revenue ? demanda sa mère, une fois remise de sa surprise.

— Non. Nous n'avons su qu'hier qu'elle était enceinte. Si elle est revenue, c'est pour participer au nouveau projet viticole de sa famille et pour donner une chance de réussite à notre relation.

— Du moins, elle a choisi de s'installer ici en partie pour vous deux. Maintenant que vous allez avoir un bébé, vous serez sans doute tentés d'aller plus loin dans votre relation. Mais il serait plus prudent que vous preniez le temps...

— J'ai demandé Chandra en mariage.

Il fourragea nerveusement dans ses cheveux, s'efforçant d'ignorer l'expression stupéfaite de sa mère.

— Je vois. Et qu'a-t-elle répondu ?

— Qu'elle y réfléchirait. Mais quelle que soit sa réponse, je veux que tu comprennes que je suis très attachée à Chandra. Et je souhaite qu'elle fasse partie de ma vie.

Elle lui pressa le bras en souriant.

— Si c'est ce que vous voulez *vraiment* tous les deux, alors, je suis heureuse pour vous. Et je vous félicite pour le bébé.

— Merci. Si je suis venu te voir ce soir, c'est pour que tu sois la première informée de la grossesse de Chandra et de ma demande en mariage. Mais je veux également te dire ceci : je désire être un bon père, ou mieux, un père fabuleux, comme l'était papa. Mais je ne pourrai pas y parvenir si je suis rongé par la culpabilité et le ressentiment à cause de la détérioration de nos relations depuis la mort de papa.

Il se força à poursuivre malgré l'émotion qui lui nouait la gorge :

— Nous devons cesser de faire comme si tout se passait bien entre nous et crever l'abcès.

— Tu as raison, admit sa mère, les larmes aux yeux. J'ai beaucoup réfléchi à la question ces derniers temps et j'ai compris que c'était ma faute si nous en étions arrivés là.

— Maman, je ne veux pas t'accabler de reproches.

Et c'était vrai. Mais il était soulagé qu'elle prenne sa part de responsabilité dans leur mésentente.

— Je sais, mon grand. Mais les torts sont de mon côté, et j'aurais dû le reconnaître depuis longtemps, déclara-t-elle en soupirant. Quand tu as cessé de venir pour les vacances, je me suis dit que c'était sans importance. Mais, en vérité..., j'étais anéantie à l'idée que mon enfant unique ne supporte pas de passer Noël avec moi. Cela m'a forcée à faire mon examen de conscience et à reconnaître que j'avais été une mauvaise mère. J'ai très mal réagi à la mort de ton père. J'avais tellement de chagrin et...

— ... et tu me reprochais la mort de papa ?

Julian s'agrippa au comptoir, le cœur au bord des lèvres.

— Oui, murmura-t-elle, accablée.

À l'époque, Julian avait dix ans. Il était en retard et avait encore manqué le bus scolaire. Sa mère lui avait ordonné de faire le trajet de trois kilomètres à pied et de subir la punition méritée que son retard lui vaudrait. Mais son père l'avait rattrapé peu après et l'avait conduit à l'école en voiture en lui disant que ce serait leur petit secret.

Arrivé juste à temps, Julian s'était senti fier d'avoir dupé sa mère. Hélas, ce détour avait retardé son père. Il roulait vite quand il avait dérapé sur une flaque d'essence et percuté un grumier venant dans l'autre sens. Il avait été tué sur le coup.

Julian, rongé par la culpabilité, avait rembobiné cette journée maudite dans sa tête des milliers de fois.

S'il avait écouté sa mère quand elle lui demandait de ne pas veiller tard, s'il avait préparé ses vêtements la veille comme elle le lui recommandait, s'il avait fait le trajet jusqu'à l'école à pied... son père serait encore vivant.

Bien sûr, il n'avait pas provoqué son accident, mais s'il avait été plus obéissant, son père serait sans doute parmi eux pour fêter la venue prochaine de son premier petit enfant.

— Ce qui est arrivé à ton père est un malheureux accident.

Les paroles de sa mère le tirèrent de ses sombres pensées.

— J'ai eu tort de t'en rendre responsable. Et je le regrette profondément. Nous étions malheureux tous les deux, j'aurais dû être là pour toi au lieu de...

Sa voix flancha, et elle étouffa un sanglot.

— Je n'imagine même pas le fardeau que tu as dû supporter durant toutes ces années. Je suis tellement désolée, Jules.

— Je te remercie, maman. Mais je ne suis pas venu ici pour revivre le passé, dit-il, se frottant un point douloureux au niveau de la poitrine. Je souhaite simplement savoir comment aller de l'avant à partir de là.

— Je ne serai peut-être pas en mesure de réparer le tort que je t'ai causé, mais si je n'essaye pas, nous n'abattrons jamais ce mur qui nous sépare. Et nous ne parviendrons jamais à nous rapprocher pour bâtir un avenir meilleur ensemble.

Sa mère essuya une larme qui lui roulait sur la joue.

— Ton absence, ces dernières années, m'a fait comprendre à quel point j'étais passée à côté de ta vie. Et je ne peux pas m'empêcher de penser que ton père aurait le cœur brisé s'il voyait l'état de notre relation. Ce n'est pas ce que je veux pour nous, Jules.

— Moi non plus, dit-il, bouleversé. Mais au bout d'un moment, j'ai renoncé. La situation me semblait... sans issue.

Elle s'avança vers lui et, les joues baignées de larmes, lui engloba le visage dans les paumes.

— Elle ne l'est pas, je te le promets. Je ne te l'ai pas encore dit, mais j'ai commencé une thérapie il y a quelques mois. Je m'efforce *vraiment* de changer. Je t'en prie, sois patient.

— Je le serai.

Julian serra sa mère dans ses bras, l'espoir d'une réconciliation fleurissant dans son cœur pour la première fois en l'espace de vingt ans.

— Je t'aime, maman.

— Moi aussi, mon fils.

Le portable de Julian bipa. C'était un SMS de Chandra :

Nous avons vraiment besoin de légumes frais. Ta mère pourrait-elle nous dépanner de quelques concombres et tomates ?

Il sourit, adorant son emploi du « nous ». Puis il montra le message à sa mère.

— Que ne ferais-je pas pour la femme qui rend mon fils si heureux et qui me donnera bientôt un petit-enfant à choyer.

Elle lui fit un clin d'œil complice et sortit les légumes du réfrigérateur.

— Ma future belle-fille t'attend. Tu ferais mieux de filer.

Julian embrassa sa mère sur la joue et remonta en voiture, espérant qu'elle avait raison et que Chandra Valentine accepterait de devenir sa femme.

20

Julian fredonnait en rangeant les plateaux de charcuterie provenant de la cafétéria dans son réfrigérateur. Il ouvrit un carton de bières et transféra les bouteilles dans une glacière. Puis il vida un cabas rempli de paquets de chips, de sauces et autres encas sur le comptoir de la cuisine.

Quelques semaines plus tôt, il avait dit à Cole Abbott qu'il regrettait beaucoup les soirées de poker qu'il organisait chaque mois avec son colocataire à Philadelphie. Cole lui avait demandé en riant si c'était une invitation. Julian l'avait pris au mot et s'était proposé de programmer chez lui sa première soirée de poker mensuelle à laquelle il avait convié les frères Abbott, leur cousin Benji, leur beau-frère Dallas, ainsi que deux cousins de Julian, Elias et Ben.

Julian s'était réjoui de cette soirée jusqu'à ce que Chandra revienne à Magnolia Lake, une semaine et demie auparavant.

Depuis, ils étaient pratiquement inséparables. Elle avait passé toutes les nuits dans le lit de Julian, pour le plus grand bonheur de ce dernier.

Il voulait tout connaître de cette femme incroyable qui l'avait comme ensorcelé et qui serait la mère de son enfant. Un lien qui les unirait pour toujours.

La grossesse seyait à Chandra. Bien sûr, en tant que médecin, il savait que cet éclat était dû au bouleversement hormonal, à l'augmentation du volume sanguin et à une hyperactivité des glandes sébacées, mais le rayonnement qui émanait d'elle, comme si elle était éclairée de l'intérieur, le fascinait, et il n'arrivait pas à se rassasier d'elle.

Pour autant, il appréciait aussi les moments de tranquillité qu'ils passaient ensemble : préparer un repas simple, regarder la télévision, partager des histoires de leurs enfances respectives. Gratter la surface pour révéler un peu plus d'eux-mêmes et approfondir leur relation.

Il avait hâte de se réveiller auprès d'elle chaque matin et il était certain qu'il en était de même pour elle, même si elle n'avait pas encore fait allusion à sa demande en mariage. Se souvenant de sa mise en garde, il n'insistait pas :

Julian, ça fait longtemps que je n'ai pas partagé la vie d'un homme. Et cette perspective m'effraye un peu.

Il devait convaincre Chandra qu'il ne ressemblait pas à son ex-fiancé. Qu'il ne l'abandonnerait ni ne la trahirait jamais. Que leur vie pourrait être merveilleuse si elle acceptait de donner une chance à leur couple.

Des crissements sur le gravier attirèrent son attention. Julian consulta sa montre. Ses invités ne devaient arriver que dans quarante minutes. Mais ses cousins étaient peut-être venus plus tôt pour discuter avec lui.

Il déverrouilla l'entrée avant de regagner la cuisine pour remplir un saladier de bretzels.

On frappa à la porte.

— Entrez ! Vous voyez bien que c'est ouvert !

Il se retourna et se figea en apercevant sur le seuil les frères Valentine, visages fermés et regards froids.

— Nolan, Sebastian, Alonzo, Nyles.

Il se campa en face d'eux, bras croisés et jambes écartées

— Je ne vous attendais pas. Que se passe-t-il ?

— C'est au sujet de notre sœur, répondit Nolan.

— Elle va bien ?

Un sentiment d'angoisse étreignit la poitrine de Julian. Chandra et lui ne s'étaient pas parlé depuis leur déjeuner à la cafétéria. Elle était fatiguée et un peu nauséeuse, mais rien d'alarmant.

— Oui, elle va bien. Mais elle est...

— Enceinte, au cas où tu l'ignorerais.

Sebastian le fixait, les poings serrés.

— Je suis au courant.

À la demande pressante de Chandra, il n'avait pas communiqué avec sa famille depuis la découverte de sa grossesse. Elle voulait que Sebastian et Alonzo, au tempérament sanguin, aient le temps de se calmer. Mais sa stratégie n'avait pas fonctionné.

— Si vous êtes venus me trouver pour m'obliger, sous la menace d'une arme, à faire de votre sœur une « honnête femme », apprenez que je l'ai déjà demandée en mariage.

— Nous le savons.

Le ton détendu d'Alonzo démentait la colère qui lui plissait les yeux et lui dilatait les narines.

— Nous sommes aussi au courant de tes combines louches, notamment les jeux d'argent, les montages financiers dans le cadre d'*investissements* immobiliers, sans oublier ton attirance envers les femmes plus âgées et très riches.

Le détective que les Valentine avaient engagé avait fait son travail, mais sans aller au fond des choses.

Contrairement à ses amis fortunés, Julian ne disposait pas d'un fonds spécial ni ne pouvait obtenir un prêt de sa mère pour lui permettre de participer à des investissements immobiliers avec eux. Il avait donc dû constituer un capital d'amorçage pour ses premiers partenariats en jouant au Texas hold'em et au Seven Card Stud.

Au début, ses pertes avaient été supérieures à ses gains. Mais il avait étudié à fond ces deux jeux de poker en observant des professionnels et en s'exerçant le plus souvent possible. Il ne lui avait pas fallu longtemps pour renverser la situation et empocher beaucoup d'argent qu'il avait ensuite fait fructifier en Bourse et dans l'immobilier avec un risque beaucoup moins élevé.

— Vous n'avez rien dit de tout cela à votre sœur, remarqua Julian, impassible.

— Bien sûr, tu préférerais que nous le gardions pour nous, ricana Sebastian. Mais si tu penses…

— Ce n'était pas une question, mais une constatation, le coupa Julian. Car, si vous l'aviez fait, elle vous aurait répondu qu'elle le savait déjà. Je suis très attaché à votre sœur et n'ai aucun secret pour elle. Je n'ai pas non plus honte de mes origines humbles ou des méthodes que j'ai utilisées pour me rendre la vie plus confortable.

Il les dévisagea tour à tour avant d'ajouter :

— Chandra et moi avons parlé de tout cela *avant* d'apprendre qu'elle était enceinte. Je suis désolé de vous dire que vous avez payé un détective pour rien. Si vous m'aviez interrogé, je vous aurais tout dit.

— Si tu envisages d'épouser notre sœur pour récupérer sa part de la vente de Valentine's Textiles, tu peux faire une croix sur cet argent. Il est hors de question que nous la laissions épouser un quasi-inconnu sans un contrat de mariage en béton.

— Votre sœur est libre de faire ce qu'elle désire, riposta Julian. Et je ne veux ni n'ai besoin de son argent. Si elle me demande de signer un contrat de mariage – et je m'attends à ce qu'une personne dans sa situation le fasse –, je le signerai sans hésitation. Fin de l'histoire.

— Pas pour nous, dit Nolan. Nous savons que ta situation financière est excellente. Et nous serions curieux de savoir…

— *Comment* tu as eu cet argent, intervint Alonso, furieux. À l'évidence, tu as un faible pour les femmes plus âgées et fortunées.

— Le genre de femmes qui meurent en te léguant un beau pactole, enchaîna Sebastian.

— Ah, c'est de ça qu'il s'agit.

Bien qu'ulcéré par l'enquête menée par les frères Valentine sur son passé, il admirait l'acharnement avec lequel ils protégeaient Chandra.

Il s'efforça de se mettre à leur place. Leur sœur rencontrait un parfait inconnu plus jeune qu'elle dans un avion. Il la fréquentait pendant quelques mois et apprenait au passage qu'elle hériterait bientôt d'une forte somme d'argent. Elle tombait enceinte, et il la demandait en mariage. Puis ses frères découvraient qu'une femme plus âgée lui avait légué plusieurs millions quelque temps auparavant.

De fait, cela faisait penser à la mise en scène d'un meurtre mystérieux dont il serait le premier suspect.

— Vous voulez que je vous parle de ma relation avec Meredith Valera et pourquoi elle m'a légué...

— Quatre cents millions de dollars, précisèrent en chœur Sebastian et Alonzo.

— Meredith Valera voulait utiliser la fortune de sa famille pour réparer des injustices et améliorer le sort de communautés défavorisées. Je travaillais en tant que médecin bénévole dans des dispensaires gérés par son association, et il lui arrivait de me consulter au sujet d'initiatives qu'elle envisageait de mettre en place.

Julian ne put pas s'empêcher de sourire en se souvenant de cette philanthrope au grand cœur qui l'avait aidé à canaliser son chagrin et son besoin de rédemption grâce au bénévolat.

— Quand sa maladie est arrivée en phase terminale, elle m'a parlé du legs qu'elle voulait faire et de sa peur de voir sa fortune dilapidée par ses enfants et petits-enfants. J'ai été abasourdi en apprenant qu'elle me léguait cet argent avec des instructions strictes sur la façon dont il devait être redistribué. J'ai respecté ses volontés et je continuerai de le faire. Je n'ai jamais utilisé un seul centime de cette fortune pour moi-même et je ne le ferai jamais.

Sebastian et Alonzo n'avaient pas l'air convaincus, mais il ne s'en émut pas pour autant :

— Quant à l'autre femme riche et d'un certain âge à laquelle vous faisiez allusion, nous nous sommes rencontrés grâce à des amis communs et sommes sortis ensemble pendant quelques mois. Notre relation n'a pas fonctionné, et nous sommes passés à autre chose. Désolé de vous décevoir, mais il n'y avait rien de vil dans ces deux relations.

— Pour que les choses soient claires, tu n'as assassiné aucune épouse pour percevoir le montant de son assurance-décès ? demanda Nyles.

— Tu regardes trop d'émissions sur les affaires criminelles ! remarqua Julian en riant.

Nolan et Alonzo rirent aussi, et Sebastian esquissa un sourire avant de reprendre son sérieux.

— Vous riez, mais ce sont des choses qui arrivent ! protesta Nyles. Les femmes sont aussi capables d'assassiner un homme pour des motifs crapuleux. Je n'ai aucune envie de figurer comme victime dans un futur épisode de *Snapped* !

Nolan secoua la tête et reporta son attention sur Julian.

— Comme tu l'auras compris, Chandra compte beaucoup pour nous. Plus qu'une sœur, elle a été une mère pour nous.

— Je sais. C'est tout à votre honneur de la protéger. Écoutez, je ne suis pas parfait. J'ai fait beaucoup d'erreurs dans ma vie et j'essaye encore d'en réparer certaines. Mais, je vous le jure, je n'ai aucune arrière-pensée concernant votre sœur. Il se peut que je ne la mérite pas. Mais je suis très heureux qu'elle soit entrée dans ma vie et je ferai en sorte qu'elle soit aussi heureuse d'être entrée dans la mienne.

Les quatre frères le fixèrent, visiblement à court de mots.

— Je vous avais dit que c'était quelqu'un de bien, intervint Nyles. Si vous n'êtes pas fichus d'apprécier la beauté de son discours, c'est que vous avez un cœur de pierre.

Sebastian lui donna un coup de coude dans les côtes.

— De quel côté es-tu ?

— De celui de Chandra, bien sûr.

— Écoute, Sebastian, ajouta Nolan. Chandra a donné à Julian l'occasion de partir et, à la place, il l'a demandée *en mariage*. Manifestement, il est sérieux.

Sebastian doutait encore, mais sa colère s'estompait.

— Chandra a traversé des moments difficiles, dit-il. Et elle s'est sacrifiée pour nous. Elle continue de le faire pour aider notre père à bâtir son empire viticole. Mais sa gentillesse n'a pas toujours été récompensée à sa juste valeur. Elle a été trahie, notamment par son ex-fiancé. Nous ne voulons pas qu'elle soit à nouveau malheureuse.

La tension dans les épaules de Julian diminua. Il n'appréciait pas les méthodes de Sebastian et de ses frères, mais il respectait leur besoin de protéger Chandra.

— Ce qui nous a rapprochés, Chandra et moi, c'est la souffrance causée par la perte d'un parent. Et je suis au courant de la rupture de ses fiançailles. Je comprends ce qui est en jeu, Sebastian. Chandra est un rayon de soleil inespéré dans ma vie. Être avec elle me rend heureux. Et tout ce que je souhaite, c'est qu'il en soit de même pour elle. Mais quel que soit son choix, je serai *toujours* là pour elle et le bébé.

Soudain, la porte d'entrée s'ouvrit, et les rires de Ben et Elias, les cousins de Julian, se figèrent à la vue des frères Valentine plantés devant lui, tels des juges.

— Que se passe-t-il, Julian ? Tout va bien ? demanda Elias, prêt à en découdre.

— Oui, tout va bien.

Il présenta les frères de Chandra à ses cousins.

— Vous êtes ici pour la soirée de poker ? questionna Elias, méfiant.

— Une soirée de poker ? demanda Nyles, les yeux brillants. Et tu ne nous as pas invités alors que tu fais pour ainsi dire partie de la famille ?

— Vous n'étiez pas en ville quand nous l'avons prévue.

Julian n'avait pas envie de gâcher cette soirée avec la tension qui régnait entre les frères de Chandra et lui. Mais maintenant qu'ils étaient ici, il ne pouvait pas faire autrement que de les inviter.

— Mais vous êtes les bienvenus si vous voulez rester.

Nolan se dirigea vers la porte.

— Merci, mais nous ferions mieux de...

— Nous aimerions rester, intervint Alonzo. Ce sera l'occasion de faire plus ample connaissance. Comme Nyles l'a dit, tu fais pour ainsi dire partie de la famille.

Julian ne savait pas trop comment se déroulerait la soirée, mais il tenait à Chandra. Qu'elle accepte ou non sa demande en mariage, ils élèveraient leur enfant ensemble. Les choses se passeraient mieux s'il gagnait la confiance de ses frères.

Autant commencer maintenant.

21

Furieuse, Chandra examinait l'allée menant à la cabane de Julian. La voiture de Sebastian était là avec plusieurs véhicules, notamment le pick-up de Cole.

Ses frères avaient-ils enrôlé leurs nouveaux cousins et d'autres acolytes pour intimider Julian ?

Elle allait leur passer un sacré savon. Comment osaient-ils lui faire honte de cette manière ?

— Il faut que je trouve une place pour me garer, dit Naya.

C'était sa sœur qui l'avait prévenue que, profitant de sa sieste, ses frères avaient décidé d'aller parler à Julian.

Chandra avait essayé de le contacter, mais ses appels avaient atterri sur sa boîte vocale. Ses frères ne répondaient pas non plus. Elle était tellement en colère contre eux que ses mains tremblaient. Aussi avait-elle laissé le volant à Naya.

— Dépose-moi ici.

Elle détacha sa ceinture et ouvrit sa portière.

— Respire à fond avant d'entrer, lui conseilla Naya.

— Oui. Puis je cognerai leurs quatre têtes les unes contre les autres si jamais ils ont touché un seul cheveu de Julian.

— Tu le sous-estimes. Il est capable de se défendre tout seul, assura Naya tandis que Chandra mettait pied à terre.

Elle longea l'allée en se pressant. Elle atteignait le porche quand elle perçut un grand bruit à l'intérieur de la cabane, suivi de la voix de Nyles qui criait :

— Tiens, prends ça !

Affolée, elle sonna et tambourina contre la porte.

— Julian, tout va bien ?

Le silence se fit, puis elle entendit des pas se diriger vers la porte qui s'ouvrit. Nyles se tenait devant elle, le front couvert de sueur, des gants de boxe dans sa main.

— Nyles, qu'as-tu fait ? Au nom du ciel, qu'est-ce qui vous a pris de venir ici tous les quatre ? Je vous jure que si vous avez...

— Eh, chérie, que se passe-t-il ? questionna Julian en sortant de la cuisine.

Elle se jeta dans ses bras.

— Tu vas bien ? Je suis désolée. J'ignorais que mes frères avaient l'intention de venir te trouver.

— Oui, je vais bien, rassure-toi.

Julian lui massa le dos et l'embrassa sur la tempe.

— Tu t'attendais à me trouver ligoté sur une chaise et passé à tabac ? demanda-t-il en riant.

— Non. *Peut-être.*

Elle s'enserra le visage dans les paumes en riant aussi.

— Je ne sais pas trop à quoi je m'attendais.

— J'apprécie ta tentative de sauvetage, mais tes frères sont ici depuis un moment. Ils auraient largement eu le temps de jeter mon cadavre dans un fossé, à l'heure actuelle.

— Moque-toi de moi. C'est l'intention qui compte, dit-elle.

— Tu as raison.

Il plongea un regard empreint de chaleur et de tendresse dans celui de Chandra, et le cœur de cette dernière tressauta dans sa poitrine.

Julian releva le menton de Chandra.

— Tu sais ce que ça signifie, n'est-ce pas ?

— Non. Quoi ?

— Ça signifie que tu te soucies beaucoup de moi. Et j'en suis très heureux, car je t'aime de toute mon âme.

— Tu... *m'aimes* ?

— Oui, ma chérie. Mon cœur t'appartient pour toujours.

Les yeux de Chandra s'emplirent de larmes, et sa poitrine se gonfla de joie au point qu'elle craignit qu'elle n'explose. Elle aurait voulu mettre ce trop-plein d'émotions sur le compte de ses hormones, mais la vérité était plus simple.

Elle aimait Julian et elle avait envie de vivre avec lui.

Depuis son retour de San Diego, elle essayait de se convaincre qu'elle éprouvait seulement une attirance charnelle pour Julian et que ce n'était qu'une passade. Mais c'était de *l'amour*. Elle avait occulté la réalité par crainte de souffrir à nouveau.

En se rendant à la cabane, elle avait pris conscience qu'elle était prête à se battre, même contre ses frères, pour protéger l'homme qu'elle aimait : ce séduisant médecin au sourire ravageur qui avait soigné ses blessures physiques et morales, et l'avait aidée à rafistoler son cœur brisé.

— Moi aussi, je t'aime, Julian.

Il exhala un soupir de soulagement et sourit.

— Tu sais, j'étais prêt à me faire rosser par tes frères pour te prouver à quel point je tenais à toi, ma chérie.

— Tu te serais battu à quatre contre un pour obtenir ma main ?

Un sentiment d'euphorie s'empara de Chandra, comme souvent quand elle était en compagnie de Julian.

— Pour toi, je me serais même battu contre un ours.

Il captura les lèvres de Chandra pour un baiser qui embrasa ses sens.

— Eh, Doc, nous avons accepté d'enterrer la hache de guerre pour le moment, mais Chandra est encore notre sœur. Nous n'avons pas besoin de voir ce spectacle déshonorant, intervint Sebastian, mi-figue mi-raisin.

L'espace d'un moment, elle avait oublié ses frères et les autres véhicules dans l'allée.

— Mince ! J'avais oublié ta soirée de poker.

— Ce n'est pas grave.

Il s'écarta, et elle aperçut deux tables autour desquelles étaient assis des hommes de sa connaissance, notamment ses cousins.

Elle les salua d'un signe de la main et se rendit compte, gênée, qu'ils avaient entendu leur conversation.

— Bonsoir. Désolée d'avoir perturbé votre partie de poker.

— De toute façon, nous avions besoin de reprendre des

forces, remarqua Alonzo en récupérant une bouteille de bière dans la glacière. Ton petit ami nous bat à plate couture.

— Tant mieux. Je n'aurai pas à le faire moi-même.

Elle pointa un index menaçant vers Alonzo, indiquant qu'elle n'en avait pas fini avec eux.

— Et Julian n'est *pas* mon petit ami.

Alonzo, Sebastian et Nyles échangèrent des regards perplexes, et Julian parut blessé.

— C'est mon fiancé.

Elle intercepta le regard de Julian et lui pressa les doigts.

— Si ta demande en mariage est toujours d'actualité.

— Bien sûr qu'elle l'est !

Il l'enlaça, riant nerveusement et fouillant la poche de son pantalon de sa main libre.

Il en sortit un écrin noir comportant le logo de la bijouterie de Kayleigh, la femme de Parker. Il ouvrit le boîtier, dévoilant une bague que Chandra avait admirée plusieurs semaines auparavant quand elle s'était rendue dans ce magasin. À ceci près que le bijou avait été embelli grâce à une monture plus raffinée et à une pierre plus grosse, convenant parfaitement pour une bague de fiançailles.

— As-tu gardé cette bague dans ta poche pendant une semaine ?

— Non, répondit-il en riant et en la passant à l'annulaire de Chandra. Parker me l'a apportée ce soir. J'avais prévu de te redemander officiellement en mariage dans quelques jours en t'invitant à dîner, en t'offrant des fleurs et en mettant un genou à terre. Parce que tu le mérites, et plus encore.

— C'est gentil, Julian, mais je n'ai pas besoin de tout cela.

Elle enserra l'une des joues de Julian, couverte d'une ombre de barbe.

— Je..., ou plutôt, *nous* avons simplement besoin de toi, dit-elle en se posant une main sur le ventre.

Il l'embrassa à nouveau au milieu des applaudissements.

— Ça devient trop torride ! Allez dans votre chambre ! s'écria Alonzo, faisant mine d'être choqué.

Naya pénétra dans la cabane, les pommettes rougies par le froid.

— Qu'est-ce que j'ai manqué ? Tout va bien ?

Julian contempla Chandra, un sourire tendre aux lèvres.

— Oui, tout va parfaitement bien.

— Apparemment, le docteur Brandon est notre futur beau-frère, déclara Nolan en s'affalant sur le canapé.

— Soit il est très courageux, soit il est fou. L'avenir nous le dira, commenta Nyles, posté devant la télévision, affublé de ses gants de boxe et d'un casque de réalité virtuelle, prêt à en découdre avec son adversaire à l'écran.

— Je suppose que c'est toi qui nous as dénoncés à Chandra, maugréa Sebastian à l'intention de Naya.

En guise de réponse, elle lui tira la langue, ornée d'un piercing, puis donna une accolade à Chandra et Julian.

— Je vous félicite tous les deux. Bienvenue dans la famille, Julian.

Elle posa une main sur le ventre de Chandra.

— J'ai hâte de choyer mon neveu ou ma nièce.

Bientôt, l'attention de Naya fut attirée par l'odeur de nourriture qui flottait dans l'air.

— J'ai faim. Est-ce du pastrami que je sens ? Où est la salle de bains ? Il faut que je me lave les mains. Ça ne fait rien, je trouverai.

Elle s'éloigna sans attendre de réponse.

Chandra et Julian se mirent à rire.

— Je suis désolée de t'imposer mes frères et ma sœur. Tu es *sûr* de vouloir encore m'épouser ?

— Absolument sûr, répliqua-t-il en ricanant. C'est vrai, ils sont… fatigants, mais ils t'aiment beaucoup. Je suis fils unique et je serai ravi de faire partie d'une grande famille.

— Dans quelques mois, quand ils te taperont sur les nerfs, je te rappellerai ce que tu viens de dire.

Elle déposa un baiser léger sur les lèvres de Julian, peinant encore à croire qu'ils allaient se marier et avoir un bébé.

Tout semblait trop parfait, comme ses précédentes fiançailles soigneusement orchestrées par Edward et leurs préparatifs de mariage minutieusement élaborés. Pendant des mois, elle avait eu l'impression de vivre un rêve éveillée jusqu'à ce qu'il se transforme en cauchemar le jour où, à quelques semaines de la cérémonie, elle avait découvert que son futur époux avait renoué avec son ex.

La demande en mariage de Julian n'avait pas été soigneusement orchestrée ni filmée, mais tout *semblait* parfait. Comme si Julian était la pièce manquante de son cœur, celle qui lui permettait d'accéder au grand amour dont elle avait rêvé autrefois. Est-ce que tout lui exploserait à la figure encore une fois ?

— Chérie, ça va ? questionna Julian, l'entraînant dans sa chambre. Tu sembles...

— Terrifiée ?

Chandra s'assit sur le lit.

— Parce que je le suis. L'autre jour, je me suis menti à moi-même quand j'ai dit que je n'étais ni effrayée ni submergée par tout ce qui m'arrivait.

Dans son travail, elle était habituée à prendre les choses en main, diriger des équipes, déléguer, tout maîtriser. Aussi, acceptait-elle mal de se sentir tellement vulnérable.

— Je suis sincèrement amoureuse de toi et je veux t'épouser, Julian. Mais, comme tu le sais, j'ai déjà été fiancée. En apparence, tout semblait parfait. Cependant, j'ai été trahie et humiliée. Mon univers a implosé.

La voix de Chandra flancha.

— Je ne sais pas si je serai capable de supporter un autre échec cuisant. Toi et moi avons déjà tant perdu dans la vie.

Julian s'assit près d'elle et entrelaça leurs doigts.

— C'est vrai. Peut-être est-ce pour cette raison que j'avais si peur d'ouvrir mon cœur à quelqu'un. Mais je ne m'attendais pas à tomber amoureux de toi, Chandra. Je ne m'attendais pas à vouloir un enfant et me marier. Pourtant, je suis prêt à fonder une famille avec toi et je ne laisserai pas la peur me gâcher la vie et m'empêcher de profiter de la meilleure chose qui me soit arrivée.

Comment s'arrangeait-il pour être aussi merveilleux ?

Il était un confident bienveillant et réconfortant. Un amant patient et généreux qui semblait connaître son corps, ses besoins et ses désirs encore mieux qu'elle. Il lui avait ouvert son cœur, et elle devait en faire autant.

— J'ai peur que ma grossesse se passe mal, avoua-t-elle. J'ai peur d'être une mauvaise mère, faute d'avoir eu un bon guide en la matière. J'ai peur que notre relation ne dure pas et devienne un énième divorce dans ma famille. J'ai peur de te dégoûter quand je deviendrai aussi grosse qu'une baleine.

Julian la contemplait avec un mélange d'amour et de compréhension. Il lui pressa doucement la main.

— Je sais que tout cela semble effrayant, mais tout ira bien, je te le promets.

Elle se souvint qu'il avait prononcé exactement ces mots-là dans l'avion. Comme ce jour-là, elle savait que c'était une promesse qu'il ne pouvait pas tenir, même s'il le voulait. Pourtant, elle lui procurait un sentiment de réconfort.

— Je veux y croire, *vraiment*.

— Beaucoup de choses dans la vie échappent à notre contrôle. Mais, quoi qu'il advienne, nous réussirons à surmonter les épreuves *ensemble*. Par ailleurs, je suis certain que tu seras une mère fabuleuse. D'après tes frères et ta sœur, tu étais incroyablement protectrice, avec un grand sens du sacrifice. Voilà pourquoi ils cherchent à te protéger à leur tour. Et j'en ferai autant. Parce que je t'aime, chérie.

Des larmes d'émotion roulèrent sur les joues de Chandra. Son cœur débordait de tendresse pour cet homme incroyable que le destin avait mis sur son chemin.

— Moi aussi, je t'aime, Julian.

Elle pressa les lèvres sur celle de Julian et leurs langues se mêlèrent.

Soudain, un coup fut frappé à la porte.

— Vous savez, je plaisantais quand je vous ai conseillé d'aller dans votre chambre !

— Va-t'en, Alonzo ! crièrent-ils en même temps.

— Ce n'est pas sympa. Tout le monde vous attend.

— Ton frère a raison, remarqua Julian. Nous poursuivrons plus tard. D'accord ?

— Oui.

Elle rit quand il lui embrassa le creux du cou.

Ils se levèrent et rejoignirent leurs invités.

Ce n'était peut-être pas la fin heureuse qu'elle avait jadis imaginée, mais elle avait hâte de commencer ce nouveau chapitre de sa vie avec Julian à ses côtés.

Épilogue

— Je vous déclare mari et femme.

L'officiant sourit à Chandra, puis à Julian avant d'ajouter à son intention :

— Et maintenant, vous pouvez embrasser la mariée.

Chandra et Julian venaient de se promettre amour, respect et fidélité tout au long de leur vie.

L'instant était si poignant que Julian refoula les larmes qui lui nouaient la gorge. Son cœur débordait d'émotions quand il plongea le regard dans celui de sa splendide épouse. Ses beaux yeux brillaient aussi de larmes contenues, et un doux sourire se dessinait sur ses lèvres.

Trois mois auparavant, il n'aurait jamais pensé que le jour de l'an il se retrouverait jeune époux, futur père de son premier enfant et prêt à s'installer sur le long terme à Magnolia Lake avec la femme de ses rêves.

Pourtant, c'était la réalité. Il était tombé éperdument amoureux de Chandra et il n'imaginait pas sa vie sans elle.

Il l'enlaça et lui captura les lèvres pour un baiser à la fois passionné et doux. Il ne parvenait pas à se rassasier de la bouche exquise de Chandra, mais c'était la cérémonie de leur mariage, et il devait faire preuve de retenue.

— Je t'aime, mon cœur, murmura-t-il, sous les applaudissements de leurs familles et de leurs amis.

— Moi aussi, je t'aime, chéri.

Le sourire radieux de Chandra le remplit de joie.

Il lui prit la main pour descendre l'allée. À peine avaient-ils fait quelques pas qu'ils étaient entourés par les membres de leurs familles. La mère de Julian, élégante dans sa robe longue beige, l'étreignit tendrement avant de prendre dans ses bras sa nouvelle bru. Puis le père et la sœur de Chandra les enlacèrent, et les frères Valentine embrassèrent leur sœur sur la joue et serrèrent la main de Julian.

Joe Abbott s'approcha d'eux avec un grand sourire. Julian et Chandra lui donnèrent une chaleureuse accolade, conscients que rien de tout ceci ne serait arrivé sans lui.

Julian balaya du regard l'espace qui était encore une ancienne salle de dégustation poussiéreuse deux semaines plus tôt. Chandra avait souhaité une cérémonie simple sur le domaine, comme un symbole de toutes les bonnes choses à venir ici.

Kayleigh, la femme de Parker, avait créé la bague de fiançailles ainsi que les alliances.

Iris, l'épouse de Duke, la mère de Julian, Naya, Zora, Savannah et Quinn s'étaient aussitôt proposées pour aider Chandra à trouver une robe de mariée splendide dans un très court délai ; elles s'étaient aussi occupées des fleurs. De leur côté, Cole, Julian, les frères de Chandra, Blake, Max, Dallas, ainsi que Ben et Elias, les cousins de Julian, avaient repeint l'intérieur et l'extérieur de la salle de dégustation.

Iris et Savannah avaient apporté du mobilier et des décorations de la vieille grange des Abbott. Iris et Quinn avaient également réalisé la pièce montée à trois étages.

Aussi, Julian était-il très reconnaissant de l'aide et des efforts fournis par leurs familles et leurs amis afin que cette journée soit belle et mémorable.

— La métamorphose de cette salle est fabuleuse, remarqua Chandra, émerveillée, en lissant sa robe de mariée.

Le tissu diaphane était constellé de petits cristaux qui faisaient penser à une nuit étoilée – un rappel de leur première promenade au clair de lune autour du lac. Le décolleté en V et le dos échancré de la tenue mettaient en valeur la silhouette voluptueuse de Chandra. Et la doublure couleur chair, tout en empêchant la jupe d'être transparente, lui procurait une touche éthérée à l'esthétique bohème.

La chevelure ondulée de Chandra était rassemblée en un

chignon flou sur la nuque, agrémenté d'un joli bijou de tête créé par Kayleigh, dans lequel étaient insérés des cristaux et des perles d'eau douce semblables à des grains de raisin – en référence au vignoble détenu par la famille Valentine. Le maquillage simple de Chandra rehaussait son éclat naturel.

Julian s'arracha à regret à la contemplation de son épouse pour examiner la salle et les personnes présentes.

— Oui. Je n'en reviens pas que les Abbott et les Valentine aient réussi à faire de notre mariage un véritable conte de fées en un laps de temps aussi court. Je vais finir par croire que vous êtes dotés de pouvoirs surnaturels !

— C'est tellement merveilleux que j'éprouve un sentiment d'irréalité, avoua-t-elle en riant.

Il comprenait sa réaction. Ce matin, en se réveillant, il avait eu l'impression de flotter sur un petit nuage. Certes, Chandra avait passé la nuit à la villa avec sa famille, mais il savait que ce serait son visage qu'il verrait en premier quand il se réveillerait chaque matin du reste de sa vie.

— Rassure-toi, chérie, tout est bien réel.

Il posa la main gauche de Chandra sur son cœur.

— Parce que je t'aime et que j'ai la chance inouïe de démarrer une nouvelle vie, et de fonder une famille avec toi.

Les yeux brillant de larmes contenues, Chandra se haussa sur la pointe des pieds pour embrasser Julian.

L'espace d'un moment, il se perdit dans ce baiser et dans la délicate senteur de chèvrefeuille de Chandra, qui lui rappelait les étés de son enfance, quand le malheur n'avait pas encore frappé les siens.

— J'aurais aimé que mon père te connaisse. Et qu'il tienne son premier petit enfant dans ses bras, dit-il avec un sourire douloureux. Il t'aurait adorée.

— Ton père sera toujours là.

Chandra pressa une main sur le cœur de Julian.

— Et, moi aussi, j'ai hâte de forger nos propres souvenirs.

Julian enlaça tendrement sa femme. Et, pour la première fois depuis très longtemps, il eut la conviction que chaque chose était à nouveau à *sa* place dans son univers.

YAHRAH ST. JOHN

Une revanche irrésistible

Traduction française de
TATIANA ANDONOVSKI

PASSIONS

HARLEQUIN

Titre original :
BLIND DATE WITH THE SPARE HEIR

1

— Encore un article sur tes frasques, Julian, fit remarquer Angelique Lockett, visiblement en colère. Es-tu vraiment obligé d'entretenir ta réputation de don Juan en jouant au célibataire le plus en vue d'Atlanta ?

Julian haussa les épaules avec nonchalance tout en regardant sa mère, toujours très stylée avec ses cheveux noirs tombant impeccablement sur ses omoplates et sa robe années 1950 taillée à la perfection.

Il ne cherchait jamais à faire la une de la presse people avec ses histoires de cœur, seulement voilà, il adorait sortir avec des femmes, ce qui avait le don de lui attirer des ennuis.

Pour éviter tout commentaire sur ses *frasques*, comme disait sa mère, il avait hésité à participer au repas de famille qu'elle organisait tous les dimanches dans l'imposante bâtisse des Lockett située à Atlanta. Mais il n'aimait pas la décevoir…

En décidant de venir, il s'était préparé à ce qu'elle lui fasse des remontrances au sujet d'un nouvel article concernant ses exploits lors d'un défilé de mode ayant rassemblé les stylistes d'Atlanta les plus prisés. Il n'y pouvait rien si l'une des stylistes et la muse qui l'avait inspirée étaient tombées sous son charme !

Il n'était pas aussi grand que son père, son frère aîné, Roman, ou son frère cadet, Xavier, qui mesuraient chacun plus d'un mètre quatre-vingt-cinq. Toutefois, il avait largement de quoi se rattraper au niveau de son charisme et de son physique d'apollon. Ses yeux noisette, son visage d'éphèbe et sa carrure athlétique le rendaient attirant auprès de la gent féminine, ce qui lui valait la réputation de coureur de jupons invétéré.

— Tu n'es toujours pas prêt à t'engager, comme ton frère ? s'enquit sa mère.

Elle regarda en direction de Roman, assis de l'autre côté de la table auprès de sa femme, Shantel, qui était également la meilleure amie de Julian. C'était *sa* Shantel. Ou, du moins, elle l'avait été jusqu'à ce que Roman arrive et la lui vole.

Shantel et lui s'étaient rencontrés à l'université. Leur relation durait depuis une décennie, période pendant laquelle il avait eu de nombreuses liaisons. Mais il ne s'était jamais rien passé entre Shantel et lui. C'était peut-être pour ça qu'ils étaient encore amis.

Il avait toujours considéré Shantel comme sa sœur adoptive et il avait été ravi qu'elle rejoigne le cercle familial en épousant Roman qui avait eu un coup de foudre pour elle. Les tourtereaux étaient très épris, et il leur souhaitait tout le bonheur du monde.

Il ne s'imaginait pas tomber amoureux un jour, mais il ne voulait pas continuer à contrarier et décevoir sa mère. De plus, à force de voir Roman et Shantel aussi mordus l'un de l'autre, il se demandait si l'aventure ne valait pas la peine d'être vécue et s'il ne devrait pas se mettre en quête de l'âme sœur.

— Peut-être, répondit-il en souriant.

Sa mère marqua un temps d'arrêt, et sa sœur, Giana, le regarda comme s'il venait de dire la pire des inepties.

— Tu es sérieux ? le questionna-t-elle, quelque peu vexée.

Elle était née un peu moins d'un an après lui, et ils étaient très complices. Hormis Shantel, Giana était la personne vers qui il se tournait quand il avait besoin de conseils. En l'occurrence, il ne lui avait pas fait part de son désir de se fixer.

— Oui. Très sérieux. Si maman veut me faire rencontrer une femme, je ne vois pas où est le mal.

Sa mère le regarda avec attention, cherchant visiblement à savoir s'il était sincère.

— Si je t'organise une rencontre, tu promets de te comporter correctement ? s'enquit-elle.

— Promis. Parole de scout.

Roman se mit à rire.

— Tu as toujours été un très mauvais scout ! fit-il remarquer. Tu détestais être en plein air et te salir les mains.

— Alors que toi, tu as toujours été très ambitieux, répliqua Julian. Tu voulais rafler le plus de récompenses possible.

— Il n'y a pas de mal à vouloir être le meilleur, ajouta Josiah, leur père, assis en bout de table. Tu devrais prendre exemple sur ton frère, Julian. Surtout en termes de responsabilités.

Julian ne fut pas surpris de l'intervention de leur père qui avait tout fait pour attiser la compétition entre ses fils. Roman avait toujours été le chouchou de Josiah, car c'était l'aîné et qu'il serait un jour amené à reprendre la franchise des Atlanta Cougars, l'équipe de football qui appartenait aux Lockett. Leur père n'avait jamais fait grand cas de Julian qui avait toujours été plus proche de sa mère.

— Eh bien moi, en tout cas, je suis ravie de t'entendre dire que tu es prêt à te lancer dans une relation sérieuse, mon chéri, dit vivement sa mère, tentant toujours de rétablir l'équilibre chaque fois que son mari se montrait injuste envers Julian. Je vais organiser une rencontre.

— Entendu ! Merci pour le repas, maman, c'était succulent, comme toujours. À bientôt, dit-il en se levant et en venant l'embrasser sur la joue.

— Toujours prêt à prendre la poudre d'escampette, marmonna son père.

— Josiah, voyons ! lança sa mère sur un ton de reproche.

Ce genre de réflexions n'affectait plus Julian comme avant. Après l'université, il avait espéré que son diplôme de médecin ferait la différence et changerait l'attitude de son père envers lui. Seulement rien n'avait changé. Il avait donc décidé de ne plus faire attention aux remarques paternelles venimeuses.

Même si c'était son père qui avait exigé qu'il se spécialise dans la médecine du sport, il n'avait jamais été satisfait du choix professionnel de son fils. C'était comme s'il considérait qu'en s'occupant uniquement de la santé physique des joueurs Julian n'était pas assez engagé dans l'entreprise familiale.

Son père préférait nettement discuter affaires et stratégie commerciale avec Roman ou jouer au football avec Xavier, du moins jusqu'à ce que l'accident de ce dernier mette fin à sa carrière de quarterback.

Ignorant la remarque de son père, il donna une brève accolade à Giana et Shantel, serra la main de Roman et s'empressa de quitter la pièce.

Une fois dans le hall d'entrée, il entendit le cliquetis des talons de sa sœur sur le sol en marbre.

— Julian, attends !

Il se tourna vers Giana, toujours très chic, les cheveux tirés en un chignon lâche, le visage entouré de quelques mèches bouclées. Elle aimait porter des tenues aux couleurs vives qui faisaient ressortir sa peau chocolat. Aujourd'hui, elle avait revêtu une superbe robe portefeuille rouge qui lui faisait une taille de guêpe et lui allait à ravir.

— Pourquoi pars-tu déjà ?

— Dois-je te faire un dessin ?

— Allons, Julian, tu sais que papa ne pense pas à mal quand il fait des remarques comme ça.

— Oui, je sais, c'est sa façon d'être. Tu me l'as dit des centaines de fois. Mais je ne vois pas les choses de la même façon et je ne comprends pas pourquoi tu le défends.

— Et moi, je ne comprends pas ta réaction !

— Alors je vais t'expliquer. J'ai parfois l'impression qu'il y a eu un échange de bébés à la maternité et que j'aurais dû atterrir dans une autre famille. Je n'ai rien en commun avec Roman et Xavier. Ils sont tous les deux machos et ambitieux. Comme papa. Ils sont tout le contraire de moi. Et papa vous préfère tous les trois à moi.

— Ne dis pas n'importe quoi, chuchota-t-elle en regardant derrière elle comme si elle craignait que leur père ne soit là.

Sa réaction l'attendrit. Elle était le joyau de la famille et la petite fille adorée de leur père. Ce dernier lui avait toujours donné tout son amour, et elle avait du mal à imaginer qu'il puisse ne pas chérir ses quatre enfants de la même façon.

— C'est la vérité, Giana. Tu ne veux pas l'admettre, et ce n'est pas grave. Tu peux continuer à avancer en te mettant des œillères mais, dans ma réalité, je sais que jamais aucune de mes actions ne pourra le satisfaire. Depuis que je suis né, il a instauré un esprit de compétition entre Roman et moi, et cela ne m'a jamais intéressé. Je veux vivre ma vie comme je l'entends, et si ça ne plaît pas à notre père, tant pis pour lui. Moi, ça m'est complètement égal. J'ai appris à vivre sans son approbation.

— Je ne te crois pas un seul instant. Je sais que tu aimes passer pour quelqu'un de désinvolte qui n'a besoin de personne, mais je ne marche pas dans ta combine. Je suis même prête à parier que tu meurs d'envie que papa se montre aussi attentionné envers toi qu'envers Roman ou Xavier.

— J'y vais. À bientôt.

Il ne supportait pas que sa sœur le perce à jour. Et qu'elle ait raison. Au fond de lui, il aurait fait n'importe quoi pour sentir que son père l'aimait autant que ses autres enfants.

Elyse Harper tenta de soulever son père, Frank Robinson, affalé sur le sol du bar où il avait, une fois de plus, trop bu.

— Allez, papa, on y va.

— Je vais t'aider, dit Matt, le barman.

Il fit le tour du comptoir, habillé de sa tenue habituelle : un T-shirt moulant, un jean délavé et des baskets montantes.

Elyse savait qu'il en pinçait pour elle. Elle faisait tout pour ne pas lui donner de faux espoirs et le croiser le moins souvent possible, car elle n'était pas intéressée. Mais quand il l'appelait au sujet de son père, elle n'avait pas le choix.

D'habitude, elle venait de chez elle, donc elle arrivait en vêtements décontractés. Aujourd'hui, elle était venue directement du bureau où elle avait dû rester tard pour boucler un projet. Dès son arrivée, elle avait senti que sa robe ceinturée et ses sandales à talons hauts n'avaient pas laissé Matt indifférent. Elle ignora ses regards insistants.

À deux, ils réussirent à relever son père et à le traîner jusqu'à la Toyota Camry garée sur le trottoir. Une fois son père installé, Elyse referma la portière.

— Matt, encore merci de m'avoir appelée.

— Il n'y a pas de quoi. Il faudrait vraiment qu'il fasse une cure de désintoxication. Il boit de plus en plus.

— Je sais. Crois-moi, j'ai essayé, mais il n'écoute rien.

— En tout cas, prends soin de toi.

Elyse acquiesça, s'assit au volant et prit la direction du quartier où son père vivait dans un petit logement pour gens à revenus modestes.

Quand elle fut garée, elle eut du mal à le réveiller et à le faire sortir. Heureusement, il habitait au premier étage. Elle parvint tout juste à le guider jusque chez lui en le soutenant de tout son poids. Une fois arrivée, elle le conduisit à sa chambre et l'allongea sur son lit. Elle lui enleva ses chaussures et l'enveloppa d'une couverture.

Quand elle quitta l'appartement, trente minutes plus tard, elle poussa un profond soupir. Elle en avait assez de devoir s'occuper de son père et de s'inquiéter pour lui. Désespérée, elle s'installa au volant, mais au lieu de démarrer, elle se mit à pleurer à chaudes larmes.

Elle n'en revenait pas de la façon dont la situation de son père s'était dégradée au fil des ans. Fut un temps où il était un homme ambitieux avec de grands rêves, une femme et une fille qui le vénéraient. Comment les choses avaient-elles pu se détériorer à ce point ?

Le pire, c'est qu'elle avait la réponse.

Une seule personne était responsable de l'état de son père : Josiah Lockett. Le grand manitou du football à Atlanta et ancien meilleur ami de son père avait toujours su que ce dernier était accro aux jeux d'argent. Plutôt que de l'envoyer en cure de désintoxication, Josiah avait dépouillé Frank en lui rachetant pour une bouchée de pain ses parts des Atlanta Cougars, le laissant sans le sou et condamnant sa famille à la pauvreté.

Les choses avaient commencé à se dégrader quand sa mère, Nadine, avait eu un cancer du sein qui l'avait emportée. Les factures médicales et les dettes s'étaient amoncelées, son père avait perdu pied avec la réalité, dépassé par les événements ; et, au décès de sa femme, il s'était mis à dilapider sa fortune, désespéré d'avoir perdu l'amour de sa vie.

Au lieu d'aider Frank à reprendre le contrôle de son existence, Josiah Lockett s'était servi de leur amitié pour s'emparer entièrement de la franchise des Atlanta Cougars.

Résultat ? Son père avait sombré dans l'alcoolisme et avait perdu sa dignité.

C'était injuste. Il était temps que son père récupère son dû, et que Josiah Lockett paye le prix de sa trahison.

La question restait de savoir comment elle allait pouvoir opérer pour atteindre cet objectif.

Le bip d'une notification sur son téléphone la fit sursauter et la ramena à l'instant présent.

Elle avait mis des alertes sur les réseaux sociaux sous un faux nom pour suivre la vie des Lockett et se tenir informée de toute nouvelle qu'elle pourrait utiliser contre eux. Celle-ci était intéressante. Apparemment, Julian Lockett avait été aperçu avec une inconnue. Le bruit courait que cette demoiselle pourrait rafler le cœur du célibataire le plus en vue d'Atlanta.

Elyse referma l'appli, songeuse.

D'après ce qu'elle savait de Julian Lockett, c'était surtout un play-boy invétéré qui aimait les aventures d'un soir. Mais si la tendance s'inversait, et qu'il semblait décidé à s'installer dans une relation plus sérieuse, elle se devait de creuser la question pour voir si cela pouvait lui servir dans sa quête de justice. Rétablir l'honneur de son père était son vœu le plus cher, et elle était prête à tout pour y arriver, y compris utiliser les affaires de cœur de Julian Lockett.

2

En tant que l'un des médecins des Atlanta Cougars, Julian avait une réunion tous les lundis matin avec l'équipe médicale ; soigneurs, masseurs et kinésithérapeutes. Certains de ses collègues supposaient qu'il avait obtenu le poste uniquement par népotisme, mais cela ne le dérangeait pas. Les gens pensaient ce qu'ils voulaient. Lui, il savait qu'il avait travaillé dur pour mériter sa place et il avait son diplôme pour attester de ses compétences.

Il était allé dans une faculté de médecine renommée et, pour couronner le tout, après la fin de son internat en médecine physique et de réadaptation, il avait suivi une spécialisation de deux ans en médecine du sport.

Au départ, son souhait avait été de devenir chirurgien orthopédique, mais même si ses résultats étaient tout à fait acceptables, la sélection était redoutable, et il n'avait pas été retenu. Son père avait vu cela comme un échec. Il n'avait pas manqué de souligner à quel point il était déçu que son fils ne soit pas arrivé premier de sa promo.

Julian ne s'était pas découragé pour autant. Une fois sa formation en poche, il avait réussi à convaincre son père qu'il pouvait représenter un atout dans l'équipe médicale des Atlanta Cougars.

Au quotidien, il gérait les tracas et problèmes de santé rencontrés par les joueurs et il était aussi responsable des évaluations et des traitements des traumatismes musculosquelettiques.

Après la réunion hebdomadaire, il enfila sa tenue de travail et s'apprêta à participer aux soins d'un athlète victime d'une blessure de la syndesmose.

Il aurait pu laisser l'un des soigneurs s'en occuper, mais c'était sa spécialité et une partie de son métier qu'il appréciait tout particulièrement. En route pour la salle de soins, il rencontra Xavier qui sortait de la salle de gym.

— Alors, tu étais où hier soir ? lui demanda Julian.

— Occupé.

— Avec une femme ?

Son frère cadet, un mètre quatre-vingt-dix pour cent dix kilos, avait fait une belle carrière en tant que quarterback. Et, avec sa carrure athlétique et ses allures de séducteur, il n'avait jamais été en manque d'admiratrices.

Xavier ne semblait pas prêt à rentrer dans les détails.

— Et le dîner, c'était comment ? s'enquit-il.

— Comme d'habitude. Tu n'as pas raté grand-chose. Rien de nouveau sous le soleil. Papa n'a pas manqué de me rappeler que je n'arrivais pas à la cheville de Roman, et maman veut absolument me caser.

— Depuis que Roman et Shantel attendent un enfant, je pense que maman s'est mis en tête de caser tous ses enfants pour avoir un maximum de petits-enfants dans la maison. Je compte sur toi pour ne pas céder à sa volonté.

— Justement. J'ai décidé d'opter pour la tactique inverse.

— Comment ça ?

— J'ai pris le parti de lui donner ce qu'elle voulait. J'ai accepté qu'elle organise quelques rencontres avec des jeunes femmes de son choix. Après quoi, elle réalisera l'ampleur de son erreur et elle me fichera la paix.

Xavier éclata de rire.

— C'est risqué, mon vieux ! Tu connais maman. Elle n'abandonne jamais. Quand elle a une idée en tête, il est difficile de la faire changer d'avis. Donc, si j'étais toi, je n'opterais pas pour cette tactique car, une fois qu'elle sera lancée, elle n'arrêtera que quand tu seras devant l'autel !

Julian fit la grimace. Il n'avait pas pensé aussi loin.

Certes, il n'avait rien contre s'engager un moment dans une relation, mais de là à se marier...

Il ne manquerait pas à sa parole, de peur de décevoir sa mère, mais il doutait vraiment qu'une femme réussisse à le faire changer d'avis sur la question du mariage.

Julian vivait l'une des situations les plus ennuyeuses de son existence. Cassandra Harris était la deuxième prétendante qu'il rencontrait en deux semaines, selon la volonté de sa mère, et l'expérience s'avérait être un calvaire.

Le premier rendez-vous avait été un véritable désastre.

Il était arrivé en retard, car il avait eu une urgence professionnelle à gérer. Souhaitant jouer le jeu, il avait préféré rentrer chez lui pour se doucher et se changer. Au restaurant, la jeune femme était outrée d'avoir dû l'attendre aussi longtemps. Il avait eu beau jouer de ses charmes et tenter de détendre l'atmosphère, rien n'y avait fait. L'avocate pimbêche avait coupé court à la soirée, arguant qu'elle devait se lever tôt, parce qu'elle avait une audience importante au tribunal le lendemain. Julian n'avait pas été peiné par la tournure des événements, bien au contraire.

Et voilà que le scénario se reproduisait avec une autre demoiselle dont la conversation le laissait de marbre. A priori, Cassandra correspondait à la belle-fille idéale, selon les critères de sa mère. Elle avait fait des études supérieures, elle venait d'une bonne famille, elle était belle et elle faisait déjà parler d'elle en tant que professeure de littérature à l'université. Et... ils n'avaient absolument rien en commun.

Premièrement, Cassandra évoluait dans un monde universitaire aux antipodes du sien. Elle appréciait les activités cérébrales telles que la lecture, l'écriture et la musique classique. Il n'avait rien contre l'opéra, mais il ne pouvait pas prétendre que c'était sa passion.

Quand il lui avait demandé si elle aimait aller à des défilés de mode ou des matchs de football, elle l'avait regardé comme s'il lui avait annoncé qu'il venait de la planète Mars !

Pourquoi avait-elle paru aussi dégoûtée ? Ne savait-elle pas que sa famille était engagée dans le football et qu'assister aux matchs faisait partie intégrante de leur vie ? Comment pouvait-il envisager une relation avec une femme qui ne s'intéressait pas à l'équipe de sa famille ?

Il avait été soulagé qu'elle ne veuille pas prendre de dessert et qu'elle suggère de mettre un terme au dîner, car elle devait se lever tôt le lendemain. Il s'était comporté en gentleman et l'avait raccompagnée jusqu'à sa voiture pour que sa mère ne puisse rien lui reprocher.

Une fois dans sa Bugatti Veyron, il avait poussé la radio à fond et, grâce au R&B, il avait réussi à estomper l'expérience décevante de la soirée. Visiblement, sa mère ne connaissait pas ses goûts et elle se trompait sur ses critères de sélection.

Trente minutes plus tard, il se garait dans le parking de l'immeuble où se situait son *penthouse*. Au même moment, son téléphone sonna. C'était sa mère. S'armant de patience, il prit l'appel.

— Bonsoir, maman. Comment ça va ?

— Bonsoir, Julian. Je t'appelais pour savoir comment ça s'était passé avec Cassandra.

Il se contenta de soupirer.

— Dois-je comprendre que Cassandra et toi n'êtes a priori pas des âmes sœurs ?

— On ne peut rien te cacher, maman. Mais tu devais bien te douter qu'une femme aussi introvertie et cérébrale que Cassandra ne serait pas intéressée par quelqu'un d'aussi extraverti que moi.

— Oui, je m'en doutais un peu, mais je me disais qu'elle pourrait t'apporter une certaine stabilité dans ta vie.

— Maman, c'est gentil de vouloir m'aider et de te soucier de mon équilibre, mais si tu ne sélectionnes pas des femmes plus enjouées, avec des personnalités plus colorées, ton entreprise est vouée à l'échec.

— Entendu, c'est noté. Je vais tenter de revoir mes notes. Mais, en attendant, promets-moi de ne pas faire parler de toi dans les médias.

— Maman, je t'ai donné ma parole de scout, tu te souviens ? Je m'y tiendrai.

Après avoir mis fin à l'appel, il descendit de voiture et se dirigea vers son immeuble, soulagé de sentir qu'il avait marqué des points et que sa mère ne reviendrait pas vers lui de sitôt.

Dès qu'il entra chez lui, la tension s'évaporer.

Il adorait son appartement spacieux et chaleureux. C'était son refuge, un havre de paix où il aimait se retrouver seul.

Après avoir enlevé ses chaussures, il se rendit dans le salon et se laissa tomber sur le canapé confortable qui se trouvait face aux baies vitrées donnant sur la terrasse.

Il mit un fond de jazz et se fondit dans l'ambiance, sachant que ce temps calme était exactement ce qu'il lui fallait pour lui faire oublier sa soirée décevante.

— C'est parfait, Elyse. Vous avez le don de trouver des solutions même quand la situation semble désespérée, dit Pierre King, à l'issue de la réunion qu'il avait organisée en ce vendredi matin dans son bureau.

— Merci, dit Elyse, souriante et fière du compliment.

Elle travaillait depuis trois ans dans le cabinet de relations publiques de Pierre King, et son ambition la poussait à espérer qu'un jour, en continuant à donner le meilleur d'elle-même, elle pourrait être promue associée.

Mais elle ne pourrait profiter de sa réussite professionnelle que si elle parvenait à mener à bien sa mission personnelle : rétablir l'honneur de son père. Elle avait parfois l'impression d'être un gladiateur se préparant pour un combat ultime. Elle voulait gagner ce combat, même si Josiah Lockett semblait être un adversaire redoutable.

— Continuez comme ça et vous irez loin, conclut son patron.

Elle quitta le bureau aux anges, avec un sentiment d'invincibilité.

D'autant qu'aujourd'hui, pour se sentir plus aux commandes, elle avait revêtu sa plus belle tenue : un tailleur orange qui allait à merveille avec ses escarpins Manolo Blahnik à boucles.

En regagnant son bureau, sa meilleure amie et collègue, Andrea Stevens, arrêta de travailler pour lui parler.

— On dirait que ça s'est bien passé, fit-elle remarquer.

— En effet, on ne peut rien te cacher.

— Allons déjeuner pour fêter ça ! Je t'invite.

— Volontiers.

Vingt minutes plus tard, Elyse et Andrea étaient assises à une table dans un restaurant huppé. Elles sirotaient un Perrier en attendant leurs salades.

— Je n'en reviens pas que mon rendez-vous avec Pierre se soit aussi bien passé.

— Voyons Elyse, tu es l'une des personnes les plus talentueuses et ambitieuses que je connaisse. Rien ne peut t'arrêter. Tu mérites de réussir !

— Merci, c'est gentil. J'apprécie ton soutien positif.

— Comment va ton père ?

— Toujours pareil. Il se complaît à s'apitoyer sur lui-même. Je ne comprends pas comment il a pu descendre aussi bas. J'ai tout fait pour le sortir de sa situation. Je lui ai trouvé un logement, un emploi, et il a quand même réussi à retomber dans l'alcool, et à tout gâcher. C'est décourageant et ça me dépasse.

— Tu ne peux pas continuer comme ça, Elyse. Tu dois lui faire comprendre que s'il ne fait pas une cure de désintoxication, tu ne t'occuperas plus de lui.

— C'est plus facile à dire qu'à faire. Il est ma seule famille.

— En tout cas, sache que je suis là pour toi.

— Merci, c'est gentil, murmura-t-elle, émue.

Elle connaissait Andrea depuis l'université. C'était sa meilleure amie et c'était même elle qui l'avait aidée à obtenir le poste chez Pierre King.

Même si cela lui serrait le cœur, Andrea avait raison. Elle devait penser à elle et ne plus se préoccuper autant de son père. Mais comment faire ? Si elle l'abandonnait, il se retrouverait seul au monde, et Dieu sait dans quel état il terminerait. Non, elle devait absolument trouver un moyen de prouver que les Lockett l'avaient spolié.

Sentant que des larmes de frustration lui montaient aux yeux, elle s'excusa pour aller aux toilettes.

Deux jeunes femmes étaient en train de refaire leur maquillage. Elle entra dans une cabine pour se ressaisir.

— Janis, tu ne devineras jamais avec qui je vais dîner ce soir, dit l'une des jeunes femmes.

— Qui ça ?

— Julian Lockett !

Derrière la porte, Elyse tendit l'oreille, ébahie.

— Non !

— Si ! La mère de Julian et ma mère ont étudié ensemble. Sa mère en a assez de ses frasques amoureuses et, pour redorer son blason, elle l'a convaincu de rencontrer des jeunes femmes sélectionnées par ses soins.

— Ah bon ? Connaissant l'énergumène, cela me paraît incroyable. Pas toi, Tiffany ? En tout cas, il paraît qu'au lit, c'est un champion.

— Janis, voyons ! Si je sors avec lui, ce n'est pas pour finir dans son lit. Je veux qu'il m'épouse.

— Tu sais très bien que ce n'est pas le genre.

— Mais il ne m'a pas encore rencontrée...

— Où est le lieu de rendez-vous ?

— Au Bacchanalia, un nouveau restaurant très en vue.

— Oui, j'en ai entendu parler. Il paraît que c'est super. J'ai tellement envie d'y aller !

— Moi aussi !

— Je suis jalouse !

Puis les deux jeunes femmes quittèrent les lieux, et Elyse sortit se laver les mains, et se rafraîchir le visage.

Elle n'en revenait pas ! Quelle coïncidence inouïe ! Sans réfléchir, elle se dit que c'était le destin. Ce signe lui signifiait qu'il était temps d'agir. Tiffany n'avait pas indiqué l'heure du rendez-vous, mais ce n'était pas un problème. Elle avait le don de savoir faire parler les gens et elle n'aurait aucun mal à obtenir l'information.

Elle s'était retrouvée au bon endroit au bon moment pour apprendre que Mme Lockett jouait les entremetteuses pour remettre son fils Julian dans le droit chemin. C'était le renseignement le plus précieux qu'elle avait découvert depuis le début de sa mission. En ce vendredi midi, elle venait peut-être de décrocher l'occasion rêvée de pénétrer dans le cercle des Lockett.

De retour au bureau, elle déclencha le plan qu'elle avait concocté pendant qu'elle parlait de manière distraite à Andrea. Elle s'en voulait de ne pas avoir été plus concentrée sur la conversation avec son amie, mais elle se rattraperait.

Prête à tout pour rencontrer l'illustre Julian Lockett, elle s'était isolée dans une salle de réunion pour téléphoner au restaurant et demander à quelle heure était la réservation. Ensuite, elle avait appelé le bureau de Julian pour qu'il soit prévenu que le rendez-vous avait été avancé de trente minutes. Cela lui laisserait juste assez de temps pour prendre la place de Tiffany et attirer l'attention de Julian.

Elle n'était pas une aguicheuse mais, quand elle voulait, elle savait charmer le sexe opposé. D'après un article qu'elle avait lu, Julian avait la réputation d'être un homme qui ne résistait pas à l'envie de séduire une femme. En misant sur une tenue de choc, elle avait toutes les chances de l'attirer dans les mailles de son filet. Et comme elle n'était pas le moins du monde intéressée par lui, elle n'avait rien à craindre.

Elle avait mené son enquête et savait que dans la famille Lockett, il était le maillon faible.

L'aîné des fils, Roman, était un homme d'affaires redoutable et celui qui remplacerait Josiah Lockett. Puis il y avait Xavier, l'ancienne star des Atlanta Cougars, qui n'était plus le même depuis son accident, d'après les rumeurs, et qui s'était mis en retrait de sa famille et du football.

Puis il y avait Giana, la seule fille. Elyse avait cherché un moyen d'entrer en contact avec elle, mais elle était aussi ambitieuse que son frère Roman, et elle n'avait pas trouvé de solution pour croiser son chemin.

Si bien que Julian semblait la proie idéale pour qu'elle se rapproche des Lockett et fasse enfin éclater la vérité sur Josiah. Avec un peu de chance et une tenue sexy, elle était certaine que Julian prendrait son apparition comme un défi et qu'elle n'aurait pas de mal à l'amadouer.

Julian s'apprêtait à aller dîner à reculons. S'il avait trouvé une bonne excuse pour se soustraire au rendez-vous, il l'aurait fait sans hésiter. Quand son assistante lui avait dit que Tiffany Mayes avait téléphoné, il avait espéré que c'était pour annuler. Au lieu de cela, elle avait appelé pour demander s'ils pouvaient se retrouver une demi-heure plus tôt, car elle avait un vol de bonne heure le lendemain et préférait ne pas rentrer trop tard. Décidément, devoir se lever tôt était l'excuse idéale ! Il connaissait la chanson, et cela ne le dérangeait pas. Au contraire. Plus vite il la rencontrerait, plus vite il en finirait.

Sa mère ne lui avait rien dit sur Tiffany et, étant donné le fiasco des deux premières entrevues, il n'avait même pas pris la peine d'aller voir sur les réseaux sociaux à quoi elle ressemblait. Elle serait sans aucun doute aussi fade que les deux autres, donc à quoi bon perdre du temps ?

Il avait accepté l'offre de sa mère pensant qu'il avait des chances de rencontrer une femme avec qui il aurait envie de faire un bout de chemin. Mais, jusqu'à présent, les tentatives s'étaient soldées par un échec.

En confiant les clés de sa Bugatti au voiturier, il se dit que le Bacchanalia était un restaurant de qualité, mais trop prétentieux. S'il avait pu donner son avis, il n'aurait pas choisi ce lieu.

Sa mère aimait venir ici, car c'était un établissement étoilé et renommé. Personnellement, il aurait préféré aller chez Manuel, le restaurant tenu par un jeune chef jamaïcain prometteur. Julian appréciait tellement la cuisine de Manuel qu'il en faisait les louanges sur les réseaux sociaux. Grâce à ses tweets à répétition, il avait réussi à gonfler la clientèle de l'établissement, si bien que Manuel lui avait attribué une table qu'il pouvait utiliser n'importe quand, même quand c'était bondé.

Dès qu'il passa la porte d'entrée majestueuse du Bacchanalia, il fut accueilli par un employé tiré à quatre épingles. Il n'eut pas besoin de se présenter.

— Bonsoir et bienvenue, monsieur Lockett.

— Merci.

— Je vais vous conduire à votre table.

Dès que Julian prit place, il commanda un bourbon puis observa les autres clients. C'était une ambiance plutôt guindée qui était davantage du goût de Roman et de ses parents. Lui, il préférait les atmosphères plus détendues. Heureusement, un serveur ne tarda pas à lui porter sa boisson.

— Votre bourbon, monsieur Lockett.

Au même moment, il vit une déesse arriver.

— Me voilà ! s'exclama-t-elle avec un sourire étincelant. Désolée pour le léger retard.

Julian se contenta de sourire, subjugué.

3

Julian se dit que la femme pulpeuse à souhait qui venait d'arriver ne pouvait être que Tiffany Mayes. Elle était belle à couper le souffle. Il dut se faire violence pour fermer la bouche, respirer et arrêter de fixer cette créature divine. Elle était resplendissante, et son visage était rayonnant. Des yeux chocolat en forme d'amande, de longs sourcils noirs, des pommettes rehaussées et des lèvres admirablement dessinées. Sa coupe de cheveux, courte et sophistiquée, encadrait à merveille son visage. Elle avait une silhouette superbe, des courbes féminines remarquables, et sa robe dorée sans bretelles, assortie à ses sandales à lanières, lui allait à ravir. On aurait dit une déesse grecque.

Il se rappela brusquement les bonnes manières et se leva.

— Tiffany ?

— Non. Tiffany ne viendra pas.

— Et pourquoi ?

— J'ai changé l'heure du rendez-vous pour pouvoir te rencontrer à sa place.

Julian la regarda, ahuri. Il n'en revenait pas de se retrouver au cœur d'une situation aussi rocambolesque.

— Et à qui ai-je l'honneur ?

Quand elle s'approcha de lui, il fut aussitôt enivré par son parfum floral et ensorcelant.

— Elyse Harper, dit-elle en lui tendant la main.

Sa main était de petite taille, il remarqua néanmoins qu'elle était élégante et parfaitement manucurée.

— Julian Lockett.

— Je sais.

Elle lui offrit un sourire doux et enchanteur qui suscita en lui une vague de chaleur inouïe. Il aurait voulu se perdre dans ce tsunami de sensations et ne plus jamais en sortir...

— Puis-je m'asseoir ? s'enquit-elle.

— Oh. Bien sûr. Je manque à tous mes devoirs. Désolé. J'avoue être un peu déboussolé. Jamais quiconque ne s'est donné autant de peine pour me rencontrer.

Une fois qu'ils furent assis, il l'observa avec attention. Il s'était attendu à passer de nouveau une soirée ennuyeuse avec une femme fade et dénuée d'intérêt, et voilà qu'une intruse haute en couleur s'imposait à lui.

— Voyons, Julian. Ta réputation est légendaire. J'ai ouï dire que tu avais beaucoup de succès auprès des femmes.

— Et tu voulais savoir à quoi ce succès était dû ?

Elle le regarda, tête penchée, comme si elle était en train de choisir ses mots.

— Oui, on peut dire ça comme ça, murmura-t-elle.

— Alors, si tu veux vraiment en savoir plus sur moi, sache que cet établissement n'est pas du tout à mon goût. Donc je te propose d'aller ailleurs, si tu le veux bien.

— Volontiers !

Il se leva, l'aida à faire de même puis lui offrit un bras pour aller à la réception.

Après avoir payé son verre, ils quittèrent les lieux.

Une fois dehors, il tendit son ticket au voiturier.

Elyse dégagea son bras.

— Je préfère prendre ma voiture et te suivre, dit-elle.

— Pas question. Tu voulais à tout prix me rencontrer, donc tu sais que je ne suis pas un tueur en série. Ma famille est très connue dans la communauté. Je ne ferai rien pour endommager notre réputation et je te promets de te ramener ici en fin de soirée.

Elle le regarda, les yeux brillant d'une lueur pétillante.

— Entendu !

Une fois le voiturier revenu avec la Bugatti Veyron, Julian aida Elyse à prendre place. Il fit le tour pour venir s'installer au volant, curieux de savoir pourquoi cette Elyse Harper avait eu tellement envie de faire sa connaissance. D'après la façon dont elle était entrée dans sa vie, il se doutait qu'il n'était pas à l'abri d'autres surprises.

Elyse avait vu des photos de Julian Lockett auparavant, regardé des vidéos de lui sur les réseaux sociaux, mais elle ne s'attendait pas à être bouleversée en le rencontrant en personne. Il était bien plus grand qu'elle, il avait une stature imposante et il était on ne peut plus séduisant, moulé dans un costume noir qui mettait en valeur ses formes athlétiques. La chemise noire sous le blazer noir avait été assortie d'une fine cravate noire.

À cette tenue vestimentaire très stylée, il fallait ajouter sa peau lisse et noire, ses cheveux courts et bouclés, ses sourcils broussailleux, ses yeux marron clair et sa barbe d'un jour recouvrant sa mâchoire carrée, et virile...

Julian Lockett formait un tout explosif et... très alléchant. Très à l'aise de sa personne et débordant de confiance en lui, il respirait la richesse et le charisme.

Elyse ne pouvait pas s'empêcher de le fixer, subjuguée par la perfection qui émanait de lui. Elle fréquentait peu d'hommes, hormis au travail, mais elle vit aussitôt dans le regard de Julian qu'il n'était pas insensible à ses charmes. C'était une bonne nouvelle, si elle souhaitait se rapprocher de lui. Cela dit, elle ne devait surtout pas précipiter les choses.

Elle avait enquêté sur lui. D'après les rumeurs, il avait l'habitude de toujours obtenir ce qu'il voulait. Il aimait relever les défis mais, une fois l'objectif atteint, il se lassait vite. Ayant besoin de temps, elle ne pouvait pas se permettre de passer à la trappe trop rapidement. Pour s'assurer qu'il ne se fatiguerait pas d'elle trop tôt, elle devrait se montrer mystérieuse.

Elle avait donné l'avantage à Julian en lui révélant qu'elle avait cherché à le rencontrer en prenant la place de Tiffany Mayes. Mais pas question de finir dans son lit. Elle devait s'en tenir à son plan : se rapprocher de lui et dénicher des secrets de famille qu'elle pourrait ajouter à son dossier. Si elle prouvait que Josiah Lockett avait escroqué son père, cela contribuerait à fragiliser l'empire des Lockett et, avec un peu de chance, même si son père ne récupérait pas ses parts, elle espérait que cela nuirait aux finances des Atlanta Cougars.

De plus, elle utilisait le nom de jeune fille de sa mère depuis des années, donc elle doutait que les Lockett puissent faire la relation. Pour le moment, elle était satisfaite de son sort, assise sur le siège passager de la Bugatti Veyron de Julian Lockett.

— Alors, tu m'emmènes où ? s'enquit-elle.

— Tu verras.

— Tu n'es pas curieux de savoir comment j'ai su que tu serais au Bacchanalia ce soir ?

Il haussa les épaules avec désinvolture.

— J'imagine que tu finiras par me le dire. Pour l'instant, je suis surtout content que tu m'aies évité un autre tête-à-tête rébarbatif organisé par ma mère.

— On dirait que les femmes que ta mère t'a présentées ne sont pas à ton goût.

Il lui jeta un regard en coin, l'air amusé.

— Elle veut me faire rencontrer des jeunes femmes bien éduquées et de bonne famille, mais elle ne prend pas en compte le genre de femmes que je recherche. Donc forcément, ça ne marche pas.

— Et quel genre de femmes recherches-tu ? s'enquit-elle en se tournant vers lui pour étudier son profil.

Elle ne cessait d'être subjuguée par la beauté de Julian.

— Toi, répondit-il sans la regarder, mais en esquissant un sourire qui la fit fondre sur place.

Elle travaillait dans les relations publiques et connaissait exactement l'effet qu'un scandale pouvait avoir sur la réputation de quelqu'un. En exposant les agissements véreux de Josiah Lockett, elle n'avait aucun doute que cela ferait du tort à ses affaires. Mais plus les minutes passaient et plus elle se rendait compte que son plan comportait une faille énorme : elle n'avait pas prévu que Julian aurait le potentiel de lui faire tourner la tête…

Julian était content d'avoir réussi à décontenancer Elyse. Elle semblait très indépendante et très sûre d'elle, et il sentit qu'elle ne s'était pas attendue à cette réponse de sa part.

D'ailleurs, il avait légèrement menti. Elyse n'était pas le genre de femmes avec qui il sortait habituellement. Elle n'était ni grande, ni mince, ni ultra-sophistiquée. Et même s'il émanait d'elle une certaine assurance, elle lui paraissait néanmoins de nature réservée. Était-ce la raison pour laquelle il était attiré par elle ? Il le découvrirait bien assez tôt.

Après un trajet de courte durée, il se gara sur un parking bondé et éteignit le moteur. Avant de faire le tour pour ouvrir la porte à sa passagère, il déposa sa veste dans le coffre. Chez Manuel, l'ambiance était décontractée.

Une fois sortie de la voiture, Elyse inspecta les environs.

— J'ai entendu parler de cet établissement, dit-elle. Les critiques sont dithyrambiques, mais je ne pensais pas que…

— Que j'étais du genre à venir ici ? Tu as eu tort. J'adore manger des mets raffinés dans une atmosphère simple et chaleureuse, et chez Manuel, c'est le lieu idéal. Viens, dit-il en la prenant par la main.

Le restaurant était plein à craquer, mais Julian ne s'en inquiéta pas.

— Julian, on n'aura jamais de place, lui fit remarquer Elyse.

— Ne t'en fais pas. Tout va s'arranger, annonça-t-il en lui tapotant la main de manière rassurante.

Il dit deux mots à une serveuse et, quelques minutes plus tard, Manuel, un Jamaïcain vêtu d'une veste de chef, vint à leur rencontre en leur offrant un sourire chaleureux.

— Julian ! Ravi de te voir. Pourquoi tu n'as pas appelé pour dire que tu allais passer ?

— C'est une décision de dernière minute. Je me suis dit que si la table du chef n'était pas prise, alors l'éblouissante Elyse et moi-même pourrions en profiter pour dîner ici.

— Elyse, bienvenue dans mon humble établissement, dit-il en lui serrant la main.

— Manuel, j'ai entendu parler de votre cuisine et j'ai hâte d'y goûter, répondit-elle. Merci de nous accueillir.

— Avec plaisir ! J'ai toujours une table de libre pour Julian. Suivez-moi.

Julian emboîta le pas à Manuel et entraîna Elyse avec lui

vers les cuisines où le sous-chef et deux cuisiniers s'affairaient devant les fourneaux.

Dans un coin, il y avait une table pour deux avec un petit écriteau Réservé.

— Bon appétit ! dit Manuel en les laissant s'installer.

Une fois assis, Julian remarqua qu'Elyse le scrutait en secouant la tête, incrédule.

— Quoi ?

— Tout le monde est toujours aux petits soins pour toi ? s'enquit-elle.

— Comment ça ?

— Tu obtiens toujours ce que tu veux ?

Il l'observa quelques instants avant d'éclater de rire.

— Parce que d'après toi tout m'est dû, répliqua-t-il.

Comme elle ne répondait pas, il plongea les yeux dans ceux d'Elyse et lui demanda :

— Si c'est ce que tu crois, pourquoi voulais-tu à tout prix me rencontrer ?

À son grand étonnement, il constata qu'elle rougissait. Cela faisait longtemps qu'il n'avait pas vu une demoiselle rougir. Décidément, il allait de surprise en surprise, et la soirée ne cessait de s'améliorer !

Comment un homme adulte pouvait-il avoir des fossettes ? se demanda Elyse alors qu'elle regardait la bouche de Julian se fendre en un sourire irrésistible. Cet homme était tout simplement à croquer. Il savait à merveille user de son aura de séduction pour attirer les femmes. Comment avait-elle pu sous-estimer cet élément et perdre aussi vite le contrôle de la situation ? Elle aurait dû davantage se méfier de ce charmeur incorrigible, car elle se retrouvait maintenant dans la posture où c'était Julian qui l'interrogeait. Or, c'était à elle de mener l'enquête, à elle de poser les questions. Il était temps de se ressaisir et de remettre de l'ordre dans son esprit.

— Je voulais te rencontrer pour savoir s'il y avait de la substance derrière ta façade de don Juan. T'arrive-t-il de dévoiler ta vraie personnalité ?

Julian la scruta pendant un long moment, le regard impassible. On aurait dit qu'une tension inattendue s'était installée entre eux à leur insu.

— On dirait que tu n'as pas une très haute estime de moi, fit-il remarquer.

— Qu'est-ce qui te fait dire ça ? Après tout, c'est moi qui ai cherché à te rencontrer.

— Oui, mais je n'arrive pas à comprendre pourquoi. Un instant, je me dis que tu avais envie de rencontrer l'homme que je suis, et l'instant d'après, qu'il y a peut-être une raison sous-jacente à ta motivation.

— Et tu es curieux d'en savoir plus ?

— Bien sûr, sinon je ne t'aurais pas proposé de t'emmener ici, dans mon fief gastronomique.

Manuel les interrompit.

— Désolé de vous déranger, les tourtereaux. Voici deux bières et des toasts au saumon avec sauce aux pêches grillées et à la noix de coco.

— Génial, ça a l'air délicieux ! s'exclama Elyse.

Julian et elle trinquèrent, les yeux dans les yeux... et elle s'empressa de prendre une longue gorgée de bière. Jamais elle n'aurait imaginé atterrir dans un restaurant jamaïcain avec cet apollon des temps modernes !

— Bon appétit, dit Julian.

Elle ne perdit pas une seconde pour goûter l'amuse-bouche apporté par Manuel. Le festival de saveurs était un vrai régal pour les papilles.

— Exquis ! s'exclama-t-elle en se léchant les lèvres.

Quand elle regarda Julian, elle vit qu'il avait les yeux fixés sur elle. Un éclair de chaleur la traversa.

Plus les minutes passaient et plus elle paniquait en constatant que la soirée ne se déroulait pas du tout comme elle l'avait prévu. Elle s'attendait à ce que Julian soit arrogant et imbu de lui-même et elle se retrouvait face à un homme simple et de charmante compagnie.

Manuel leur apporta ensuite une soupe de haricots rouges, avec viande fumée et herbes fraîches. Puis d'autres plats succulents apparurent sur leur table comme par enchantement.

Tout en se régalant, Julian et elle discutèrent de choses et d'autres. Spectacle, art, passe-temps et politique. Mais ils n'abordèrent pas du tout le sport. Elle aurait aimé qu'il lui parle des Atlanta Cougars, mais il y fit à peine allusion.

— Tu aimerais que l'on aille au théâtre ensemble ? s'enquit-il soudain.

— Pourquoi pas ? Mais, en ce moment, je suis très occupée.

— Quel est ton métier ?

— Je travaille dans les relations publiques, surtout pour les gens du spectacle et les athlètes.

— Ta spécialité ?

— Trouver des solutions à des problèmes.

— Des scandales, par exemple ?

— Entre autres. Disons que j'ai le don d'aider les gens à sortir du pétrin et à renverser l'opinion publique en leur faveur.

— Sacré programme !

— À qui le dis-tu ! Parfois j'ai envie de leur demander pourquoi ils n'ont pas pensé aux conséquences de leurs actes *avant* de foncer dans le mur. Bien souvent, je découvre que leurs actions étaient motivées par la drogue ou le sexe. Ou qu'ils ont été manipulés.

— Dommage. Le sexe peut procurer beaucoup de plaisir si on le pratique avec la bonne personne…

Elle rougit.

Julian avait le don de faire des allusions pleines de sous-entendus. Chaque fois, elle réagissait au quart de tour.

— Toujours est-il qu'il faut toujours réfléchir avant d'agir, ajouta-t-elle.

— Parfois, dans la vie, on agit par impulsion, sous le coup de l'émotion. Tu ne crois pas à la spontanéité ?

— Je pense que ma présence ici prouve le contraire.

Il lui jeta un regard perplexe avant de reprendre :

— Je n'en suis pas si sûr, mais revenons-en à la raison de notre rencontre *semi*-fortuite. Comment as-tu su que j'allais rencontrer Tiffany ce soir au Bacchanalia ?

— J'étais au bon endroit au bon moment.

— Mais encore ?

— J'étais dans les toilettes d'un restaurant quand Tiffany a dit à son amie qu'elle avait rendez-vous avec toi.

— Et tu as agi au pied levé ?

Elle sourit, amusée.

— Oui ! J'ai appelé le restaurant pour connaître l'heure de la réservation, puis j'ai contacté ton assistante pour avancer l'heure du rendez-vous de trente minutes en me faisant passer pour Tiffany.

— Je me demande comment tu as réussi à convaincre mon assistante.

— Je travaille dans les relations publiques. Je sais comment manipuler les gens et arriver à mes fins.

— Je vois. Normalement, je devrais faire des remontrances à mon assistante pour ne pas avoir vérifié ton identité mais, sans ce quiproquo, nous ne serions pas ici. Et je suis sûr que je passe une bien meilleure soirée avec toi qu'avec Tiffany.

Elle sourit, décontenancée. Julian était non seulement séduisant, mais également beau parleur. Il savait quoi dire pour plaire aux femmes.

— Merci pour le compliment, dit-elle.

Elle regarda discrètement sa montre, mais Julian qui l'observait s'en aperçut.

— Je sais qu'il est tard, mais puis-je te convaincre de prendre un dessert ? demanda-t-il. Le gâteau au rhum de la Jamaïque de Manuel est une tuerie.

Il accompagna sa proposition d'un sourire qui la fit fondre sur place. L'offre était alléchante. Presque autant que l'homme assis en face d'elle...

— Si tu me prends par les sentiments..., murmura-t-elle.

Seigneur ! Qu'est-ce qui la prenait ? Si elle ne faisait pas preuve de davantage de prudence, Julian pourrait facilement la convaincre d'aller plus loin.

Alors que Julian ramenait Elyse au Bacchanalia pour qu'elle récupère sa voiture, il aurait aimé que la nuit ne s'arrête jamais.

Il venait de passer la meilleure soirée de sa vie, car il n'avait pas été question de jet-set et d'esbroufe. Il était resté lui-même, sans devoir faire semblant, et il avait emmené Elyse dans un endroit où il se sentait bien.

S'il avait été avec une autre femme, elle n'aurait sûrement pas voulu aller manger chez Manuel. Mais Elyse avait eu l'air d'apprécier.

À certains moments, elle avait provoqué en lui des vagues d'excitation qui lui avaient donné envie de se pencher vers elle pour s'emparer de ses lèvres. L'embrasser. La goûter. La dévorer ! Tous ses instincts masculins avaient pris vie en sa compagnie. L'attirance. Le désir. Mais cela ne l'avait pas empêché de lui parler le plus naturellement du monde tout en faisant plus ample connaissance avec elle.

Quand ils arrivèrent sur le parking du Bacchanalia, ils n'eurent pas de mal à repérer sa voiture, car c'était la dernière. Il se gara à côté de la Toyota Camry sans éteindre le moteur puis se tourna vers Elyse.

— J'ai beaucoup aimé faire ta connaissance, dit-il. Je suis ravi que tu aies eu l'idée de prendre la place de Tiffany.

— Tu as toujours le mot pour plaire.

— Et si j'avais envie de *te* plaire ?

Tout à coup, le silence se fit, et la tension sexuelle entre eux revint, plus forte que jamais.

Quand Julian croisa le regard d'Elyse, il fut saisi d'un éclair de désir fulgurant. Sentait-elle aussi le courant d'excitation qui passait entre eux ? Il ne pouvait pas en rester là. Il avait besoin d'aller jusqu'au bout de cette attirance physique pour voir si cette femme pouvait fondre à son contact.

— Julian...

La façon dont elle prononça son prénom, quasiment à bout de souffle, lui indiqua qu'elle éprouvait les mêmes sensations que lui.

Il se pencha vers elle pour s'emparer de ses lèvres. Elle l'accueillit volontiers, ouvrant la bouche, et laissant leurs langues se joindre en une danse des plus sensuelles. N'y tenant plus, il lui caressa les seins avec ardeur. Elle gémit de plaisir, et il approfondit leur baiser.

Ils s'embrassèrent fougueusement, échangeant des baisers mouillés, torrides, sans retenue.

Julian eut l'impression d'entrer en combustion, surtout quand il sentit les tétons d'Elyse se raidir sous ses caresses. Il eut une irrésistible envie de les mordiller, de les lécher, et de les sucer, mais il ne voulait pas le faire à la va-vite, dans sa voiture. Il souhaitait prendre le temps pour elle, pour eux.

Il continua à l'embrasser avec ferveur, ne désirant surtout pas quitter ses lèvres, sentant son cœur battre à tout rompre dans sa poitrine. Plus les secondes passaient, plus il avait envie d'elle, d'avaler ses gémissements, de la déshabiller et de la couvrir de baisers...

Puis, tout à coup, elle s'arracha à leur étreinte.

— Qu'y a-t-il ? demanda-t-il d'une voix rauque, surpris.

— On ne peut pas continuer comme ça.

— Allons chez moi. Tu peux me suivre en voiture.

À sa réaction, il comprit qu'il avait commis un impair.

— Si tu penses que tu vas pouvoir m'attirer chez toi pour ensuite m'ajouter à ton tableau de chasse, tu te trompes, rétorqua-t-elle en détachant sa ceinture de sécurité.

— Mais non, ce n'est pas ça !

— Moi, je pense que c'est ça, dit-elle en sortant du véhicule.

— Attends, s'il te plaît ! s'écria-t-il, sortant à son tour.

Elle sauta dans sa voiture et baissa sa vitre.

— Moi qui pensais que tu étais un homme différent, je me suis trompée. Au revoir.

Puis elle releva sa vitre et démarra en trombe, le laissant seul sur le parking, désemparé.

Comment était-ce possible ?

Avait-il mal interprété les signes ?

Le désir entre eux avait été palpable dès le début, au point d'en devenir étourdissant. Jamais il n'avait éprouvé de telles sensations avec une femme. Et sans la toucher ! Il était persuadé qu'Elyse avait vécu un moment tout aussi bouleversant que lui, et qu'elle avait eu autant envie de lui qu'il avait eu envie d'elle.

Deux questions lui vinrent à l'esprit.

Pourquoi s'était-elle enfuie si vite ?
Pourquoi ne lui avait-elle pas laissé ses coordonnées ?
Dans tous les cas, il mettrait tout en œuvre pour la retrouver et lui demander des explications.

4

Le lundi matin, Julian était toujours aussi décontenancé. Jamais il n'avait vécu une expérience comme celle de vendredi soir. Pour la première fois de son existence, une femme l'avait surpris. En général, quand il laissait agir son charme sur les demoiselles, elles devenaient des proies faciles, mais pas Elyse Harper. Premièrement, elle avait attisé sa curiosité en prenant la place de celle qu'il devait rencontrer, lui laissant croire qu'elle voulait à tout prix faire sa connaissance. Puis elle l'avait étonné en refusant de le suivre chez lui en sortant du restaurant.

Jamais une femme n'avait décliné une telle proposition. En général, ses conquêtes d'un soir étaient impatientes de venir dans son lit, et il était toujours ravi de répondre à leurs attentes. Il aimait les personnes spontanées, mais il appréciait le fait qu'Elyse n'ait pas cédé à sa requête. Cela signifiait qu'elle voulait être respectée en tant qu'individu à part entière et non considérée comme une créature de désir.

Était-ce pour cela qu'il avait d'autant plus envie de la revoir ? Qu'il n'avait pas cessé de penser à cette beauté divine au regard hypnotisant qui semblait lire dans son âme ?

Sans doute.

Il souhaitait en savoir plus sur elle, et rien ne l'empêcherait d'arriver à ses fins.

Il réfléchissait à un plan d'action quand Giana entra dans le salon VIP de la direction des Atlanta Cougars.

— Salut, frérot, dit-elle en se dirigeant vers la machine à café.

— Salut, sœurette.

— Alors ? Comment s'est passé ton dîner, vendredi ?

— Tu veux vraiment le savoir ?

— Ce que je veux savoir, c'est pourquoi tu fais semblant de jouer le jeu avec maman. Personne n'est dupe.

— Je ne fais pas semblant. J'ai accepté en toute bonne foi. Mais je n'ai jamais prétendu que j'allais trouver l'âme sœur de cette manière. J'ai dit que j'allais *essayer*. Et grâce à maman, j'ai peut-être trouvé une femme que j'ai envie de revoir.

— Ah bon ? Vas-y, dis-moi tout !

— Elle s'appelle Elyse Harper. Et ce n'est pas maman qui l'a choisie. Elle a entendu par hasard l'une des candidates de maman dire où et quand elle allait me rencontrer vendredi soir et Elyse a habilement pris sa place.

— Quoi ? Et tu ne trouves pas ça suspect ? Tu sais que maman sera furieuse que tu aies snobé sa candidate.

— Je sais mais, crois-moi, je n'étais pas déçu de la surprise !

— Alors, raconte, dit Giana en prenant son café.

— Cela faisait longtemps que je n'avais pas passé un aussi bon moment en compagnie d'une femme. Je n'ai pas eu l'impression de devoir jouer un rôle. J'étais moi-même. Elyse et moi avons parlé de tout et de rien, mais aussi de choses profondes. À la fin de la soirée, j'aurais aimé qu'elle me suive chez moi, mais elle a refusé.

Giana posa lentement sa tasse.

— Elle a *refusé* ? C'est bizarre. Elle voulait à tout prix te rencontrer, mais elle n'a pas voulu conclure ?

— Oui. Et c'est ça qui l'a rendue d'autant plus attirante à mes yeux. C'est elle qui a fait le premier pas pour entrer en contact avec moi, mais elle n'a pas voulu précipiter les choses. C'est tout à son honneur.

Giana laissa échapper un petit rire moqueur.

— Tu aimes chasser le jupon, avoue ! dit-elle en reprenant une gorgée de café.

— Oui, j'avoue. Mais, finalement, je n'ai jamais l'occasion de le faire, car les femmes s'offrent facilement à moi. Or, là, j'aime l'idée de revenir à la technique de la vieille école où l'homme doit courtiser sa dulcinée pour arriver à ses fins.

Giana éclata de rire.

— Je t'adore ! Tu es un vrai mâle alpha imbu de lui-même qui pense que toutes les femmes vont tomber à ses pieds.

— Je ne commente pas ta vie privée, donc fais attention à ce que tu dis, répliqua-t-il en riant.

— Tu as raison. Désolée. Vous avez prévu de vous revoir ?

— Elle est partie sans me laisser son numéro, mais ce n'est pas un problème. Je vais retrouver sa trace et, quand je la reverrai, je saurai comment l'amadouer.

— Bonne chance, mon frère ! Tu vas en avoir sacrément besoin.

Elyse était fière d'elle. Elle avait établi le contact avec Julian Lockett et scellé leur destin. Depuis leur rencontre, elle était persuadée qu'il était la clé pour pénétrer dans l'antre des Lockett. Mais le plan qu'elle avait échafaudé n'allait pas être si simple à réaliser, car Julian lui plaisait beaucoup.

Sur les réseaux sociaux, il passait pour un play-boy coureur de jupons constamment à l'affût d'une beauté sophistiquée. Mais, en réalité, il gagnait à être connu. Bien sûr, il était très séduisant et savait user de ses charmes, mais il était également très vif d'esprit et drôle. Bien plus que ce à quoi elle s'attendait.

Il était aussi plus profond qu'il ne le paraissait. Elle avait même l'impression qu'il se servait de ses allures de beau gosse pour garder les gens à distance et les empêcher de découvrir sa vraie nature par peur du jugement.

Si c'était le cas, elle comprenait sa stratégie car, en grandissant, elle avait souvent dû user de subterfuges pour faire face aux relations sociales ambiguës.

En repensant à son passé, elle soupira.

Elle n'avait pas eu une jeunesse facile.

Elle avait à peine six ans quand elle avait vu sa mère ravagée par un cancer, ce qui lui avait enlevé toute joie de vivre et toute énergie. Elle avait vu le père qu'elle adorait devenir l'ombre de lui-même. Et elle avait appris très tôt à quel point les enfants pouvaient être cruels. Ceux de son quartier ne s'étaient pas privés pour lui faire des remarques désobligeantes en traitant son père de « poivrot ».

Ils n'avaient pas tort, cela dit. Son père rentrait souvent ivre dans leur petit appartement, s'assoupissant par terre, à côté du canapé où elle dormait. Parfois, il ne payait le loyer que quand le propriétaire venait frapper à la porte.

Alors, elle avait rapidement appris à ignorer les gens médisants. Mais de là à leur tenir tête et se défendre ? Non. Jamais. Elle se sentait trop seule, trop faible, donc elle s'était éclipsée. Elle avait tout fait pour devenir invisible, pour que personne ne fasse attention à elle. C'était plus simple. Sa stratégie avait marché. Petit à petit, les gamins qui la harcelaient à l'école avaient trouvé d'autres enfants à embêter, et elle avait pu réfléchir à son avenir.

Le fait d'être ainsi tourmentée lui avait donné envie d'une vie meilleure. Parce que lorsque l'on était la fille du poivrot du coin, tout le monde pensait que l'on ne valait rien. Donc, elle avait travaillé dur en misant tout sur ses études pour décrocher une bourse dans un établissement scolaire privé à l'extérieur du quartier. La solution idéale. Et elle avait réussi.

Même en tant que boursière, et donc venant d'un milieu défavorisé, elle était parvenue à se faire des amies et à être invitée chez elles. Quand elle avait vu comment cela se passait dans les autres familles, elle s'était rendu compte de ce qu'elle avait raté. D'une part à cause du décès de sa mère et, d'autre part, à cause de Josiah Lockett qui avait volé le rêve de son père.

C'était peut-être irrationnel d'accuser Josiah d'avoir provoqué le déclin de son père, mais il savait ce que l'équipe des Atlanta Cougars représentait pour lui et il n'avait pas hésité à le plumer.

Quand Josiah avait eu vent des frasques de son meilleur ami et associé, au lieu de l'aider, il l'avait pris à la gorge en lui proposant de lui racheter ses parts pour une bouchée de pain. En s'emparant de l'équipe de football à 100 %, Josiah Lockett avait précipité la chute de son père dans l'alcoolisme et le désespoir.

C'était pour sauver l'honneur de son père qu'Elyse avait voulu se rapprocher de Julian. Sa méthode n'était peut-être pas ce qu'il y avait de plus correct, mais elle faisait avec les moyens du bord. Maintenant qu'elle avait mis la main sur Julian, elle n'allait pas le lâcher !

Son but était d'obtenir des informations secrètes sur les

Lockett puis de ruiner leur réputation en dévoilant les manigances de Josiah pour être le seul propriétaire de l'équipe. Les actions des Atlanta Cougars ne manqueraient pas de chuter, et cela engendrerait des pertes financières chez les Lockett. Josiah ne méritait pas de vivre dans l'opulence après avoir laissé Elyse et son père dans le besoin.

Elle avait fait exprès de ne pas donner son numéro à Julian, car elle soupçonnait qu'il aimerait relever le défi. Il aurait du mal à la trouver, parce qu'elle n'était pas sur les réseaux sociaux sous son vrai nom. C'était une tactique qu'elle avait adoptée dès qu'elle avait décidé de réclamer le dû de son père. Mais elle se doutait que Julian ferait tout pour la retrouver.

Dès l'instant où il la contacterait, elle ne le lâcherait plus.

— J'ai besoin de ton aide, dit Julian en entrant dans le bureau de Nico Shapiro, la personne responsable du réseau informatique des Atlanta Cougars.

Nico jouait aussi parfois aux espions pour l'entreprise.

— Je t'écoute.

— Je voudrais avoir des renseignements sur quelqu'un.

— Tu veux dire une femme ? s'enquit Nico, moqueur.

Julian fit la grimace.

— Je suis aussi prévisible ?

— Disons que ta réputation te précède, mon vieux. De qui s'agit-il ?

— Elle s'appelle Elyse Harper. On s'est rencontrés vendredi soir. Elle est extraordinaire.

— Alors, où est le problème ?

— Je n'ai pas ses coordonnées pour la contacter. Hormis que c'est une démocrate adepte de yoga, je ne sais pas grand-chose sur elle. J'espérais que tu pourrais m'aider à trouver son numéro de téléphone et son adresse pour que je puisse la joindre, dans un premier temps.

— Donc tu n'as pas besoin d'un dossier complet ?

— Non, juste un moyen de la contacter.

— Et si la raison pour laquelle elle ne t'avait pas laissé son numéro était qu'elle ne voulait justement pas que tu réussisses à la joindre ? Tu y as pensé ?

— Non, je pense qu'elle veut que je la retrouve.

— Entendu. Je te fais signe dès que j'ai quelque chose, dit Nico en lui serrant la main.

— Merci. À très vite.

Julian était sûr que Nico était l'homme de la situation, et qu'il retrouverait vite la trace d'Elyse Harper.

— Julian. J'ai été très déçue d'apprendre que tu avais posé un lapin à la pauvre Tiffany Mayes, lui dit un peu plus tard sa mère, alors qu'il était de passage dans la demeure familiale.

Roman et lui avaient été convoqués par leur père pour discuter de la blessure d'un des joueurs, Curtis Jackson. Bien qu'il ne soit pas spécialiste en chirurgie orthopédique, comme le médecin en chef de l'équipe, Julian était contre la décision de son père de remettre ce joueur à l'entraînement. Donc, son père voulait savoir pourquoi.

— Désolé, maman, je n'ai pas le temps, dit-il alors qu'il se dirigeait vers le bureau de son père.

Sa mère se plaça en travers de son chemin.

— Pas si vite, Julian. J'ai passé du temps à organiser cette rencontre, donc j'exige une explication.

Il soupira.

— Ce n'est pas ma faute, maman. Une autre femme a pris la place de Tiffany à mon insu.

Sa mère fronça les sourcils.

— Une autre femme ? Impossible !

— Détrompe-toi. C'est possible. D'ailleurs, c'était un tel succès que je compte la revoir, précisa-t-il, espérant que sa mère allait se réjouir.

— Qui est-elle ?

— Aucune idée, mais je mène l'enquête, répondit-il avant de repartir en direction du bureau de son père, sans laisser le temps à sa mère de réagir.

Quand il entra dans la pièce, Roman et son père se turent aussitôt, comme s'ils étaient en train de se dire des secrets.

Son cœur se serra à la vue de ce duo père et fils parfait.

— Julian, te voilà ! Entre, lui dit son père. J'aimerais savoir pourquoi tu as donné un avis contraire à celui du Dr Walters à propos de Curtis.

Julian n'apprécia pas le ton accusateur de son père, mais il ne fut pas surpris. Josiah était rarement de son côté et avait toujours une remarque désobligeante à lui faire.

Il avait depuis longtemps abandonné l'idée d'être un jour à la hauteur des attentes de son père.

— Mon avis est fondé sur mon expérience de médecin. Et, jusqu'à preuve du contraire, tu n'es pas médecin, rétorqua-t-il, agacé.

— Inutile de faire du mauvais esprit, marmonna son père.

— Ce n'est pas du mauvais esprit. Son genou a encore besoin d'un peu de temps pour se remettre, c'est tout.

— Le Dr Walters dit qu'avec les soins qu'il reçoit il devrait être en mesure de reprendre.

— Je ne suis pas d'accord. Mettez-le en remplaçant si vous voulez, mais le pousser à rejouer avant la guérison complète de son genou pourrait lui être néfaste.

— On a besoin de lui sur le terrain ! s'écria son père.

— Je comprends mais, en tant que médecin, je ne peux pas autoriser son retour sur le terrain. J'ai beau ne pas être un chirurgien expérimenté, je suis l'équipe de près tous les jours et je connais les forces et faiblesses de chaque joueur, tandis que le Dr Walters ne les voit que de temps en temps.

— C'est peut-être ce qui le rend plus objectif.

— De toute façon, vous n'en ferez qu'à votre tête et vous ne suivrez pas mon conseil, donc je perds mon temps, dit Julian, exaspéré.

— C'est faux, intervint Roman.

— C'est vrai, répliqua Julian. Et arrête d'être toujours du côté de papa.

— Et toi, arrête de prendre les choses trop à cœur, décréta son père. Il est temps que tu t'endurcisses un peu. Un jour, quand je ne serai plus là, ce sera à vous deux de gérer les Atlanta Cougars, et vous aurez des décisions difficiles à prendre.

Julian jeta un regard froid à son père, désabusé.

— Vous vouliez mon avis, je vous l'ai donné, dit-il, très calme. Vous pouvez le suivre ou l'ignorer.

Il défia Roman du regard. Son frère aîné était le directeur général des Cougars, même si leur père était encore au conseil d'administration et qu'il refusait de prendre sa retraite pour laisser son fils reprendre entièrement les rênes.

Roman le fixa en retour pendant quelques instants.

Enfin, il osa donner son avis.

— Julian a raison, papa. On devrait mettre Curtis en remplaçant pour la première partie de saison et le faire entrer en fin de saison.

Un lourd silence se fit dans la pièce, jusqu'à ce que leur père reprenne la parole :

— Entendu. On le met comme remplaçant pour commencer. Julian, j'espère que tu as raison.

— J'ai raison. Même Roman vient de le dire.

— Bonjour, papa. Je t'ai apporté des courses, dit Elyse en arrivant dans le petit appartement, le lundi après le travail.

Frank se leva du canapé et la suivit dans la cuisine.

D'après ce qu'elle voyait, il était sobre. Il s'était douché, rasé, et il avait enfilé un T-shirt et un jean propres. Ses cheveux laissaient à désirer, mais c'était un moindre mal.

— C'est gentil, mais tu n'étais pas obligée.

— Je sais. Mais tu dois te nourrir.

— Je suis ton père. C'est moi qui devrais te nourrir.

Elle se mit à ranger les courses.

— J'ai passé l'âge que tu me nourrisses, papa. Et je gagne bien ma vie, donc je n'ai pas besoin d'aide.

— Je suis fier que tu aies réussi ta vie professionnelle malgré l'enfer que tu as vécu avec moi.

— Papa...

Il leva la main.

— Non, Elyse. Ne me cherche pas d'excuses. J'ai été et je suis encore un père déplorable. C'est pour ça que tu es partie et que tu es allée dans ce pensionnat huppé.

— J'ai fait ça pour moi autant que pour toi. Tu n'étais pas en état de t'occuper de moi après la mort de maman, et je voulais une vie meilleure. Je ne t'en veux pas. J'en veux aux Lockett. Surtout Josiah. C'est lui qui t'a fait ça.

— Je lui ai bien simplifié la tâche, marmonna-t-il en allant vers le réfrigérateur.

Elle fut contrariée de voir qu'il prenait une bière.

Il l'ouvrit et la but d'un trait.

— Papa, tu n'as pas besoin de ça, murmura-t-elle.

Il la dévisagea de ses yeux injectés de sang.

— Si, j'en ai besoin. Ça me calme les nerfs et ça me fait oublier tout ce que j'ai perdu. Je m'en veux d'avoir vendu mes parts des Atlanta Cougars. Maintenant, c'est une bonne équipe mais, à l'époque où on l'a achetée avec Josiah, c'était la risée de la ligue.

— Josiah savait que tu étais un joueur compulsif et il connaissait tes faiblesses. Il n'aurait jamais dû accepter.

— Il a toujours été plus retors et ambitieux que moi. Je pense que c'est ce qu'il voulait depuis le début : posséder l'équipe à lui tout seul. Voyant que j'étais au plus bas, il en a profité pour m'assener le coup fatal en me volant l'équipe.

— Ne t'inquiète pas. Je ferai tout pour qu'il paye ce qu'il a fait à notre famille.

— Je n'ai pas besoin que tu me venges. Il vaut mieux ne pas remuer le passé, tu m'entends ? Tu n'arriveras à rien de bon en allant fourrer ton nez dans de vieilles affaires.

— Mais papa...

— Il n'y a pas de « mais » ! Je t'interdis de le faire !

— Papa, je veux le faire pour toi.

— Tu penses vraiment réussir à avoir gain de cause ?

— Oui, il est temps de rétablir la vérité.

Elle voulait trouver un moyen pour que justice soit faite. Et Julian Lockett lui apporterait peut-être la solution.

5

— Tu l'as trouvée ? demanda Julian quand Nico entra dans son bureau le mercredi en milieu de matinée.

Nico était connu pour son flair, et il savait que cette mission avait dû être parmi les plus faciles.

— Oui, répondit Nico en posant un dossier devant lui. Elyse Harper. Trente ans. Travaille pour la boîte de relations publiques de Pierre King à Atlanta. Célibataire. J'ai fait un dossier complet sur elle.

Julian repoussa le dossier vers Nico.

— Je n'ai pas besoin de ça, dit-il. Tout ce que je veux, c'est son numéro de téléphone et son adresse.

— Tu es sûr que tu ne veux pas jeter un œil ? Connaître le passé de quelqu'un peut parfois aider à prédire ses agissements futurs.

— Tu as trouvé ça tout seul ?

— Prends ça comme un conseil d'ami. En tout cas, tu ne pourras pas dire que tu n'as pas été prévenu.

Nico quitta son bureau, et il se retrouva enfin seul avec l'information dont il avait besoin pour mettre un terme à son obsession. Depuis l'instant où il avait posé les yeux sur Elyse, il n'avait pas réussi à penser à autre chose. Il avait tout de suite senti une connexion avec elle, et la tension sexuelle qui avait surgi entre eux était tellement puissante qu'elle en était devenue palpable.

Instinctivement, il prit son portable. Puis il se ravisa.

Il connaissait peu Elyse, mais il y avait de fortes chances qu'elle lui raccroche au nez. Après tout, elle ne lui avait pas donné son numéro et elle avait refusé de le suivre chez lui.

Elle se faisait désirer.

Il était prêt à jouer le jeu.

Il demanda à son assistante d'annuler ses rendez-vous de l'après-midi et quitta son bureau.

Cinq minutes plus tard, il sortait du siège des Atlanta Cougars au volant de sa Bugatti Veyron, à la conquête d'une jeune femme qui occupait la moindre de ses pensées, mais qui ne voulait apparemment pas le revoir.

— Elyse, vous pouvez venir dans mon bureau ?

La sollicitation de son patron n'aurait pas dû l'inquiéter plus que cela mais, bizarrement, Elyse eut le pressentiment que quelque chose se tramait.

Habituellement, Pierre ne demandait jamais à lui parler en dehors de leurs réunions hebdomadaires.

Elle arriva devant le bureau de Pierre. La porte était fermée, donc elle ne pouvait pas discerner ce qui se passait à l'intérieur.

Elle avait été en rendez-vous à l'extérieur toute la matinée et venait de rentrer. Y avait-il eu un événement notoire en son absence ? Son patron avait-il un client important à lui présenter ?

Pour ne pas être prise au dépourvu, elle attrapa la petite trousse de maquillage qu'elle gardait toujours dans son sac. Elle jeta un bref coup d'œil dans son miroir de poche pour vérifier que ses cheveux étaient bien coiffés et elle se remit du gloss pour plus de brillance.

Elle étudia sa tenue. Aujourd'hui, elle portait un tailleur en lin beige avec un pantalon droit et une veste à un bouton. Son débardeur turquoise était assorti à ses escarpins préférés. Donc tout allait bien.

Satisfaite de son apparence, elle frappa.

— Entrez !

Un large sourire aux lèvres, elle entra. Et elle se figea.

Julian était en grande conversation avec son patron, et sa présence en ces lieux n'était pas une coïncidence.

Les deux hommes se levèrent en la voyant.

Il était trop tard pour faire demi-tour.

— Elyse, vous ne m'aviez pas dit que vous aviez proposé nos services aux Lockett.

— Pardon ?

Elle jeta un bref regard à Pierre, puis à Julian dont le visage était fendu d'un large sourire qui le rendait encore plus séduisant et dangereux que jamais.

Pourquoi ne s'était-elle pas préparée à cette contre-attaque ? C'était sûr qu'il la retrouverait. Mais elle ne s'attendait pas à ce qu'il vienne sur son lieu de travail.

— Julian me disait que l'un de leurs joueurs, Curtis Jackson, avait besoin de quelqu'un pour gérer ses relations avec les médias, lui expliqua Pierre. Il m'a dit que vous aviez déjà fait une première prise de contact.

Julian enchaîna comme si de rien n'était :

— J'ai été impressionné par le savoir-faire d'Elyse et sa capacité à gérer des dossiers épineux.

Il fit un pas vers elle, et son cœur se mit à battre la chamade, tandis que le parfum viril de Julian l'enveloppait.

— Elyse est l'une des meilleures de notre équipe, elle serait un atout dans n'importe quelle circonstance, affirma Pierre.

— Nous avons plusieurs candidats en lice, mais si je pouvais emmener Elyse déjeuner, cela me permettrait d'en savoir un peu plus sur sa méthodologie, fit remarquer Julian.

— Bonne idée ! N'est-ce pas, Elyse ? s'enquit Pierre.

Elle devait s'avouer vaincue. Julian s'était montré encore plus habile qu'elle.

— Bien sûr. Je vais aller chercher mon sac, répondit-elle, offrant un sourire forcé à son patron.

Elle fusilla Julian du regard dès que Pierre eut le dos tourné.

— Parfait ! s'exclama Julian, satisfait de lui.

Elle retourna à son bureau en proie aux plus vives émotions. D'un côté, elle n'en revenait pas du toupet de Julian mais, de l'autre, son action allait peut-être lui être bénéfique. Si elle était engagée par les Atlanta Cougars, elle pourrait plus facilement mettre le nez dans leurs affaires.

— J'imagine que tu es content de toi ? dit-elle à Julian une fois dans sa voiture, alors qu'il ne cessait de sourire tel un prédateur vorace venant d'attraper une belle proie.

— Allons, Elyse, tu devais te douter qu'après notre soirée de vendredi, j'allais forcément chercher à te recontacter.

— Tu ne m'as pas *recontactée*, tu es carrément venu sur mon lieu de travail pour me kidnapper !

— En effet car, sans trop me poser de questions, je me suis dit que tu aimais te faire désirer et que tu avais envie que je vienne te débusquer. Sinon, pourquoi serais-tu partie aussi vite, sans me laisser tes coordonnées ?

— Tu es facilement tombé dans le panneau, dit-elle, ne résistant pas à l'envie de le taquiner.

— Donc tu avoues avoir voulu m'appâter ?

— Si tu avoues que tu aimes jouer au chat et à la souris.

— J'adore jouer et je suis intrigué de savoir quelles autres ruses tu as en stock.

— Je ne vais pas te dévoiler tous mes secrets tout de suite, répliqua-t-elle sur un ton volontairement aguicheur.

Alors qu'il se garait sur le parking du restaurant où il avait décidé d'emmener Elyse, Julian aurait donné n'importe quoi pour lui prendre le visage dans les mains et goûter ses lèvres tentatrices et sensuelles...

Mais il ne voulait pas la faire fuir une nouvelle fois, donc il chassa rapidement cette idée et sortit du véhicule pour aller ouvrir la portière à Elyse.

Alors qu'ils se dirigeaient vers l'entrée du restaurant, il resta légèrement en retrait pour contempler la vue époustouflante de sa silhouette de dos.

Une fois à l'intérieur, ils furent placés à une table pour deux et on leur apporta les cartes, et de l'eau pétillante.

Tandis qu'Elyse étudiait le menu, Julian en profita pour admirer le visage de la jeune femme. Ses sourcils parfaitement dessinés, son nez mutin, sa peau brune si soyeuse... Tout l'attirait chez elle. Surtout ses lèvres pulpeuses et brillantes. Elle était dotée d'une beauté naturelle et n'essayait pas de forcer le trait. Elle lui plaisait. Beaucoup. Plus que vendredi.

Le serveur le tira de sa contemplation.

— Avez-vous choisi ?

Elyse leva les yeux du menu, et ils passèrent leur commande. Une salade de poulet aux fraises pour Elyse, un pavé de saumon grillé et des légumes verts pour lui.

Puis Elyse reporta son attention sur lui.

— J'imagine que les Atlanta Cougars ont déjà une agence de relations publiques, n'est-ce pas ? s'enquit-elle.

— En effet.

— Donc ton petit laïus à Pierre était uniquement un moyen de m'attirer dans les mailles de ton filet. À moins que j'aie potentiellement une ouverture ?

Il lui sourit, amusé.

— Madame ne perd pas le nord ! Ce n'était pas uniquement un moyen de te kidnapper pour un déjeuner. Le père de Curtis recherche quelqu'un de différent, et d'après ce que j'ai vu de toi jusqu'à présent, tu pourrais faire l'affaire.

— Tu en as parlé à ton frère ? C'est lui qui gère ça, non ?

— Et moi je ne suis qu'un vulgaire docteur, c'est ça ?

— Pardon, ce n'est pas ce que j'ai voulu dire, murmura-t-elle en posant la main sur celle de Julian.

Son contact provoqua en lui un éclair qui le parcourut tout entier.

Il l'observa avec attention pour voir si elle avait senti l'onde de choc.

Elle le regardait, un sourire sensuel aux lèvres.

Alors qu'elle retirait sa main, il posa la sienne par-dessus.

— Tu sens l'attirance entre nous ? s'enquit-il.

Elle parut hésiter.

— Oui... je sens quelque chose entre nous.

— Alors pourquoi ne pas l'explorer ?

— Les affaires et le plaisir ne font pas bon ménage.

— Ce n'est pas dit que tu auras le dossier Curtis !

Elle éclata de rire. Et il fondit sur place.

Elle était tellement différente des femmes qu'il avait rencontrées auparavant. Elle ne faisait pas de quartier, elle restait sur ses gardes, et il trouvait cela très rafraîchissant.

De plus, elle était très attirante.

— De toute façon, si j'étais sélectionnée, je voudrais que ce soit uniquement fondé sur mes compétences, et non sur ce qui pourrait ou non se passer entre nous, dit-elle.

— Moi, je sais qu'il va se passer quelque chose entre nous.

— Tu es toujours aussi sûr de toi ?

— Disons que quand je veux quelque chose, je n'ai pas peur de tout mettre en œuvre pour l'obtenir.

Il voulait Elyse. Et il avait l'intention d'arriver à ses fins.

Elyse était décontenancée par l'approche fanfaronne de Julian. Elle pensait être équipée pour lui faire face, mais sa mission s'avérait plus ardue que prévu.

Était-ce parce qu'elle éprouvait pour cet homme séduisant une attirance sans précédent ?

Elle avait constamment gardé ses distances en général, et de la gent masculine en particulier, trop occupée à réussir dans la vie afin de s'extirper de la pauvreté. De plus, elle était d'un naturel timide qu'elle avait toujours masqué dans son milieu professionnel, mais pas dans ses relations personnelles. En effet, elle avait une expérience très limitée avec le sexe opposé et n'avait jamais croisé le chemin d'un homme qui lui faisait autant d'effet que Julian Lockett.

La seule raison pour laquelle elle avait voulu le rencontrer, c'était pour venger son père. Mais voilà que ce don Juan lui mettait des bâtons dans les roues.

C'était désarçonnant au possible de le voir face à elle, beau comme un demi-dieu, tout sourire, détendu comme s'il n'avait aucun souci au monde. De ce point de vue, ils étaient aux antipodes. Julian n'avait jamais dû se préoccuper de savoir s'il aurait à manger le lendemain ou s'il devrait aller ramasser son père ivre mort dans un bar.

Elle devait garder son objectif en ligne de mire et ne pas laisser les charmes de Julian la faire chavirer.

— Elyse, tout va bien ?

— Oui, oui.

— J'ai l'impression que quelque chose te tracasse.

— Tu m'as vue une fois et tu penses me connaître ?

— Non, mais j'aimerais apprendre à te connaître. Ne te montre pas aussi distante avec moi.

Cette dernière phrase la fit réagir. Elle devait se recentrer sur sa tactique d'origine et amadouer Julian, pas le faire fuir.

— Pardon. Je ne veux pas me montrer distante. Je suis ravie que tu m'aies *débusquée*. C'est très flatteur.

— C'est tout ?

— Que veux-tu de plus ?

Le serveur les interrompit en amenant leurs plats.

Une fois seuls, Julian reprit :

— J'ai envie d'en savoir plus sur toi, mais je ne veux pas forcément continuer à jouer au chat et à la souris.

— Ah bon ? Pourtant, c'est amusant, non ?

— Oui, mais je pense que, toi et moi, on peut trouver mille et une autres façons de s'amuser...

Le reste du repas se déroula sans l'ombre d'un nuage, et ils discutèrent de leurs professions respectives en échangeant des anecdotes de leur quotidien.

— Merci pour le déjeuner, c'était très agréable, dit Elyse alors que Julian la déposait devant son bureau.

— Moi aussi, j'ai passé un très bon moment en ta compagnie. Et si l'on se revoyait vendredi soir ?

— Je ne sais pas, répondit-elle en ouvrant la portière.

Il s'empressa de sortir et fit le tour pour la rejoindre.

Une fois devant elle, il l'entoura de ses bras et posa son front contre le sien.

— S'il te plaît, Elyse. Dis oui.

Elle leva les yeux vers lui et lui caressa la joue.

— Entendu, tu peux passer me chercher vendredi.

L'instant d'après, il s'empara des lèvres de la jeune femme en un baiser vorace et impérieux. Elle se colla à lui et ouvrit la bouche sous l'assaut de la langue gourmande de Julian. Il la fouilla avidement, la réclamant comme s'il en allait de sa vie.

Elle crut fondre sur place, se sentant habitée d'un brasier ardent.

Jamais elle n'avait connu un moment d'une telle intensité. Elle aurait voulu qu'il ne s'arrête jamais.

Soudain, Julian interrompit leur baiser.

— Ne me traite pas comme un inconnu alors que nous pourrions être bien plus l'un pour l'autre, dit-il en lui caressant les lèvres avec le pouce.

L'instant d'après, il se remit au volant de sa Bugatti et démarra, laissant Elyse complètement perdue.

Pourquoi le seul homme avec qui elle devait garder ses distances était-il celui-là même dont elle avait vraiment envie de se rapprocher ?

6

— Bonjour, Shantel. Comment vas-tu ? s'enquit Julian, lorsque sa belle-sœur ouvrit la porte de la nouvelle maison que Roman et elle venaient d'acheter.

— Entre.

Il l'embrassa sur la joue, prenant garde de ne pas écraser son ventre très arrondi.

— Dis donc, sacré ventre ! Tu en es à combien de mois ?

— Tu sais que c'est impoli de demander ça à une femme ?

— Tu n'es pas n'importe quelle femme. Tu es ma meilleure amie, je te rappelle.

— Tu as raison. Tu veux boire quelque chose ?

— Avec plaisir. Une bière.

Une fois qu'ils furent dans la cuisine, elle sortit une bière du réfrigérateur et la lui tendit.

— Merci.

Il la décapsula et en prit une gorgée.

— Alors, quel bon vent t'amène ? lui demanda Shantel.

— Je me disais que ça faisait longtemps.

Depuis qu'elle avait épousé Roman, ils se voyaient beaucoup plus rarement. Son frère étant possessif, Julian ne voulait pas faire d'histoires et s'imposer outre mesure.

— C'est tout ?

— Non, ce n'est pas tout, avoua-t-il. J'ai rencontré quelqu'un et j'aimerais ton avis.

— Encore une conquête ? Dis-moi tout et n'oublie rien, ordonna-t-elle en se frottant les mains.

— Cette fois, c'est différent.

— Ah bon ? Allons dans le salon, ce sera plus confortable. Ça me fera du bien de m'asseoir.

Ils s'installèrent sur un canapé moelleux aux coussins tous plus colorés les uns que les autres.

— Alors, quand est-ce que je vais devenir tonton Julian ?

— Ne change pas de sujet. Tu as quelque chose à me raconter, il me semble. Parle-moi donc de cette femme qui te pousse à venir me demander conseil.

— Elle s'appelle Elyse Harper. Je l'ai rencontrée vendredi soir, quand elle a changé de place avec la jeune femme que maman voulait que je rencontre.

— Comment ça, « elle a changé de place » ?

Julian expliqua le petit stratagème d'Elyse à sa belle-sœur ébahie.

— Ce que je ne comprends pas, c'est qu'elle a mis le paquet pour me rencontrer et, maintenant, elle donne l'impression de vouloir garder ses distances.

— Se faire désirer, c'est une chose, mais c'est étrange que ses actions ne soient pas en accord avec son discours, fit remarquer Shantel, pensive.

— Je n'arrive pas à savoir sur quel pied danser.

— Mais elle t'intéresse ?

— Oui. Je suis curieux d'en savoir plus sur elle. Je veux tellement garder le lien que je lui ai proposé de postuler pour une mission de relations publiques chez nous.

Shantel le regarda, effarée.

— Qu'est-ce qui t'a pris de faire une chose pareille ? s'exclama-t-elle.

— L'envie de la revoir et de garder le contact. Mais je vais changer de tactique, car je ne suis pas sûr que ce soit la meilleure approche.

— Bonne idée. Que vas-tu faire ?

— Quelque chose qui va la pousser à sortir de sa zone de confort.

— Tu as une idée en tête ?

— Tu verras.

Il était sûr qu'avec ce qu'il avait prévu, Elyse baisserait sa garde et s'offrirait à lui sans retenue.

— Tu veux aller te la couler douce à Sainte-Lucie alors que la saison est sur le point de commencer ? Julian ! Où as-tu la tête ?

Giana le dévisagea comme s'il était devenu fou.

Il était passé voir sa sœur dans son bureau pour lui exposer l'idée qu'il avait eue après son déjeuner de mercredi avec Elyse.

— J'ai le droit de partir en vacances si ça me chante, non ? répliqua-t-il. Il y a d'autres médecins dans l'équipe.

— Mais tu n'arrêtes pas de vouloir faire tes preuves ! Auprès de papa, du Dr Walters. Même de Roman ! Tu es sûr que c'est une bonne idée ?

— Je veux attirer l'attention d'Elyse.

— Je comprends que cette femme te fasse tourner la tête, mais tu sais que les Atlanta Cougars passent avant tout.

— Peut-être pour toi, mais pas pour moi. Tu n'en as pas assez de céder à la moindre volonté de papa ?

Toute sa vie, Julian avait tenté de faire plaisir à son père. En vain. Ces dernières années, il s'était rebellé contre l'ordre établi, car il s'était rendu compte que rien de ce qu'il pourrait faire ne serait jamais suffisant pour satisfaire son père. Il ne serait jamais Roman, donc pourquoi se rendre malheureux si rien ne faisait jamais la différence ?

— Ce n'est pas juste, marmonna Giana. Tu sais à quel point c'est difficile d'être une femme dans cette famille et dans ce milieu.

— Mais tu as toujours été la fille à papa. Il t'a toujours encouragée. À ses yeux, tu fais toujours ce qu'il faut.

— C'est vrai, mais cela ne veut pas dire pour autant qu'il me fasse pleinement confiance. Il veut bien me confier certaines missions de marketing ou de publicité mais, pour le reste, on est dans le même bateau, toi et moi. Il ne me croit pas capable d'aller plus loin qu'à la place où il m'a mise. C'est pour ça que je travaille d'arrache-pied, car je veux lui prouver l'inverse. Je veux qu'il voie mon potentiel, et qu'il arrête de me cantonner dans un rôle *taillé pour une femme*.

— Je te comprends, seulement, moi, je n'ai plus envie d'essayer de faire mes preuves auprès de papa. J'ai le droit de prendre des vacances, comme tout le monde, et c'est ce que je vais faire. Je le fais pour moi. Un point c'est tout.

— C'est faux. Tu fais ça pour séduire cette Elyse. Avoue.

— Oui, mais pas que.

Pour la première fois de sa vie, il souhaitait faire plus ample connaissance avec une femme. Il ne cherchait pas simplement à l'attirer dans son lit. Même s'il mourait d'envie de lui faire l'amour.

— Je sens qu'il y a quelque chose d'unique entre Elyse et moi, quelque chose que je n'ai jamais ressenti auparavant, reprit-il.

— Quelque chose d'unique ? Carrément ? Je n'avais pas compris que c'était aussi sérieux que ça.

— C'est ce que j'essaye de te dire depuis tout à l'heure ! Tu comprends vite, mais il faut t'expliquer longtemps !

— Oui, j'ai mis du temps. Alors, de quoi as-tu besoin ?

— Je vais prendre le jet des Lockett pour emmener Elyse à Sainte-Lucie.

— Dis donc, tu ne lésines pas !

— Soit ça passe, soit ça casse.

Il ne lui restait plus qu'à peaufiner son projet de vacances et passer récupérer Elyse à son bureau pour l'emmener dans un paradis tropical.

Il espérait qu'elle serait coopérative, car il ne voulait pas être obligé de jouer à l'homme des cavernes et de la prendre sur son épaule pour qu'elle accepte de le suivre.

Elyse avait tenté de ne plus songer à Julian Lockett. En vain. Plus elle le repoussait loin dans ses pensées, plus il se montrait présent. Elle entendait même sa voix ! Il émanait de lui un tel magnétisme qu'elle comprenait à présent pourquoi autant de femmes étaient attirées par lui.

Aujourd'hui, alors qu'elle s'apprêtait à le revoir, elle s'était surprise plusieurs fois à imaginer de quoi serait faite leur prochaine rencontre…

Andrea la tira de ses rêveries.

— Allô Elyse, ici la Terre !

— Oui ? Quoi ?

— C'est Julian Lockett qui te met dans cet état ?

— Non, mentit-elle.

— D'ailleurs, tu ne m'as pas raconté votre déjeuner de mercredi. C'était comment ?

Elyse avait préféré ne pas s'appesantir sur la question pour ne pas donner trop d'importance à Julian dans sa vie. Elle se voilait la face sur les raisons de ses insomnies, car elle en connaissait la cause. Elle était irrésistiblement attirée par Julian. Les deux fois où elle s'était retrouvée en sa présence, elle avait éprouvé des sensations sans précédent.

— C'était bien. Sans plus, mentit-elle à nouveau.

— Sans plus ? répliqua Andrea, en la regardant comme si elle ne la croyait pas.

— Pourquoi tu me regardes comme ça ?

— Pour rien, mais j'ai Julian Lockett dans mon champ de vision et je doute qu'il soit là pour affaires.

Aussitôt, Elyse pivota sur son siège. Andrea ne la faisait pas marcher. Julian s'avançait vers elles, beau, majestueux, la démarche assurée, ne faisant guère attention aux regards qui se posaient sur lui, comme s'il était habitué à être passé au crible. Il connaissait l'effet qu'il avait sur les femmes.

Sa barbe d'un jour lui donnait des allures de baroudeur, sa mâchoire carrée était admirablement dessinée, sa bouche était façonnée à la perfection... Tout chez lui donnait envie.

Elyse aurait préféré pouvoir l'ignorer, mais elle ne put pas s'empêcher de le boire des yeux.

Il portait une tenue plus décontractée que les fois précédentes, mais il n'en restait pas moins l'homme le plus séduisant qu'elle n'avait jamais rencontré.

— Bonjour, Elyse, dit-il en arrivant à son bureau.

— Bonjour, Julian, bredouilla-t-elle, décontenancée.

— Andrea Stevens, dit sa collègue en lui tendant la main.

— Enchanté. Puis-je vous emprunter Elyse un instant ?

— Bien sûr ! répondit Andrea, amusée.

— Elyse, tu es prête ou tu as besoin d'un peu de temps ?

— Je n'avais pas vu l'heure, mais j'ai fini.

Elle éteignit son ordinateur et prit son sac, consciente que tous ses collègues la dévisageaient.

— Tu aurais pu m'attendre en bas, dit-elle quand Julian et elle arrivèrent au niveau des ascenseurs.

— J'avais besoin de parler à Pierre.

— Au sujet de Curtis ? Si c'est le cas, je suis prête à le rencontrer. Il a un profil atypique, pour une star du football.

— Je suis venu voir Pierre pour lui demander si c'était possible que tu rencontres Curtis avant le début de la nouvelle saison.

— Décidément, tu n'y vas pas par quatre chemins. Mais tu ne penses pas que tu aurais pu m'en parler avant ?

— Tu as raison, pardon.

L'ascenseur arriva, et ils se retrouvèrent à deux dans l'intimité de l'espace confiné.

Elyse paniqua. Pour masquer sa gêne et combler le silence, elle se remit à parler :

— Donc tu agis toujours à l'instinct ?

— Oui. J'espère que cela ne me portera pas préjudice.

— Tout dépend de ton scénario. Où allons-nous ?

— C'est une surprise.

Les portes s'ouvrirent sur le hall d'entrée.

Julian posa la main dans le creux des reins d'Elyse et la guida vers une limousine qui les attendait sur le trottoir.

Était-ce donc là le style de vie des nantis ?

Avaient-ils toujours une voiture de luxe à leur disposition ?

Elle monta sans rechigner et fut séduite par l'habitacle moderne aux lignes pures. Elle prit place sur la banquette en cuir et, dès l'instant où Julian s'assit à côté d'elle, elle sentit le courant magnétique émanant de lui.

Rassemblant son courage, elle se tourna vers lui.

— Je peux savoir ce que l'on va faire et où l'on va ? s'enquit-elle d'une voix qu'elle espérait autoritaire.

Au lieu de lui répondre, Julian prit la bouteille de Dom Pérignon dans le seau à glace, l'ouvrit avec une facilité déconcertante et remplit deux flûtes.

Ils trinquèrent en se regardant dans les yeux avant de boire une gorgée de champagne frais.

— Limousine, champagne… et puis quoi ? demanda-t-elle.

— Tu veux vraiment le savoir ?

— Oui.

— Une fois que j'ai fait allusion à Curtis, Pierre a tout de suite accepté que tu t'absentes pour le rencontrer.

Elle le scruta, plus méfiante que jamais.

— M'absenter ? Pourquoi ? Pour où ? Pour combien de temps ? Et est-ce vraiment pour rencontrer Curtis ?

— Tu finiras par le rencontrer, répondit-il en riant. Mais, d'abord, j'ai envie que l'on passe du temps ensemble pour apprendre à se connaître. Sans travailler.

— Je ne peux pas prendre de vacances. J'ai un boulot et des obligations à assumer. Tu ne peux pas comprendre.

Qui s'occuperait de son père si elle partait en vacances avec Julian ? Et comment pourrait-elle rétablir l'honneur de son père si elle prenait du bon temps avec l'ennemi ?

— Je comprends que tu aies des obligations, mais je ne comprends pas pourquoi tu as fait irruption dans ma vie si tu ne voulais pas que l'on fasse plus ample connaissance, fit-il remarquer, plongeant le regard dans celui d'Elyse.

OK. Un point pour lui.

Elle s'était trompée en pensant avoir échafaudé un plan infaillible, car elle avait omis l'hypothèse que Julian pourrait lui plaire. Or, c'était indéniable, il lui plaisait énormément. L'attirance qu'elle éprouvait pour lui la faisait même douter du bien-fondé de sa mission. Elle devait à tout prix se reprendre, étouffer ses sentiments et ne pas oublier que son but était de faire valoir les intérêts de son père.

Et, pour ce faire, elle devait continuer sur sa lancée.

— Alors ? s'enquit Julian, adossé à la banquette, bras croisés derrière la tête, attendant sa réponse.

— Eh bien, je…

Elle s'interrompit, hésitante.

En acceptant de le suivre, elle mettrait toutes les chances de son côté pour arriver à ses fins. Mais elle devrait aussi baisser sa garde et explorer l'attirance évidente qu'ils éprouvaient l'un pour l'autre.

— Je suis désolée si je t'ai embrouillé, ce n'était vraiment pas dans mon intention, dit-elle.

— Eh bien, moi, je vais être clair. J'ai envie de toi et j'aimerais que l'on passe une semaine ensemble pour explorer l'attirance que l'on ressent l'un pour l'autre. Sans embrouille. Juste toi et moi, au naturel. En es-tu capable ?

Elle ne répondit pas tout de suite. Elle était tombée sur plus fort qu'elle, et il ne lui restait plus qu'à capituler.

— Oui. Mais je dois faire ma valise avant de partir.

7

Julian vit la lueur de satisfaction qui brillait dans le regard d'Elyse au moment où la limousine s'arrêta sur le tarmac non loin d'un jet à l'effigie des Atlanta Cougars. Son père tenait à cet avion comme à la prunelle de ses yeux, et il était sur le point de le lui emprunter pour plusieurs heures. Il le renverrait dès leur arrivée, au cas où son père en ait besoin, et quelqu'un viendrait les récupérer à Sainte-Lucie dans une semaine.

Tandis que son chauffeur s'occupait des bagages, Julian accompagna Elyse dans l'habitacle cossu équipé de deux fauteuils et d'un canapé. Une porte donnait sur une chambre... à laquelle il s'obligea à ne pas penser. Elle choisit le canapé et il suivit son exemple. En s'asseyant, il fut enveloppé par le parfum fleuri et enivrant d'Elyse, qui rappelait le lilas et la pêche.

Il sentit aussitôt l'excitation monter en lui. Mais il se remémora que le but de ce voyage n'était pas d'attirer Elyse dans un lit. Enfin, ce n'était pas son unique ambition.

Son souhait était d'apprendre à la connaître sans divertissement inutile et sans qu'elle puisse se dérober à lui. Maintenant qu'il l'avait retrouvée, il ne la laisserait pas disparaître de sitôt.

— Où allons-nous ? s'enquit-elle.

— Sainte-Lucie.

— Sainte-Lucie ? Incroyable !

— Le trajet durera environ cinq heures. Je te promets que tu vas adorer. J'y vais depuis dix ans et je trouve que les gens sont très accueillants.

— J'ai hâte de découvrir ce lieu avec toi, dit-elle alors que le jet se préparait au décollage.

Il était soulagé qu'elle ait accepté de l'accompagner pour une semaine de vacances de luxe. Si elle avait refusé, il l'aurait très mal vécu.

Il la trouvait merveilleusement belle, avec sa coiffure impeccable et son joli visage rehaussé d'une touche de mascara. Elle portait une robe très chic qui moulait à merveille sa silhouette si pulpeuse.

Il passa le reste du trajet à lui raconter ses frasques de jeunesse. Il adorait le rire d'Elyse et il était prêt à tout pour avoir le plaisir de l'entendre encore et encore.

Elle semblait détendue et insouciante. C'était un régal d'être en sa compagnie.

À leur arrivée, une voiture décapotable les attendait dans un hangar privé. Une fois leurs bagages à bord de la jeep, Julian prit le volant et les conduisit le long de la mer jusqu'à une villa de luxe.

Après avoir garé le véhicule, il aida Elyse à en descendre.

La porte d'entrée s'ouvrit, et la personne qu'il avait commissionnée pour préparer leur venue les accueillit.

— Bienvenue à Sainte-Lucie.

— Merci.

— Voici les clés. J'ai rempli le réfrigérateur comme vous me l'avez demandé.

— Parfait, merci. À demain.

Une fois qu'ils furent seuls, il prit Elyse par la main et l'entraîna dans la maison.

— Je voudrais me changer, dit-elle.

— Tu sais, ici, on n'a même pas besoin de vêtements.

— Mais je...

Soudain elle s'arrêta net, bouche bée, yeux écarquillés. Elle venait de voir le soleil qui était en train de se coucher sur la mer.

— Julian ! Cet endroit est merveilleux ! s'écria-t-elle en allant sur la terrasse pour profiter du panorama imprenable sur l'océan.

Pour Julian, il n'y avait rien de plus merveilleux qu'Elyse. Dès qu'il en aurait l'occasion, il ne manquerait pas de lui montrer à quel point il appréciait sa beauté.

Elyse était complètement subjuguée par le paysage grandiose qui offrait une vue incroyable sur cette baie des Caraïbes entourée de collines verdoyantes parsemées d'habitations. Jamais elle n'avait mis les pieds dans une villa aussi luxueuse et confortable. La grande cuisine conviviale ouvrait sur un salon spacieux meublé avec élégance. C'était le jour et la nuit, comparé à son petit appartement !

Julian lui fit faire le tour de la propriété qui comprenait quatre chambres magnifiques, chacune équipée d'une salle de bains et d'un balcon privé. Mais la plus belle était la chambre principale, avec un immense lit qui la fit rougir. Elle imagina Julian et elle entrelacés dans une étreinte passionnée...

Elle avait terriblement envie de lui, mais c'était un trop gros dilemme. Si elle cédait à leur attirance mutuelle, ce serait comme coucher avec l'ennemi, même si le comportement de Julian s'apparentait à tout sauf à celui d'un ennemi.

Impossible de trancher, surtout dans ce contexte paradisiaque qui l'incitait à se laisser aller sans se poser de questions. Ce dont elle rêvait depuis longtemps.

— Alors, ça te plaît ?

— Beaucoup. Je n'ai jamais vu un lieu pareil, avoua-t-elle.

— Suis-moi.

Il l'emmena dans la salle de bains où se trouvait un dressing avec une armoire double contenant une garde-robe constituée d'une multitude de vêtements plus élégants et colorés les uns que les autres.

Elle examina les articles neufs qui étaient tous à sa taille.

— C'est la bonne taille ? s'enquit-il.

— Oui, mais ce n'était pas nécessaire, tu sais.

D'autant qu'il lui avait laissé le temps de passer chez elle pour qu'elle puisse faire sa valise.

Était-elle étonnée qu'il ait deviné sa taille et qu'il ait voulu la surprendre avec une garde-robe époustouflante ? Non. Il avait assez d'expérience auprès des femmes pour détecter leurs mensurations. Était-elle jalouse de ces autres femmes ? Non. C'est elle qui était là avec lui ; il l'avait fait venir sur une île des Caraïbes pour la courtiser et la séduire.

Céderait-elle à ses avances ? Jusqu'où irait-elle pour se rapprocher de lui et en apprendre plus sur les Lockett ?

Elle décida d'ignorer ces questions pour le moment.

Plus tard, après une bonne douche, elle enfila l'une des robes du soir choisies par Julian et le rejoignit sur la terrasse où une table pour deux avait été dressée.

L'air était chaud, mais pas humide, et elle n'en revenait toujours pas d'être dans un cadre aussi idyllique.

— Tu es tout en beauté, dit-il dès qu'il la vit.

— Toi aussi.

Vêtu d'un pantalon beige et d'une chemise blanche en lin, dont il avait laissé les quelques boutons du haut ouverts, il était d'une allure folle. Son parfum l'enivra aussitôt.

— Merci. Un apéritif avant le dîner ? proposa-t-il.

— Volontiers.

— Il y a du vin et de quoi faire des cocktails.

— Comme on est sur une île, je veux bien un rhum-coca.

— C'est parti !

Pendant qu'il préparait les boissons, elle resta sur la terrasse pour tenter de mettre de l'ordre dans son esprit.

Au départ, elle s'était rapprochée de Julian, car une occasion inouïe s'était présentée à elle. En tant que maillon faible, elle l'avait vu comme le moyen idéal d'arriver à ses fins. Mais c'était sans compter sur le fait qu'il serait intéressé par elle et qu'il voudrait aller plus loin. Bien plus loin. La preuve, il était allé jusqu'à lui proposer une semaine de rêve pour qu'ils se retrouvent rien que tous les deux dans un cadre idyllique.

Ce voyage de dernière minute la prenait au dépourvu ; elle ne savait plus à quel saint se vouer. Depuis le départ, elle mentait sur les vraies raisons de leur rencontre, alors que lui se montrait honnête et sincère. Il la voulait et faisait tout pour la séduire. Et elle avait de plus en plus de mal à résister...

Si elle cédait, que se passerait-il ensuite ? Elle n'était ni riche ni célèbre et n'avait pas beaucoup d'expérience au lit. Il finirait vite par se lasser. Et s'il persistait, qu'arriverait-il s'il découvrait un jour qu'elle lui avait caché la vérité ?

Julian la tira de ses pensées confuses.

— Tenez, ma chère, dit-il en exagérant le service.

— Merci.

Ils trinquèrent, lui avec une bière, elle avec son cocktail.

— À nos vacances ! dit-il avec un grand sourire.

— Tu voyages toujours comme ça ?

— Comment ?

— Dans le luxe.

— Je n'y peux rien si j'ai de l'argent et que je peux me permettre ce genre de choses. Donc, si tu t'attends à ce que je m'excuse, tu vas attendre longtemps. J'apprécie les privilèges dont je jouis et j'en suis reconnaissant. Mais je sais me montrer généreux et utiliser mon argent à bon escient pour des œuvres de charité.

— Tu as déjà fait ça ?

— On dirait que cela t'étonne, ce qui me fait dire, une fois de plus, que tu n'as pas une très haute estime de moi. Pour ta gouverne, je suis un membre actif de la Fondation Lockett. On aide l'Armée du Salut, les maisons de jeunesse, la recherche pour le cancer et une grande organisation qui s'occupe d'enfants autistes. Chaque année, on encourage nos joueurs à participer à des actions de volontariat à travers le pays pour aider les communautés qui en ont besoin. Pour ma part, dès que mon emploi du temps me le permet, je fais des consultations gratuites dans des quartiers défavorisés.

— Dis donc, c'est impressionnant !

— Et passionnant. Mais passons aux choses sérieuses. Tu as faim ? On nous a préparé un vrai festin.

— Je meurs de faim !

— Suis-moi. On va se servir à l'intérieur.

Il leur prépara des assiettes dignes d'un grand restaurant, puis ils ressortirent s'installer sur la terrasse.

Julian s'était montré de charmante compagnie, comme toujours. À moins que ce soit la bouteille de vin qu'ils avaient bue… Toujours est-il qu'Elyse s'était tellement détendue qu'elle n'avait pas remarqué le moment où l'atmosphère était devenue électrique et la tension sexuelle entre eux quasiment incontrôlable.

Sentant que la soirée venait de prendre un tournant décisif, elle leva les yeux vers Julian et vit qu'il la dévorait du regard.

Elle se passa la langue sur les lèvres, et la réaction de Julian lui indiqua qu'il était trop tard pour faire machine arrière. L'heure de vérité avait sonné.

Elle était terrifiée à l'idée qu'il découvre que derrière ses apparences de femme fatale elle était la timidité personnifiée, surtout avec un homme.

Julian se leva, entra et, l'instant d'après, une musique douce et romantique s'éleva.

Le cœur d'Elyse se mit à tambouriner dans sa poitrine alors que Julian s'avançait vers elle, main tendue. Elle glissa la main dans celle de Julian, et le courant électrique qui passait entre eux augmenta en intensité. Elle crut défaillir quand Julian l'entoura de ses bras musclés, et que leurs corps se collèrent.

Elle leva les yeux vers lui. Jamais elle n'avait vu un homme aussi beau et aussi sexy. Au contact de Julian, Elyse réagit au quart de tour. Elle imagina les doigts de Julian lui caressant la peau... Sa chemise ouverte en V laissait deviner son torse athlétique et sa peau soyeuse... Il sentait bon les épices, et ce parfum l'enivra plus avant.

Puis le moment qu'elle attendait arriva. Il descendit son visage viril vers elle en un mouvement lent et assuré. Elle était prête à recevoir le baiser qui ne manquerait pas de la faire vaciller. Pas question de s'y soustraire.

Jamais une femme ne l'avait regardé avec autant d'intensité, comme si elle lui offrait son âme. Julian fut envahi d'une vague de chaleur comme il n'en avait jamais connu et qui attisa l'envie qu'il avait de faire sienne cette femme ensorcelante.

Il s'empara des lèvres d'Elyse le plus naturellement du monde, en un baiser d'une sensualité inouïe. Quand Elyse lui rendit la pareille, l'excitation de Julian alla crescendo, et leurs bouches semblèrent aussitôt plus avides. En un instant, leur baiser devint plus torride, plus impérieux.

Il resserra son étreinte, et Elyse se laissa faire. Il voulait qu'elle sache à quel point il avait envie d'elle, à quel point il était dur pour elle. Rien que pour elle. Avec Elyse contre lui, il eut à l'esprit l'image d'un homme assoiffé qui avait longuement marché dans le désert en quête d'eau et qui était enfin arrivé à une oasis.

Elyse était tellement pulpeuse, tellement douce, tellement réactive à son toucher. Il crut perdre pied quand il se mit à parcourir des mains le corps sensuel et brûlant de la jeune femme. Elle ne portait pas de soutien-gorge, si bien que dès qu'il lui posa les doigts sur l'un de ses seins il en sentit le téton se raidir, ce qui attisa sa soif et l'excita davantage.

Il se pressa fougueusement contre elle pour approfondir leur baiser. Elle gémit contre les lèvres de Julian, et il eut envie de se noyer complètement en elle. Sans détour. Sans retenue. Il n'était plus question de séduction. Il voulait aller au-delà de ce qu'ils échangeaient. Il la voulait, elle, tout entière. Cette pensée le terrifia. Jamais il n'avait perdu le contrôle à ce point avec une femme. Ni aussi vite.

Elyse était différente, il ne devait pas l'oublier.

Il avait beau avoir envie de la posséder de la manière la plus naturelle qui soit, il ne devait pas précipiter les choses et la prendre sauvagement contre le mur comme il mourait de désir de le faire.

Doucement, il releva le visage alors qu'Elyse l'observait, les yeux animés par la passion. Respirant longuement, il recula de quelques pas pour se ressaisir.

— Un problème ? murmura-t-elle, perdue.

Il secoua la tête.

Il la désirait plus que tout au monde et, clairement, elle le désirait en retour.

— Que se passe-t-il, Julian ?

Comme il ne répondait pas, elle s'enfuit.

En l'entendant claquer une porte, il sut qu'il avait gâché ce qui aurait pu être le début d'une nuit mémorable. Mais d'un autre côté, s'ils avaient fini dans le même lit, il n'aurait pas supporté qu'elle puisse de nouveau lui reprocher de se conduire comme avec ses autres conquêtes. Pour elle, il voulait être un homme meilleur et il y parviendrait.

8

Elyse se réveilla seule dans un environnement inconnu. Des voiles fins laissaient les rayons du soleil filtrer dans la pièce. S'asseyant dans le lit où elle avait dormi, elle observa l'immense chambre. Elle se souvint qu'elle était à Sainte-Lucie, dans la villa de luxe où elle était arrivée la veille avec Julian, directement d'Atlanta. Elle se souvint aussi du dîner romantique aux chandelles, et du baiser qu'ils avaient échangé.

Julian semblait être un homme si parfait, si délicieux, si tentant. Une tentation à laquelle elle était sur le point de céder quand il avait subitement mis fin à leur étreinte. Elle n'en revenait pas d'avoir été à deux doigts de répondre à ses avances. Elle avait même été déçue qu'il la repousse et qu'il ne lui propose pas de finir la nuit dans son lit.

Pourquoi était-elle aussi sensible aux charmes de Julian ? Était-ce uniquement parce qu'elle n'avait jamais éprouvé de telles sensations avec un autre homme ?

S'extirpant du lit, elle alla dans la salle de bains pour prendre une douche. Elle ressortit trente minutes plus tard, rafraîchie et plus sereine. Après avoir enfilé un short en jean et un petit haut au col évasé, elle partit en mission de reconnaissance. Elle avait faim, donc la cuisine lui sembla être l'objectif adéquat. Elle y trouva Julian, plus séduisant que jamais, vêtu d'un T-shirt et d'un jean élimé. Cette tenue décontractée mettait en valeur son physique d'apollon. Il était tout simplement à croquer, plus viril que jamais.

Elle le surprit en train de cuisiner une omelette. Il y avait une carafe de jus d'orange sur le comptoir, et la pièce sentait bon le café. Visiblement, il s'était levé bien avant elle.

Sans dire un mot, elle fit comme chez elle et se mit en quête d'une tasse. Une fois servie, elle prit quelques gorgées de café avant de rompre le silence.

— Tu es levé depuis quand ? s'enquit-elle.

— Un petit moment. Il fait très beau, et j'ai hâte de te faire découvrir l'île de Sainte-Lucie.

Apparemment, il ne lui tenait pas rigueur d'être partie se coucher comme une petite fille gâtée qui n'avait pas eu ce qu'elle voulait quand elle voulait.

Il continua à s'affairer, comme si de rien n'était, posant sur la table deux omelettes réalisées à la perfection et mettant deux tranches de pain dans le grille-pain.

— Merci pour le petit déjeuner. Je suis affamée, dit-elle en prenant place à table.

Une fois les toasts prêts, il en posa un dans chaque assiette et s'installa à son tour.

— Je ne pensais pas que tu étais du genre à préparer un petit déjeuner, fit-elle remarquer en entamant son omelette.

— Pourtant, je t'ai déjà dit de ne pas me sous-estimer. Et j'ose rappeler que l'habit ne fait pas le moine.

Il avait raison. Elle n'arrêtait pas de le juger en fonction d'idées préconçues infondées. Elle devait se rendre à l'évidence qu'il n'était pas comme elle l'avait cru à l'origine. Il était bien mieux que dans son imagination.

— C'est délicieux, dit-elle. Qui t'a appris à cuisiner ?

— Ma mère. J'ai toujours passé beaucoup de temps avec elle. Comme elle est de La Nouvelle-Orléans, elle aime être aux fourneaux. Et moi, je préférais cuisiner avec elle plutôt que jouer au football avec mon père, Roman et Xavier.

— Donc tu n'as jamais été fan de sport ?

— Non. J'ai toujours préféré les activités manuelles et artistiques qui, d'après mon père, n'étaient pas faites pour les hommes. Il m'a toujours forcé à faire du sport. Je détestais ça et je n'étais pas assez bon, donc je me prenais toujours des coups. Mon père se fichait que j'aie le nez cassé ou l'épaule démise. Il voulait que je devienne un homme, un vrai.

Même des années plus tard, Elyse sentait à quel point Julian était encore affecté par cette partie de son enfance. Elle avait entendu dire par son père que Josiah était un homme dur, donc elle n'était pas surprise de son comportement envers son fils.

— Que s'est-il passé ? Il a fini par arrêter ? demanda-t-elle.

— Penses-tu ! Quand il a vu que le football ne marchait pas, il a voulu que j'essaye d'autres sports.

— Et comment tu t'en es sorti ?

— Mal. Je n'étais pas fait pour le sport.

— Donc il a arrêté de te harceler ?

— Oui, et j'ai pu enfin être moi-même. Un garçon qui aime les études, la danse, la cuisine, l'art, la musique et les comédies musicales.

— Un homme de la Renaissance, donc.

— C'est ça !

— Comment est ta relation avec ton père ?

Julian se leva pour débarrasser la table.

— Passable.

— Passable ? répéta-t-elle en se levant à son tour.

Il mit les assiettes dans l'évier puis se tourna vers elle.

— Pourquoi tu t'intéresses autant à ma relation avec mon père ? Toutes les situations familiales sont différentes et comportent leur lot de crises et de drames. D'ailleurs, si l'on va par là, tu ne m'as encore rien dit sur tes parents.

Il avait raison. Elle n'avait pas parlé de son entourage et elle se demandait jusqu'où elle pouvait aller sans dévoiler le fait que leurs pères avaient été jadis meilleurs amis. Mais elle pouvait lui parler de sa mère.

Elle s'approcha de lui et lui posa la main sur le bras.

— Je suis désolée de ne pas avoir parlé de ma famille.

Il lui offrit un regard si doux et si amical qu'elle se sentit en confiance pour lui parler de sa famille.

— J'ai perdu ma mère quand j'étais très jeune, dit-elle.

— Je suis vraiment désolé. Comment t'en es-tu sortie ?

— C'était horrible. Elle n'était pas là pour me parler des

oiseaux et des abeilles, pour m'aider quand j'ai eu mes règles ou pour m'apprendre à me maquiller. J'ai dû tout apprendre sans l'aide de personne.

— Et ton père ?

— Après la mort de ma mère, c'était un homme brisé. Il ne s'est jamais remis de la disparition de maman, et quand j'avais une question, il me disait de demander à l'infirmière de l'école.

— Tu n'avais pas une grand-mère, une tante, une amie ?

— Non. J'ai passé une enfance solitaire. J'étais très timide, donc j'ai toujours eu du mal à me faire des amis, d'autant que l'on déménageait souvent, car mon père était toujours en train de changer d'emploi.

— Et ta mère, elle est morte de quoi ?

— Cancer du sein. Elle n'avait que trente-cinq ans.

— Tellement jeune ! C'est terrible que tu aies dû grandir sans elle. Et ton père, il est encore en vie ?

— Oui, mais il ne va pas bien. Après la mort de maman, il a sombré dans l'alcoolisme.

— Donc il n'arrivait pas à garder un emploi fixe ?

— Exactement. J'ai dû assurer pour nous deux alors que je n'étais qu'une enfant.

— J'imagine à quel point ça a dû être difficile. On a chacun grandi en devant faire face à des difficultés, mais ta situation était bien pire que la mienne.

Attendrie, elle lui prit le visage entre les mains.

— Ce n'est pas une compétition, Julian. Ce qui compte, c'est ce que nous sommes devenus, malgré notre expérience passée.

Julian sourit tout en lui tapotant le nez avec l'index.

— Tu as tout à fait raison. Donc, je propose de laisser notre passé dans la cuisine et de partir à la découverte de l'île !

— Avec plaisir !

Bien que Julian l'ait repoussée hier soir, il venait de se livrer à elle en toute sincérité. Il lui avait peut-être fait part de choses qu'il n'avait jamais dites à quiconque. Leur complicité avait augmenté d'un cran, bien plus que s'ils avaient fini dans le même lit, la veille. Ce qui l'inquiétait, c'est que ses sentiments pour Julian allaient grandissant.

— Prête pour ta première aventure à Sainte-Lucie ?

— Et comment ! Tu as une idée en tête ?

— Tu sais monter à cheval ?

— J'ai eu l'occasion d'apprendre il y a longtemps avec une amie, mais je veux bien retenter l'expérience.

Après s'être changée et avoir enfilé un maillot de bain sous sa tenue, elle retrouva Julian pour leur aventure du jour.

Ils firent un trajet d'une heure pour arriver à un ranch où deux beaux étalons les attendaient. Leur guide les emmena dans la vallée des Roseaux où ils prirent une pause dans une plantation de bananes dont ils se régalèrent. Elyse apprit que l'île comptait plus d'une centaine de variétés de bananes.

Leur balade les mena jusqu'à l'une des plages de sable de Sainte-Lucie, et les chevaux eurent droit à un bain de mer.

Une fois rentrés à la villa, ils décidèrent de profiter de la piscine. Il faisait tellement chaud qu'Elyse s'empressa de se déshabiller, oubliant que son maillot de bain était très échancré. Quand elle vit la façon dont Julian la regardait, elle se sentit mal à l'aise.

Gênée de percevoir le désir qui brûlait dans les yeux du jeune homme, elle se dépêcha de plonger.

En remontant pour reprendre sa respiration, elle découvrit que Julian était entré dans la piscine et qu'il venait vers elle. Aussitôt, elle alla sous l'eau pour lui échapper. Quand elle réémergea, elle constata qu'il était toujours là.

— Tu essayes de m'échapper ? demanda-t-il, moqueur.

— Pourquoi je ferais ça ?

Hormis que la veille, elle s'était sentie rejetée et qu'elle n'avait pas envie que cela recommence.

— Je ne sais pas. À toi de me le dire, répondit-il en lui effleurant la joue d'une caresse.

L'instant d'après, il l'étreignit avec une intensité sauvage qui lui coupa le souffle. Elle se sentit défaillir, mais Julian la tenait dans ses bras, tout en l'embrassant à lui en faire perdre haleine. Sa bouche tout entière brûlait de désir pour cet homme, si bien que quand il se mit à parcourir son corps en lui caressant le dos, les hanches, elle capitula.

Lorsque de la paume il lui effleura la poitrine, elle frémit.

Elle ouvrit grand les yeux et vit Julian qui l'observait. Elle laissa échapper un petit cri lorsqu'il repoussa le tissu de son haut de maillot de bain pour venir lui frôler les tétons du bout des lèvres.

— Julian...

— Oui ?

Sa respiration se fit plus saccadée alors qu'il continuait de lui lécher les seins dont la pointe ne cessait de raidir sous l'assaut de sa langue. Elle était aux anges. Elle le désirait violemment, mais elle ne voulait pas se donner à lui et être rejetée une nouvelle fois. Même si elle sentait le sexe dur de Julian contre l'une de ses cuisses.

Leur attirance physique la surprenait, car elle avait rencontré Julian dans un tout autre but que des ébats fougueux à Sainte-Lucie. Leur attraction mutuelle était un vrai dilemme. Elle devait prendre ses distances. Maintenant.

Lentement, elle s'éloigna de lui.

— Je vais... prendre une douche. À plus tard, pour le dîner, précisa-t-elle, pour bien lui faire comprendre qu'elle allait se doucher seule.

Tout en retournant dans la villa, elle s'interrogea sur le bien-fondé de sa présence ici. Elle jouait à un jeu dangereux avec un homme pour qui séduire était une seconde nature. Avait-elle eu les yeux plus gros que le ventre en pensant pouvoir appâter Julian Lockett sans dommages collatéraux ?

Julian fut surpris qu'Elyse s'arrache à leur étreinte aussi rapidement. Elle avait eu l'air d'apprécier ses caresses et ses baisers. Parfois elle se montrait désireuse d'aller plus loin, parfois elle battait en retraite. Ne voyait-elle pas qu'ils étaient au bord d'un précipice, et qu'il n'y aurait qu'une seule issue ? Elyse et lui allaient devenir amants, il en était persuadé. Mais il prendrait le temps qu'il faudrait.

Il alla se doucher, s'habilla et, d'après les recommandations de la gouvernante qui était venue pour faire le ménage, il emmena Elyse dans un restaurant. Ils goûtèrent plusieurs spécialités locales chargées en saveurs exotiques, le tout accompagné d'une bouteille de vin blanc. Ce n'était pas un établissement cinq étoiles, mais il préférait les lieux plus typiques, loin des sentiers battus.

Elyse était d'ailleurs une femme hors des sentiers battus. Elle était différente des autres. Il émanait d'elle une certaine innocence doublée de mystère, et il était curieux d'en savoir plus à son sujet. Si bien que pour rien au monde il n'aurait échangé sa place à cette table avec vue sur les Pitons.

Il avait pour compagne une bombe sexuelle vêtue d'une longue robe de soirée aux motifs exubérants et fendue sur le côté, ce qui mettait en valeur ses jambes merveilleuses. Elle avait assorti à sa tenue des sandales turquoise qui faisaient ressortir ses orteils vernis. Il allait devoir user de tout son self-control pour calmer ses ardeurs et ne pas précipiter les choses entre Elyse et lui.

— Julian ? La serveuse demande si tu veux un dessert.

Un dessert ? Il voulait Elyse comme dessert ! Mais elle n'était pas au menu.

Il prit une mousse à la mangue tandis qu'Elyse optait pour un parfait au chocolat blanc.

— C'était succulent, fit remarquer Elyse, une fois leurs desserts terminés. J'ai adoré les gambas aux fruits de la passion.

— Ravi que ça t'ait plu. Sainte-Lucie est un lieu que peu de gens connaissent et qui recèle des trésors.

— Quel genre de trésors ?

— Les sources de soufre volcanique, par exemple.

— C'est quoi ?

— Le volcan n'est pas entré en éruption depuis deux cents ans, mais il est surtout connu pour son bain de boue qui purifie le corps et qui a des vertus de guérison, expliqua-t-il.

— Je veux bien essayer.

Julian fut agréablement surpris, car aucune des femmes qu'il avait côtoyées auparavant n'aurait accepté de le faire.

Ils allèrent s'installer sur l'un des canapés dans le lounge pour écouter un groupe de jazz. L'atmosphère était légère, enjouée. Julian réussit même à convaincre Elyse de danser avec lui, bien que ce soit une excuse pour pouvoir la prendre dans ses bras. Mais, cette fois, il ne l'embrasserait pas sauvagement sur la piste.

Ils se laissèrent porter un instant par la musique, conscients de leurs corps collés l'un à l'autre. Quand Elyse croisa le regard de Julian, il fut transpercé d'un fulgurant éclair de désir. Une profonde excitation l'envahit. Il resserra son étreinte et glissa une main dans le bas du dos d'Elyse, juste au-dessus de ses fesses. Elle maintint son regard, les yeux brûlant de passion.

L'instant d'après, il inclina la tête pour réclamer les lèvres pulpeuses de la jeune femme en un baiser avide et possessif qui l'embrasa, créant mille et une étincelles dans son corps. Il adorait la façon dont Elyse réagissait, elle semblait entièrement ouverte à lui, prête à l'accueillir dans les tréfonds de son être. C'était bon de la sentir se frotter à lui comme un chat qui demande à être caressé.

Plus il approfondissait leur baiser, plus il la désirait. Elyse lui embrasait les sens comme aucune autre femme ne l'avait fait. Il sentait la poitrine d'Elyse gonfler à son contact, et il mourait d'envie d'explorer chaque parcelle de sa peau. Mais il devait mettre fin à ce baiser, de peur de perdre la tête.

À regret, il s'arracha à elle.

— Allons-y, lui murmura-t-il à l'oreille.

Elle acquiesça, l'air déboussolé, le regard fiévreux.

Ils quittèrent la piste de danse main dans la main.

Elyse était comme une drogue. Elle occupait la moindre de ses pensées et il était inéluctablement attiré par elle. Leur baiser avait attisé en lui un tourbillon de chaleur, de folie et d'excitation. Il était aux abois comme jamais il ne l'avait été auparavant. Il ne pourrait plus résister longtemps à l'envie de la prendre. Il avait soif d'elle. Une soif insatiable. Elle semblait tout aussi attirée par lui.

Il était temps de passer à l'acte et de laisser éclater leur désir.

9

Elyse sortit du restaurant le souffle court. Le regard ténébreux de Julian avait enflammé ses sens, et elle savait que ce soir elle ne reculerait devant rien pour assouvir leur désir réciproque. Elle était prête à tenter l'aventure avec Julian. Dans l'intimité d'un lit.

Elle avait essayé de résister à ses charmes, mais en vain ; elle était inéluctablement attirée par lui. Il ne servirait à rien de lutter.

Plus la voiture se rapprochait de la villa, plus elle sentait monter la passion en elle. Son entrejambe frémissait d'une intensité sans précédent. Seul Julian pourrait assouvir le désir incandescent qui l'animait et qui allait crescendo à mesure que les secondes passaient. Elle n'arrêtait pas de penser au moment où ses seins seraient la proie de la bouche vorace de Julian, et où les mains de ce dernier chercheraient à l'explorer... Elle mourait d'envie qu'il l'attire à lui en la prenant par les fesses pour la faire sienne. Le besoin devenait tellement pressant qu'elle ne cessait de se trémousser sur son siège.

Dès leur arrivée, ils s'empressèrent de sortir de voiture et marchèrent d'un bon pas vers la villa qui n'était éclairée que par le clair de lune. Peu soucieux du décorum, ils se précipitèrent dans la chambre principale où Julian alluma plusieurs bougies.

Puis il vint vers elle et, dans la pénombre, elle put discerner son visage. Un désir brut et pur animait le moindre de ses traits.

— J'ai envie de toi, Elyse.

En cet instant, ses doutes s'évaporèrent. Elle n'avait plus peur de la suite.

— Moi aussi, Julian, j'ai envie de toi. Fais-moi l'amour.

Il s'empara d'elle voracement, lui enfouissant les doigts dans les cheveux pour mieux l'attirer à lui. Puis elle scella leurs bouches, et Julian joua de la langue avec une avidité renouvelée. Il s'imposait à elle avec assurance, ne laissant aucun doute sur ses intentions. L'étreignant plus fermement, il la fit reculer jusqu'à ce qu'ils se retrouvent allongés sur le lit.

Ils s'embrassaient, se touchaient, affamés l'un de l'autre. Jamais Elyse n'avait désiré un homme à ce point.

— Touche-moi partout... je t'en supplie..., murmura-t-elle.

Comme elle n'avait pas la force d'en dire plus, il réalisa ce qu'elle n'arrivait pas à verbaliser. Lui glissant la main le long des jambes en un mouvement lent, il remonta ensuite sa robe jusqu'à la taille. Puis il se mit à fouiller des doigts dans les profondeurs de l'intimité d'Elyse.

— Tu mouilles pour moi. C'est délicieux, dit-il en la fixant avec intensité, les yeux brillants d'une lueur prédatrice.

Elle acquiesça en silence, se trémoussant sous lui pour mieux s'offrir à ses caresses. Il vint de nouveau recouvrir les lèvres d'Elyse avec les siennes, exigeant plus encore.

Les tétons d'Elyse se raidirent, ne demandant qu'à être pris en bouche. Par magie, Julian exauça son souhait. Il défit le haut de la robe de la jeune femme pour lui libérer la poitrine et s'arracha à leur baiser pour rendre hommage à ses seins au garde-à-vous. Pour commencer, il les titilla avec les pouces avant de les sucer à pleine bouche, passant de l'un à l'autre comme s'il ne savait plus où donner de la tête.

Elyse s'arqua pour mieux s'offrir à lui. Julian, de sa bouche virile, lui procurait un plaisir immense qui s'apparentait à de la torture. Des sensations jusque-là inconnues éclataient en elle, la faisant gémir de volupté. C'était tellement bon... C'était trop ; elle ne pourrait pas survivre à ça.

Mais Julian ne s'arrêta pas là.

Abandonnant les seins d'Elyse, il descendit le long de son ventre en déposant une pluie de baisers mouillés qui ne firent qu'attiser son excitation et augmenter l'intensité de leurs ébats. Quand il lui plaqua la bouche sur le sexe, elle laissa échapper un long gémissement. Elle était absorbée dans un océan de luxure, sans garantie de remonter à la surface saine et sauve. Elle était perdue.

Julian leva les yeux vers elle.

— J'ai hâte de te goûter, murmura-t-il d'une voix rauque.

Ce furent les derniers mots qu'elle entendit car, l'instant d'après, il fit glisser sa culotte le long de ses jambes et se mit à lui lécher le sexe.

Elle se cambra pour mieux se coller à lui alors qu'il la suçait avec ardeur. Elle crut défaillir et laissa échapper des cris de plaisir tandis que, de sa langue experte, Julian s'appliquait à titiller le point le plus sensible de son corps.

Il poursuivit sur sa lancée, se servant de ses épaules pour s'immiscer plus avant et lui faire écarter les cuisses. Puis il remplaça sa bouche par un doigt, et cela la fit mouiller davantage. Elle gémit longuement sous l'assaut de cet homme qui la dévorait sans retenue.

C'était trop pour elle.

Elle voulut resserrer les jambes, mais il l'en empêcha, continuant à l'explorer d'un doigt qui pénétrait plus profondément dans son intimité. Le désir en elle s'intensifia. Sa respiration se fit plus saccadée, surtout quand Julian reprit du service avec sa langue.

Et elle fut projetée dans une tourmente sans borne.

La puissance de son excitation passa au niveau supérieur quand il fit pénétrer en elle un deuxième doigt pour mieux la sonder. Capitulant, elle se laissa faire, oscillant au rythme des doigts de Julian qui la fouillait sans relâche. Au comble de la jouissance, elle rejeta la tête en arrière, puis se cambra, frémissant de manière incontrôlable, emportée par une explosion de plaisir qui la secoua violemment.

Elle cria.

Jamais un homme ne lui avait fait vivre une expérience aussi enivrante.

Julian n'en revenait pas de la réactivité d'Elyse. Il l'avait fait jouir intensément rien qu'avec les doigts et la bouche. Pas question de s'arrêter là. Il leva les doigts qui l'avaient fouillée et les lécha lentement devant elle. Elle rougit et ferma les yeux.

— Regarde-moi, ordonna-t-il.

Doucement, elle rouvrit les yeux.

— J'ai envie de toi, Elyse. Très envie. Ce n'était qu'un début. Une mise en bouche, devrais-je dire. Maintenant, j'ai envie de te pénétrer.

Il se leva et se déshabilla pour pouvoir mieux profiter de la nudité d'Elyse. Il voulait savourer chaque moment, et prendre le temps de se délecter de ce corps sublime. Elle avait des formes féminines superbes. Ses seins, ses hanches, ses fesses… Tout était sculpté à merveille. Il voulait la toucher partout, goûter chaque centimètre de sa peau. Il avait déjà eu un aperçu, mais il en voulait encore.

Une fois nu, il la prit dans ses bras pour caresser et embrasser chaque parcelle de son corps. Après avoir exploré le côté face, il la fit pivoter pour s'occuper du côté pile. Puis, couché en partie sur Elyse, il enfonça de nouveau deux doigts en elle pour stimuler son excitation et sentir à quel point elle continuait de mouiller pour lui. Il suça, lécha et mordilla son cou et ses épaules pour la faire jouir, ce qu'elle ne manqua pas de faire, explosant dans un long cri contre les oreillers.

Il lui laissa quelques instants pour se remettre de son orgasme et retrouver une respiration normale, puis il se protégea avec un préservatif avant de la retourner sur le dos.

Ses yeux étaient brillants de désir. Elle était prête pour lui.

Il écarta les bras au-dessus de la tête d'Elyse et vint se placer entre ses cuisses.

C'était le moment tant attendu.

Lentement, très lentement, il s'immisça dans l'intimité d'Elyse, mouillée à souhait. Elle gémit sous lui tout en l'accueillant. C'était un peu serré au départ, mais il continua à s'enfoncer jusqu'à ce qu'il soit entièrement en elle. Le corps d'Elyse lui allait comme un gant, et il se retira légèrement pour mieux revenir en elle, plus fort. Elle cria. Lui aussi.

Puis il se lança dans un va-et-vient lent, sensuel et impérieux. Plus question de s'arrêter.

Quand Elyse s'agrippa aux épaules de Julian, lui enfonçant les ongles dans la chair, il redoubla de force en la pénétrant.

En proie à la plus vive excitation, il cria le prénom de sa partenaire puis s'empara de nouveau de sa bouche en un baiser qui montrait à quel point il la désirait. Elle le ceintura avec les jambes, et il donna un profond coup de reins.

Elle hurla le prénom de son amant alors qu'elle se mettait à trembler, et que son intimité se contractait autour de son sexe. Il gémit tandis que son orgasme explosait avec fureur, le terrassant sur place. Puis il se laissa retomber, haletant.

Elyse lui caressa le dos, et il s'aperçut qu'il s'était affalé sur elle. Il roula aussitôt sur le côté et prit le temps de retrouver une respiration normale.

Quelques instants après, Elyse s'était assoupie.

Il sourit, satisfait de lui. Il avait eu raison d'elle. Il la laisserait se remettre, mais il comptait lui refaire l'amour.

Quelques heures plus tard, Elyse se réveilla, désorientée, mais au comble du bonheur. Il faisait toujours nuit, donc elle ne s'était pas reposée très longtemps. En regardant à côté d'elle, elle vit Julian profondément endormi.

Elle fut parcourue d'un délicieux frisson en repensant à leurs ébats fabuleux. Elle sentait encore les mains de Julian sur son corps et son sexe enfoui en elle... C'était le troisième homme avec qui elle faisait l'amour. Avec les deux premiers, elle avait supposé être frigide. Mais l'expérience de ce soir lui prouvait qu'elle n'avait pas rencontré l'homme capable de la faire jouir.

Dans les bras de Julian, elle ne s'était jamais sentie aussi belle, désirable et désirée. À présent, elle était en manque et voulait qu'il la touche encore et encore... C'était comme s'il était devenu une drogue.

Julian remua légèrement puis ouvrit les yeux. Aussitôt, il se tourna vers elle et lui prit le visage entre les mains, lui caressant les lèvres du bout du pouce.

— Bonjour, murmura-t-il.

— Il fait encore nuit, tu sais.

Il lui offrit un sourire diaboliquement sexy.

— Alors ça veut dire que la nuit n'est pas terminée, dit-il avant de la serrer dans ses bras et de l'embrasser.

Elle sentit tout son corps en alerte, des étincelles éclatant dans tout son être. L'étreinte de Julian se fit plus gourmande, plus exigeante. Dès qu'elle ouvrit la bouche, il enroula avec autorité la langue d'Elyse avec la sienne.

Un gémissement guttural s'échappa des profondeurs de sa gorge, mais ils se donnèrent le temps d'échanger un baiser langoureux pour mieux se retrouver.

Julian quitta les lèvres d'Elyse pour lui lécher l'oreille. Elle frémit, et ses tétons se raidirent. Sous l'emprise de cet homme, son corps n'était que brasier ardent. Impossible d'ignorer les palpitations de son sexe. Elle le regretterait peut-être plus tard, mais pour l'heure...

Elle se mit à explorer le corps de Julian de manière possessive, lui caressant le dos, détaillant chacun de ses muscles, puis elle vint visiter son torse athlétique parsemé de poils. Il la laissa faire. Elle sentit le sexe tendu de Julian frémir contre elle. Il avait clairement envie d'elle, donc elle s'empara d'un préservatif puis le lui enfila avant de le chevaucher.

— Prends ce que tu veux, ma belle.

Jamais elle n'avait osé prendre l'initiative avec un homme mais, avec Julian, tout semblait différent. Elle se sentait en sécurité, ce qui était étrange étant donné le motif de leur rencontre. Elle chassa cette pensée de son esprit.

Une fois Julian bien ancré en elle, elle se baissa pour posséder sa bouche en un baiser incandescent. Elle adorait quand leurs langues jouaient à cache-cache. Elle ne savait pas pourquoi, mais c'était comme si leurs corps se connaissaient depuis toujours. Comme si chacun était la moitié de l'autre.

Elle le chevaucha en rythme, avec ce désir d'aller plus profond, plus fort, plus vite. Puis elle changea légèrement de position pour lui offrir ses seins qu'il prit aussitôt entre les lèvres. Il les suça, les mordilla, les lécha jusqu'à ce qu'en proie à de vifs soubresauts une vague de plaisir inouï fasse crier à Elyse le prénom de son amant.

Il lui captura la bouche alors qu'elle se collait à lui. Puis, sentant l'orgasme monter en lui, le corps tremblant, il poussa un sourd gémissement de jouissance.

10

Ils s'assoupirent tous les deux. Puis, après leur réveil, Julian emmena Elyse dans la salle de bains où ils partagèrent une douche des plus sensuelles.

Au sortir de la douche, ils se séchèrent l'un l'autre avec de larges serviettes moelleuses à souhait.

— On doit absolument quitter la maison, sinon je vais avoir envie de refaire l'amour avec toi, dit-il.

— Serait-ce une si mauvaise chose ? répliqua-t-elle.

— Non, mais je veux te faire découvrir la ville.

— Tu as raison. Allons-y.

Après s'être habillés, chacun dans une pièce pour éviter les tentations, ils montèrent dans la jeep.

Il l'emmena au marché artisanal de Castries pour acheter des sachets d'épices et de petits cadeaux souvenirs.

— Tu ne veux rien acheter d'autre ? s'enquit-il, voyant qu'il avait dévalisé le marché, mais qu'elle n'avait acheté qu'un petit sachet d'épices et quelques souvenirs.

— Je te rappelle que je n'ai pas une grande famille comme toi. Je n'ai que mon père. Et, en grandissant, comme j'ai souvent dû être responsable à sa place, je n'ai pas eu le temps de me faire beaucoup d'amis.

— Oui, je sais. Je suis désolé.

— Ne me regarde pas comme ça. Je ne suis pas complètement seule. J'ai mon amie et collègue Andrea, que tu as rencontrée. Je ne suis pas à plaindre.

Quelque chose dans le ton d'Elyse lui fit penser qu'elle ne lui disait pas tout. Elle lui avait parlé de la disparition de sa mère, mais il aurait juré qu'il y avait autre chose.

Loin de lui l'idée de la brusquer ou de la forcer à se confier, mais il espérait qu'avec le temps elle se sentirait assez sereine avec lui pour partager ses secrets.

Pour alléger l'atmosphère, il les conduisit à l'une des distilleries de rhum de l'île. Ils visitèrent les lieux, passant par chaque stade, de la matière première jusqu'à la fermentation et la distillation. Ils apprirent aussi comment le rhum était vieilli en barriques avant de franchir l'étape du mélange avec différents parfums. Leur moment préféré fut celui de la dégustation où ils purent goûter tous les rhums fabriqués sur place.

De retour dans la voiture, Elyse annonça qu'elle avait faim et proposa de chercher un endroit où dîner. Ils finirent dans un petit village de pêche entre Soufrière et Castries où ils trouvèrent un restaurant qui servait uniquement de la nourriture locale. Julian leur commanda du poisson grillé, des écrevisses, du maïs et des galettes.

— C'est quoi, ces galettes ? demanda-t-elle.

— C'est comme un biscuit. Tu verras, tu vas adorer.

En effet, elle se régala. Avec les galettes, mais aussi le reste des plats. Julian appréciait vraiment qu'elle soit capable de se détendre en sa compagnie tout en profitant des plaisirs simples de la vie.

— Quoi ? questionna Elyse alors qu'il l'observait.

— Rien. Je suis content de te voir manger après notre dégustation de rhum. J'avais peur que tu sois pompette.

Elle le regarda, amusée.

— Je me régale, mais j'imagine que les mannequins que tu as l'habitude de côtoyer ne mangent pas comme ça.

Il éclata de rire.

Il adorait qu'elle soit aussi naturelle et dise toujours ce qui lui passait par la tête, sans peur d'être jugée.

— Tu as raison, répondit-il. Elles mangent comme des moineaux et ne savent pas ce qu'elles ratent.

De retour à la villa, ils finirent la soirée dans le jacuzzi où Julian la prit avec une soif qui montrait à quel point son envie d'elle était insatiable. Chaque baiser, chaque caresse s'imprimait dans son esprit. Jamais il n'avait connu ça.

Il n'était jamais resté assez longtemps avec une femme pour envisager un projet de vie ensemble. Mais avec Elyse, chaque fois qu'il la regardait, une nouvelle sensation naissait en lui. Il ignorait à quoi tenait ce phénomène. Tout ce qu'il savait, c'est qu'il ne voulait pas que leur histoire s'arrête.

Elyse était ravie. Julian s'était comporté en gentleman toute la semaine. Il lui avait fait découvrir tous les joyaux de Sainte-Lucie.

Un jour, il l'avait emmenée à Marigot Bay où il avait affrété un catamaran. La croisière le long de la côte magnifique avait été époustouflante, de même que la plongée dans les eaux turquoise.

Un autre jour, il avait pris un guide, et ils avaient escaladé le Gros Piton. Au sommet, le paysage offrait des vues extraordinaires. Après l'effort, le réconfort était venu sous la forme d'une séance dans un spa à Sugar Beach.

Elle n'en avait pas cru ses yeux quand leur hôtesse les avait amenés dans l'une des sept cabanes dans les arbres pour qu'ils reçoivent leurs soins. Jamais de sa vie elle n'avait fréquenté un établissement pareil. Elle ne pourrait jamais se permettre un tel luxe avec son salaire. Peut-être un jour, si son père touchait son dû. Et, pour ce faire, elle devrait trahir Julian. Cette pensée l'avait déstabilisée au plus haut point et, pour ne pas gâcher le moment, elle avait préféré se concentrer sur la merveilleuse expérience qu'elle partageait avec Julian.

Parmi les soins réservés par Julian, ils avaient eu droit à un massage à l'huile de noix de coco qui lui avait laissé un souvenir indélébile.

Plus le temps s'écoulait, plus elle se disait qu'elle pourrait facilement s'habituer à cette vie. Cette idée lui avait collé à l'esprit bien après avoir quitté le spa et passé une nouvelle nuit dans les bras de Julian.

Leur dernier jour fut semblable aux autres. Haut en couleur, grisant et chaleureux.

Julian l'emmena aux sources de soufre volcanique, connues

pour leurs bains de boue. Quand il lui en avait parlé, elle était partante pour essayer. Mais à présent...

— Tu penses vraiment que je vais me plonger là-dedans ? demanda-t-elle après avoir enfilé son maillot de bain et rejoint Julian.

— Crois-moi, tu vas adorer.

— Je ne suis plus si sûre de vouloir essayer, finalement.

— Tu me fais confiance, n'est-ce pas ?

Pouvait-elle faire confiance au fils de Josiah Lockett ?

— Bien sûr, répondit-elle en acceptant la main qu'il lui tendait.

Ensemble, ils entrèrent dans la boue grise et chaude. Julian s'y enfonça sans hésiter mais, elle, elle fut plus frileuse. Avec douceur et tendresse, Julian lui massa le corps avec de la boue pour qu'elle s'y habitue.

Après leur bain, fidèles à la tradition, ils se rincèrent dans une chute à proximité et mangèrent une noix de coco fraîche coupée à la machette par un autochtone.

Ils avaient passé une journée fantastique, mais c'était la dernière. Elyse aurait aimé ne jamais repartir, car elle doutait que l'expérience ne se reproduise. Comme bien souvent durant la semaine, elle eut l'impression que Julian lisait dans ses pensées, à l'écoute de ses réactions et de ses humeurs.

— On pourrait recommencer l'expérience, si ça t'a plu, proposa-t-il.

Elle sourit pour ne pas mettre d'ombre au tableau, mais elle savait que c'était peu probable. Surtout si, de retour à Atlanta, elle reprenait sa mission d'origine.

Mais comment pouvait-elle envisager de faire du mal à Julian après avoir partagé des moments aussi idylliques ?

Julian ignorait si c'était l'air de l'île, mais dès leur arrivée à la villa, Elyse lui avait sauté dessus. Pour son plus grand plaisir, bien sûr. Il était heureux qu'elle se laisse aller et qu'elle accepte la passion qui les liait et s'amplifiait.

Après avoir fait l'amour, ils avaient pris une douche à deux, s'embrassant tout en se savonnant et en se caressant. Ses baisers l'avaient rendu fou, mais il avait été surpris quand elle s'était agenouillée devant lui.

Baissant les yeux vers elle, il avait vu que son regard était animé d'un brasier de désir.

— Tu es sûre ?

Après leur première nuit, il avait tout de suite senti qu'elle n'avait pas beaucoup d'expérience au lit, ce qui l'avait étonné, étant donné sa beauté naturelle et sensuelle.

— Oui. Je veux te goûter comme ça.

Il poussa un râle quand Elyse recouvrit des doigts son sexe en pleine érection. Elle l'embrassa, le toucha, le lécha, le caressa du bout de la langue tandis qu'il passait la main dans ses cheveux mouillés.

— Elyse...

Elle l'empoigna plus fermement et le prit dans sa bouche pour mieux le sucer, tout en augmentant la vitesse.

Il ne voulait pas jouir de cette façon. Il voulait la pénétrer, mais il perdait la bataille, car déjà le plaisir montait en lui. Elle s'était mis en tête de le faire jouir ainsi, et il n'avait plus vraiment voix au chapitre.

Un long râle s'échappa des profondeurs de sa gorge.

Sentant qu'il allait jouir, il commença à bouger les reins en rythme, tout en donnant carte blanche à Elyse. Puis il cria de plaisir alors qu'un orgasme fulgurant explosa en lui.

Après quoi, il s'adossa au mur de la douche, ravi que l'eau le calme et l'aide à recouvrer ses esprits.

— C'était incroyable, murmura-t-il.

Elyse le regarda, innocente, ivre de désir.

Était-elle consciente de l'intensité du moment qu'elle venait de lui faire vivre et de la torture à laquelle elle l'avait soumis ?

Instinctivement, elle se colla, encore mouillée, contre lui, tout en le prenant par le cou.

Il éprouva aussitôt un désir sans borne.

— Attends un instant.

Il la quitta pour aller enfiler un préservatif et revint aussi vite que possible près d'elle. Lui posant les mains sur les hanches, il l'attira à lui. Elle se cambra pour mieux s'offrir à lui puis, après avoir trouvé un angle qui leur convenait à tous les deux, il la pénétra d'un coup sec. Elyse lui rendit la pareille, oscillant le bassin pour accueillir plus encore chaque coup de reins.

Tandis qu'elle l'entourait de ses bras pour se presser contre lui, elle hurla de plaisir, comme si les spasmes qui la faisaient tressaillir étaient de trop. Il enfouit le visage dans le cou d'Elyse, et un râle de jouissance s'échappa de sa gorge alors qu'un orgasme libérateur le secouait violemment.

Après cette expérience extraordinaire, ils gardèrent le silence quelques instants, perdus dans un monde de plaisirs infinis. Puis il porta Elyse jusqu'au lit où elle s'endormit rapidement.

Il resta éveillé, préoccupé. Il n'avait jamais éprouvé le besoin de posséder une femme à ce point et de passer autant de temps avec elle. Or, en quelques jours, il était devenu quasiment dépendant d'Elyse. Son rire, son corps, sa beauté, sa joie de vivre. Était-ce une obsession éphémère ou de longue durée ? L'avenir le lui dirait.

Peut-être que de retour à Atlanta, sa lubie s'évaporerait. Mais il en doutait.

C'était comme s'il avait cette femme dans la peau.

Fidèle à sa parole, Giana avait fait en sorte que le jet des Lockett revienne chercher Julian et Elyse. Pendant le vol du retour, l'atmosphère entre eux changea du tout au tout.

— Julian ?

— Oui ? dit-il, levant les yeux du journal qu'il lisait.

— Tu t'es servi de Curtis pour coucher avec moi ?

Il se renfrogna, vexé par cette question directe.

— Pourquoi tu me demandes ça ?

— Parce que tu n'en as pas reparlé du séjour. Maintenant que je ne suis plus sous l'emprise de tous ces plaisirs, je suis lucide.

— Tu veux la vérité ?

— J'aimerais autant, oui.

— Ma proposition était prématurée, mais Curtis a besoin de quelqu'un pour gérer la partie média de sa carrière.

— Donc tu avoues que ce n'était qu'une feinte, et que je ne suis qu'une conquête de plus à ton tableau de chasse ?

— Elyse, voyons…

Il se leva pour venir vers elle, mais elle se leva également en tendant la main pour le garder à distance.

— Non. J'ai besoin d'espace, dit-elle, avant d'aller se réfugier dans la chambre à l'arrière de l'appareil.

Elle ne revint que lorsque le pilote annonça qu'ils entamaient la descente, sans prendre la peine de regarder Julian. Comment pouvait-il lui en vouloir ?

Désireux de faire plus ample connaissance avec elle, il avait inventé ce scénario avec Curtis. Il s'était comporté comme un idiot ! Il ignorait comment il allait faire pour rattraper le coup, mais il était prêt à tout pour essayer.

Après l'atterrissage, Elyse ne dit pas un mot de tout le trajet qui la ramenait chez elle. Plus la fin du séjour approchait, et plus la distance qu'Elyse mettait entre eux lui semblait cruelle. Avait-elle déjà oublié les moments merveilleux qu'ils avaient partagés ?

Peut-être avait-elle raison de faire cela. Le lien très fort qui les unissait était tout aussi mystérieux que la façon dont ils s'étaient rencontrés.

En sa présence, il ne se reconnaissait pas.

Peut-être qu'elle éprouvait la même chose ?

Il suivrait son exemple pour ne pas la brusquer.

Quand la limousine la déposa devant chez elle, elle se tourna enfin vers lui.

— Je…

— C'est bon. Ne t'inquiète pas. Je comprends. Appelle-moi quand tu te sens prête.

Elle eut l'air soulagée qu'il la laisse partir sans lui faire de scène.

— Oui, je pense que c'est mieux, murmura-t-elle.

Une fois qu'Elyse fut sortie de la voiture, il résista à l'envie de porter sa valise, de peur de finir par prendre la jeune femme dans ses bras.

Mieux valait une coupure nette.

Même si en la regardant marcher en direction de son bâtiment, son cœur se serrait.

Comme si elle était devenue sa raison d'être.

11

Elyse referma la porte de chez elle et posa sa valise.

Qu'avait-elle fait ? D'une part elle n'avait pas honoré les termes de sa mission et, d'autre part, elle s'était compliqué la tâche en s'amourachant du fils de l'ennemi de son père.

Dès qu'ils avaient entamé le chemin du retour, la brume sexuelle s'était levée, et elle avait pris conscience du fait qu'elle n'était pas différente des autres femmes. Elle avait succombé aux charmes de Julian Lockett et elle ne pouvait en vouloir qu'à elle-même. Au lieu de garder son objectif en ligne de mire, elle s'était laissé prendre dans la toile de Julian, séduite par ses multiples attentions et par l'illusion d'une vie luxueuse et facile. Une villa dans les Caraïbes. Une nouvelle garde-robe. Une jeep. Sans compter les visites, les restaurants, les sorties en mer et autres privilèges.

Ce monde de paillettes était alléchant. En tant que fille d'alcoolique élevée dans la pauvreté, elle n'y avait vu que du feu et y avait vite pris goût. Maintenant qu'elle avait savouré cette vie de jet-set, elle voulait d'autant plus venger son père et punir Josiah Lockett d'avoir agi égoïstement. Elle voulait que le propriétaire des Atlanta Cougars comprenne le calvaire qu'elle avait enduré par sa faute. Quand l'affaire éclaterait au grand jour, peut-être que son père obtiendrait l'aide dont il avait besoin pour arrêter de boire.

Mais avait-elle encore une chance d'arriver à ses fins ? Elle pensait que Curtis Jackson lui permettrait de pénétrer dans l'antre des Lockett, mais Julian avait inventé ce scénario pour que Pierre King accepte de la laisser partir une semaine. Son but étant de l'attirer dans son lit. Ce qu'il avait réussi à faire.

Elle était furieuse, même si elle ne pouvait pas vraiment lui en vouloir. Elle savait à quoi elle s'exposait en le rejoignant dans un lit. Il n'y avait pas eu que le lit, d'ailleurs. Il y avait eu la douche, le canapé, le tapis, la terrasse, le jacuzzi et bien d'autres lieux encore. Chaque fois, elle avait été consentante, ignorant à quel point ces rapports pouvaient avoir l'effet d'une drogue.

Mais il ne s'agissait pas que de simples ébats sexuels. Elle avait parfois eu l'impression qu'ils faisaient l'amour. Surtout lors de leur dernière soirée à Sainte-Lucie, où elle avait senti que leur nudité avait atteint un nouveau degré d'intimité, quelque chose qu'elle n'avait jamais éprouvé auparavant.

Ils avaient échangé un baiser fougueux quand il avait reculé pour lui prendre le visage dans les mains et la regarder avec une intensité éblouissante. Puis ils avaient oscillé, unis l'un à l'autre, jusqu'à ce qu'ils jouissent en même temps.

Après cette expérience hors du commun, elle avait compris qu'elle en pinçait pour le célibataire le plus en vue d'Atlanta. Cela remettait en question sa mission. Comment pourrait-elle se résoudre à faire du tort au père de l'homme pour qui elle avait des sentiments grandissants ?

De plus, même si elle espérait encore régler ses comptes avec Josiah Lockett, il y avait de bonnes chances pour que Julian, la seule personne susceptible de la faire pénétrer dans l'antre des Lockett, ne veuille pas la revoir après la façon dont elle l'avait ignoré dans l'avion, lors de leur retour.

— Tiens, tiens. Le fils prodigue est de retour, dit Josiah quand Julian entra dans son bureau le lundi matin.

Son père lui rendait rarement visite à son bureau, donc il fut étonné de le trouver assis sur le canapé.

— Que me vaut cet honneur ?

— Ne fais pas le malin, Julian. Tu pensais pouvoir prendre le jet pour partir avec une poule de luxe sans que je le sache ?

— Elyse n'est pas une poule de luxe ! répliqua-t-il, furieux.

— Ah non ? Ne me dis pas que tu as enfin trouvé l'âme sœur, j'aurais du mal à te croire.

— Parce que tu ne me connais pas, dit Julian en s'asseyant à son bureau pour allumer son ordinateur.

Son père se leva d'un bond.

— Je n'aime pas ton insolence ! s'exclama-t-il. Et ne me parle pas sur ce ton alors que tu me dois tout !

— C'est ce que tu crois ? Je ne me souviens pas t'avoir vu beaucoup pendant toutes mes années d'études à la fac de médecine.

Son père le fusilla du regard.

— Tu crois avoir l'ascendant sur moi parce qu'une inconnue t'a tourné la tête ? rétorqua-t-il. C'est peine perdue. Sans moi, tu ne serais arrivé à rien, il est temps que tu le reconnaisses.

Un énième coup bas. La technique préférée de son père pour le rabaisser et le mener à la baguette.

— Sors d'ici ! hurla-t-il.

Son père éclata de rire.

— C'est *mon* entreprise, au cas où tu l'aurais oublié, fit-il remarquer.

— Alors renvoie-moi pour faute professionnelle. J'ai pris des jours de vacances auxquels j'ai droit. Ou devais-je te demander la permission de m'absenter ?

Son père resta silencieux quelques instants avant de reprendre :

— Je ne sais pas qui est cette femme, mais j'aime l'effet qu'elle a sur toi. Invite-la à dîner.

Puis il s'apprêta à sortir mais, avant de passer la porte, il ne put pas s'empêcher d'ajouter une dernière chose :

— La prochaine fois que tu veux te servir de mon jet, ne te sers pas de ta petite sœur pour faire ton sale boulot. Sois un homme et demande-le-moi directement.

Une fois seul, Julian fut tenté de jeter le presse-papiers en verre qu'il tenait dans la main à travers la pièce. Il se ravisa. C'était un cadeau de sa mère quand il avait eu son diplôme de médecin. Il était néanmoins furieux. Même après tout ce temps, son père réussissait encore à le mettre hors de lui.

— J'ai vu que papa était passé te voir. Je suis curieuse de savoir pourquoi, dit Giana quelques minutes plus tard en entrant dans le bureau de Julian sans prendre la peine de frapper.

— À ton avis ?

Elle le regarda, penaude.

— Je suis désolée, Julian.

— Pourquoi ?

— Parce que j'ai dit à papa que tu avais pris le jet.

— C'est toi qui as mouchardé ?

— Sois sympa ! Ce n'est pas ma faute si tu as décidé de partir roucouler à Sainte-Lucie en début de saison. Papa avait besoin du jet le jour où tu es parti. Au début, je n'ai rien voulu dire, mais il a fini par me faire cracher le morceau.

— J'imagine qu'il ne t'a pas dit que sans lui tu ne serais rien. Ce qu'il vient de me dire, texto.

— Je suis désolée.

— Tu n'y es pour rien.

Giana vint vers lui pour le prendre dans ses bras.

— Je suis désolée de ne pas t'avoir épargné sa colère, murmura-t-elle.

— Ne t'inquiète pas. Je suis le grand frère. C'est moi qui dois te protéger, pas l'inverse.

Il vit qu'elle avait les larmes aux yeux.

— Non, Giana, ne fais pas ça. Tu sais que tu dois te montrer forte si tu veux survivre dans ce monde de brutes.

Elle s'arracha à leur étreinte.

— Je suis forte.

— Oui, dit-il en lui tordant le nez.

— Arrête ! Je détestais ça quand j'avais six ans et je déteste toujours autant ! Papa t'a dit quoi, exactement ?

— Il veut rencontrer Elyse.

— Pitié ! Tu te souviens du jour où Roman a annoncé qu'il était avec Shantel ? Tu es sûr de vouloir revivre ça ?

Julian rit de bon cœur.

— Absolument pas ! Mais si je ne viens pas avec elle, il va commencer à mettre son nez dans mes affaires. Donc je préfère prendre les devants.

Giana soupira.

— Alors espérons que ça se passera bien.

C'est ce que Julian espérait. Sinon, il aurait affaire à son père, et c'était la dernière chose qu'il souhaitait.

— Où étais-tu ? s'enquit Frank quand Elyse passa chez lui après le travail pour voir comment il allait.

Elle n'était pas étonnée qu'il lui demande cela. Andrea lui avait demandé la même chose, et Elyse lui avait proposé de dîner avec elle ce soir pour tout lui raconter.

Elle était juste venue déposer les courses qu'elle avait faites pour lui mais, en arrivant, elle avait tout de suite senti qu'il avait bu. On aurait dit qu'il ne s'était pas peigné depuis des jours, et ses habits étaient tout froissés. Une bouteille de whisky à moitié pleine trônait sur la table basse du salon, à côté d'un verre vide.

Levant les yeux au ciel, elle s'arma de patience et fit du café.

Comme elle ne lui répondait pas, son père la rejoignit dans la cuisine alors qu'elle rangeait les œufs et le lait dans le réfrigérateur, se demandant ce qu'il avait mangé en son absence.

— Alors ? Tu vas me répondre ? s'écria-t-il.

Son haleine sentait le whisky.

— Je suis partie en vacances.

— Sans me le dire ? s'enquit-il, perplexe.

Ignorant sa question, elle continua à ranger les courses.

— Elyse Harper.

— Quoi ? Je n'ai pas le droit de partir sur un coup de tête et de faire quelque chose pour moi ?

Voyant son air penaud, elle comprit qu'elle l'avait blessé.

— Je suis désolé d'être un poids pour toi, ma fille. Mais ne t'en fais pas pour moi. Je peux m'en sortir tout seul, dit-il avant de repartir s'asseoir devant la télé dans le salon.

Elyse soupira, contrariée.

Posant le pain qu'elle tenait, elle vint se placer derrière le canapé et entoura son père avec les bras.

— Papa, je suis désolée.

Il lui tapota les mains.

— Elyse, je sais que toutes ces années ont été difficiles pour toi. Je sais que tu as dû grandir sans ta maman. Je n'ai pas su comment élever une fille tout seul et j'en suis navré. Ta maman aurait dû être avec vous.

Elyse fut étonnée de l'entendre parler de sa femme.

C'était rare, car c'était encore trop douloureux pour lui.

Elle fit le tour pour s'asseoir à côté de lui

— C'est bon, papa.

— Non, ce n'est pas bon. Ne me cherche pas d'excuses. J'ai été un très mauvais père. Je n'ai pas été à la hauteur. Mais je ne savais pas quoi faire. Je n'ai pas su nous assurer un avenir financier stable. Je ne pourrai jamais me le pardonner. J'ai été dépassé par les événements, conclut-il avant de baisser la tête, vaincu.

— Je comprends, papa, dit-elle en lui prenant la main, voyant qu'il avait les larmes aux yeux.

— Non, je ne crois pas. J'avais tout à portée de main. Une femme formidable, une fille adorable. Une grande maison. Une voiture de sport. Des économies. Des parts dans une équipe de football qui commençait à prendre son envol. Et puis, soudain, j'ai tout perdu. Ma femme, ma fortune, et mon meilleur ami m'a escroqué.

— Papa, je sais. Tu me l'as déjà dit plein de fois.

— Et je n'ai pas peur de le répéter. Josiah Lockett est un égoïste. Il a vu que j'étais dans le pétrin mais, au lieu de me tendre la main, il m'a arnaqué pour me prendre mes parts des Atlanta Cougars. Et maintenant, l'équipe est au top. Surtout grâce à Curtis Jackson qui est un joueur phénoménal. Josiah est multimillionnaire. Et moi ? Je suis assis ici à me morfondre, comme un moins que rien, tout seul.

— Tu n'es pas tout seul, papa. Je serai toujours là.

— Oui, c'est vrai. Tu as toujours été ma petite fille chérie, dit-il en la prenant dans ses bras.

Elle se laissa faire. Parfois, c'était bon de sentir que son père était encore là pour elle aussi.

Au bout d'un instant, ils s'éloignèrent, les yeux mouillés.

— Je suis désolé de ne pas avoir été à la hauteur, Elyse. Je n'y arrive pas. Pendant ton absence, j'ai essayé d'arrêter de boire, mais j'ai échoué. C'est trop dur.

— Je comprends. Mais on va y arriver.

Pour finir, elle passa la soirée avec son père et annula son dîner avec Andrea en lui promettant de la retrouver pour un petit déjeuner le lendemain matin.

Son téléphone vibra plusieurs fois. C'était Julian. Son cœur battait la chamade dès qu'elle pensait à lui. Leur séjour à Sainte-Lucie avait été magique. Jamais elle n'avait vécu une expérience pareille. C'était sûrement la première... et la dernière.

Elle avait ignoré les appels de Julian, car son père avait eu besoin de toute son attention pour essayer de remonter la pente. Mais, intérieurement, elle était en proie à un dilemme.

Comment pouvait-elle avoir des sentiments pour Julian tout en restant fidèle à son père ?

Elle allait devoir faire un choix.

Julian était fou d'inquiétude. Il avait tenté de joindre Elyse toute la journée et, hormis un court message l'informant qu'elle croulait sous le travail, elle n'avait pas cherché à le contacter depuis la veille, quand il l'avait déposée chez elle en rentrant de l'aéroport.

Lorsqu'ils s'étaient séparés, il avait compris qu'il ne devait pas la brusquer, et qu'elle avait besoin de réfléchir. Bizarrement, lui n'avait pas besoin de réfléchir car, avec Elyse, tout semblait naturel, comme s'ils étaient faits l'un pour l'autre. C'était une impression étrange. Il avait embrassé de nombreuses femmes dans sa vie, mais avec Elyse chaque baiser était unique. Jamais il n'avait éprouvé de telles sensations. Quand ils s'étaient retrouvés au lit, leurs deux corps s'étaient imbriqués à la perfection. Là encore, cela ne lui était jamais arrivé de se sentir autant à l'unisson physiquement avec une partenaire.

Elyse avait des raisons de lui en vouloir. Il lui avait fait miroiter une opportunité professionnelle afin de se rapprocher d'elle, et cela s'était retourné contre lui. Il craignait qu'elle mette fin à leur relation. C'est pourquoi, lorsqu'il était rentré chez lui la veille, il avait éprouvé de la frustration et de l'anxiété. Mais il n'avait pas appelé, ne voulant pas lui montrer à quel point elle l'obsédait. Il avait attendu.

Aujourd'hui, il lui avait laissé un message pour l'inviter à déjeuner ou à dîner, mais elle avait décliné son offre, prétextant qu'elle avait trop de travail. Ce soir, il avait tenté de la joindre à plusieurs reprises, mais elle n'avait pas décroché.

Il ne supportait pas qu'elle le tienne à distance, et l'idée qu'elle soit en train de rompre avec lui le rendait fou.

C'était trop douloureux pour lui. Il se sentait tellement à l'aise avec Elyse que, pour la première fois, il arrivait à se projeter avec une femme dans une relation sérieuse. Sous l'impulsion de son père, il avait même envisagé de la présenter à sa famille. Avait-il mal lu les signaux ? S'était-il trompé sur le compte d'Elyse ? Avait-elle fait semblant pendant le séjour merveilleux qu'ils avaient partagé à Sainte-Lucie ? Leur degré d'intimité et de complicité était-il uniquement le fruit de son imagination à lui ?

Il devait en avoir le cœur net.

Plus tard dans la soirée, quand Elyse rentra chez elle, elle était épuisée. Après avoir fait boire plusieurs tasses de café à son père et avoir dîné avec lui, ils avaient fait une partie de gin-rami. Ils n'y avaient pas joué depuis des années, et cela lui avait rappelé les quelques moments heureux de son enfance, avant que son père sombre dans l'alcool.

Sur le trajet, elle avait tenté de mettre de l'ordre dans ses idées.

Julian lui manquait terriblement. Elle avait beau lui en vouloir de lui avoir fait miroiter une fausse opportunité professionnelle, elle ne pensait qu'à lui. Les baisers de Julian, ses mains sur elle et leurs ébats lui manquaient.

Elle se retrouvait dans une situation impossible. Comment obtenir réparation pour son père sans blesser Julian, l'homme pour qui elle avait des sentiments profonds ?

Après avoir enlevé ses chaussures, elle se déshabilla pour aller se doucher. La sonnette de l'entrée la prit par surprise. Elle jeta un œil à l'horloge. Il était 22 heures.

Elle enfila son kimono en soie à la hâte pour aller à la porte, puis regarda par le judas.

— Elyse ? Tu es là ? Je suis inquiet de ne pas avoir eu de tes nouvelles, dit Julian.

Sachant qu'il ne partirait pas, elle lui ouvrit.

— Dieu merci, il ne t'est rien arrivé ! s'exclama-t-il.

— Pourquoi il me serait arrivé quelque chose ?

— Je t'ai envoyé des messages, je t'ai appelée. Tu ne répondais pas. Donc j'ai cru qu'il t'était arrivé quelque chose.

— Comme tu peux le voir, tout va bien. Tu veux entrer ?

Il acquiesça, mais resta dans l'entrée.

Un silence maladroit se fit entre eux, puis Julian le rompit.

— Peux-tu me pardonner ? Je n'ai pas joué franc-jeu, mais je te promets de t'obtenir un rendez-vous avec les Jackson.

Elle le regarda, le cœur battant à vive allure, mais elle n'eut pas le temps de lui répondre car, l'instant d'après, il la prit fougueusement dans ses bras. C'était comme si elle venait d'être emportée par un tourbillon de passion. Julian avança aussitôt lui pour réclamer sa bouche avec voracité, lui écartant les lèvres avec la langue.

Une vague de chaleur monta en elle alors qu'un courant électrique la parcourait.

Tout en continuant à l'embrasser, Julian se déshabilla à la vitesse de l'éclair, comme s'il en allait de sa vie. Il les guida jusqu'au canapé. Quand il défit le kimono d'Elyse et découvrit sa nudité, il poussa un grognement guttural qui résonna dans toute la pièce. Il prit un sein dans sa bouche affamée et entreprit de pétrir l'autre avec la main, puis il alterna sauvagement jusqu'à ce que les tétons d'Elyse soient raidis au point de devenir douloureux.

Elle sentait son cœur battre à tout rompre dans sa poitrine, mais elle ne se laissa pas impressionner et caressa Julian avec intensité.

Elle avait soif de lui, comme s'ils ne s'étaient pas touchés depuis des semaines, voire des mois, alors qu'ils venaient de passer huit jours ensemble, très souvent nus, dans l'intimité de la villa.

Quand elle s'empara du sexe dur de Julian, elle fut satisfaite de constater que cela ne le laissait pas insensible. Elle se mit à le caresser de haut en bas, se régalant de la sensation de velours sous ses doigts. Changeant de rythme pour varier les plaisirs, elle continua jusqu'à ce que Julian s'arrache à elle le temps d'aller chercher un préservatif dans son portefeuille.

Il revint sur le canapé pour enfiler la protection devant elle, puis il s'allongea sur elle. Elle le regarda dans les yeux, subjuguée, trop heureuse de s'offrir à lui.

— Prends-moi, ordonna-t-elle.

Il ne se fit pas prier. Il la pénétra avant de se lancer dans une chevauchée fantastique. Elle dut s'agripper à lui de toutes ses forces, enfonçant les ongles dans les épaules musclées de Julian. Au moment où elle sentit la jouissance monter en elle, il la retourna pour la prendre par-derrière. Elle était perdue, emportée dans un raz-de-marée de sensations. Quand Julian lui glissa un doigt entre les jambes pour la caresser, un orgasme d'une ampleur phénoménale explosa en elle, provoquant une multitude de perceptions plus délicieuses les unes que les autres. Julian la suivit de près, se mettant à gémir telle une bête féroce qu'on libère de sa cage, avant de s'effondrer.

Plus tard, quand il se leva pour aller jeter le préservatif et qu'il revint se blottir sur le canapé, il s'excusa.

— Je suis désolé de t'avoir sauté dessus dès mon arrivée, mais je n'en pouvais plus.

Elle lui sourit. Attendrie, elle lui caressa la joue.

— Moi aussi j'avais follement envie de toi.

— Vraiment ? Mais aujourd'hui, tu...

Elle le fit taire en lui posant un doigt sur les lèvres.

— Aujourd'hui, j'ai eu une journée chargée. Quand je suis passée chez mon père, il était ivre, donc je suis restée pour m'occuper de lui. Désolée de ne pas être revenue vers toi.

— Je croyais que...

— Julian, j'ai passé une semaine incroyable avec toi. Je me sens bien avec toi. J'imagine que ce n'est pas difficile à deviner. On n'a pas pris le temps de parler de la suite, mais j'aimerais que l'on se revoie. En fait, j'aimerais que l'on se lance dans une relation exclusive.

Sa requête n'avait rien à voir avec la revanche, mais tout à voir avec Julian et les sentiments qu'elle éprouvait pour lui. La semaine qu'elle venait de passer avec lui avait tout changé. Elle ignorait de quoi l'avenir serait fait, mais elle voulait tenter cette aventure avec Julian, même si c'était trop beau pour être vrai et qu'à bien des égards cette relation s'avérait compliquée.

Même si elle arrivait à résoudre le problème par rapport à son père, qu'en était-il de Julian ?

Il avait toujours eu la réputation d'un coureur de jupons.

Était-il capable de s'engager dans une relation sérieuse ?

Était-il prêt à s'engager avec elle ?

12

Monogamie. Jusqu'à présent, pour Julian, ce mot avait toujours eu pour effet de lui faire prendre ses jambes à son cou. Mais il avait été au comble de la joie en entendant Elyse dire qu'elle voulait s'engager dans une relation sérieuse avec lui. Cela comportait un élément de risque et de doute, car il n'avait jamais réussi à le faire auparavant. Seulement Elyse était différente. Plus il la voyait, plus il sentait qu'ils étaient faits l'un pour l'autre.

Ils aimaient faire les mêmes choses, ils s'entendaient bien, ils n'étaient jamais à court de sujets de conversation et, surtout, ils étaient compatibles sexuellement. Plus ils faisaient l'amour avec elle, plus il avait hâte de la prochaine fois. Au fil du séjour à Sainte-Lucie, il s'était aperçu combien il tenait à elle. Si bien que ce soir, après avoir fait les cent pas dans son appartement, fou d'inquiétude qu'il soit arrivé quelque chose à Elyse, il avait décidé de conduire pour se rendre chez elle et prendre de ses nouvelles. Une partie de lui craignait que la raison de son silence ne soit uniquement liée au fait qu'elle souhaite rompre avec lui, mais il avait voulu en avoir le cœur net. Il avait été rassuré de constater qu'elle allait bien et agréablement surpris qu'elle s'offre à lui.

— Julian ?

En se tournant vers elle, il vit qu'elle attendait sa réponse.

— Je ne veux personne d'autre dans ma vie et je veux m'engager dans une relation exclusive avec toi, dit-il.

Un sourire étincelant illumina le beau visage d'Elyse.

Sa réaction lui réchauffa le cœur. Il plongea le regard dans celui d'Elyse avant de l'embrasser, comme pour sceller leur accord.

Elle l'enlaça pour mieux se lover contre lui.

Sentir le corps d'Elyse de fondre contre lui l'excita en un instant, et il sut qu'il ne rentrerait pas dormir chez lui ce soir.

— Alors Elyse, tu vas enfin me dire ce qui s'est passé entre le célèbre Julian Lockett et toi ? lui demanda Andrea quand elles se retrouvèrent pour le petit déjeuner le lendemain matin.

Elyse prit une gorgée de café pour se réveiller, car elle avait à peine fermé l'œil de la nuit, trop occupée à profiter des caresses de Julian.

— Julian m'a emmenée en jet privé à Sainte-Lucie.

— En jet privé ? À Sainte-Lucie ? Incroyable ! C'était comment ?

— Génial. Une véritable aventure tout droit sortie d'une comédie romantique. On a fait une balade à cheval, une sortie en bateau, dansé dans un club de jazz, fait une session dans un spa et pris un bain de boue, entre autres.

— Et au lit, c'était comment ? Il a été à la hauteur de sa réputation et de tes attentes ?

— Je dirais qu'il a dépassé toutes mes attentes, avoua Elyse, rougissant comme une pivoine.

— Ah ! Tu vois ? Je t'avais dit que le jour où tu trouverais le bon étalon, tu réussirais à jouir.

— Tu avais raison. J'avais commencé à croire que j'étais frigide après mes deux premières expériences.

— Donc tu es officiellement avec lui ?

— On en a parlé hier soir et l'on veut tous les deux une relation exclusive. Donc... oui ! C'est officiel !

— Je suis tellement contente pour toi ! Tu as réussi à décrocher le gros lot, bravo !

— Je vais même rencontrer sa famille en fin de semaine. On ira au match des Atlanta Cougars l'après-midi puis on est invités à dîner chez ses parents le soir.

Elle appréhendait un peu, mais elle ne pensait pas que Josiah la reconnaîtrait car, la dernière fois qu'il l'avait vue, elle n'était qu'une petite fille chétive et timide.

— Dis donc, c'est du sérieux, fit remarquer Andrea avec un grand sourire.

— Oui ! J'ai trop hâte de rencontrer sa famille !

Ce serait l'occasion pour elle de rencontrer Josiah Lockett et de se faire une idée du personnage. Était-il vraiment le monstre que son père décrivait, ou pourrait-elle lui trouver de bons côtés ? Elle commençait à avoir des doutes sur le bien-fondé de sa mission, mais elle n'avait pas encore décidé d'abandonner la bataille. Si elle découvrait des éléments dont elle pouvait se servir contre Josiah Lockett, elle le ferait. Mais, si elle optait pour ce scénario, elle craignait de tout gâcher avec Julian. Était-elle prête à le perdre pour rétablir l'honneur de son père ?

Malgré la fausse alerte concernant Curtis Jackson, Julian et elle avançaient dans la bonne direction. Le destin les avait réunis et maintenant, en dépit des circonstances, tout ce qu'elle souhaitait, c'était être en couple avec lui. Plus les heures s'écoulaient, plus elle sentait que son attachement pour Julian allait grandissant.

Le lendemain en fin d'après-midi, Julian se réjouissait de rejoindre Elyse après le travail. Ils avaient passé le plus clair de la nuit enlacés et, durant la journée, il n'avait pas arrêté de rêvasser en pensant à elle. Son esprit rembobinait la banque d'images qu'il avait emmagasinées depuis leur rencontre. Elyse nue au lit, Elyse à cheval, Elyse dansant dans ses bras, Elyse mangeant avec appétit...

Il partit la chercher en voiture pour aller dîner.

Quand il la vit sortir vêtue d'un tailleur-pantalon noir avec un chemisier en soie, il eut aussitôt envie d'elle et dut se faire violence pour ne pas la dévorer sur-le-champ.

— J'avais hâte de te voir, dit-elle en lui déposant un baiser léger comme une plume sur les lèvres.

— Moi aussi.

— Tu pensais aller dîner où ?

— Je propose de manger mexicain. J'ai une adresse.

— Parfait ! Allons-y !

Julian lui ouvrit la portière passager et attendit qu'elle s'installe avant de se mettre au volant.

— Comment s'est passée ta journée ? s'enquit-il.

— Plutôt bien. Pas d'urgence à gérer. Et toi ?

— J'ai fait le tour de mes joueurs. Pas d'urgence non plus, donc c'est toujours bon à prendre. Et j'ai accepté de faire du volontariat dans un hôpital.

— Même avec la saison qui commence ?

— J'aime l'idée de donner du temps à la communauté.

— Je trouve que c'est formidable.

— Comme toujours, mon père trouvera quelque chose à redire, mais je sais que ma mère saura se montrer encourageante.

— Surtout, ne laisse personne te dissuader d'accomplir une bonne action, surtout pour aider les plus défavorisés.

Ils arrivèrent au restaurant mexicain qui était quasiment complet. Mais ils réussirent à avoir une table à l'extérieur.

— Installe-toi, je m'occupe des tacos, proposa-t-il.

— Entendu.

— Tu veux quelque chose de spécial ?

— Tout me va !

Il prépara un festin avec deux bières fraîches.

— C'est coloré et ça a l'air délicieux, fit remarquer Elyse quand il posa le plateau sur leur table.

Elle but une gorgée de bière avant de commencer à manger.

— Julian ! C'est absolument divin ! s'écria-t-elle après avoir goûté les tacos au porc.

Il sourit en la regardant se lécher les doigts, ravi de la voir se régaler en toute simplicité. Comme elle avait un peu de sauce sur le coin de la lèvre, il la prit avec un doigt qu'il lécha. Elle écarquilla les yeux, les joues rouges, visiblement consciente de ce geste volontairement sexuel, mais elle ne dit rien, trop occupée à manger.

Ils finirent leurs tacos en buvant leur bière dans une atmosphère détendue et conviviale.

— J'avais vraiment faim, car je n'ai mangé qu'une petite salade, ce midi, dit-elle. C'était succulent.

— Ravi que ça t'ait plu. Tu veux un dessert ?

— Tout dépend à quoi tu penses...

Il lui montra du doigt un stand de glaces.

— Volontiers ! répondit-elle en lui prenant la main.

Le magnétisme entre eux était plus fort que jamais. Il était allé crescendo à Sainte-Lucie et il semblait s'être intensifié la veille, quand ils avaient décidé de se lancer dans une relation exclusive. Ils apprenaient à se connaître, aussi bien dans le quotidien qu'au lit.

Julian choisit une boule de glace aux noix de pécan et Elyse une à la menthe et aux pépites de chocolat.

Après quoi, ils firent un détour par chez elle pour qu'elle prenne ses affaires et ils allèrent passer la nuit chez lui.

Il était effrayé de la dépendance émotionnelle qu'il éprouvait vis-à-vis d'Elyse, mais il ne pouvait pas s'empêcher de vouloir partager plus de temps avec elle. C'est pour cela qu'il se réjouissait qu'elle rencontre sa famille. Elle faisait partie de sa vie. Du moins, pour le moment.

— Curtis ! Comment ça va ? lança Julian alors qu'il passait la tête dans la salle de soins.

— Très bien, merci.

— Tant mieux. On a promis à ton père de bien s'occuper de toi. On doit honorer notre promesse.

— Ne t'inquiète pas. Mon père est très protecteur depuis le départ de ma mère, mais il n'est pas méchant.

— C'est normal qu'il veuille le meilleur pour toi. D'ailleurs, en parlant de ça, j'ai appris que ton père et toi recherchiez une nouvelle personne pour gérer ta relation avec les médias et j'ai quelqu'un de formidable à vous recommander.

— Si tu nous envoies ses coordonnées, mon père s'en occupera.

— Super ! On fait comme ça.

Après avoir fait sa ronde et s'être assuré que tout allait bien, Julian s'apprêtait à quitter les vestiaires quand il tomba sur son frère Roman.

— Salut, frérot. Je pensais que Shantel et toi seriez déjà installés dans la tribune VIP.

— J'ai beau être directeur général, je n'en reste pas moins un fan. J'aime toujours parler aux joueurs avant un match.

— Je te laisse. J'ai donné rendez-vous à Elyse et je ne veux pas la faire attendre.

— J'ai hâte de rencontrer la femme qui semble avoir réussi à te faire tourner la tête.

Pour toute réponse, Julian leva les yeux au ciel avant de se rendre à l'entrée de la tribune VIP où Elyse l'attendait. En la voyant, son cœur se mit à battre la chamade.

Son frère avait peut-être raison.

Était-il en train de tomber amoureux ?

Elyse n'eut qu'un bref moment pour détailler la tenue de Julian, mais elle le trouva plus séduisant que jamais vêtu d'un jean et d'une chemise blanche. Dès qu'il arriva à sa hauteur, il la prit dans ses bras et la souleva.

— Pose-moi ! s'écria-t-elle en riant.

Ce qu'il fit, mais pas avant de lui avoir donné un baiser langoureux qui lui fit tourner la tête.

Puis il la prit par la main et lui fit faire une visite guidée des lieux.

Elle n'en revenait pas d'être dans les coulisses des Atlanta Cougars en tant qu'invitée alors qu'elle aurait pu être propriétaire de la moitié du club si son père n'avait pas été victime des manipulations de Josiah Lockett...

— Viens, le match va bientôt commencer, et je veux te présenter à ma famille, dit Julian avec un grand sourire. Xavier est dans la cabine des journalistes en tant que présentateur, mais il devrait pouvoir nous rejoindre pour le dîner.

— Je te suis.

Elle paniqua légèrement à l'idée de rencontrer Josiah Lockett en chair et en os, mais tenta de masquer sa crainte. Julian la guida, saluant chaleureusement tous les gens qu'ils croisaient. Enfin, ils arrivèrent dans la tribune réservée à la famille Lockett.

Un vigile ouvrit les portes en verre, et Elyse fut surprise de se retrouver dans un environnement aussi cossu. De la moquette beige moelleuse, des fauteuils en tissu raffinés, d'immenses écrans de télévision, un somptueux bar en bois, et du personnel prêt à servir les Lockett et leurs invités.

Elle repéra tout de suite le chef de famille. Grand, imposant et froid. À côté de lui se trouvait Angelique, son épouse, une très belle femme à la peau brune et délicate. Elle portait un pantalon en lin et un pull en cachemire, et sa coupe de cheveux années 1950 ajoutait une touche chic et sophistiquée.

— Maman, papa, je vous présente Elyse.

Elle eut l'impression de se retrouver devant un jury qui allait décider de son destin.

Angelique Lockett s'avança aussitôt vers elle.

— C'est donc vous la jeune femme qui avez captivé mon fils et contrecarré mes plans ? s'enquit-elle sur le ton de la plaisanterie en la prenant dans ses bras.

— En effet, avoua Elyse, penaude.

— Je vous pardonne, car je ne l'ai jamais vu aussi heureux, dit Angelique en faisant un clin d'œil à Julian.

Pendant ce temps, Josiah Lockett resta en retrait, observant Elyse d'une façon qui la mit mal à l'aise. Elle n'aurait pas su dire pourquoi, mais il la regardait vraiment très bizarrement.

— Chéri, viens donc dire bonjour à Elyse.

Josiah s'approcha d'elle, la dominant de toute sa hauteur. Il devait souvent user de sa stature pour intimider les gens et imposer son pouvoir, mais elle décida de ne pas se laisser impressionner.

— Monsieur Lockett. Ravie de vous rencontrer, dit-elle.

— Je ne peux pas en dire autant, car j'ignore la véritable raison de votre présence ici.

— Pardon ? murmura-t-elle, les jambes flageolantes.

— Vous avez réussi à déjouer les plans de ma femme donc j'imagine qu'il faut se méfier de vous, répondit-il avant d'éclater de rire.

Enfin, il lui tendit la main.

— Mademoiselle Harper, ravi de rencontrer la dernière conquête en date de mon fils Julian.

— Josiah, s'il te plaît, intervint sa femme.

Elyse cacha sa contrariété, sentant que sa présence en ces lieux n'était peut-être pas une bonne idée.

— C'est étrange, reprit Josiah. Mon fils et moi n'évoluons pas dans les mêmes cercles, mais j'ai l'impression de vous avoir déjà vue.

Elyse paniqua, le cœur battant à tout rompre. Elle avait rencontré Josiah quelques fois étant enfant, mais ses souvenirs étaient vagues. Cela faisait plus de vingt ans.

Elle fut sauvée grâce à Angelique.

— Venez, Elyse, je vais vous présenter au reste de la famille.

Elyse la suivit, heureuse de pouvoir se soustraire à l'inspection de Josiah Lockett. Elle n'aimait pas la façon dont il la regardait, comme s'il l'avait reconnue, mais qu'il avait décidé de garder l'information pour plus tard.

Angelique la présenta à Roman avec qui elle échangea quelques banalités.

— Elyse, je te présente ma femme, Shantel.

Une jolie femme à la peau caramel, vêtue d'une robe en laine qui épousait son ventre très arrondi, s'approcha d'elle en lui offrant un sourire chaleureux.

— Ravie de te rencontrer, Elyse. Julian m'a beaucoup parlé de toi, dit-elle en lui donnant une accolade.

— Tout le plaisir est pour moi.

— Ne m'oubliez pas !

Une jeune femme au corps fabuleux, vêtue d'un jean moulant, d'un haut en soie et de bottes à talons aiguilles, vint rejoindre le petit groupe. Elle lui tendit la main.

— Moi, c'est Giana.

— Enchantée.

— Vous avez fini les présentations ? demanda Julian en prenant Elyse par les épaules.

— Ne sois pas si possessif, lui fit remarquer Giana. Partage.

— Tais-toi, petite sœur.

L'assemblée rit de bon cœur.

— Elyse, veux-tu boire quelque chose ? proposa-t-il.

— Je prendrais volontiers un verre de vin.

— Ici, tout le monde boit de la bière, intervint Josiah qui avait fait mine de s'éloigner, mais n'avait pas perdu une miette de la conversation.

— Elyse, fais comme tu veux, dit Julian, contrarié.

— Une bière, ce sera parfait.

Il se dirigea vers le bar, la laissant seule avec sa mère, sa sœur et sa belle-sœur.

— Tout se passe bien avec Julian ? s'enquit Angelique.

L'interrogatoire avait commencé...

— Très bien, merci.

— On peut dire que tu t'es donné de la peine pour débusquer mon frère, fit remarquer Giana, quelque peu moqueuse.

— Giana, s'il te plaît, dit Angelique sur un ton de reproche.

Elyse réfléchit à toute vitesse.

— C'est vrai. J'avais beaucoup entendu parler de Julian, comme tout le monde, et j'étais curieuse, dit-elle, consciente qu'elle évoluait en eaux troubles.

— Mais encore ? demanda Shantel.

— J'étais curieuse de découvrir le célibataire le plus en vue d'Atlanta, expliqua-t-elle. J'avoue avoir été agréablement surprise. Julian est un homme charmant, attentionné et sincère.

En voyant le visage des trois femmes, elle sentit qu'elle avait marqué des points.

— C'est vrai qu'habituellement mon fils reste cantonné dans son image d'homme à femmes au volant de sa voiture de sport, mais il a bien plus à offrir. Je suis ravie que vous ayez pu faire plus ample connaissance.

— Assez parlé de Julian ! décréta Giana. On est curieux d'en savoir plus sur la femme qui lui a volé son cœur !

— Volé son cœur, je n'irais pas jusque-là, dit Elyse en rougissant.

— En tout cas, vous êtes la première femme dont Julian parle avec autant d'enthousiasme, fit remarquer Angelique. Et la première qu'il nous présente, précisa-t-elle avec un sourire entendu.

— C'est vrai ? murmura Elyse, rougissant de nouveau.

Intérieurement, elle fut ravie d'apprendre ça, elle devait néanmoins rester prudente pour ne pas révéler le lien qui unissait jadis leurs familles.

— Oui, c'est vrai, répondit Giana. Je n'ai jamais vu mon frère dans cet état. Je pense vraiment qu'il en pince pour toi.

— Est-ce une mauvaise chose ? s'enquit Elyse.

— Pas du tout ! s'exclama Angelique. Je suis enchantée que mon fils ait l'air aussi heureux avec vous. Peut-être qu'il a enfin envie de s'installer et de fonder une famille.

— Maman, tu vas déjà avoir un petit-enfant.

— Et alors ? Je veux *plusieurs* petits-enfants. Toi, tu es trop occupée à vouloir devenir une femme d'affaires et tu n'as pas le temps de penser à fonder une famille.

— L'un n'empêche pas l'autre, intervint Shantel. Regardez-moi. J'ai géré mon cabinet de psychologie et j'ai quand même trouvé le temps de me marier et d'avoir un enfant.

— Je sais que l'on peut avoir des enfants jusqu'à plus de quarante ans mais, quoi qu'on dise, il y a un temps pour tout, décréta Angélique. Le corps d'une femme est fait pour avoir des bébés tôt. Désolée si je suis un peu vieux jeu.

— Madame Lockett, j'apprécie le conseil maternel, dit Elyse.

Aussitôt Angelique lui prit la main.

— C'est vrai, Julian m'a dit que vous aviez perdu votre maman très jeune. J'en suis désolée.

Julian arriva à ce moment-là, deux bières à la main.

Il en tendit une à Elyse puis l'embrassa sur le front.

— Tout va bien ?

— Oui, mentit-elle, sentant que l'étau se resserrait autour d'elle.

13

Julian prenait l'air sur la terrasse de chez ses parents tout en repensant à la journée qui venait de s'écouler. Il était soulagé que tout se soit bien passé avec Elyse, aussi bien au stade que lors du dîner. Sa mère était ravie, Giana, Roman et Shantel l'avaient bien accueillie. Quant à son père…

Il n'aurait su dire pourquoi, mais son comportement l'avait profondément gêné.

Il n'avait pas été ouvertement hostile, pas de la même manière qu'il avait pu l'être envers Shantel au début de son histoire d'amour avec Roman. Mais sa réaction l'avait laissé perplexe. Il connaissait bien son père et il était sûr qu'il avait quelque chose derrière la tête. Il mettrait le temps qu'il faudrait, mais il comptait découvrir le pot aux roses. Pas question de permettre à son père gâcher sa relation avec Elyse comme il avait tenté de le faire avec Roman et Shantel.

Shantel apparut sur la terrasse, comme si elle avait senti qu'elle était dans les pensées de Julian.

— Que fais-tu là tout seul ?

— J'avais besoin de faire une pause loin du brouhaha.

— Trop de monde pour toi ? Pourtant, souviens-toi, ce n'est rien à côté de ma famille.

Il laissa échapper un petit rire. Elle avait trois frères qui étaient mariés et qui avaient déjà des enfants, donc les réunions de famille chez elle étaient toujours très animées.

— Toi aussi tu avais besoin de prendre l'air ? demanda-t-il.

— Non, je t'ai aperçu par la fenêtre. Tu avais l'air tellement absorbé dans tes pensées. Quelque chose te tracasse ?

— Je pensais à ma relation avec Elyse.

Shantel était souvent tentée de mettre sa casquette de psychothérapeute, et il aimait se confier à elle.

— Et alors ? Résultat des courses ?

— Je ne sais pas ce qui m'arrive. Elyse est belle, confiante, ouverte. Aux antipodes des femmes que j'ai rencontrées.

— C'est génial. Où est le problème ?

— Il n'y en a pas. Enfin, disons que je n'ai jamais éprouvé de tels sentiments pour une autre femme.

— Laisse-toi aller. Explore ces sentiments. Ne te ferme pas à ce qui pourrait être ton premier vrai amour.

— Je n'ai pas parlé d'amour, répliqua-t-il vivement, sur la défensive.

Ce mot ne faisait pas partie de son vocabulaire.

— Soit, alors n'appelons pas un chat un chat. Mais je pense qu'il est temps que tu acceptes d'aimer et d'être aimé. Tu viens de dire que tes sentiments pour Elyse étaient différents. Donc pourquoi nier que cela pourrait être de l'amour ?

— Je pense que tu vas trop loin dans ton analyse. Et j'imagine que je mélange attirance physique et amour.

— Pourquoi refuses-tu de faire face à tes sentiments ? Pourquoi es-tu si effrayé de t'ouvrir aux autres ?

— Arrête. Je sais que tu veux m'aider mais, là, je suis un peu perdu au niveau de mes sentiments.

— Pardon. J'arrête. Je veux juste t'aider à voir que ta vie pourrait être tellement plus riche si tu acceptais de lâcher prise sur ton self-control.

— C'est marrant car, bien souvent, les gens pensent que je n'ai aucun self-control.

— Ils ne te connaissent pas. Moi, je te connais.

Ils entendirent une toux forte derrière eux. C'était Roman qui cherchait sa femme.

— Nous avons fini notre petite conversation, je vous laisse, dit Julian en rentrant à la recherche d'Elyse.

Shantel avait-elle raison ?

Était-il en train de tomber amoureux d'Elyse ?

Pour Elyse, les deux semaines suivantes s'écoulèrent à la vitesse de l'éclair. Quand elle n'était pas au bureau, elle passait le plus clair de son temps avec Julian, au restaurant, dans des galeries d'art, à des galas de charité. À tel point qu'ils avaient fini par faire la une de la presse people ! Julian l'avait également emmenée faire du shopping pour s'acheter une nouvelle garde-robe plus en phase avec leurs activités mondaines.

Au départ, elle avait refusé, car il s'était déjà montré très généreux quand ils étaient allés à Sainte-Lucie. Mais secrètement, elle avait adoré vivre dans la vraie vie une scène tout droit sortie de *Pretty Woman*. Julian lui avait aussi offert de la lingerie de luxe La Perla... qu'elle ne gardait jamais très longtemps dès qu'il posait les yeux sur elle.

Tout le monde se demandait comment elle avait réussi à mettre la main sur le célibataire le plus en vue d'Atlanta.

Quand Julian et elle n'étaient pas en goguette, ils allaient soit chez lui, soit chez elle. Ils aimaient cuisiner ensemble, regarder un film, écouter de la musique ou se câliner sur le canapé après une bonne journée de travail. C'étaient les moments préférés d'Elyse, car elle découvrait Julian sous son vrai jour. Elle voyait la face cachée qu'il montrait rarement aux autres. Un homme attentionné, charmant, qui travaillait beaucoup et qui avait un sens de l'humour des plus fins.

Jour après jour, elle sentait que ses sentiments pour lui grandissaient. Plus elle apprenait à le connaître, moins elle était sûre de vouloir poursuivre sa mission de vengeance.

En ce samedi soir, Julian et elle avaient prévu de dîner avec Curtis Jackson et son père, Tim, pour tâter le terrain. Julian avait choisi d'aller chez son ami Manuel.

Il fit les présentations pendant qu'ils attendaient que leur table soit prête.

— Tim, Curtis, je vous présente Elyse Harper.

— Enchanté, mademoiselle Harper, dit Tim, perplexe. J'ai l'impression d'avoir déjà entendu votre nom quelque part.

— Papa, c'est moi qui t'en ai parlé. Elyse travaille dans les relations publiques.

Tim Jackson parut dubitatif.

— Ah oui ? Mais dans ce cas, Julian, vous essayez de placer votre petite amie ?

— Pas du tout, répondit Julian. Je pense qu'Elyse est très compétente, et que vous devriez prendre en compte sa candidature. Mais uniquement si vous pensez qu'elle est à la hauteur de vos attentes. Elle a un dossier impressionnant, donc elle n'a pas besoin de moi dans sa vie professionnelle.

Elyse fut soulagée et ravie de l'intervention de Julian.

De plus, elle lui était reconnaissante d'avoir tenu parole et de lui avoir décroché cet entretien.

Au cours du repas, elle fit part aux Jackson de ses années d'expérience et des succès qu'elle avait remportés. Tim écouta attentivement tout ce qu'elle disait. Il ne fit aucune promesse, mais elle sentit qu'elle avait des chances d'obtenir le dossier.

Une fois qu'ils eurent fini de parler affaires, l'atmosphère se détendit et ils passèrent une excellente soirée à discuter de choses et d'autres.

Quand elle croisa le regard de Julian et qu'il lui sourit, elle eut une révélation qui la frappa de plein fouet. Elle était tombée amoureuse de Julian Lockett. Malgré toutes les précautions qu'elle avait prises pour garder ses distances, elle n'avait pas pu s'en empêcher. Comment ne pas aimer cet homme à qui elle s'était offerte et qui se montrait si attentionné avec elle ? Depuis le début de leur aventure, il lui prouvait à quel point elle comptait pour lui et à quel point il la voulait dans sa vie.

Depuis des semaines, elle cherchait des secrets qui n'existaient pas. Pendant ce temps, sa relation avec Julian s'était approfondie. Il n'était plus question de vengeance. Elle ne s'en sentait plus capable. Elle l'aimait trop pour lui faire du mal.

— Qu'y a-t-il ? demanda Julian sur le trajet du retour, voyant qu'elle était totalement absorbée dans ses pensées.

Il lui saisit la main et la serra dans la sienne.

— Rien.

— Quand une femme dit ça, c'est qu'il y a forcément quelque chose. C'est ma faute ?

— Pas du tout.

Elle se blottit contre lui et lui effleura la joue.

Puis, l'attrapant par le cou, elle l'attira à elle et posa les lèvres sur les siennes. L'intensité de leur baiser les prit par surprise alors qu'ils se goûtaient l'un l'autre, avides. En le caressant, elle sentit l'érection de Julian, puis regarda aussitôt en direction du chauffeur.

— On ne peut pas faire ça ici, chuchota-t-elle.

— Je vais remonter l'écran opaque.

— Il saura pourquoi.

Gênée, elle repoussa la main de Julian, alors qu'elle aurait donné n'importe quoi pour qu'il la fasse crier de plaisir.

— On continuera chez moi, décréta-t-elle.

— D'accord, mais tu vas me le payer.

— Je te payerai en nature, murmura-t-elle sur un ton taquin.

— Dis-moi, Julian, tu passes beaucoup de temps avec Elyse, fit remarquer Giana après une partie de tennis un dimanche matin.

Elle s'était plainte qu'il ne jouait plus avec elle, donc il s'était débrouillé pour trouver un créneau pour disputer une partie.

— Je sais. Je suis désolé.

En vérité, il avait du mal à gérer le travail, la famille et son temps avec Elyse. Si cela n'avait tenu qu'à lui, il aurait passé le plus clair de son temps avec cette dernière.

— Tu n'as pas l'air désolé du tout.

— Ça se voit tant que ça ?

— Que tu en pinces pour elle ? Un peu.

Il vivait une expérience inédite. Auparavant, il n'avait jamais réussi à rester avec une femme assez durablement pour apprendre à la connaître. Mais, en passant du temps avec Elyse, il avait découvert un nouveau monde. Il s'était ouvert à une intimité émotionnelle qui, par le passé, l'avait fait fuir. Elle lui avait permis de prendre conscience que l'existence pouvait être autrement.

— Tu penses vraiment me connaître ? s'enquit-il.

— Disons que j'ai assez suivi tes frasques avec les femmes pour savoir que tu n'es pas du genre à t'engager dans une relation exclusive et sur le long terme. Donc j'en conclus qu'Elyse est différente, et que tu en pinces vraiment pour elle. Mais je pense aussi que cela te fait peur.

Il soupira. Sa sœur avait entièrement raison.

— Tu n'as pas idée à quel point ça me fait peur, avoua-t-il.

Il craignait de tout gâcher et de ne pas être à la hauteur.

— Écoute, je n'ai jamais été amoureuse, mais je crois vraiment que l'amour existe. La preuve, regarde papa et maman. Si j'étais toi, je foncerais car, parfois, ça n'arrive qu'une fois dans la vie.

Il ne répondit pas.

Si le destin avait décidé qu'Elyse devait faire partie de son existence, pourquoi avait-il peur de cette évidence ?

Grâce à Julian, Elyse se rendait compte que dans la vie il n'y avait pas que le travail. Mais cela voulait aussi dire qu'elle avait moins de temps pour rendre visite à son père.

Donc elle ne fut pas surprise de voir ce dernier arriver dans son bureau le lundi soir, même si cela ne l'arrangeait pas.

— Papa, que fais-tu là ?

— J'ai pris un taxi pour venir te voir. Un père n'a plus le droit de passer voir sa fille ?

— Mais si, bien sûr. Assieds-toi. Je suis désolée de ne pas être passée te voir ces derniers temps. J'étais occupée.

— Oui, je sais tu as été *très* occupée, fit-il remarquer d'un ton moqueur.

Elle sentit aussitôt que le vent avait tourné.

— Papa ?

— Tu as été très occupée à coucher avec l'ennemi !

Elle regarda alentour pour voir si quelqu'un avait entendu.

— Papa, tu ne sais pas ce que j'essaye de faire.

— Non. Mais tu vas me le dire.

— Je me sers de Julian pour obtenir des informations sur les Lockett.

Elle s'en voulait de devoir mentir, mais elle aimait Julian et elle ne pouvait pas l'avouer à son père.

— Et alors ? As-tu découvert des choses intéressantes ? Tu penses vraiment pouvoir pénétrer dans l'antre des Lockett ?

— Pas si fort, murmura-t-elle.

— Qu'essayes-tu de faire, au juste ?

— Papa, arrête. Je vais te raccompagner chez toi. On pourra en parler dans la voiture.

Elle prit son sac à main, et ils quittèrent son bureau.

— Je n'arrive pas à croire que tu aies pu me cacher une chose pareille, dit son père, alors qu'ils attendaient l'ascenseur.

Elle ne répondit pas.

Elle se sentait mal de ne pas lui en avoir parlé.

Était-ce pour cette raison qu'elle n'avait pas eu envie de passer le voir ? Parce qu'elle aurait dû mentir sur ses sentiments et sa situation ? Elle devait bien se douter qu'il finirait par l'apprendre par les médias.

Ils descendirent au parking en silence mais, une fois dans la voiture, son père reprit la parole :

— Alors, Elyse, je peux savoir ce qui se passe ? Pourquoi ma fille couche-t-elle avec le fils de mon ennemi ? Et pourquoi je l'ai appris sur Internet ?

Elyse se frotta le visage, ne sachant pas par où commencer. Elle devait assumer et aller jusqu'au bout de cette conversation, même si c'était la dernière chose qu'elle avait envie de faire.

— Voilà. Depuis quelque temps, je cherchais un moyen pour pénétrer dans le monde fermé des Lockett et voir si je pouvais trouver des informations compromettantes. Je pensais y arriver par le travail, mais cela n'a rien donné. Puis, un jour, j'ai eu l'occasion de rencontrer Julian et j'ai foncé.

— C'est le fils aîné de Josiah ?

— Non, l'aîné, c'est Roman. Il est marié, et sa femme attend un enfant. C'est le directeur général.

— Ah bon ? Remarque, ça ne m'étonne pas. Petit, il suivait son père partout, car il voulait tout faire comme lui.

— Oui, mais Josiah est encore aux commandes. Je me suis dit que si j'arrivais à me rapprocher du second fils, Julian, j'aurais plus de chance. Et ça a marché. On s'est tout de suite bien entendus.

Elle sentit le regard de son père peser sur elle.

— Oui, ça se voit sur les photos, marmonna-t-il.

— Papa, je ne vais pas te mentir, Julian me plaît beaucoup, donc ça m'a freinée dans mes résolutions. Mais quand on veut, on peut. Et je ne vais pas arrêter de chercher une faille dans l'armure des Lockett.

— Ce n'est pas une bonne idée, ma fille. Tu devrais arrêter.

— Pas question !

— Crois-moi. Si tu fais ça, tu vas t'attirer des ennuis, et ça pourrait se retourner contre toi.

Il avait peut-être raison, mais elle n'allait pas écouter son conseil. Il était hors de question de le laisser tomber alors que tout le monde l'avait abandonné, et que son meilleur ami s'était servi de lui !

Elle voulait se montrer à la hauteur pour tenter de rectifier le tir, si possible.

Quand ils arrivèrent en bas de chez lui, son père n'attendit pas qu'elle l'accompagne jusqu'à sa porte. Il sortit du véhicule sans même lui dire au revoir et s'éloigna.

Elle le regarda pénétrer dans le bâtiment, le corps voûté. Son père était un homme brisé qui souffrait. Les larmes lui montèrent aux yeux. Elle se rendait compte à quel point elle avait failli à son engagement envers son père en étant aveuglée par son amour pour Julian.

Ce qu'elle partageait avec Julian était un mirage. Elle s'était laissé prendre au jeu, comme toutes ses conquêtes précédentes. Quelle femme n'avait pas envie de rencontrer le prince charmant ? Il était temps de quitter ce conte de fées et de passer aux choses sérieuses.

Quelques jours plus tard, le destin lui donna un coup de pouce quand Curtis Jackson, le sportif le plus en vue des Atlanta Cougars, se retrouva au cœur d'un scandale. C'était l'occasion rêvée. Les Jackson et les Lockett auraient besoin de quelqu'un pour gérer ce genre de crises. Quelqu'un qui s'y connaissait. Quelqu'un qui avait le profil de l'emploi. Quelqu'un en qui les

Curtis auraient confiance.

Sans vouloir mettre la charrue avant les bœufs, tout indiquait que ce quelqu'un, ce serait elle.

Il ne lui restait plus qu'à attendre patiemment.

14

— Roman, peux-tu m'expliquer comment tu as pu laisser faire ça ? s'enquit Josiah qui avait convoqué une réunion d'urgence en ce samedi matin.

Julian était déjà prêt pour sa journée quand il avait reçu l'appel impérieux de son père lui ordonnant de venir au plus vite. Tous les enfants étaient là. Roman était arrivé en même temps que lui. Giana et Xavier étaient déjà là puisqu'ils vivaient sur place.

Les trois frères portaient des tenues décontractées de week-end, mais Giana était sur son trente et un.

— Ce n'est pas ma faute, répondit Roman. Je n'ai rien laissé faire. Je ne pouvais pas prédire que Curtis échapperait au vigile.

— Tu aurais dû. Un jeune homme comme lui qui a été éduqué par un père dominant a forcément envie de découvrir le monde comme il l'entend. Il fallait s'y attendre !

Roman leva les yeux au ciel, ce qui fit rire Julian.

Son père réagit au quart de tour.

— Julian, tu trouves ça drôle ? Tim Jackson est furieux que son fils se retrouve au cœur d'un scandale. Il doute des compétences des gens qui l'entourent, car on lui avait promis que son fils serait entre de bonnes mains. Or, il nous a échappé. Maintenant, on passe pour des idiots !

— Personnellement, je ne me sens pas concerné, fit-il remarquer. Je m'occupe de la santé physique de Curtis, et il est dans une condition optimale. Cela n'a rien à voir avec moi.

Son père le fusilla du regard.

— Cela a tout à voir avec toi ! s'écria-t-il. Tu es un membre de cette famille, bon sang ! Tu l'as peut-être oublié ? Ta petite poule t'a fait perdre la tête ?

Julian bondit de son siège, car il détestait que son père essaye de s'imposer à lui en l'intimidant.

— Ma *petite poule* est justement très douée pour gérer ce genre de crises, répliqua-t-il. On devrait l'engager pour nous aider à tirer Curtis de l'embarras.

— Julian, on n'a pas besoin de ton aide, intervint Roman. L'équipe dont on dispose est tout à fait capable de gérer cette crise.

— Roman, tu as intérêt à prendre les choses en main, ordonna leur père. Curtis s'est fait prendre dans une chambre d'hôtel avec une danseuse, et l'on doit régler ça au plus vite.

— D'après ce que j'ai compris, Curtis n'y est pour rien dans cette affaire, expliqua Julian. Il a vu une jeune femme se faire agresser et il a voulu intervenir. Mais il était sur les lieux quand la police est arrivée. Dans le flou du moment, il a été interpellé comme le responsable de l'agression.

— Alors pourquoi la presse s'est-elle emparée de l'affaire pour le faire passer pour un obsédé sexuel ? s'enquit Giana.

— Parce que les gens se fichent des faits. Ils veulent des histoires sordides et salaces, et Curtis est le bouc émissaire idéal, répondit leur père.

— Je vais m'en occuper, dit Roman.

— Et Elyse peut nous aider, ajouta Julian. Si vous regardez son dossier, vous verrez qu'elle a sauvé la réputation de plus d'une célébrité. Qui plus est, elle a déjà rencontré Curtis et Tim, et ils se sont bien entendus.

— Pourquoi veux-tu absolument nous imposer les services de cette femme ? rétorqua leur père. Que sais-tu d'elle et de son passé ?

— Papa, arrête !

— J'ai l'impression de la connaître, murmura ce dernier. C'est étrange, mais je suis sûr qu'elle nous cache quelque chose.

— Roman, pourquoi tu ne veux pas demander à Elyse ? s'enquit Giana.

Julian lui en fut reconnaissant.

— Julian a raison, poursuivit-elle. Si Elyse est compétente, qu'elle a fait ses preuves avec des célébrités et qu'elle a déjà rencontré les Jackson, pourquoi ne pas lui donner le dossier ?

Le silence se fit dans la pièce, comme s'il s'agissait d'un jury en train de délibérer.

— Entendu, je veux bien faire passer un entretien à Elyse, mais je ne promets rien, annonça Roman.

— Merci, dit Julian.

Il était persuadé qu'Elyse pouvait aider Curtis. Il voulait que sa famille la considère comme un atout car, si leur relation continuait, elle pourrait faire partie des Atlanta Cougars.

— Elyse, je peux vous voir dans mon bureau ?

— Bien sûr. J'arrive.

Elle pensait savoir pourquoi Pierre voulait la voir.

Curtis Jackson faisait la une des journaux, accusé d'avoir agressé une danseuse dans un hôtel. Les Lockett avaient besoin de quelqu'un doué en gestion de crise, et elle espérait qu'ils l'appelleraient à la rescousse.

— Elyse, asseyez-vous.

— Que puis-je faire pour vous ? s'enquit-elle en prenant place face à lui.

— Les Lockett m'ont contacté. Roman Lockett aimerait vous rencontrer au sujet de Curtis Jackson.

— Formidable ! Je serais ravie de le rencontrer, en espérant pouvoir décrocher le dossier et ajouter les Lockett à notre liste de clients.

— Inutile de vous dire que c'est un client de taille. Cela pourrait nous ouvrir des portes dans le domaine du sport.

— Je ferai tout pour être à la hauteur, assura-t-elle en se levant après lui avoir serré la main.

Une fois sortie du bureau, elle se félicita en silence et sourit à ses collègues, fière d'elle.

Au niveau professionnel, c'était une aubaine mais, au niveau personnel, cela renforçait son dilemme et la mettait dans une situation délicate. Si elle exécutait son plan de vengeance et qu'elle trahissait les Lockett, elle risquait de ruiner sa carrière et de perdre Julian.

Elle ne savait plus à quel saint se vouer... Devait-elle saisir sa chance ou tout arrêter ?

Andrea la tira de ses rêveries.

— Alors ? Il a dit quoi ?

— Je vais avoir un entretien avec Roman Lockett pour m'occuper éventuellement du dossier Curtis Jackson.

— C'est super ! J'imagine que Julian n'y est pour rien ?

— J'espère faire mes preuves, mais je ne peux pas nier que ma relation avec Julian a joué en ma faveur.

— Vas-y, fonce ! Tu vas leur montrer qui tu es !

En effet, elle voyait cette opportunité comme un moyen de faire ses preuves. Mais était-elle prête à trahir Julian et sa famille pour se venger de la vie de pauvreté que son père et elle avaient connue à cause de Josiah ?

Elle chassa rapidement ces sombres pensées pour se concentrer sur Curtis Jackson.

Curtis était le joueur phare des Atlanta Cougars, et avant cet incident sa réputation était impeccable, surtout grâce à son père qui veillait au grain. Mais ce scandale pouvait s'avérer catastrophique pour sa carrière s'il n'était pas géré avec la plus grande attention et une stratégie infaillible.

C'était à elle de trouver la solution.

— Tu es sûr de toi, Julian ? demanda Roman alors qu'ils attendaient Elyse dans la salle de conférences où Roman allait lui faire passer un entretien.

— Quelle question ! Évidemment que je suis sûr !

— Tu es sûr que c'est ta tête qui parle et pas ton cœur ?

— Je suis vexé que tu insinues que je ne sais pas ce que je fais et que j'agis sans réfléchir. Je ne suis pas un imbécile que sa petite amie mène par le bout du nez. Je parle de faits avérés. Elyse a une grande expérience dans la gestion de crise et, qui plus est, elle a fait ses preuves. Sa réputation professionnelle n'a rien à voir avec le fait que l'on soit ensemble.

— Et pourtant, c'est pour ça que l'on va lui donner sa chance. Si tu n'avais pas insisté à ce point, je n'aurais pas pris sa candidature en compte. Je fais ça pour toi.

— Je n'ai pas besoin que tu fasses ça pour moi. Si tu ne penses pas qu'elle est la meilleure candidate pour gérer Curtis, ne la prends pas. Je ne t'ai pas demandé de l'embaucher. Je t'ai demandé de la rencontrer pour que tu te rendes compte par toi-même de ses compétences.

Roman l'observa quelques instants en silence, perplexe.

— Quoi ? demanda Julian.

— Je ne t'ai jamais vu comme ça. Tu parles d'Elyse avec un tel enthousiasme...

— C'est un problème ?

— Non. Au contraire. Je suis ravi de voir que tu es prêt à t'engager dans une relation sérieuse avec une femme et que tu as décidé de ranger ton costume de play-boy.

Julian éclata de rire.

— Je n'ai jamais rien dit de la sorte ! s'exclama-t-il.

— Mais tu y penses, n'est-ce pas ? En tout cas, d'après ce que je vois, entre vous, ça a l'air sérieux.

Julian prit quelques instants pour digérer ce que Roman venait de lui dire.

— Je ne sais pas, murmura-t-il. Tu as peut-être raison.

Mais pas question pour lui d'aller plus loin et de discuter de sa vie amoureuse avec son frère. Il devait d'abord comprendre la nature de sa relation avec Elyse avant de pouvoir en parler ou tirer des conclusions.

On frappa à la porte.

Son cœur se mit à battre la chamade quand il fit entrer Elyse. Elle était belle à couper le souffle dans sa robe fourreau orange qui épousait ses courbes à merveille. S'ils avaient été seuls, il n'aurait pas manqué de la prendre dans ses bras pour l'embrasser fougueusement. Mais comme son frère était dans la pièce, il resta formel.

— Bonjour, Elyse, entre.

Elle lui sourit avant de reporter son attention sur Roman.

— Elyse, merci d'être venue aussi rapidement.

— Je t'en prie, Roman, c'est normal.

— Je vais vous laisser, dit Julian en s'éclipsant.

Il fit un clin d'œil à Elyse, pouce levé, puis lança un regard à son frère pour le supplier d'être clément envers elle.

Il aurait aimé rester dans la pièce mais, pour Roman, c'était hors de question. Donc il devrait attendre la fin de l'entretien pour avoir des nouvelles. Mais il était convaincu qu'Elyse était taillée pour cette mission.

— Je t'en prie, Elyse, assieds-toi, dit Roman en prenant place de l'autre de la table, devant un bloc-notes et un stylo.

Elle obéit, dans ses petits souliers. Hormis leur première rencontre dans la tribune VIP des Lockett au stade des Atlanta Cougars et un dîner, chez Shantel et lui, elle n'avait pas vraiment eu l'occasion de discuter avec Roman. Elle avait davantage parlé à Shantel, la meilleure amie de Julian. Elle n'éprouvait aucune jalousie envers Shantel, même si Julian lui avait avoué qu'à un moment donné il avait vu Shantel comme un plan de repli une fois qu'il aurait mis ses années de don Juan derrière lui. Puis Roman était intervenu.

— Alors, Elyse, parle-moi un peu de toi, mais pas de ce qu'il y a sur ton CV.

Elle s'efforça de répondre aux attentes de Roman sans pour autant en dire trop sur son passé, de peur qu'il ne fasse la relation. Étant un peu plus âgé que Julian, il se pouvait que Roman ait des souvenirs du père d'Elyse.

— J'ai grandi à Atlanta. Ma mère est morte d'un cancer quand j'étais enfant, donc j'ai grandi seule avec mon père qui a traversé des moments difficiles et dont j'ai dû m'occuper dès mon plus jeune âge. Je pense que c'est ce qui m'a poussée à réussir ma carrière professionnelle.

— Je vois. Tu es chez King PR depuis quelques années ?

— Oui. J'ai eu la chance de décrocher ce poste où j'ai pu me faire la main. Pierre King a vu mon potentiel et a commencé à me donner des dossiers plus corsés. Alors j'ai pu ainsi étoffer mon expérience dans ce milieu. J'ai dû faire mes preuves, cela n'a pas été facile, mais je suis une battante et je trouve les situations épineuses d'autant plus stimulantes.

— En tout cas, ton parcours est impressionnant.

— Merci.

— Comme tu le sais, Curtis se trouve dans une situation délicate. Dis-moi ce que tu envisagerais de faire pour le sortir du pétrin.

Au cours des trente minutes suivantes, elle expliqua à Roman le plan qu'elle avait échafaudé pour contrecarrer les attaques médiatiques dont Curtis était victime. Quand elle eut fini, elle rassembla ses notes et attendit.

— Je comprends mieux pourquoi mon frère a insisté pour te mettre sur les rangs, fit remarquer Roman, visiblement impressionné.

— Je prends ça pour un compliment.

— Je dois t'avouer que j'avais quelques doutes, mais je reconnais que tu as parfaitement saisi le problème. On veut protéger Curtis à tout prix mais, comme tu le sais, les médias sont vicieux.

— Je sais que ce ne sera pas une mince affaire et que je n'ai pas autant d'années d'expérience que d'autres candidats, mais je te promets que si vous me donnez ma chance, vous ne serez pas déçus du résultat.

— Alors tu peux d'ores et déjà t'atteler à la tâche.

— Pardon ?

— Je t'embauche. J'aime agir en suivant mon instinct. J'ai déjà parlé à d'autres candidats potentiels, mais tu es la première à avoir pensé à Curtis et à l'effet que la situation pouvait avoir sur lui. C'est exactement ce que l'on recherche.

Elyse n'en revenait pas. Elle était aux anges.

— Parfait ! Je suis prête à commencer. Où est Curtis ?

— Dans mon bureau.

— Alors je te suis.

Elle avait déjà eu l'occasion de voir les vestiaires et les salles de soin mais, maintenant, elle allait pénétrer dans les quartiers généraux des Atlanta Cougars.

Quand ils entrèrent dans le bureau de Roman, Curtis et son père les attendaient.

— Roman, où étiez-vous passé ? demanda Tim Jackson. Cela

fait des heures que les médias s'en donnent à cœur joie. Il est temps de réagir.

— Tim, voici Elyse Harper, que vous avez déjà rencontrée et qui a été sélectionnée pour s'occuper de votre dossier.

— J'espérais que vous seriez la femme de la situation, dit Tim Curtis en lui adressant un sourire amical.

— Ne vous inquiétez pas. Tout va bien se passer. Les choses vont rentrer dans l'ordre, lui assura-t-elle.

Elle ferait tout pour sauver l'avenir de Curtis.

Quant au sien, il dépendrait de sa capacité à faire la part des choses entre son amour pour Julian et sa haine pour Josiah Lockett.

15

Quand elle rentra chez elle, Elyse était épuisée. Elle avait indiqué à Curtis et son père que la meilleure tactique était de dire la vérité : Curtis était intervenu pour défendre la danseuse qui se faisait agresser. Il ne restait plus qu'à établir un portrait de Curtis en accord avec l'histoire. Elle leur avait donné une stratégie pour sauver la carrière du joueur. Grâce à ses contacts, elle allait tout faire pour que Curtis retrouve une image positive.

Elle avait prévu qu'il passe sur une chaîne nationale le lendemain matin pour qu'il raconte sa version des faits et, le jour suivant, il participerait à l'une des plus grandes émissions de sport du pays. Elle avait aussi approché plusieurs représentants des organisations caritatives auxquelles il contribuait pour aider la communauté. Ce serait une tâche colossale d'inverser la tendance dans l'opinion publique, mais tous les espoirs étaient permis.

Quand elle avait épluché le dossier avec Pierre en fin de journée, il l'avait soutenue du début à la fin et n'avait rien trouvé à redire. Elle s'était gardée de lui parler de ses histoires de famille et du second plan qui lui était venu à l'esprit. Un plan qui anéantirait la carrière de Curtis Jackson et causerait un tort phénoménal aux Atlanta Cougars.

L'idée était de représenter la danseuse, de prendre son parti et de la mettre sur toutes les chaînes et dans tous les journaux. Si elle insinuait que Curtis n'était pas aussi droit qu'il en avait l'air et si elle lançait des rumeurs comme quoi les Atlanta Cougars organisaient des soirées de débauche, cela suffirait à endommager l'image de l'équipe. Et si, en plus, elle ajoutait l'histoire de son père et de Josiah, elle était sûre de faire du tort aux Lockett.

Mais si elle choisissait cette option, Pierre la renverrait et sa carrière serait terminée. Était-elle prête à gâcher toutes ses années de dur labeur pour se venger d'un homme ? Non.

Elle posa le dossier des Lockett sur la table. Il contenait toutes les recherches qu'elle avait faites au fil des ans sur la famille Lockett et l'activité des Atlanta Cougars. Elle connaissait leurs forces, leurs faiblesses et même si c'était une entreprise risquée, elle n'avait jamais cessé d'y croire. Jusqu'à sa rencontre avec Julian. Au moindre faux pas contre les Lockett, elle perdrait Julian. Il apprendrait qu'elle était la fille de Frank Robinson et qu'elle était entrée en contact avec lui dans le seul but d'atteindre son père. Il lui en voudrait d'avoir envisagé de faire du tort à sa famille et jamais il ne pourrait lui pardonner une telle trahison.

Elle ne savait plus ce qu'elle devait faire. Sauver son père ou sauver son couple ? Elle ne voyait pas d'issue heureuse à son dilemme. Et elle ne pouvait s'en prendre qu'à elle. Si elle n'avait pas décidé de venger l'honneur de son père, elle ne se serait pas retrouvée dans cette situation. Inversement, si elle ne s'était pas lancée dans cette entreprise, elle n'aurait jamais rencontré Julian, l'homme dont elle était tombée amoureuse et qui lui avait fait vivre les plus beaux moments de son existence.

Julian ignorait pourquoi son père l'avait fait venir dans son bureau. Ils se voyaient rarement, hormis aux dîners de famille et les jours de match, donc il avait été surpris de sa requête. Si cela n'avait tenu qu'à lui, il serait allé directement chez Elyse. Mais il savait qu'elle avait eu une journée exténuante avec Roman, Tim et Curtis, donc il essayait d'être patient, même si c'était difficile.

Elyse Harper était la première femme pour qui il avait autant d'affection et avec qui il avait envie de passer le plus clair de son temps. Avec elle, il se sentait bien. Elle avait réussi à briser le bouclier invisible autour de son cœur. Peu à peu, elle lui avait permis d'entrevoir qu'il n'était pas de marbre et qu'il était capable d'aimer. Même si en grandissant il avait appris à ne pas montrer ses émotions, car son père considérait cela comme une faiblesse.

La porte du bureau de son père était ouverte, donc il ne prit pas la peine de frapper avant d'entrer.

— Ferme la porte.

Son expression était dure comme la pierre.

Julian s'arma de courage pour lui faire face.

— Que se passe-t-il ?

— Tu te souviens quand je t'ai dit que j'avais l'étrange impression d'avoir déjà vu Elyse ?

— Oui. Et ?

— J'avais raison. Elle a menti sur son identité. J'ai demandé à Nico d'enquêter.

— Donc c'est une espionne ? demanda Julian, moqueur.

— Dans un sens, oui. C'est la fille de Frank Robinson.

— Je suis censé savoir qui c'est ?

— Non. Tu étais jeune à l'époque des événements.

— Quel est le lien avec Elyse ?

— Elle est là pour se venger.

— Se venger de quoi ? Qu'as-tu fait à son père ?

— Pourquoi pars-tu du principe que je suis en faute ?

— Parce que je te connais. Tu es prêt à tout pour arriver à tes fins et écraser ceux qui te résistent.

— C'est vraiment ce que tu penses de moi ?

— Dis-moi ce qui s'est passé entre toi et ce Frank Robinson.

— Soit, mais ça s'est passé dans les règles.

— De quoi parle-t-on ?

— En bref, Frank possédait la moitié des Atlanta Cougars avec moi, mais il m'a vendu ses parts il y a vingt-cinq ans, expliqua son père.

— Et pourquoi tu n'as jamais parlé de cette histoire ?

— Parce que…

— Parce que ?

— Frank et moi étions amis. On était meilleurs amis. On était tous les deux des banquiers avisés. On a fait fortune à la Bourse et l'on avait très envie d'entrer dans le football. À l'époque, il n'y avait aucun propriétaire d'équipe afro-américain dans la ligue.

La franchise des Atlanta Cougars a été mise en vente, et l'on a battu le fer tant qu'il était chaud.

— Et ?

— La franchise n'était pas en bonne santé. Il a fallu insuffler beaucoup de capital dès le départ pour la maintenir à flot. Pour moi, la Bourse avait toujours été comme un jeu, mais je savais quand m'arrêter. Mais pas Frank. Il était accro et rien ne l'arrêtait. Puis sa femme, Nadine, a eu un cancer. Les soins étaient à un prix exorbitant, et ça l'a saigné à blanc.

— Donc tu as profité de sa faiblesse pour lui racheter ses parts et le plumer, c'est ça ?

Son père lui jeta un regard qu'il ne sut pas interpréter. De la tristesse ? De la colère ?

— Non, Julian. Tu te trompes. Ce n'est pas ce qui s'est passé. Frank est devenu tellement accro aux jeux d'argent que c'en est devenu maladif. Je pense qu'il voulait toucher le jackpot pour couvrir les frais médicaux de sa femme. Seulement il s'est endetté et, petit à petit, il s'est enfoncé. J'ai essayé de lui parler, de le faire arrêter, mais il ne voulait rien entendre, et je ne voulais pas qu'il mette en péril les Cougars. Je voulais l'aider, mais j'avais peur qu'il me mette sur la paille. J'ai protégé la compagnie et mes arrières. À ce jour, je ne le regrette pas.

— Je vois. J'en ai assez entendu, marmonna Julian en se levant.

— Tu es sûr ? Assieds-toi. Laisse-moi finir. Je te promets que l'unique raison pour laquelle Elyse est entrée dans ta vie et pour laquelle elle voulait absolument travailler pour les Atlanta Cougars est de venger son père.

— Ou peut-être qu'elle veut simplement récupérer ce que tu as volé à son père ?

— Je ne lui ai rien volé !

— Peu importe ! Je me fiche de Frank Robinson ! Ce qui me contrarie, c'est que tu aies à tout prix voulu fourrer ton nez dans mes affaires, comme tu l'as fait avec Roman et Shantel. Pourquoi tu ne peux pas me laisser vivre ma vie comme je le souhaite ? Tu dis que tu nous aimes, mais j'en doute.

— Ce n'est pas juste. Je t'aime et c'est pour ça que je ne peux pas laisser cette femme se servir de toi.

— Parce que je suis le maillon faible des Lockett ?

Julian avait toujours eu l'impression que c'était son statut dans la fratrie et il en avait maintenant la preuve.

— Non, parce que je tiens à toi et je veux te protéger, répondit son père.

— Je suis un grand garçon. Je peux me protéger tout seul.

Sans un regard pour son père, il quitta le bureau, furieux.

Il devait parler à Elyse. Il devait savoir si son père lui avait dit la vérité. S'était-elle servie de lui ? Leur relation était-elle truquée ? Avait-elle fait semblant de l'aimer dans le but de venger son père et de nuire aux Lockett ?

Il avait besoin d'avoir des réponses.

Elyse était en train de revoir ses notes sur le dossier Jackson quand son téléphone sonna. Il était plus de 20 heures. Elle paniqua en constatant que c'était Matt, le serveur du bar où son père passait le plus clair de son temps. Il lui dit sans surprise que son père avait une fois de plus trop bu et qu'il ne tenait plus sur ses jambes.

Elle s'empressa de mettre des chaussures, un manteau, elle prit son sac et sortit quelques minutes plus tard, laissant tous ses dossiers ouverts sur la table.

Quinze minutes après, elle trouva son père avachi dans un coin du bar.

— Il est comme ça depuis quand ? demanda-t-elle à Matt qui semblait contrarié.

— Pas longtemps. Il s'est mis à beaucoup boire quand quelqu'un a dit t'avoir vue sur Instagram avec Julian Lockett. Je ne pensais pas que tu étais du genre à traîner dans la haute société. Je pensais que tu étais des nôtres, dit-il avant de retourner essuyer des verres derrière le bar.

Elle ignora le commentaire déplacé de Matt et reporta son attention sur son père.

— Papa ?

Il redressa lentement la tête.

— Qu'est-ce que tu veux ? marmonna-t-il.

— Je vais te ramener à la maison.

— Je croyais que tu n'avais plus de temps pour moi.

— J'ai toujours du temps pour toi. Viens.

Elle essaya de le lever mais, cette fois, Matt ne vint pas l'aider comme il le faisait d'habitude. Il était visiblement jaloux de sa relation avec Julian. Tant pis ! C'était le cadet de ses soucis. Elle réussit tant bien que mal à traîner son père jusqu'à sa voiture. Une fois chez lui, elle l'allongea sur son lit, lui enleva ses chaussures et l'enveloppa d'une couverture.

Elle referma la porte de la chambre paternelle et s'y adossa, prenant soudain conscience de la situation. Elle avait eu des difficultés à trouver un moyen de se rapprocher des Lockett mais, à présent que c'était fait, elle n'avait pas le cœur de trahir Julian. Elle était tombée éperdument amoureuse de lui, et il n'était pas question de faire du mal à sa famille. Cette décision aurait dû la soulager, mais elle savait que son père serait blessé.

Pour finir, elle avait l'impression d'avoir tout raté.

Elle n'avait été à la hauteur ni pour son père ni pour Julian. Maintenant, sa prochaine étape serait de dire la vérité à Julian et de lui expliquer le vrai motif de leur première rencontre. Elle devait tout lui dire et prier pour qu'il puisse lui pardonner d'avoir envisagé de nuire à sa famille.

Julian ne savait que faire. Elyse ne décrochait pas son téléphone, donc il avait décidé de se rendre chez elle pour pouvoir lui parler. La femme qui comptait le plus pour lui avait-elle été capable d'une telle machination ? Et, si oui, était-ce réellement pour se venger de sa famille ? De son père ? Non. Impossible. Pas Elyse.

Elle était trop gentille, trop attentionnée, trop généreuse pour faire une chose pareille. Il ne pouvait pas imaginer un seul instant qu'elle ait voulu le duper à ce point. Il devait la voir, lui parler, la regarder dans les yeux et exiger qu'elle lui dise la vérité sur son père.

Saurait-il déceler si elle lui mentait ? Il l'espérait.

Quand il arriva chez elle, il remarqua que la Toyota de la jeune femme n'était pas là. Donc il utilisa la clé qu'elle lui avait donnée pour qu'il puisse aller et venir à sa guise. Il lui avait demandé si elle n'avait pas peur qu'il fouille dans ses tiroirs. Elle avait répondu qu'elle n'avait rien à cacher. Il l'avait crue.

Elyse était absente, mais les lumières étaient allumées. Comme si elle était partie dans la précipitation. Ou peut-être était-elle juste sortie faire une course ?

Il ferma la porte derrière lui puis enleva ses chaussures et son manteau pour se mettre à l'aise et attendre Elyse. Puis il se rendit dans la cuisine pour prendre un verre d'eau.

En chemin, il remarqua plusieurs dossiers ouverts sur la table du salon. Il n'était pas d'un naturel fouineur mais, en regardant rapidement, il vit une pochette intitulée « Lockett » et une deuxième « Atlanta Cougars ».

N'importe quel autre jour, il n'y aurait peut-être pas prêté attention, d'autant qu'Elyse venait d'être embauchée par les Lockett pour les Atlanta Cougars. Mais étant donné ce que son père avait insinué tout à l'heure, la curiosité le poussa à ouvrir le dossier du dessus. À l'intérieur, il trouva un chapitre sur chacun des membres de sa famille, y compris sur lui. Pourquoi avait-elle fait une chose pareille ?

Sur la table, il y avait aussi un carnet de notes avec des éléments sur Curtis Jackson. Mais, en regardant de plus près, il vit qu'il y avait deux stratégies. L'une pour sauver les Atlanta Cougars et l'autre pour les détruire.

Des larmes de rage lui montèrent aux yeux. Son père avait raison. Tout ce qu'Elyse et lui avaient partagé n'était qu'un mensonge. Elle s'était servie de lui pour obtenir des informations sur sa famille. Pourquoi n'avait-il pas vu clair dans son jeu ?

Il s'était ouvert à elle sur sa famille, sa profession, lui montrant la face cachée de sa personnalité que peu de gens avaient eu l'occasion de découvrir.

Elle avait de sacrés talents de comédienne, car il en était arrivé à croire que ce qu'ils partageaient était ce qu'il y avait de plus beau, de plus profond et de plus vrai.

Elle l'avait trompé.

La colère monta en lui comme un raz-de-marée. Il allait rester là jusqu'à ce qu'elle revienne et lui demander des comptes ! Et elle avait intérêt à tout lui dire !

Il n'eut pas à attendre longtemps.

En le découvrant, elle lui sourit.

— Chéri, qu'est-ce que tu…

Elle se tut en le voyant agiter son carnet de notes.

— Tu voulais nous enfoncer, c'est ça ? s'enquit-il.

— Non !

Elle se précipita vers lui, mais il l'esquiva. Il ne supportait pas l'idée d'être près d'elle, de peur que son parfum l'ensorcelle de nouveau.

— Je sais que ce que tu tiens dans les mains me discrédite à tes yeux, mais je n'allais pas m'en servir, expliqua-t-elle. Jamais je ne pourrais te trahir ou te faire de mal.

Il jeta le carnet de notes à travers la pièce.

— Tais-toi et arrête de mentir ! Mon père m'a tout dit. Je sais que tu es la fille de Frank Robinson, mais que tu te présentes sous un faux nom pour duper les gens.

— Harper est le nom de jeune fille de ma mère.

— Tu m'as menti ! Tu t'es servi de moi pour tenter de nuire à ma famille, car tu penses que mon père a ruiné le tien.

— C'est la vérité !

— Donc tu avoues que tu m'as menti ?

— Julian, ce n'est pas ce que tu crois.

— Alors vas-y, je t'écoute.

— Ton père t'a dit quoi ?

— La vérité.

— Il t'a dit qu'il avait volé les parts de mon père ?

— Il n'a rien volé du tout. Il les lui a rachetées de peur que ton père ne perde tout au jeu !

— C'est sa version des faits ! Ils étaient amis, il aurait dû le soutenir jusqu'au bout.

Julian n'en revenait pas de défendre son père, mais Elyse était clairement en tort, et il ne pouvait pas laisser passer ça.

— Je me fiche de savoir ce qui s'est passé entre nos pères, dit-il. Mais je veux savoir pourquoi tu as voulu me rencontrer.

— Je…

— Et ne t'avise pas de me mentir ! Je veux la vérité, si tu connais la définition du mot.

Il vit qu'elle pleurait. Cela lui fendit le cœur, mais pas question de flancher. Il tenait beaucoup à elle, mais il s'était comporté comme un idiot, aveuglé par ses sentiments.

— Je cherchais un moyen d'entrer dans votre cercle et, un jour, j'ai surpris une conversation entre Tiffany Mayes et son amie dans les toilettes d'un restaurant.

— Tu me l'as déjà dit. Je veux savoir pourquoi moi.

— Parce que je pensais que tu serais une proie facile.

Il acquiesça en silence.

Il voulait la vérité. Il l'avait eue.

Elle l'avait trompée en bonne et due forme.

— Mais dès que j'ai fait ta connaissance, j'ai vu que ta personnalité allait au-delà de ta réputation de play-boy et que tu avais bien plus à offrir. J'ai compris que la vengeance que j'envisageais n'allait pas être possible.

— Mais tu étais prête à aller loin. Tu t'es offerte à moi. Tu sais ce que cela fait de toi ?

— Oui. Une femme amoureuse.

— Elyse, arrête de jouer la comédie ! Grâce à mon père, on a levé le voile sur ton plan diabolique.

— Ne dis pas ça, Julian. Je suis tombée amoureuse de toi à Sainte-Lucie. C'est la vérité.

— Tu as un toupet impressionnant. Depuis le moment où l'on s'est rencontrés, notre relation a été fondée sur des mensonges. Tout est fini entre nous. Je ne veux plus jamais te revoir ! Et ne t'avise pas de me recontacter !

Il prit son manteau et se dirigea vers la porte. Elle tenta de le retenir, mais il la repoussa.

— S'il te plaît, Julian, ne pars pas. Pas comme ça. Je t'aime plus que tout au monde. Je ne voulais pas te faire de mal.

— C'est trop tard, dit-il en sortant sans la regarder.

Il était anéanti. Tous ses rêves venaient de s'écrouler. Sa vie était brisée.

16

Elyse se réveilla sur son canapé où elle s'était effondrée après le départ de Julian, la veille. Elle lui avait dit la vérité, mais elle l'avait fait trop tard.

Pourquoi n'avait-elle pas rangé ses dossiers avant d'aller chercher son père ?

Julian l'avait quittée. Maintenant, sa vie s'était écroulée. Le destin l'avait rappelée à l'ordre, comme s'il avait voulu la punir.

Malgré son interdiction formelle de le recontacter, elle lui avait téléphoné. Il n'avait pas décroché et ne l'avait pas rappelée.

C'était normal qu'il ne souhaite plus entendre parler d'elle. Elle lui avait menti. Elle l'avait trompé. Elle seule était responsable de la situation. En voulant venger son père, elle avait mal agi envers Julian. Il était trop tard pour faire machine arrière. L'unique chose qu'elle pouvait faire pour tenter de se racheter aux yeux de Julian et des Lockett, c'était de se concentrer sur Curtis Jackson, car elle savait qu'elle pouvait l'aider à sortir du pétrin.

Persuadée que les Lockett allaient lui enlever le dossier, elle décida d'aller voir Tim Jackson. Ce n'était pas gagné, et elle aurait du mal à prouver à Julian qu'elle l'aimait plus que tout au monde, mais c'était la seule cartouche qui lui restait.

Elle se doucha, enfila un tailleur sophistiqué dans lequel elle se sentait à l'aise et prit sa voiture.

Elle sonna à 7 heures chez les Jackson.

Tim Jackson vint lui ouvrir, étonné. Visiblement, elle l'avait réveillé.

— Que faites-vous là à cette heure ? marmonna-t-il.

— Je peux vous parler un instant ?

— Maintenant que vous êtes là, entrez.

Il la fit entrer dans le salon et, très vite, Curtis, sorti du lit par la sonnette, les rejoignit.

Trente minutes plus tard, elle leur avait raconté par le menu la façon dont elle était arrivée dans le cercle des Lockett.

Tim la regarda, un sourire amusé aux lèvres.

— Dites donc, vous avez du cran, vous. Les Lockett ne verront pas d'un bon œil que vous soyez venue me voir.

— Je sais. Mais j'ai préféré venir vous voir en personne car, malgré tout, je suis une femme de parole et si j'ai mal agi envers Julian en pensant pouvoir venger mon père, je me suis engagée envers vous. Si vous me faites confiance et que vous me donnez le feu vert, j'honorerai ma promesse, dit-elle en regardant tour à tour Tim et Curtis.

— Rappelez-moi votre stratégie, mademoiselle Harper. Mon fils s'est entraîné dur toute sa vie pour arriver à ce niveau, donc on veut mettre toutes les chances de son côté pour sauver sa carrière.

Elle résuma la tactique qu'elle avait échafaudée et les actions qu'elle prévoyait pour sortir Curtis de l'impasse.

— Nous pouvons inverser la vapeur, monsieur Jackson, assura-t-elle en le regardant droit dans les yeux.

— Je ne doute pas un seul instant de vos compétences, mais j'avoue que l'histoire entre votre père et les Lockett n'augure rien de bon, fit remarquer Tim. Pourquoi je vous ferais confiance ?

— Parce que je suis venue vous dire la vérité, que je risque ma carrière en faisant ça, et que c'est tout ce qui me reste après avoir perdu l'amour de ma vie.

— Vous savez, Julian est comme tous les hommes. Il a été blessé dans sa fierté parce que vous vous êtes servie de lui, mais tout le monde a le droit à une seconde chance.

— Je prie pour que Julian me la donne, cette seconde chance, mais si vous me donnez carte blanche pendant soixante-douze heures, je vous promets que vous ne serez pas déçus, dit-elle.

— Entendu, mademoiselle Harper. Vous m'avez plu dès que je vous ai vue. J'aime agir à l'instinct. Et je me trompe rarement.

Elle quitta les Jackson soulagée.

Mais ce n'était que la première étape sur le chemin du repentir. Tout ce qu'elle souhaitait, c'était reconquérir le cœur de Julian. Et il ne serait pas aussi indulgent que Tim !

— Merci à Roman et toi de m'avoir hébergé hier soir, Shantel, dit Julian quand il entra dans la cuisine au petit matin, habillé comme la veille.

— Je t'en prie, répondit Shantel en lui versant une tasse de café.

Il avait frappé à leur porte, dans un état pitoyable. Il avait d'abord pensé que son frère le renverrait illico, mais Roman avait été d'humeur clémente et lui avait permis de passer la nuit chez eux.

Il avait discuté avec Shantel jusque tard dans la soirée. Il lui avait raconté ses échanges avec Josiah et avec Elyse.

— Je ne suis qu'un pauvre imbécile, marmonna-t-il, après avoir bu une gorgée de café. Pourquoi je n'ai pas été plus prudent ? Ces manigances pour pouvoir me rencontrer. Tout ça pour venger son père. J'aurais dû me méfier.

— Julian, ne sois pas si dur envers toi. On est tous tombés dans le panneau. Mais elle a peut-être dit la vérité quand elle t'a affirmé qu'elle n'aurait jamais pu te trahir.

— Et les poules ont des dents !

Roman fit son entrée, téléphone à l'oreille.

— Merci de m'avoir prévenu, Tim, dit-il avant de raccrocher, l'air contrarié.

— Un problème ? s'enquit Julian.

— Ta petite amie a encore frappé.

— Comment ça ? Qu'a-t-elle fait ?

— Elle est allée chez les Jackson en leur demandant de la garder. Ils ont accepté, malgré mon opposition.

— Quoi ? Mais ils ne peuvent pas faire ça !

— La preuve que si ! s'exclama Roman, furieux, en jetant son téléphone sur l'îlot central.

— Tu leur as dit qu'elle n'était pas digne de confiance ?

— Tim pense l'inverse, car elle est venue lui raconter toute la vérité sur votre relation, la situation avec son père et l'histoire avec notre père.

— Ah bon ? Elle a fait ça ? murmura Julian, surpris.

Elle avait du cran.

— Oui. Et il refuse de la lâcher, répondit Roman. Impossible de lui faire entendre raison, malgré mes conseils.

— Je pense que c'est bon signe, intervint Shantel.

Roman et lui la regardèrent comme si elle était folle.

— Comment peux-tu dire ça ? lui demanda Julian.

— C'est sa façon d'essayer de se faire pardonner auprès de notre famille et de prouver qu'elle est de bonne foi.

— Pour la bonne foi, elle repassera ! fit remarquer Roman.

— Attendons de voir ce qui va se passer, dit Julian.

Il termina son petit déjeuner, songeur, et prit congé de ses hôtes.

Sur le trajet, il se demanda pourquoi Elyse était allée voir les Jackson. Shantel avait-elle raison ? Essayait-elle de se faire pardonner ? Ou bien était-ce une autre tentative élaborée pour nuire à sa famille par le biais des Jackson ? Si c'était le cas, il ferait tout pour l'en empêcher.

— Il me déteste, Andrea, dit Elyse en pleurant à chaudes larmes.

Son amie était passée la voir le soir même après le travail. Elle avait apporté une bouteille de vin et une pizza, ce qui avait réconforté Elyse. Elle n'avait rien mangé de la journée, se dopant avec des boissons énergisantes.

— Il ne te déteste pas, même s'il devrait te détester. Ton plan était vraiment machiavélique, dit Andrea tout en sirotant un verre de vin.

— Tu crois que je ne suis pas au courant ? Je pensais que tu étais mon amie, marmonna Elyse en reniflant.

— N'importe quel ami te dirait que c'est mal de mentir ou de chercher la vengeance. Mais je pense que tu auras retenu la leçon. Pour ce qui est de Julian, j'ai vu comment il te regardait. Il t'adore.

— Il *m'adorait*.

— Tu l'as blessé et déçu, donc sa réaction est normale, mais cela ne veut pas dire que vos sentiments l'un pour l'autre n'étaient pas réels.

— J'ai été assez bête pour penser que je pouvais avoir un homme comme Julian. Et en pensant qu'une relation fondée sur un mensonge était durable. Tout est perdu.

— Il est encore trop tôt pour désespérer. S'il t'aime vraiment, il trouvera la force de te pardonner.

— Andrea, arrête. Tu sais très bien que ce que j'ai fait est impardonnable.

— Je ne suis pas d'accord. Quand il verra ce que tu as fait pour Curtis, il comprendra qui tu es vraiment.

Elyse ne répondit pas. Elle espérait tellement que ce soit vrai. Si seulement elle pouvait remonter le temps ! Si seulement elle avait eu le cran de lui dire la vérité avant qu'il la découvre. Mais dès qu'il avait compris qu'elle lui avait menti sur ses intentions, il avait remis en cause toute leur relation et il ne croyait plus en sa sincérité ni en son amour.

Pourtant, elle avait adoré chacun des moments qu'ils avaient partagés. Jamais elle n'avait aimé un homme comme elle aimait Julian. Il était tout pour elle. Il était l'homme de sa vie, et elle l'aimerait toujours, même s'il ne lui pardonnait jamais de l'avoir manipulé.

— Vous savez Elyse, j'aurais pu vous renvoyer, lui dit Pierre quand il la convoqua dans son bureau quelques jours plus tard.

— Pourquoi ne l'avez-vous pas fait ?

— Parce que le père de votre client, Tim Curtis, est intervenu. Il a insisté pour que je continue à vous laisser mettre en œuvre le plan que vous aviez échafaudé pour sauver la réputation de son fils.

Jusqu'à présent, la stratégie qu'elle avait mise en place fonctionnait.

En plus des émissions télévisées avec Curtis, qui avaient remporté un succès retentissant, la danseuse avait donné une interview où elle avait raconté que Curtis était intervenu pour la sauver de son agresseur. Curtis Jackson était alors passé au rang de héros, et les rumeurs négatives avaient cessé. Ce revirement de situation était également bénéfique aux Atlanta Cougars puisque Curtis était leur joueur phare.

— Merci, Pierre. Je sais que vous avez dû vous opposer aux Lockett et j'en suis désolée.

— Ce n'était pas une partie de plaisir, je ne vous le cache pas mais, ici, c'est moi qui décide. Cependant, sachez que vous avez dépassé les bornes. Je veux vous garder, car vous êtes un véritable atout, mais je vous ai à l'œil. À la prochaine incartade, c'est la porte. Entendu ?

— Oui. Merci, Pierre.

Elle sortit du bureau soulagée d'avoir limité les dégâts dans sa vie professionnelle.

En revanche, pour ce qui était de sa vie personnelle, c'était la débâcle. Julian avait sûrement eu vent de la réussite de sa stratégie, mais il n'était pas pour autant revenu vers elle. Elle lui avait même envoyé des fleurs. Ne voyait-il pas qu'elle essayait de réparer le mal qu'elle avait fait ? Que devait-elle faire d'autre ? Elle était à court d'idées. Au bout du rouleau.

Elle aimait Julian plus que tout au monde. S'il lui pardonnait un jour, elle lui jurerait amour et fidélité jusqu'à la fin de sa vie.

Elle le trouvait beau, drôle, généreux. Jamais plus de son existence elle n'aurait l'occasion de rencontrer un homme aussi unique et charmant que lui.

De retour à son bureau, la réceptionniste lui donna un message qui avait été laissé en son absence. Son sang ne fit qu'un tour. Elle prit son sac et mit son manteau à la hâte.

— Qu'y a-t-il ? s'enquit Andrea.

— Mon père est à l'hôpital !

— Je t'accompagne !

Elles se précipitèrent jusqu'au parking. Elyse ne pouvait pas perdre son père. Sinon, elle serait seule au monde.

— Ces fleurs sont magnifiques, dit Angelique quand Julian lui tendit le bouquet de roses rouges.

— Elles m'ont été livrées ce matin.

— Elles ne te plaisent pas ?

— Si, mais elles viennent d'Elyse, dit-il en s'asseyant sur un tabouret haut pendant que sa mère cuisinait.

Il était passé la voir pour lui donner les fleurs qu'il ne souhaitait pas garder, prendre des nouvelles, profiter d'un bon repas, mais surtout changer de décor, car il n'en pouvait plus d'être chez lui et de revivre en boucle les scènes magiques qu'il avait partagées avec Elyse. C'était de la torture mentale pure et simple.

— Tu lui as reparlé depuis l'incident ? s'enquit sa mère.

— Non !

Il ne se sentait pas du tout prêt à lui reparler. Il lui en voulait de l'avoir manipulé et il s'en voulait d'avoir été aussi naïf. Elle lui avait fait tourner la tête et elle avait abusé de sa confiance, de sa gentillesse, de sa sincérité. Malgré tout, elle était comme ancrée en lui. Son corps semblait orphelin depuis qu'ils ne se voyaient plus. Elle lui manquait plus que tout au monde. Sans parler du fait qu'il était tombé amoureux d'elle sans oser se l'avouer.

— Et tu as reparlé à ton père ?

Quand il avait dit à sa mère que son père avait fouillé dans le passé d'Elyse pour mettre la vérité au jour, elle avait été furieuse contre son mari.

— Tu sais que, papa et moi, on ne s'entendra jamais.

— Il a fait ça pour te protéger, mon chéri.

— Tu crois vraiment ? Je n'en suis pas si sûr.

— Pourquoi est-ce que c'est aussi tendu entre vous ?

— Parce que je ne suis ni Roman ni Xavier. Je n'ai jamais été sportif, et cela a toujours créé un fossé entre nous. J'ai toujours été plus proche de toi, tu le sais bien.

— Parmi tous mes enfants, tu es celui qui me ressemble le plus, mais cela ne veut pas dire que tu ne peux pas trouver un terrain d'entente avec ton père.

— Je te promets d'essayer.

— Et Elyse ?

— Quoi, Elyse ?

Sa mère s'arrêta de cuisiner et s'approcha de lui.

— Tout le monde fait des erreurs, Julian. Personne n'est parfait.

— Merci, je suis au courant.

— Alors pardonne-lui.

— Tu te rends compte de ce que tu me demandes ?

— Ce ne sera pas facile, mais tu l'aimes, n'est-ce pas ? Elle te manque. Tu es malheureux sans elle. Inutile de le nier, je le vois dans tes yeux.

— Comment tu as deviné ça ?

— Parce que je suis ta mère. Je t'ai élevé. Je te connais mieux que quiconque. Et c'est pour cela que je sais que tu sauras trouver la force de lui pardonner. Réfléchis-y, dit-elle avant de lui caresser la joue.

Les paroles de sa mère résonnaient encore dans son esprit quand il quitta la maison familiale. Avait-elle raison ? Devait-il pardonner à Elyse ? Pouvait-il le faire ? Avait-il envie de le faire ? Avec elle, il s'était mis à nu dans tous les sens du terme, lui dévoilant des facettes de sa personnalité que personne ne connaissait. C'est pour cela que sa trahison avait été aussi douloureuse. Il tenait à elle. D'ailleurs, plus il y songeait et plus il devait s'avouer… qu'il l'aimait comme un fou, de tout son cœur et plus que tout au monde.

Il ne savait que faire de ce trop-plein d'émotions. Et si l'amour faisait souffrir à ce point, alors il préférait s'arrêter là. Après tout, il avait vécu sans amour jusqu'à présent, il pouvait très bien continuer ainsi.

Pourtant, plus il y pensait et plus son existence lui semblait vide sans Elyse.

— Votre père a fait un coma éthylique, expliqua le médecin à Elyse quand elle arriva aux urgences de l'hôpital où son père avait été admis.

— Ce n'est pas vrai ! s'exclama-t-elle, paniquée.

— Il avait cinq grammes d'alcool dans le sang. On a dû lui faire un lavage d'estomac.

— Et maintenant ?

— Il faut attendre que le niveau d'alcool redescende. Mais, comme vous le savez, ce n'est pas son premier séjour ici, et si vous ne voulez pas le perdre, il faut absolument qu'il aille en cure de désintoxication pour éviter que son corps se détériore davantage, et qu'il finisse par faire un arrêt cardiaque, dit le médecin avant de s'éloigner.

— Ne t'inquiète pas, ça va aller, lui assura Andrea en lui caressant doucement le dos.

— Je n'en suis pas si sûre. Chaque fois que je veux lui faire faire une cure, il refuse.

— Il a dû avoir peur. Peut-être que cette fois il va accepter.

C'était son vœu le plus cher.

Julian appela le bureau d'Elyse le lendemain. Il le fit sans réfléchir, comme si c'était une évidence. Toute la nuit, il avait repensé aux paroles de sa mère. Elyse aurait pu nuire à sa famille, mais elle avait choisi d'aider Curtis et, grâce à elle, les Atlanta Cougars avaient redoré leur blason.

— Puis-je parler à Elyse Harper ?

— Désolée, elle n'est pas là.

Il demanda à parler à Pierre King qui l'informa qu'elle était à l'hôpital.

Son sang ne fit qu'un tour. Il nota le nom de l'hôpital sans écouter la suite. Il le remercia, raccrocha puis se précipita jusqu'au parking. Il repensa à tous les messages et tous les appels d'Elyse qu'il avait ignorés, car il était furieux contre elle. Mais il ne souhaitait pas qu'il lui arrive quelque chose de mal. Il espérait que ce n'était rien de grave.

Il tenta de la joindre sur son portable, mais il tomba sur sa boîte vocale. Son angoisse redoubla.

Il n'avait pas voulu s'attarder au téléphone avec Pierre, mais peut-être qu'elle avait eu un accident de voiture ou qu'elle avait fait une mauvaise chute dans son appartement. Il imagina mille et un scénarios catastrophes.

Une fois arrivé à l'hôpital, il se gara sur le parking réservé aux visiteurs et se précipita dans le bâtiment. Il demanda Elyse Harper, mais il n'y avait aucun patient à ce nom.

— Comment ça ? Je sais qu'elle est là !

— Je suis désolée, monsieur, elle n'est pas sur le registre.

Alors qu'il se mettait à faire les cent pas, perdu, il la vit apparaître devant lui, une tasse de café à la main, accompagnée de son amie Andrea.

— Julian ?

— Elyse !

Arrivé à sa hauteur, il vit ses yeux rougis d'avoir pleuré.

— Julian ? Que fais-tu là ?

— Dieu merci, tu vas bien ! Quand j'ai appris que tu étais à l'hôpital, je suis devenu fou. J'ai cru que...

— Tu as cru que quoi ? demanda-t-elle en lui offrant un sourire timide mais radieux.

— Je vous laisse, murmura Andrea à l'oreille d'Elyse.

Son amie s'éclipsa discrètement, et Julian s'empressa de prendre Elyse dans ses bras.

— J'ai cru qu'il t'était arrivé quelque chose de grave. C'était une pensée intolérable, car je t'aime plus que tout au monde, conclut-il avant de lui déposer un baiser sur le front.

L'instant d'après, elle l'enlaça à son tour comme s'il en allait de sa vie. Quand ils mirent fin à leur tendre étreinte, Elyse avait les larmes aux yeux.

— Moi aussi, je t'aime, Julian. Et je suis tellement désolée. J'ai été tellement aveuglée par l'envie de venger mon père que j'ai perdu de vue ce qui comptait le plus au monde pour moi. Toi.

Elle leva le regard vers lui, et il vit qu'elle disait la vérité.

— Je te promets que si tu me donnes une seconde chance, il n'y aura plus jamais de mensonges entre nous, poursuivit-elle. Tu peux me confier ton cœur, j'en prendrai le plus grand soin.

Il lui prit le visage entre les mains.

— Elyse, mon cœur t'appartient déjà. Tu es tout pour moi. Je pensais que ma vie était parfaite mais, en te rencontrant, j'ai compris qu'il me manquait quelque chose. Sans toi, ma vie est fade. La semaine qui s'est écoulée m'a montré que je ne pouvais pas vivre sans toi.

— Je ressens la même chose. Je priais pour que tu puisses trouver la force de me pardonner.

— Je te pardonne. Mettons cet épisode derrière nous et reprenons où nous en étions. Ensemble. Je te promets de rester à tes côtés. Tu ne seras plus jamais seule.

— Je t'aime plus que tout, Julian.

Quand il baissa la tête pour venir s'emparer de la bouche d'Elyse, il fut aussitôt envahi d'une bouffée de bonheur. Cette bouffée d'oxygène qui lui avait tant manqué.

En cet instant, il sut qu'il voulait passer sa vie avec Elyse.

Quand ils mirent fin à leur baiser, ils cherchèrent un coin calme où s'installer.

— Raconte-moi ce qui s'est passé et pour quoi tu es là. C'est ton père qui a été hospitalisé, c'est ça ?

— Il a fait un coma éthylique. Il est dans un état grave.

— Ma belle, je suis tellement désolé, murmura-t-il en l'attirant de nouveau contre lui.

— S'il s'en sort…

— Il va s'en sortir.

— Je l'espère de tout mon cœur. Et, si c'est le cas, je l'enverrai en cure de désintoxication qu'il le veuille ou non. Je ne veux pas le perdre.

— Ne t'en fais pas. Tout ira bien. Nous allons lui trouver une clinique pour qu'il se refasse une santé.

— Nous ? s'enquit-elle, surprise.

— Oui, nous. Je ne te quitterai plus jamais. Que tu le veuilles ou non, ajouta-t-il en plaisantant.

— C'est mon souhait le plus cher.

Sans réfléchir, il se mit à genoux devant elle.

— Elyse, veux-tu m'épouser, être ma femme et passer le restant de ta vie avec moi ?

— Oui !

Puis ils s'embrassèrent le plus tendrement du monde pour sceller leur union.

17

Elyse n'en revenait pas que Julian lui ait accordé son pardon. Julian était l'homme de sa vie, et elle n'aurait jamais eu la force d'avancer sans lui. C'est pour cela aussi qu'elle l'aimait. Il avait une âme généreuse, capable de pardonner, et elle avait la chance d'être dans son cœur et dans ses bras.

C'était le plus beau jour de son existence.

Blottie contre lui, elle put s'assoupir en sachant qu'elle n'avait plus à s'inquiéter et qu'elle pouvait se reposer sur lui. Elle se sentait en sécurité et aimée. C'était le sentiment le plus rassurant et le plus merveilleux qu'elle n'avait jamais éprouvé.

Julian resta à ses côtés jusqu'à ce que son père revienne à lui, quelques heures plus tard. Elle lui laissa quelques instants pour reprendre ses esprits puis elle décida d'aborder le sujet de la cure de désintoxication. Mais il la devança.

— Ma chérie, j'ai compris que mon comportement avait été inacceptable, et il est temps que je me prenne en main si je ne veux pas te perdre.

— Oui, papa, il est temps de faire une cure de désintoxication pour te sortir de ta spirale infernale. J'ai trouvé un excellent établissement où tu peux aller directement en sortant de l'hôpital.

Il acquiesça puis porta son attention sur Julian.

— J'imagine que vous êtes Julian Lockett, l'homme qui a raflé le cœur de ma fille ?

— En effet. Enchanté, monsieur Robinson. Oui, Elyse et moi nous nous aimons, et je l'ai demandée en mariage tout à l'heure.

Pardon de ne pas vous avoir demandé la permission, mais c'était une décision spontanée.

Son père la regarda, perplexe.

— Vous allez vous marier ? Ce n'est pas un peu précipité ?

— Peut-être, répondit Elyse. Mais c'est comme ce que tu m'as dit au sujet de maman et toi. Quand on sait, on sait.

Son père eut les larmes aux yeux.

— J'aimais tellement ta mère…, murmura-t-il, la voix tremblante.

— Je sais, papa.

— Quand je l'ai perdue… je me suis perdu. J'ai eu le cœur brisé et je me suis réfugié dans l'alcool pour étouffer la douleur. J'ai dilapidé ma fortune aux jeux et je t'ai fait vivre un enfer. J'étais incapable de m'occuper de toi, et c'est toi qui as dû t'occuper de moi. Je suis vraiment désolé, ma chérie. J'espère que tu pourras me pardonner.

— Ne t'inquiète plus pour ça, papa. Je ne t'en ai jamais voulu.

Son père la dévisagea un instant sans rien dire, le regard triste.

— Ma chérie, j'ai une dette envers toi et je promets de me racheter à tes yeux.

— Tu es mon père. Tu ne me dois rien, hormis me promettre d'aller mieux.

— Je vais essayer. Mais je te dois aussi la vérité.

Elle le scruta, étonnée.

— La vérité à quel sujet ?

Son père marqua un temps d'arrêt, hésitant avant de répondre :

— La vérité au sujet de Josiah. Je t'ai dit qu'il m'avait escroqué, mais c'est faux.

— Et pourtant tu as dit…

— J'ai modifié la réalité. Josiah a tout fait pour m'empêcher de dilapider ma fortune, mais j'étais trop accro aux jeux et je buvais trop pour être lucide. Il m'a demandé de faire une cure, mais j'ai refusé. Je croyais contrôler la situation jusqu'au jour où, acculé par mes créanciers, j'ai décidé de vendre mes parts à Josiah. D'ailleurs, il m'a sûrement donné plus que ce qu'elles valaient car, à l'époque, l'équipe n'avait pas la renommée qu'elle a maintenant.

Un long silence se fit dans la pièce. Puis Julian le brisa.

— Merci pour votre franchise, monsieur Robinson,

— Elyse, je sais que c'est dur à entendre, mais je trouve enfin la force de te dire la vérité pour que tu puisses faire table rase sur toute l'animosité et la rancœur du passé.

Elyse regarda son père, ne sachant comment réagir. Elle vit défiler toutes ces années où elle l'avait soutenu en haïssant Josiah Lockett.

— Je... je n'arrive pas à croire que tu m'aies menti, papa, reprit-elle d'une petite voix. Toutes ces années, j'ai voulu te venger d'un homme qui n'avait rien fait de mal. C'est... c'est terrible, conclut-elle, en pleurs.

— Je suis tellement désolé, ma chérie. Je n'assumais pas mon échec et j'avais trop peur de te décevoir en te disant la vérité. Je te supplie de me pardonner mon mensonge.

Elle ne répondit pas tout de suite, quelque peu perdue. Elle tressaillit quand Julian lui prit la main et se tourna vers lui. Il lui souriait. Elle lui avait menti, à lui aussi, et...

— Je te pardonne, papa. On a tous les deux appris à nos dépens que les mensonges font plus de mal que la vérité. Alors promettons-nous d'être ouverts l'un envers l'autre et de ne plus jamais mentir aux autres, dit-elle, la gorge nouée par l'émotion, avant de se jeter dans ses bras.

— Merci, ma chérie. Si tu savais comme je tiens à toi. Tu es la meilleure chose qui m'est arrivée dans la vie. Je veux me refaire une santé et faire partie de ta vie.

— Ne vous inquiétez pas, monsieur Robinson, nous allons vous aider, et je jure de veiller sur Elyse et vous.

Après avoir dit au revoir à son père, Julian et elle quittèrent l'hôpital.

Pour la première fois depuis longtemps, Elyse se sentait légère comme une plume. Tous les nuages noirs au-dessus d'elle avaient disparu. Elle se sentait libre. Libre d'être elle-même. Libre d'aimer Julian.

Le soir même, dans sa chambre à coucher, elle montra à Julian à quel point elle l'aimait, le couvrant de baisers et laissant une vague d'excitation intense l'envahir. Ils n'avaient pas fait l'amour depuis une semaine et ils étaient tous les deux en manque. C'était tellement bon de pouvoir caresser son corps d'apollon et de sentir ses bras athlétiques la tenir fermement contre lui.

Brûlant d'impatience, il ne tarda pas à enfiler un préservatif pour la pénétrer. Elle se laissa emporter dans un tourbillon d'émotions toutes plus intenses les unes que les autres. Après s'être déclaré leur amour, ils faisaient l'amour.

Alors que Julian la chevauchait avec ardeur, elle sentit l'orgasme monter en elle. Très vite, elle cria son plaisir et enfonça les ongles dans les épaules de Julian. L'instant d'après, il la suivait.

Ils restèrent enlacés, leurs corps tremblant de la jouissance partagée.

– Julian, tu es sûr que c'est une bonne idée ? demanda Elyse alors qu'ils se garaient devant la maison des Lockett.

— Tu as dit que tu voulais t'excuser, n'est-ce pas ?

— Oui, mais s'ils ne peuvent pas me pardonner ?

— Aie confiance. Et s'ils ne peuvent pas te pardonner...

— Eh bien quoi ?

— Laisse-moi faire, et tout ira bien, affirma-t-il.

— J'ai peur...

Julian aimait Elyse plus que tout, et rien ni personne ne pourrait l'empêcher de mener sa vie comme il le voulait.

— Viens, dit-il en lui prenant la main et en l'entraînant vers l'entrée de l'imposante bâtisse.

Tout le monde était réuni au salon, et le silence se fit quand ils pénétrèrent dans la pièce. Il sentit Elyse se tendre et il s'apprêtait à faire demi-tour lorsque sa mère intervint :

— Elyse, ravie de vous revoir, dit-elle en lançant un regard d'avertissement aux autres membres de la famille.

— Je suis désolée d'arriver à l'improviste, mais je suis venue pour vous présenter mes excuses, expliqua Elyse. Comme vous le savez, j'ai menti à Julian sur la raison de notre rencontre. Je voulais venger l'honneur de mon père. Puis j'ai découvert qui était Julian et je suis tombée amoureuse de lui.

Julian observa les réactions de sa famille. Roman était de marbre, tout comme leur père, Shantel semblait attendrie, Giana avait une expression neutre. Quant à Xavier, il manquait une fois de plus à l'appel.

— Mes sentiments m'ont prise au dépourvu, puis j'ai réalisé que je ne pourrais jamais trahir Julian, reprit Elyse. Je m'apprêtais à dire la vérité à Julian, mais il l'a découverte avant. Vous connaissez la suite. J'étais abattue et je m'en voulais d'avoir tout gâché entre nous. Pour tenter de me racheter à ses yeux et aux vôtres, j'ai tout fait pour sauver la réputation de Curtis. Puis mon père a été admis à l'hôpital à cause de son problème d'alcool. Et Julian est revenu vers moi.

— Comment va Frank ? s'enquit Josiah.

— Il va mieux, merci, et il a enfin accepté d'aller faire une cure. Mais le plus important, c'est qu'il m'a enfin dit la vérité sur vous. Par peur de me décevoir, il m'avait dit que c'était vous qui l'aviez forcé à vendre ses parts. Il vient de m'avouer que tout était sa faute. À présent, je sens qu'un poids s'est levé dans ma vie, et que je vais enfin pouvoir être heureuse. Avec Julian, conclut-elle en lui prenant la main.

— J'ai demandé à Elyse de m'épouser, et elle a dit oui, précisa Julian. J'espère que vous êtes heureux pour nous et que vous accepterez d'enterrer la hache de guerre pour accueillir Elyse et Frank dans notre cercle. Qu'en dis-tu, papa ?

Son père le fixa un long moment avant de réagir.

— Bienvenue dans la famille, Elyse.

Julian fut touché de voir son père prendre Elyse dans ses bras en une accolade chaleureuse.

Les Lockett et les Robinson avaient enfin fait la paix, et il avait trouvé l'amour de sa vie. Il était au comble de la joie.

Épilogue

Un mois plus tard, Julian et Elyse arrivèrent à la clinique où Shantel avait accouché. Ils avaient les bras chargés de cadeaux. Un énorme ours en peluche, des ballons et des fleurs. Dès qu'ils avaient eu l'appel de Roman, ils s'étaient précipités pour venir leur rendre visite.

Dans le couloir, ils tombèrent sur Roman. Il avait un sourire béat et semblait sur un petit nuage.

— Félicitations ! s'écria Julian dès qu'il vit son frère.

— Félicitations à toi ! Tu es maintenant tonton !

Julian se tourna vers Elyse, aux anges.

— Je suis tonton ! Je suis tonton !

— Comment va Shantel ? s'enquit Elyse.

— Épuisée, comblée, déboussolée. Vous voulez venir voir la maman et le bébé ?

— Et comment ! On est là pour ça !

— Suivez-moi.

Roman les emmena dans la chambre de Shantel où il y avait déjà leurs parents et la moitié de la famille de Shantel.

— Attention, laissez passer, faites un peu de place pour les nouveaux arrivants, dit Roman en plaisantant.

Quand Julian vit Shantel, elle souriait jusqu'aux oreilles, avec son adorable petit baluchon sur la poitrine.

— Voici Ethan Julian Lockett, annonça-t-elle en tendant le nouveau-né à Julian.

— Vous... vous lui avez donné mon prénom ? bredouilla Julian, ému.

Il prit avec mille précautions le bout de chou dans ses bras, et son cœur se gonfla de tendresse. Son premier neveu !

— C'est un joli prénom, et c'était important pour moi, expliqua Shantel.

— Je suis touché, murmura-t-il en lui redonnant son fils.

— Elyse, j'espère que cela ne te dérange pas, mais Julian m'a beaucoup soutenue à l'université, et je voulais lui rendre hommage, ajouta Shantel.

— Cela ne me dérange pas du tout, répondit Elyse. Et maintenant que tout s'est bien passé et que tu as accouché, on peut partager notre bonne nouvelle.

— Comment ça ?

— Julian et moi attendons un enfant.

— Qu'est-ce que j'entends ? Vous allez avoir un enfant ? s'exclama Angelique.

— Oui ! On a rendez-vous demain mais, apparemment, cela fait quelques mois, ajouta Elyse. Avec tous les événements des derniers temps, j'ai perdu le fil de mes règles. Mais j'ai fait un test et... on était aux anges d'apprendre la nouvelle !

— Ne me dites pas qu'il va falloir de nouveau organiser un mariage à la va-vite ? s'écria Angelique.

Julian enlaça Elyse avant de lui déposer un baiser tendre sur le front.

— Désolé, maman, mais j'en ai bien peur, répondit-il. Ma jolie fiancée et moi-même voulons nous marier au plus vite à la mairie. Nous ferons une plus grande cérémonie quand Frank sera sorti de sa cure.

— Giana, promets-moi que le jour où tu décideras de te marier tu me donneras du temps pour organiser une cérémonie en bonne et due forme ? dit Angelique.

— Maman, je n'ai pas du tout l'intention de me marier.

— On en reparlera ! s'exclama Julian en échangeant un regard complice avec Elyse.

Il était le plus heureux des hommes et il savait que vivre avec Elyse serait un bonheur de tous les jours.

M